# INHERITANCE GAMES

## L'autrice

**Jennifer Lynn Barnes** est née dans l'Oklahoma, aux États-Unis. Petite, elle rêvait d'être vétérinaire, mais elle a essayé de nombreuses autres activités : majorette, joueuse de volley, danseuse, modèle, chercheuse sur les primates, spécialiste des lémuriens…

Dès le lycée, elle écrit son premier roman, non publié. Après avoir obtenu un diplôme de sciences cognitives dans la prestigieuse université de Yale, elle mène pendant un an des recherches sur l'autisme à Cambridge, en Angleterre. Elle publie ensuite une douzaine de romans Young Adults qui ont rencontré un large public.

### Dans la même série :

*Inheritance Games Tome 1*
*Inheritance Games Tome 2*
*Inheritance Games Tome 3*
*Inheritance Games Tome 4*

JENNIFER
LYNN BARNES

# INHERITANCE GAMES

Traduit de l'anglais (États-Unis)
par Guillaume Fournier

POCKET JEUNESSE
PKJ·

Directeur de collection
Xavier d'Almeida

Titre original :
*The Inheritance Games*
Publié pour la première fois en 2020
par Little, Brown and Company,
Hachette Book Group, New York.

Loi n° 49-956 du 16 juillet 1949 sur les publications
destinées à la jeunesse : mai 2024



ISBN : 978-2-266-34038-0
Dépôt légal : mai 2024

*Pour Samuel*

# 1

Quand j'étais enfant, ma mère n'arrêtait pas d'inventer des jeux. On jouait à celle qui peut rester sage. À celle qui fait durer son cookie le plus longtemps… un grand classique. Le jeu des marshmallows consistait à se nourrir de marshmallows tout en portant de grosses doudounes Goodwill à la maison pour éviter d'allumer le chauffage. Maman ressortait le jeu des lampes de poche à chaque coupure d'électricité. Nous n'allions jamais nulle part en marchant, mais en faisant la course. Le sol était presque toujours de la lave. La fonction principale des oreillers était de construire des châteaux forts.

Celui auquel nous avons le plus joué était sans doute le jeu du secret. Ma mère pensait que tout le monde avait au moins un secret. Parfois, elle devinait le mien. Et parfois, non. Nous y jouions chaque semaine, jusqu'à ce que j'aie quinze ans et que l'un de ses secrets la conduise à l'hôpital.

Le temps que je comprenne ce qui se passait, elle était morte.

Une voix rocailleuse me ramena dans le présent :

— À toi de jouer, princesse. Je n'ai pas toute la journée.

— Je ne suis pas une princesse, répliquai-je en avançant l'un de mes cavaliers. À toi, vieux machin.

Harry me dévisagea d'un air sévère. J'ignorais quel âge il avait exactement, et comment il s'était retrouvé SDF dans le parc où nous jouions aux échecs tous les matins. Je savais seulement que c'était un adversaire redoutable.

— Toi, bougonna-t-il en étudiant l'échiquier, tu es une mauvaise personne.

Trois coups plus tard, je le tenais.

— Échec et mat. Tu sais ce que ça veut dire, Harry.

Il me lança un regard contrarié.

— Que je vais te laisser m'offrir le petit déjeuner.

C'étaient les termes de notre accord. Chaque fois que je gagnais, il devait accepter que je lui paie un repas.

À mon crédit, j'eus le triomphe modeste :

— C'est bon d'être la reine.

***

J'arrivai à l'heure au lycée. Enfin, d'extrême justesse. J'avais pris l'habitude de flirter en permanence avec la ligne jaune. C'était pareil pour mes devoirs : quel effort minimal devais-je fournir pour décrocher un A malgré tout ? Ce n'était pas de la paresse ; seulement du pragmatisme. Le temps gagné valait la peine d'échanger un dix-huit sur vingt contre un modeste quatorze.

J'étais en train de composer discrètement un devoir d'anglais pendant le cours d'espagnol quand on m'appela chez le proviseur. Les filles comme moi étaient censées faire profil bas, et non se faire convoquer au beau milieu d'un cours. Je mettais un point d'honneur à ne jamais m'attirer d'ennuis.

M. Altman, le proviseur, m'accueillit plutôt fraîchement.

— Avery. Asseyez-vous.

Il croisa les mains sur son bureau.

— J'imagine que vous savez pourquoi vous êtes là ?

À moins qu'il ne s'agisse de la partie de poker hebdomadaire que j'organisais sur le parking pour financer les petits déjeuners d'Harry (et parfois les miens), je ne voyais pas ce que j'avais pu faire pour attirer l'attention de l'administration.

— Désolée, dis-je humblement, mais non, pas du tout.

M. Altman laissa cette réponse flotter entre nous un instant, avant de me présenter quelques feuilles reliées par un trombone.

— C'est l'examen de physique que vous avez passé hier.

— D'accord.

Ce n'était pas la réaction qu'il espérait, mais je n'avais rien d'autre en magasin. Pour une fois, j'avais révisé sérieusement. Je ne pouvais pas m'être plantée au point de mériter une convocation.

— M. Yates a corrigé les copies, Avery. Vous êtes la seule à avoir obtenu la note parfaite.

— Super, dis-je, dans un effort conscient pour ne pas répéter *d'accord.*

— Non, jeune fille, ce n'est pas « super ». M. Yates conçoit toujours ses examens dans le but de pousser ses élèves à la limite. En vingt ans, il n'a jamais attribué de note parfaite. Commencez-vous à voir où est le problème ?

Je ne pus m'empêcher de riposter du tac au tac :

— Un professeur qui s'emploie à mettre ses élèves en échec ?

M. Altman plissa les paupières.

— Vous êtes une bonne élève, Avery. Excellente, même, étant donné les circonstances. Mais vous ne nous avez pas vraiment habitués à briller.

Ce n'était pas faux. Alors pourquoi avais-je cette impression qu'il venait de me gifler ?

— Je sais que vous traversez une épreuve difficile, continua le proviseur, mais j'ai besoin que vous soyez honnête avec moi. (Il plongea son regard dans le mien.) Saviez-vous que M. Yates conserve dans le cloud une copie de chacun de ses examens ?

Il croyait que j'avais triché. J'étais assise là, devant lui, et je ne m'étais jamais sentie aussi déconsidérée.

— J'aimerais vous aider, Avery. Vous faites preuve d'un courage admirable vu votre situation. Je serais navré de vous voir compromettre les projets que vous pourriez avoir pour l'avenir.

— Les projets que je *pourrais* avoir ? répétai-je.

Si j'avais eu un nom différent, si j'avais eu un père dentiste et une mère femme au foyer, il ne m'aurait pas parlé comme si l'avenir était une chose que je pouvais *peut-être* envisager.

— Je suis en avant-dernière année, dis-je sèchement. J'aurai mon diplôme l'an prochain et, avec ma moyenne générale, je devrais pouvoir m'inscrire sans problème à l'université du Connecticut, qui propose l'un des meilleurs programmes de science actuarielle de tout le pays.

M. Altman fronça les sourcils.

— La science actuarielle ?

— L'analyse statistique des risques.

C'était ce que j'avais trouvé de mieux pour valider mes acquis au poker et en maths. En plus, c'était un diplôme qui offrait d'innombrables débouchés.

— Vous aimez les risques calculés, mademoiselle Grambs ?

*Comme la tricherie ?* Je ne pouvais pas me permettre de laisser exploser ma colère. Alors je m'imaginai plutôt en train de jouer aux échecs. J'anticipai mentalement les prochains coups. Les filles comme moi n'avaient pas le luxe de s'emporter.

— Je n'ai pas triché, dis-je calmement. J'ai révisé.

J'avais grappillé le temps nécessaire comme j'avais pu : pendant les autres cours, entre deux services, en me couchant un peu plus tard le soir. Savoir que M. Yates aimait soumettre à ses élèves des examens impossibles m'avait donné envie de redéfinir le champ du possible. Pour une fois, au lieu de me contenter du strict minimum, j'avais voulu voir jusqu'où je pouvais aller.

Et voilà comment j'étais récompensée de mes efforts. Parce que les filles comme moi ne brillaient pas dans les examens impossibles.

— Faites-moi repasser l'examen, dis-je en m'efforçant de ne pas sembler furieuse ou, pire, vexée. Vous verrez que j'obtiendrai la même note.

— Et si je vous disais que M. Yates a justement préparé un nouvel examen ? Avec de nouvelles questions, tout aussi difficiles que les premières ?

Je n'hésitai pas un instant.

— Je suis prête.

— Nous pouvons organiser cela demain à la troisième heure, mais je dois vous prévenir que vous avez plutôt intérêt à…

— Non, maintenant.

M. Altman me dévisagea avec stupéfaction.

— Je vous demande pardon ?

Au diable l'humilité ! Au diable le profil bas !

— Je veux repasser cet examen ici même, dans votre bureau, maintenant.

# 2

— Dure journée ? me demanda Libby.

Ma sœur avait sept ans de plus que moi et beaucoup trop d'empathie pour son bien… ou pour le mien.

— Non, ça va, répondis-je.

Lui raconter ma convocation dans le bureau d'Altman n'aurait servi qu'à l'inquiéter et, jusqu'à ce que M. Yates note ma copie, il n'y avait plus rien à faire. Mieux valait éviter le sujet.

— Les pourboires étaient plutôt généreux ce soir.

— Ah oui ? Tu as ramassé combien ?

En termes de style, Libby se situait à mi-chemin entre le punk et le gothique. Pourtant, question personnalité, c'était le genre d'éternelle optimiste qui s'imaginait des pourboires de cent dollars dans un restaurant minable où la plupart des plats coûtaient 6,99 dollars.

Je lui fourrai une poignée de petites coupures dans la main.

— Assez pour participer au loyer.

Libby voulut me rendre l'argent, mais je reculai vivement hors de portée.

— Je vais te jeter ce fric à la figure, me prévint-elle.

Je haussai les épaules.

— Je l'éviterai.

— Tu n'es pas possible.

Libby rangea l'argent en bougonnant. Puis elle sortit une boîte à gâteaux en fer-blanc, m'en tendit un d'un air sévère et ajouta :

— Tu as intérêt à accepter ce muffin en contrepartie.

— Oui, m'dame.

En m'approchant, j'aperçus le plan de travail derrière elle et vis qu'elle n'avait pas cuisiné que des muffins. Elle avait aussi préparé des cupcakes. J'eus tout de suite un mauvais pressentiment.

— Oh non, Lib !

— Ce n'est pas ce que tu crois, s'empressa-t-elle de protester.

C'était une « pâtissière honteuse ». Elle se mettait aux fourneaux chaque fois qu'elle se sentait coupable. C'était sa manière de dire : « S'il te plaît, ne sois pas fâchée contre moi. »

— Ah bon ? dis-je. Donc tu ne vas pas m'annoncer qu'il revient ?

— Il a changé, promit Libby. Et puis, ce sont des cupcakes au chocolat !

Mes préférés.

— Il ne changera jamais, rétorquai-je.

Mais si j'avais été capable de lui faire admettre ça, elle en serait convaincue depuis longtemps.

C'est le moment que choisit son petit copain par intermittence (lequel avait la fâcheuse habitude de cogner sur les murs et de faire valoir que c'était toujours mieux que de cogner sur Libby) pour débarquer tranquillement. Il rafla un cupcake sur le plan de travail et me dévisagea de haut en bas.

— Salut, la délinquante.

— Drake… intervint Libby.

— Je rigole ! répliqua Drake avec un sourire. Tu sais bien que je rigole, Libby chérie. Ta sœur et toi, vous n'avez vraiment aucun humour.

Il n'était pas là depuis une minute et c'était déjà nous, le problème.

— Ça va mal finir, dis-je à Libby.

Il avait toujours été contre le fait qu'elle m'héberge et n'avait pas cessé de la punir pour ça.

— Tu n'es pas chez toi ici, riposta-t-il.

— Avery est ma sœur, insista Libby.

— Demi-sœur, corrigea Drake, avant de sourire de nouveau. Je rigole !

Tu parles. N'empêche qu'il n'avait pas tort. Libby et moi avions la même nullité de père mais deux mères différentes. Nous avions grandi en ne nous voyant qu'une ou deux fois par an. Personne ne s'attendait à ce qu'elle me recueille chez elle deux ans plus tôt. Elle était très jeune. Elle avait du mal à joindre les deux bouts. Mais c'était Libby : toujours prête à se dévouer pour les autres.

— Si Drake reste, c'est moi qui m'en vais, déclarai-je.

Libby prit un cupcake qu'elle tint précieusement entre ses mains.

— Je fais de mon mieux, Avery.

Elle voulait toujours faire plaisir à tout le monde. Drake adorait la mettre en porte-à-faux. Il se servait de moi pour lui faire du mal.

Je ne pouvais pas rester passive, attendant le jour où il ne se contenterait plus de cogner sur les murs.

— Si tu as besoin de moi, dis-je à Libby, je serai dans ma voiture.

# 3

Ma vieille Pontiac était une vraie poubelle, mais au moins, le chauffage fonctionnait encore. À peu près. Je me garai derrière le resto, à un endroit où personne ne risquait de me voir. Libby m'avait envoyé un texto. Ne pouvant pas me résoudre à lui répondre, je me contentai de fixer l'écran fendillé de mon téléphone. Même si mon forfait minimaliste m'interdisait d'aller sur Internet, j'avais droit à des textos illimités.

En dehors de Libby, il n'y avait qu'une seule personne dans ma vie avec qui j'avais envie de communiquer. J'envoyai un bref message à Max : *Tu-sais-qui est de retour.*

Elle ne me répondit pas immédiatement. Ses parents veillaient à limiter le temps qu'elle passait sur son téléphone et le lui confisquaient fréquemment. Ils avaient aussi la vilaine habitude de lire ses messages, raison pour laquelle je n'avais pas désigné Drake par son nom ni précisé où je comptais passer la nuit. La famille Liu, tout comme mon assistante sociale, n'avait pas besoin de savoir que je ne me trouvais pas là où j'étais censée être.

Je posai mon téléphone à côté de moi, jetai un coup d'œil à mon sac à dos sur la banquette arrière, puis décidai que le reste de mes devoirs pouvait attendre le lendemain. J'inclinai le siège au maximum et fermai les yeux. Incapable de trouver le sommeil, je fouillai dans la boîte à gants et en sortis la seule chose de valeur que ma mère m'avait léguée : une pile de cartes postales. Des dizaines. Montrant tous les endroits que nous avions envisagé de visiter. Hawaï. La Nouvelle-Zélande. Le Machu Picchu. En contemplant ces photos une à une, je parvenais à m'imaginer partout sauf ici. À Tokyo. À Bali. En Grèce.

J'ignore depuis combien de temps j'étais perdue dans mes pensées quand mon téléphone bipa. Je l'attrapai et vis que Max avait répondu à mon texto : *L'enfant de butin.*

Puis, un instant plus tard : *Ça va, toi ?*

Max avait déménagé l'année dernière. Nous communiquions beaucoup par textos et elle refusait d'écrire des gros mots de peur que ses parents ne tombent dessus.

Alors elle devait se montrer créative.

*Ça va*, répondis-je. Elle n'eut pas besoin d'autre encouragement pour lâcher la bride à sa fureur vengeresse :

*QUE CE SAC À MERLE AILLE SE FAIRE FOUDRE ! JE LUI SOUHAITE DE GRILLER EN AMPÈRES !*

Une seconde plus tard, mon téléphone se mit à sonner.

— Sérieusement, tu es sûre que ça va ? me demanda Max quand j'eus décroché.

Je baissai les yeux sur les cartes postales étalées sur mes genoux et sentis ma gorge se nouer.

*Je me débrouillerai pour terminer ma scolarité*, pensai-je. *Je postulerai auprès de toutes les facs possibles. Je décrocherai un diplôme qui me permettra de travailler à distance en étant bien payée. Et je voyagerai dans le monde entier.*

Je poussai un gros soupir tremblotant puis répondis à la question de Max.

— Tu me connais, Maxine. Je retombe toujours sur mes pieds.

# 4

Le lendemain, je payai au prix fort la nuit passée dans ma voiture. J'avais mal partout, et je dus attendre le cours de gym pour prendre ma douche parce que les serviettes en papier des toilettes du resto ne pouvaient pas faire de miracles. Faute de temps pour me sécher les cheveux, j'arrivai encore dégoulinante au cours suivant. Ce n'était pas l'idéal, mais j'allais en classe avec les mêmes élèves depuis que j'étais toute petite. Je faisais pour ainsi dire partie des meubles.

Personne ne fit attention à moi.

Ma professeure d'anglais était jeune, pleine d'enthousiasme, et je la soupçonnais fortement de boire un peu trop de café.

— *Roméo et Juliette* est truffé de proverbes, de brefs éclairs de sagesse qui en disent long sur le fonctionnement du monde et la nature humaine, déclara-t-elle. Mais laissons Shakespeare de côté un instant. Qui peut me citer un proverbe d'usage courant ?

*À cheval donné on ne regarde pas les dents*, pensai-je, grimaçant à cause de mes raideurs dans le cou et des gouttes d'eau que je sentais couler le long de mon dos. *Nécessité est mère d'industrie. Il ne faut pas prendre ses désirs pour des réalités.*

La porte de la salle s'ouvrit. Une secrétaire passa la tête à l'intérieur, attendit que la professeure se tourne vers elle puis claironna, suffisamment fort pour être entendue jusqu'au fond de la classe :

— Avery Grambs est attendue dans le bureau du proviseur.

Cela signifiait probablement qu'on avait corrigé ma copie.

***

Je ne m'attendais pas à des excuses, mais je ne m'attendais pas non plus à ce que M. Altman m'accueille devant le bureau de sa secrétaire, avec un sourire jusqu'aux oreilles comme s'il venait de recevoir la visite du pape.

— Avery !

Une alarme se déclencha dans un coin de ma tête, parce que personne n'était jamais content de me voir.

— Par ici.

Il m'ouvrit la porte de son bureau, et j'aperçus à l'intérieur une queue-de-cheval bleu électrique qui m'était familière.

— Libby ? m'exclamai-je.

Elle portait sa tenue d'aide-soignante, un foulard avec des crânes imprimés, et n'était pas maquillée, ce qui semblait indiquer qu'elle venait directement du travail. En pleine journée. D'habitude, les résidences médicalisées ne laissaient pas leur personnel s'absenter si facilement.

À moins qu'il ne soit arrivé quelque chose.

— Est-ce que papa… ?

Je ne pus me résoudre à terminer ma question.

— Votre père va bien, déclara une voix qui n'était ni celle de Libby ni celle de M. Altman.

Je redressai la tête pour regarder au-delà de ma sœur. Le fauteuil du proviseur était occupé par un garçon qui ne devait pas être beaucoup plus âgé que moi. *Mais que se passe-t-il ici ?*

Il portait un costume. C'était le genre de personne à toujours se déplacer avec une garde rapprochée.

— Hier en tout cas, continua-t-il avec sa voix grave, mélodieuse et mesurée, Ricky Grambs était encore vivant, bien portant, et saoul comme une vache, dans une chambre de motel du Michigan, à environ une heure de Detroit.

Je tâchai de ne pas le dévisager trop ouvertement. Sans succès. *Cheveux clairs. Yeux pâles. Et des traits taillés à la serpe.*

— Comment le sais-tu ? m'étonnai-je.

Même moi, je n'aurais pas su où trouver mon vagabond de père. Mais lui avait réussi ?

Le garçon en costume ne répondit pas à ma question. À la place, il haussa un sourcil.

— Monsieur le proviseur ? Si vous voulez bien nous accorder une minute… ?

L'intéressé ouvrit la bouche, sans doute pour s'offusquer d'être chassé de son propre bureau, mais le garçon accentua encore son haussement de sourcil.

— Il me semble que nous avions un accord.

M. Altman se racla la gorge.

— Bien sûr.

Sans plus chercher à discuter, il tourna les talons et sortit. La porte se referma derrière lui et je pus recommencer à fixer le garçon qui venait de le congédier. Ses yeux étaient de la même couleur que son costume : gris, avec des reflets argentés.

— Vous m'avez demandé comment je sais où est votre père, déclara-t-il. Je crois que le mieux, pour l'instant, ce serait simplement de considérer que je sais tout.

Sa voix aurait pu être très agréable à entendre, s'il avait tenu un autre discours.

— Oh, un garçon qui croit tout savoir ! marmonnai-je. Original.

— Oh, une fille à la langue acérée ! riposta-t-il.

Ses yeux gris se focalisèrent sur moi, et les coins de sa bouche se creusèrent en une ébauche de sourire.

— Qui es-tu ? dis-je. Et qu'est-ce que tu veux ?

… *De moi*, ajouta une petite voix intérieure. *Qu'est-ce que tu veux de moi ?*

— Si je suis là, répondit-il, c'est uniquement pour vous transmettre un message… (Pour une raison inexpliquée, mon cœur se mit à battre plus fort.) Qui s'est révélé impossible à vous faire parvenir par les moyens traditionnels.

— Ça, c'est peut-être ma faute, bredouilla Libby d'un air penaud.

— Comment ça, ta faute ? dis-je en lui faisant face, pas mécontente de détourner mon regard de Yeux-Gris.

— Ce qu'il faut que tu saches, me prévint Libby avec tout le sérieux possible pour une personne arborant des crânes autour du cou, c'est que je n'avais aucun moyen de savoir que ces lettres étaient authentiques.

— Quelles lettres ?

Apparemment, j'étais la seule personne dans cette pièce à ne pas savoir ce qui se passait, et je ne pouvais m'empêcher de penser que cette situation était très inconfortable, comme lorsqu'on se tient sur une voie ferrée sans savoir de quel côté le train va arriver.

— Les lettres, expliqua de sa voix suave le garçon en costume, que les avocats de mon grand-père s'évertuent à vous envoyer depuis bientôt trois semaines.

— Je croyais qu'il s'agissait d'une arnaque, se défendit Libby.

— Je peux vous promettre, déclara onctueusement le garçon, qu'il n'en est rien.

Je n'accordais aucun crédit aux promesses des garçons séduisants.

— Reprenons depuis le début. (Il croisa les mains sur le bureau, le pouce de sa main droite jouant délicatement avec le bouton de manchette à son poignet gauche.) Je m'appelle Grayson Hawthorne. Je suis là pour le compte de McNamara, Ortega et Jones, un cabinet juridique de Dallas chargé de la succession de mon grand-père. Lequel est mort le mois dernier.

Les yeux pâles de Grayson croisèrent les miens.

— Il s'appelait Tobias Hawthorne. (Il marqua une pause, étudiant ma réaction… ou plutôt mon absence de réaction.) Ce nom vous évoque-t-il quelque chose ?

J'avais de nouveau cette sensation de me tenir sur une voie ferrée.

— Non, dis-je. Ça devrait ?

— Mon grand-père était un homme très riche, mademoiselle Grambs. Et il semble que, à l'instar de ses proches et des gens qui travaillaient pour lui depuis des années, vous apparaissiez dans son testament.

J'entendais chacun de ses mots, mais ils n'avaient aucun sens.

— Son *quoi* ?

— Son testament, répéta Grayson avec un mince sourire. Je ne sais pas précisément ce qu'il vous a laissé, mais votre présence est requise à la lecture du testament. Nous la repoussons depuis des semaines.

J'étais pourtant une personne intelligente, mais il aurait aussi bien pu me parler en suédois.

— Pourquoi ton grand-père m'aurait-il laissé quoi que ce soit ? demandai-je.

Grayson se leva.

— C'est la question du jour, n'est-ce pas ?

Il fit le tour du bureau, et soudain je sus exactement de quelle direction venait le train.

De la sienne.

— J'ai pris la liberté d'organiser votre voyage à toutes les deux.

Il ne s'agissait pas d'une invitation. Mais d'une convocation.

— Qu'est-ce qui te fait croire… commençai-je, avant d'être interrompue par Libby.

— Super ! s'exclama-t-elle en me jetant un regard en coin.

Grayson eut un petit sourire.

— Je vous laisse en discuter entre vous.

Son regard s'attarda sur moi, un peu trop longuement, puis il sortit sans ajouter un mot.

Libby et moi restâmes silencieuses cinq bonnes secondes après son départ.

— Tu vas me prendre pour une folle, murmura-t-elle enfin, mais je crois que c'est peut-être Dieu.

Je ricanai.

— Il a l'air de le penser, en tout cas.

C'était plus facile d'ignorer l'effet qu'il exerçait sur moi maintenant qu'il était sorti. Quel genre de personne dégageait une confiance en soi aussi absolue ? Elle émanait de sa posture, de sa façon de choisir ses mots, de chacune de ses réactions. Le pouvoir était pour lui une force naturelle, au même titre que la gravité. Le monde se pliait à la volonté de Grayson Hawthorne. Ce qu'il ne pouvait pas acheter avec son argent, il devait sans doute l'obtenir avec les yeux.

— Explique-moi tout depuis le début, dis-je à Libby. Sans rien oublier.

Elle tripota nerveusement les pointes noires de sa queue-de-cheval bleu électrique.

— Il y a environ deux semaines, on a commencé à recevoir des lettres, adressées à toi, à mes bons soins. Elles disaient que tu avais hérité d'une certaine somme et nous demandaient d'appeler un numéro. J'ai cru que c'était du bidon. Comme ces e-mails qu'on reçoit d'un soi-disant prince étranger.

— Pourquoi ce Tobias Hawthorne, que je n'ai jamais rencontré de ma vie, et dont je n'avais même jamais entendu parler, m'aurait-il couchée sur son testament ? demandai-je.

— Aucune idée, mais *ça*, dit Libby en indiquant la direction dans laquelle Grayson était parti, ce n'est pas du bidon. Tu as vu comment il s'est débarrassé d'Altman ? À ton avis, c'était quoi, cet accord dont il a parlé ? Un dessous-de-table… ou une menace ?

*Les deux.* Ravalant cette réponse, je sortis mon téléphone et me connectai au wifi du lycée. Après une rapide recherche sur Tobias Hawthorne, je tombai sur un article de presse qui titrait : *Le célèbre philanthrope meurt à soixante-dix-huit ans.*

— Tu sais ce que ça veut dire, philanthrope ? me demanda Libby très sérieusement. Ça veut dire riche.

— Ça veut dire quelqu'un qui donne à des œuvres de charité, rectifiai-je.

— Donc… riche. (Libby m'examina en penchant la tête.) C'est peut-être toi, l'œuvre de charité ? Ils ne t'auraient pas envoyé son petit-fils pour quelques centaines de dollars. Ça doit plutôt se chiffrer en milliers. Tu pourrais voyager, Avery, ou te payer une bonne université, ou t'offrir une voiture neuve.

Mon pouls s'accéléra malgré moi.

— Pourquoi un parfait inconnu m'aurait-il laissé quoi que ce soit ? répétai-je, résistant à la tentation de rêver, ne serait-ce qu'un instant, consciente que, si je commençais, je ne pourrais plus m'arrêter.

— Peut-être qu'il connaissait ta mère ? suggéra Libby. Je n'en sais rien, mais ce que je sais, c'est qu'on doit assister à la lecture de ce testament.

— Je ne peux pas partir comme ça, protestai-je. Et toi non plus.

Nous avions toutes les deux un travail. J'avais mes cours. D'un autre côté... un voyage aurait au moins l'avantage d'éloigner Libby de Drake, ne serait-ce que temporairement.

*Et si c'est vraiment du sérieux...* J'avais de plus en plus de mal à ne pas me laisser aller à rêver.

— Je me suis fait remplacer pour les deux prochains jours, m'informa Libby. J'ai appelé mon patron. Et le tien. (Elle me prit la main.) Allez, Avy. Ce ne serait pas super de partir quelques jours, rien que toi et moi ?

Elle me pressa doucement les doigts. Après une hésitation, je lui rendis la pareille.

— Où doit avoir lieu cette lecture, exactement ?

— Au Texas ! s'exclama Libby, radieuse. Et non seulement ils nous ont pris des billets, mais en première classe !

# 5

Je n'avais encore jamais pris l'avion. En regardant par le hublot à dix mille pieds d'altitude, je pouvais facilement m'imaginer aller plus loin que le Texas. À Paris. À Bali. Au Machu Picchu. J'avais toujours compté réaliser ces rêves *plus tard*.

Mais désormais…

Assise à côté de moi, en train de siroter un cocktail de bienvenue, Libby était au paradis.

— On se prend en photo ? proposa-t-elle. Approche et fais-moi un beau sourire.

De l'autre côté du couloir, une dame lui jeta un regard désapprobateur. J'ignorais si c'était à cause de ses cheveux bleus, de sa veste de camouflage, de son collier à clous, du selfie qu'elle voulait prendre ou du volume sonore de sa voix lorsqu'elle m'avait demandé d'avoir la banane.

Prenant un air méprisant, je me penchai contre ma sœur et affichai un grand sourire.

Libby posa sa tête sur mon épaule et prit sa photo. Elle tourna son téléphone pour me la montrer.

— Je te l'enverrai à l'atterrissage. (Son sourire s'effaça brièvement.) Ne la mets pas en ligne, d'accord ?

*Drake ne sait pas où tu es, c'est ça ?* Je me retins de lui rappeler qu'elle avait le droit de vivre sa vie. Je n'avais pas envie de me disputer.

— Promis.

Ce n'était pas un gros sacrifice de ma part. Quand j'allais sur les réseaux sociaux, c'était presque uniquement pour causer avec Max.

D'ailleurs, en parlant d'elle… Je sortis mon téléphone à mon tour. Je l'avais réglé en mode avion, ce qui empêchait l'envoi de textos, mais la première classe offrait le wifi gratuit. J'adressai à mon amie un rapide compte rendu de ce qui m'arrivait, puis passai le reste du vol à faire des recherches sur Tobias Hawthorne.

Il avait fait fortune dans le pétrole, avant de se diversifier. À la manière dont Grayson avait parlé de son grand-père, et après avoir lu cet article de presse qui le décrivait comme un philanthrope, je m'attendais à un millionnaire.

Je me trompais.

Tobias Hawthorne n'était pas simplement « très riche » ou « fortuné ». Il n'y avait pas de termes polis pour désigner ce qu'il était, autre qu'un – insérez ici le juron de votre choix – de gros richard. On parlait de milliards, et au pluriel. C'était la neuvième personne la plus riche des États-Unis, et l'homme le plus riche du Texas.

*Quarante-six virgule deux milliards de dollars.* Voilà ce qu'il pesait. Ce chiffre avait de quoi donner le tournis. Au bout d'un moment, je cessai de me demander pourquoi un homme que je n'avais jamais rencontré avait voulu me léguer quelque chose, et je commençai à me demander combien.

Max me répondit juste avant l'atterrissage : *Tu ne serais pas en train de te foudre de moi, dis ?*

Je souris. *Non. Je suis vraiment à bord d'un avion pour le Texas. En fait, on s'apprête à atterrir en ce moment.*

Sa seule réponse fut : *Butin de merle.*

***

Une jeune femme brune en tailleur blanc impeccable nous accueillit, Libby et moi, à la seconde où nous eûmes passé les portiques de sécurité.

— Mademoiselle Grambs, me dit-elle avec un petit hochement de tête. Mademoiselle Grambs, ajouta-t-elle à l'intention de ma sœur. (Elle tourna les talons et commença à s'éloigner, s'attendant visiblement à ce qu'on la suive. Ce que nous fîmes toutes les deux.) Je m'appelle Alisa Ortega, nous apprit-elle, de chez McNamara, Ortega et Jones.

Après une autre pause, elle me lança un regard en coin.

— Vous êtes une jeune femme très difficile à joindre.

Je haussai les épaules.

— C'est parce que je vis dans ma voiture.

— N'importe quoi ! protesta aussitôt Libby. Dis-lui que c'est n'importe quoi.

— Nous sommes ravis que vous ayez pu venir. (Alisa Ortega, de chez McNamara, Ortega et Jones, enchaîna, comme si mon concours à cette conversation était parfaitement optionnel.) Veuillez vous considérer comme les invitées de la famille Hawthorne pendant toute la durée de votre séjour au Texas. Je serai votre agent de liaison avec le cabinet. S'il vous faut quoi que ce soit, adressez-vous à moi.

*Je croyais que les avocats étaient payés à l'heure ?* pensai-je. Combien allait-elle facturer à la famille Hawthorne pour être venue nous chercher à l'aéroport ? Je n'envisageai même pas que cette femme puisse ne pas être avocate. Elle devait avoir entre vingt-cinq et trente ans. En lui parlant, j'avais la même impression qu'en parlant à Grayson Hawthorne. C'était quelqu'un qui comptait.

— D'ailleurs, y a-t-il quelque chose que je puisse faire pour vous ? me demanda Alisa Ortega, en marchant à grands pas vers une porte automatique qui ne semblait pas vouloir s'ouvrir.

J'attendis d'être sûre que notre chaperon n'allait pas se cogner dans la paroi de verre pour répondre :

— Vous pourriez peut-être nous en dire un peu plus ?

— Il va falloir être plus précise.

— Savez-vous ce qu'il y a dans le testament ? demandai-je.

— Non.

Elle nous dirigea vers une voiture noire garée devant l'entrée. Elle m'ouvrit la portière. Je me glissai à l'intérieur, suivie de Libby. Alisa prit place sur le siège passager. Le siège conducteur était déjà occupé. J'essayai de voir le chauffeur, mais d'où j'étais, impossible de distinguer son visage.

— Vous le saurez très bientôt, me promit Alisa. Comme nous tous. Sa lecture est prévue peu après votre arrivée à la maison Hawthorne.

Pas *la maison des Hawthorne*. Mais *la maison Hawthorne*, comme s'il s'agissait d'une espèce de manoir anglais avec son propre nom.

— C'est là qu'on va dormir ? voulut savoir Libby. À la maison Hawthorne ?

Nos billets de retour portaient la date du lendemain. Nous avions pris des affaires pour une nuit.

— Vous aurez vos propres chambres, nous assura Alisa. M. Hawthorne a acheté le terrain voilà plus de cinquante ans et, depuis, il n'a pas cessé d'agrandir sa maison. Il en a fait une véritable merveille architecturale. J'ai perdu le compte du nombre exact de chambres, mais je crois qu'il y en a plus d'une trentaine. La maison Hawthorne est… une sorte de monument.

Elle semblait d'humeur loquace. Je décidai de pousser ma chance.

— J'ai l'intuition que M. Hawthorne devait être une sorte de monument, lui aussi, je me trompe ?

— Non, votre intuition est juste, répondit Alisa. (Elle me jeta un coup d'œil par-dessus son épaule.) M. Hawthorne appréciait beaucoup l'intuition.

Une sensation étrange m'envahit, presque comme une prémonition. *Est-ce la raison pour laquelle il m'a choisie ?*

— Vous le connaissiez bien ? demanda Libby à côté de moi.

— Mon père était déjà son avocat avant ma naissance, répondit Alisa Ortega d'une voix plus douce, abandonnant temporairement ses airs de femme de pouvoir. J'ai passé une grande partie de mon enfance à la maison Hawthorne.

*Ce n'était pas juste un client pour elle*, me dis-je.

— Avez-vous la moindre idée de pourquoi je suis là ? demandai-je. De la raison pour laquelle il a voulu me léguer quelque chose ?

— Êtes-vous le genre de personne qui cherche à sauver le monde ? répondit Alisa, comme si c'était une question parfaitement banale.

— Euh… non, balbutiai-je.

— Votre vie a-t-elle été gâchée par un membre quelconque de la famille Hawthorne ? continua Alisa.

Je la dévisageai fixement, puis répondis avec plus d'assurance :

— Non.

Alisa sourit, mais son sourire ne parvint pas tout à fait jusqu'à ses yeux.

— Vous avez de la chance.

# 6

La maison Hawthorne trônait au sommet d'une colline. Immense. Tentaculaire. Elle ressemblait plus à un château qu'à un ranch familial. Il y avait une demi-douzaine de voitures garées devant, ainsi qu'une vieille moto déglinguée qui paraissait bonne pour la casse.

Alisa contempla la moto.

— On dirait que Nash est de retour.

— Nash ? demanda Libby.

— L'aîné des petits-fils Hawthorne, répondit Alisa, détournant son regard de la moto pour lever la tête vers le château. Ils sont quatre au total.

*Quatre petits-fils.* Je ne pus m'empêcher de repenser à celui que j'avais déjà rencontré. *Grayson.* Le costume sur mesure. Les yeux gris acier. L'arrogance qui suintait de tous les pores de sa peau.

Alisa me jeta un regard amusé.

— Croyez-en mon expérience : ne donnez jamais votre cœur à un Hawthorne.

— Ne vous en faites pas pour ça, répliquai-je, aussi agacée par ce qu'elle sous-entendait que par le fait qu'elle avait deviné ce à quoi je pensais. Je garde le mien enfermé à double tour.

***

Le vestibule était plus vaste que bien des maisons ; il devait faire au moins quatre-vingt-dix mètres carrés, comme si l'architecte avait envisagé qu'il puisse servir de salle de bal. Des arcades en pierre le bordaient de chaque côté et montaient sur une hauteur de deux étages jusqu'à un magnifique plafond en bois sculpté. J'en restai bouche bée.

Une voix familière m'arracha à ma contemplation.

— Ah, vous voilà ! Et pile à l'heure. Je suppose que votre vol s'est déroulé sans accroc ?

Grayson Hawthorne portait un costume différent de la dernière fois. Celui-ci était noir, tout comme sa chemise et sa cravate.

— Mesdemoiselles, dit-il, puis-je vous débarrasser de vos manteaux ?

— Je vais garder le mien, dis-je.

Je me sentais d'humeur contrariante. Et puis, une couche de vêtement supplémentaire entre le monde extérieur et moi ne pouvait pas faire de mal.

— Et le vôtre ? demanda Grayson à Libby d'une voix suave.

Encore éberluée par l'immensité des lieux, Libby ôta machinalement son blouson et le lui tendit. Grayson l'emporta sous l'une des arches de pierre. Un couloir orné de lambris s'ouvrait de l'autre côté. Grayson posa la main sur l'un des panneaux de bois et appuya. Il fit pivoter sa main sur quatre-vingt-dix degrés, pressa ensuite le panneau suivant puis, d'un mouvement trop rapide pour que je puisse le mémoriser, en manipula encore deux autres. J'entendis un déclic, et une porte jusque-là invisible s'ouvrit dans le mur.

— Qu'est-ce que… ? bafouillai-je.

Grayson se pencha par l'ouverture et en ramena un cintre.

— La penderie, expliqua-t-il.

Comme si cela ressemblait à n'importe quelle penderie dans n'importe quelle maison.

Alisa saisit cette occasion pour nous abandonner entre les mains compétentes de Grayson, tandis que je réfléchissais à une meilleure réaction que de rester plantée là comme une idiote. Grayson allait refermer le panneau quand un bruit à l'intérieur de la penderie l'obligea à retenir son geste.

J'entendis un grincement, puis un claquement. Quelques cintres s'écartèrent en cliquetant et une silhouette émergea d'entre les manteaux. Un garçon d'environ mon âge, peut-être un peu plus jeune. Il portait un costume, lui aussi, mais la ressemblance avec Grayson s'arrêtait là. Ses vêtements étaient tout chiffonnés, comme s'il avait dormi habillé, et pas qu'une fois. Sa veste n'était pas boutonnée. Sa cravate n'était pas nouée. Il était grand, avec un visage poupon encadré par des cheveux bruns et frisés. Il avait les yeux marron et la peau café au lait.

— Je suis en retard ? demanda-t-il à Grayson.

— C'est une question que tu devrais plutôt adresser à ta montre.

— Est-ce que Jameson est déjà arrivé ?

Grayson se crispa.

— Non.

L'autre garçon sourit.

— Alors, je ne suis pas en retard ! Et je parie que ce sont nos invitées ! ajouta-t-il en nous regardant, Libby et moi, par-dessus l'épaule de son frère. Enfin, Grayson, tu pourrais faire les présentations.

Un muscle tressaillit dans la joue de Grayson.

— Avery Grambs, déclara-t-il, et sa sœur Libby. Mesdemoiselles, voici mon frère Alexander. (Pendant un instant, je crus qu'il en resterait là, et puis il arrondit un sourcil.) Xander est le bébé de la famille.

— Je suis le charmeur, corrigea l'intéressé. Je sais ce que vous pensez. Ce guignol fait à peu près illusion en costume Armani. Mais je vous le demande, est-ce qu'il peut faire basculer le monde comme ça, rien qu'avec un sourire ? Non, répondit-il à sa propre question. Bien sûr que non.

Xander ne semblait avoir qu'une seule façon de parler : à toute vitesse. Il s'interrompit enfin assez longtemps pour nous permettre de placer un mot.

— Enchantée, dit Libby.

— Tu traînes souvent dans les placards ? lui demandai-je.

Xander s'essuya les mains sur son pantalon.

— Il y a un passage secret, expliqua-t-il. Cette maison en est pleine.

# 7

Les doigts me démangeaient de sortir mon téléphone et de commencer à prendre des photos, mais je résistai à la tentation. Libby n'eut pas autant de scrupules.

— Mademoiselle… dit Xander en s'interposant habilement devant son objectif. Puis-je vous demander ce que vous pensez des montagnes russes ?

Je crus que les yeux de Libby allaient sortir de leurs orbites.

— Parce qu'il y a des montagnes russes dans cette maison ?

Xander sourit.

— Pas exactement.

La seconde d'après, le « bébé » de la famille Hawthorne (qui devait quand même mesurer pas loin d'un mètre quatre-vingt-dix) entraînait ma sœur vers le fond du vestibule.

Je restai confuse. Comment une maison pouvait-elle ne « pas exactement » comporter des montagnes russes ? À côté de moi, Grayson ricana. Je le vis en train de m'observer et plissai les yeux.

— Quoi ?

— Rien, répondit Grayson avec une petite moue qui suggérait le contraire. C'est juste que… vous avez un visage très expressif.

Non. C'était faux. Libby disait toujours qu'il était difficile de deviner ce à quoi je pensais. Au poker, mon impassibilité m'avait permis de financer les petits déjeuners d'Harry pendant des mois. J'étais tout sauf expressive.

— Désolé pour Xander, déclara Grayson. Il a tendance à négliger certaines notions désuètes, comme réfléchir avant de parler ou rester assis sans bouger pendant plus de trois secondes consécutives. (Il baissa les yeux.) C'est le meilleur d'entre nous, même dans ses mauvais jours.

— Mlle Ortega m'a dit que vous étiez quatre. (Je ne pus retenir ma langue. Je voulais en savoir davantage à propos de cette famille. À propos de *lui*.) Quatre petits-fils, je veux dire.

— J'ai trois frères, confirma Grayson. Mère identique, pères différents. Ma tante Zara n'a pas d'enfants. (Son regard porta au-delà de mon épaule.) Et puisqu'on parle de mes parents, je crois que je vais devoir m'excuser encore une fois, par avance.

— Gray, mon chéri !

Une femme s'avança à notre rencontre dans un tourbillon d'étoffe et de grâce. Je tentai de deviner son âge. Entre trente et quarante ans, à vue de nez. Impossible d'être plus précise.

— Tout le monde nous attend dans le grand salon, dit-elle à Grayson. Enfin, presque tout le monde. Où est ton frère ?

— Lequel, mère ?

La femme leva les yeux au plafond.

— Ne me donne pas du « mère », Grayson Hawthorne. (Elle se tourna vers moi.) On croirait qu'il est né avec ce costume, me confia-t-elle avec des airs de conspiratrice, mais en réalité Gray était mon petit nudiste. Un véritable esprit libre. Impossible de lui faire garder le moindre vêtement avant l'âge de quatre ans. Au bout d'un moment, je n'essayais même plus.

Elle marqua une pause pour me détailler lentement de la tête aux pieds.

— Tu dois être Ava.

— Avery, corrigea Grayson. Elle s'appelle Avery, mère.

S'il éprouvait un quelconque embarras à entendre évoquer son passé de petit nudiste, Grayson n'en montra rien. La femme soupira, mais sourit également, comme s'il était impossible pour elle d'éprouver autre chose que du ravissement en présence de son fils.

— J'ai longtemps espéré que mes enfants m'appelleraient par mon prénom, m'avoua-t-elle. Je les ai élevés comme mes égaux, tu sais ? Il faut dire que j'avais toujours imaginé avoir des filles. Quatre garçons plus tard…

Elle haussa les épaules avec beaucoup d'élégance.

Objectivement, la mère de Grayson en faisait trop. Mais subjectivement ? Elle était irrésistible.

— Cela t'ennuierait de me donner la date de ton anniversaire, ma chérie ?

La question me prit au dépourvu. Je fus incapable de formuler une réponse. Elle me toucha la joue.

— Es-tu Scorpion ? Ou Capricorne ? Pas Poisson, de toute évidence…

— Mère… commença Grayson, avant de se reprendre. *Skye.*

Il me fallut un moment pour comprendre qu'il devait s'agir de son prénom, et qu'il l'appelait comme ça pour tenter de l'amadouer et la dissuader de se lancer dans mon thème astrologique.

— Grayson est un bon garçon, me confia Skye. Un peu trop, même. (Puis elle m'adressa un clin d'œil.) Nous reprendrons cette discussion plus tard.

— Je doute que Mlle Grambs ait prévu de rester assez longtemps pour bavarder au coin du feu, ou se faire tirer les cartes.

Une deuxième femme de l'âge de Skye, voire légèrement plus âgée, venait de s'immiscer dans la conversation. Alors que Skye était du genre vêtements vaporeux et tempérament expansif, la nouvelle venue entrait plutôt dans la catégorie perles et jupe crayon.

— Je m'appelle Zara Hawthorne-Calligaris, déclara-t-elle, me dévisageant d'un air sévère. Puis-je savoir dans quelles circonstances vous avez connu mon père ?

Un grand silence s'abattit dans le vestibule. Je me raclai la gorge.

— Je ne le connaissais pas.

Je sentais le regard de Grayson peser sur moi. Après ce qui me parut une éternité, Zara m'offrit un sourire pincé.

— Eh bien, nous apprécions que vous soyez enfin là. Ces dernières semaines ont été plutôt éprouvantes, comme vous pouvez l'imaginer.

*Ces dernières semaines*, complétai-je dans ma tête, *pendant lesquelles personne ne réussissait à me joindre.*

— Zara ? (Un homme aux cheveux bruns gominés vint nous interrompre en glissant un bras autour de sa taille.) M. Ortega voudrait te dire un mot.

C'était sans doute son mari. Il n'eut pas un regard dans ma direction.

Skye intervint pour compenser sa froideur.

— Ma sœur a « des mots » avec les gens, observa-t-elle. Moi, j'ai des conversations. Des conversations merveilleuses. C'est d'ailleurs comme ça que je me suis retrouvée avec quatre fils. À l'issue de quatre conversations délicieuses avec quatre hommes délicieux…

— Je serais prêt à payer pour que tu t'arrêtes là, l'interrompit Grayson.

Skye tapota la joue de son fils.

— Corruption. Menaces. Il n'y a pas plus Hawthorne que toi, mon chéri. (Elle m'adressa un sourire complice.) C'est pour ça qu'il est l'héritier présomptif.

Il y avait quelque chose dans la voix de Skye, dans l'expression de Grayson quand sa mère prononça les mots « héritier présomptif », qui me fit penser que j'avais grandement sous-estimé l'impatience avec laquelle la famille Hawthorne attendait la lecture de ce testament.

*Ils ne savent pas ce qu'il y a dedans, eux non plus.*

J'eus soudain la sensation d'avoir mis le pied dans une arène sans rien connaître des règles du jeu.

— Et maintenant, dit Skye en nous prenant par la taille Grayson et moi, si nous nous rendions au grand salon ?

# 8

Le grand salon était un peu plus petit que le vestibule. Une gigantesque cheminée en pierre se dressait au fond. Avec des gargouilles sculptées de part et d'autre. D'authentiques gargouilles.

Au moment où Skye prit congé, Libby fit son apparition. Grayson nous indiqua des fauteuils moelleux, puis s'excusa avant d'aller rejoindre trois hommes d'âge mûr qui discutaient près de l'entrée avec Zara et son mari.

*Les avocats*, devinai-je. Au bout de quelques minutes, Alisa les rejoignit à son tour, et je pris le temps de détailler les autres occupants de la pièce. Il y avait un couple de vieux Texans, la soixantaine bien tassée. Un homme noir au port martial, d'une quarantaine d'années environ, qui se tenait dos au mur en gardant les deux sorties dans son champ de vision. Xander, en compagnie d'un garçon qui devait sûrement être un autre frère Hawthorne. Plus âgé, celui-ci, autour de vingt-cinq ans, sans doute. Il aurait eu besoin d'aller chez le coiffeur et portait sous son costume des bottes de cow-boy qui, à l'instar de la moto à l'extérieur, avaient connu des jours meilleurs.

*Nash*, me dis-je, me rappelant le nom qu'Alisa avait prononcé.

Enfin, une vieille dame fit son entrée. Nash lui offrit son bras, mais elle préféra prendre celui de Xander. Ce dernier l'accompagna jusqu'à Libby et moi.

— Je vous présente Mamie, dit-il. Notre légende.

— Arrête tes bêtises, bougonna-t-elle en lui donnant une tape sur le bras. Je suis l'arrière-grand-mère de ce petit vaurien. (Elle s'assit, non sans difficulté, dans le fauteuil à côté du mien.) Vieille comme le monde, et deux fois plus coriace.

— Elle est adorable, m'assura Xander. Et je suis son préféré.

— Tu n'es *pas* mon préféré, grommela Mamie.

— Je suis le préféré de tout le monde !

— Tout le portrait de ton grand-père, décidément, maugréa Mamie. (Elle ferma les yeux, et je vis que ses mains tremblaient légèrement.) C'était un homme abominable.

Elle avait de la tendresse dans la voix en disant cela.

— M. Hawthorne était votre fils ? demanda gentiment Libby.

Elle travaillait au contact des personnes âgées et savait écouter comme personne.

Mamie eut un reniflement de dédain.

— Mon gendre.

— C'était son préféré, lui aussi, précisa Xander.

Il y avait quelque chose de poignant dans sa manière de dire cela. Ce n'étaient pas des funérailles ; l'inhumation avait dû avoir lieu depuis des semaines, mais je savais reconnaître le chagrin quand je le voyais. Je pouvais le sentir... presque le *humer*.

— Ça va, Avy ? s'inquiéta Libby.

Je repensai à Grayson Hawthorne, qui m'avait dit à quel point mon visage était expressif.

— Impeccable, répondis-je en me reprenant aussitôt. (Bien sûr, je mentais. Même au bout de deux ans, je ne pouvais pas repenser à ma mère sans avoir l'impression d'être balayée par un tsunami.) Je sors un moment, annonçai-je. J'ai besoin d'air frais.

Le mari de Zara s'interposa, me retenant par le coude.

— Où allez-vous ? Nous sommes sur le point de commencer.

Je dégageai mon bras d'un geste brusque. Je me fichais complètement de savoir qui étaient ces gens. Leur prétendue richesse ne leur donnait pas pour autant le droit de me toucher.

— On m'a dit qu'il y avait quatre petits-fils Hawthorne, ripostai-je. Si je compte bien, il en manque encore un. Je reviens dans une minute. Vous n'aurez même pas le temps de remarquer mon absence.

Je me retrouvai derrière la maison, sur une pelouse impeccablement entretenue. Il y avait une fontaine. Une statue de marbre. Une serre. Et au-delà, à perte de vue, des terres. Certaines boisées, d'autres non. À se tenir là, le regard fixé sur l'horizon, on s'imaginait facilement partir droit devant soi et ne jamais rebrousser chemin.

— En supposant que « non » soit « si » et que « une fois » soit « jamais », combien de côtés possède un triangle ?

La question était tombée du ciel. Je levai les yeux et vis un garçon assis au bord d'un balcon, en équilibre précaire sur la balustrade en fer forgé. *Ivre.*

— Tu vas te planter en beauté, me contentai-je de l'avertir.

Il sourit malicieusement.

— Voilà une proposition intéressante.

— Ce n'était pas une proposition, dis-je.

— Il n'y a pas de honte à faire des propositions à un Hawthorne, répliqua-t-il sans cesser de sourire.

Il avait les cheveux plus foncés que ceux de Grayson et plus clairs que ceux de Xander. Et il était torse nu.

*Toujours une bonne idée en plein hiver*, pensai-je avec acrimonie. Pourtant, je ne pus m'empêcher de le détailler. Il avait le ventre plat, les abdos bien dessinés. Une longue cicatrice courait de sa clavicule à sa hanche.

— Tu dois être la Fille Mystère, dit-il.

— Je m'appelle Avery, rectifiai-je.

J'étais sortie pour m'éloigner des Hawthorne et de leur chagrin. Il n'y en avait pas la moindre trace sur le visage de ce garçon. Comme si la vie n'était qu'une vaste plaisanterie pour lui. Comme s'il ne souffrait pas autant que les autres personnes réunies à l'intérieur.

— Si tu le dis, Fille Mystère. Je peux t'appeler Fimy, Fille Mystère ?

Je croisai les bras.

— Non.

Il fit basculer ses jambes du bon côté de la balustrade et se mit debout sur le balcon. Il vacillait un peu ; pendant un instant je lus clair en lui. *Il souffre, et il est bourré.* Je n'avais pas cédé aux sirènes de l'autodestruction à la mort de ma mère. Cela ne voulait pas dire que je n'avais pas entendu leur appel.

Il transféra son poids sur un pied pour prendre son élan et jeta l'autre en avant.

— Arrête !

Avant que je ne puisse ajouter quoi que ce soit, le garçon s'élança, empoigna la balustrade à deux mains et se hissa en position verticale, les pieds en l'air, tel un gymnaste qui ferait le poirier. Je vis les muscles de son dos se durcir, puis onduler entre ses omoplates quand il se laissa basculer un peu… avant de tomber.

Il se réceptionna juste à côté de moi.

— Tu ne devrais pas être dehors, Fimy.

Ce n'était pas moi qui étais torse nu et qui venais de sauter d'un balcon.

— Toi non plus.

Je me demandai s'il pouvait entendre mon cœur tambouriner dans ma poitrine. Je n'étais même pas sûre que le sien se soit mis à battre plus fort.

— Si je fais ce que je dois moins souvent que je dis ce qu'il ne faut pas… (Ses lèvres se tordirent.) Qu'est-ce que ça fait de moi ?

*Jameson Hawthorne*, pensai-je. De près, je pus voir qu'il avait les yeux d'un vert insondable.

— Alors ? insista-t-il. Qu'est-ce que ça fait de moi ?

J'arrêtai de regarder ses yeux. Et ses abdos. Et ses cheveux en bataille.

— Quelqu'un qui a trop bu, répondis-je, et parce que je sentais venir une réplique sarcastique, je m'empressai d'ajouter : Et deux.

— Quoi ? fit Jameson Hawthorne.

— La réponse à ta première énigme, dis-je. En supposant que « non » soit « si » et que « une fois » soit « jamais », alors un triangle possède… deux côtés.

Je ne me donnai pas la peine de lui expliquer comment j'en étais parvenue à cette conclusion.

— Touché, Fimy, murmura Jameson, avant de passer tranquillement devant moi, en m'effleurant le bras. Touché.

# 9

Je restai dehors quelques minutes supplémentaires. Cette journée avait quelque chose d'irréel. Le lendemain, je rentrerais dans le Connecticut, un peu plus riche, probablement, avec une histoire à raconter, et je ne reverrais plus jamais aucun membre de la famille Hawthorne.

Je n'aurais plus jamais l'occasion de contempler une vue pareille.

Le temps que je regagne le grand salon, Jameson Hawthorne s'était débrouillé pour enfiler une chemise et un veston. Il m'adressa un sourire et un petit salut de la main. À côté de lui, Grayson se raidit, la mâchoire crispée.

— Maintenant que tout le monde est là, annonça l'un des avocats, nous allons pouvoir procéder à la lecture du testament.

Les trois hommes se disposèrent en triangle, Alisa à leurs côtés. Celui qui venait de parler avait les mêmes cheveux bruns, la même peau brune et la même assurance que cette dernière. Je compris qu'il s'agissait sans doute d'Ortega. Les deux autres – Jones et McNamara, donc – se tenaient légèrement derrière lui.

*Depuis quand faut-il quatre avocats pour lire un testament ?* pensai-je.

— Vous êtes ici, déclara M. Ortega en projetant sa voix aux quatre coins de la pièce, pour prendre connaissance du testament et des dernières volontés de Tobias Tattersall Hawthorne. Conformément à ses instructions, mes collègues vont à présent vous remettre les lettres qu'il a laissées pour chacun de vous.

Les deux autres firent le tour de la pièce en distribuant des enveloppes.

— Vous pourrez les ouvrir une fois la lecture terminée.

Je reçus une enveloppe moi aussi. Elle portait mon nom en belles lettres calligraphiées. À côté de moi, Libby leva les yeux vers l'avocat, mais il passa devant elle sans s'arrêter et continua sa distribution auprès des autres occupants de la pièce.

— M. Hawthorne avait stipulé que les personnes suivantes devraient être présentes physiquement à la lecture de ce testament : Skye Hawthorne, Zara Hawthorne-Calligaris, Nash Hawthorne, Grayson Hawthorne, Jameson Hawthorne, Alexander Hawthorne, ainsi que Mlle Avery Kylie Grambs de New Castle, dans le Connecticut.

Je me sentis brusquement aussi visible que si je ne portais pas de vêtements.

— Puisque vous êtes tous là, conclut M. Ortega, nous pouvons commencer.

Libby glissa sa main dans la mienne.

— Moi, Tobias Tattersall Hawthorne, lut M. Ortega, sain de corps et d'esprit, déclare que mon patrimoine, mon argent et tous mes biens matériels devront être répartis comme suit.

« À Andrew et Lottie Laughlin, en remerciement de nombreuses années de loyaux services, j'attribue la somme de cent mille dollars chacun, ainsi que le droit de résider gratuitement, à vie, au Wayback Cottage, à la lisière ouest de mon domaine au Texas.

Les deux personnes âgées que j'avais remarquées un peu plus tôt se pressèrent l'une contre l'autre. La seule chose à laquelle je pensais, moi, c'était : *CENT MILLE DOLLARS*. Leur présence n'était même pas indispensable à la lecture du testament, et ils venaient de recevoir cent mille dollars. Chacun !

Je fis un gros effort pour me rappeler de respirer.

— À John Oren, chef de mon service de sécurité, qui m'a sauvé la vie plus souvent que je ne saurais m'en souvenir, je lègue le contenu de ma boîte à outils, qui se trouve actuellement dans les locaux de McNamara, Ortega et Jones, ainsi que la somme de trois cent mille dollars.

*Tobias Hawthorne connaissait ces gens*, me dis-je, le cœur battant. *Ils travaillaient pour lui. Ils comptaient pour lui. Moi, je ne suis personne.*

— À ma belle-mère, Pearl O'Day, je laisse une pension de cent mille dollars par an, plus la couverture de ses frais médicaux selon la procédure détaillée dans l'appendice. Tous les bijoux qui appartenaient à ma défunte épouse, Alice O'Day-Hawthorne, reviendront à sa mère après ma mort, afin qu'elle les distribue à ses proches selon son bon vouloir.

Mamie se racla la gorge.

— Ne commencez pas à vous faire des idées, lança-t-elle à la cantonade. Je vous enterrerai tous.

M. Ortega sourit brièvement.

— À… (Il marqua une pause, avant de reprendre.) À mes filles, Zara Hawthorne-Calligaris et Skye Hawthorne, je laisse les fonds nécessaires pour rembourser les dettes qu'elles auront accumulées jusqu'à ma mort.

M. Ortega fit une nouvelle pause, lèvres pincées. Les deux autres avocats regardaient droit devant eux, évitant soigneusement de croiser le regard des membres de la famille Hawthorne.

— De plus, je lègue à Skye ma boussole, pour qu'elle ne perde jamais le nord, et à Zara mon alliance, dans l'espoir qu'elle puisse aimer aussi pleinement et sans réserve que j'ai aimé sa mère.

Encore une pause, plus douloureuse que la précédente.

— Continuez, ordonna le mari de Zara.

— À chacune de mes filles, lut lentement M. Ortega, en complément de ce qui est stipulé plus haut, je laisse également un héritage de cinquante mille dollars.

*Cinquante mille dollars ?* À peine eus-je le temps de penser cela que le mari de Zara s'exclamait la même chose à voix haute, indigné. *Tobias Hawthorne laissait moins d'argent à ses filles qu'à son chef de la sécurité.*

La manière dont Skye avait parlé de Grayson comme de l'héritier présomptif prenait soudain une tout autre signification.

— C'est toi qui as magouillé ça, accusa Zara en se tournant vers Skye.

Elle le dit sans élever la voix, mais son ton n'en était pas moins assassin.

— Moi ? protesta Skye.

— Papa n'a plus jamais été le même après la mort de Toby, continua Zara.

— Sa *disparition*, corrigea Skye.

— Nom de Dieu, écoute-toi un peu ! s'emporta Zara. Tu lui as retourné le cerveau, pas vrai, Skye ? Tu as battu des cils et tu l'as convaincu de nous déshériter pour tout léguer à tes…

— Fils, acheva Skye d'une voix cinglante. Le mot que tu cherches, c'est « fils ».

— Non, c'est « bâtards », intervint Nash Hawthorne, avec un accent texan plus prononcé que celui de n'importe qui d'autre dans la pièce. Ce ne serait pas la première fois qu'on nous appelle comme ça.

— Si j'avais eu un fils… commença Zara d'une voix rauque.

— Seulement… tu n'en as jamais eu, répliqua Skye, qui marqua un silence pour appuyer le coup.

— Ça suffit ! gronda le mari de Zara. Nous réglerons ça plus tard.

— J'ai peur qu'il n'y ait rien à régler, fit observer M. Ortega, revenant dans la mêlée. Le testament est solidement verrouillé, avec des clauses dissuasives envers quiconque prétendrait le contester.

Je traduisis cela comme une façon polie de leur dire : « Asseyez-vous et fermez-la. »

— À présent, si je peux continuer… (M. Ortega baissa les yeux sur le document qu'il tenait à la main.) À mes petits-fils, Nash Westbrook Hawthorne, Grayson Davenport Hawthorne, Jameson Winchester Hawthorne et Alexander Blackwood Hawthorne, je laisse…

— Tout le reste, murmura Zara avec amertume.

M. Ortega poursuivit sans s'interrompre :

— … la somme de deux cent cinquante mille dollars chacun, payable le jour de leur vingt-cinquième anniversaire, et confiée en attendant aux bons soins d'Alisa Ortega.

— Quoi ? s'exclama Alisa, visiblement stupéfaite. Qu'est-ce que c'est que ce… ?

— Bordel, compléta gaiement Nash. La phrase que tu cherches, ma belle, c'est : « Qu'est-ce que c'est que ce bordel ? »

Tobias Hawthorne n'avait pas tout légué à ses proches. Si on considérait l'étendue de sa fortune, il ne leur avait laissé que des miettes.

*Tobias Hawthorne n'a pas tout laissé à ses petits-fils. Il n'a pas tout laissé à ses filles non plus.* Mon cerveau refusait d'aller plus loin. J'avais des bourdonnements dans les oreilles.

— S'il vous plaît, tout le monde, exigea M. Ortega en levant la main. Permettez-moi de finir.

*Quarante-six virgule deux milliards de dollars*, me dis-je, le cœur battant et la bouche sèche. *Tobias Hawthorne pesait quarante-six virgule deux milliards de dollars et il n'a laissé qu'un million à ses petits-fils. Plus cent mille dollars à ses filles, un autre demi-million à son personnel, une pension annuelle pour Mamie…*

Le compte n'y était pas. On en était même très loin.

L'un après l'autre, tous les occupants de la pièce se tournèrent vers moi.

— Quant au reste de ma fortune, lut M. Ortega, y compris mes propriétés, mes produits financiers et tous mes biens matériels non spécifiés, j'en fais don à Avery Kylie Grambs.

# 10

*Ce n'est pas possible.*

*Ça ne peut pas être possible.*

*Je suis en train de rêver.*

*Tout ça n'est que le produit de mon imagination.*

— Il lui a tout laissé ? (La voix de Skye était suffisamment stridente pour m'arracher à ma stupeur.) Mais pourquoi ?

Disparue, la femme qui cherchait à deviner mon signe astrologique et me régalait d'anecdotes à propos de ses fils et de ses amants. Cette Skye-là semblait prête à tuer. Littéralement.

— Qui est cette fille, nom de Dieu ? s'exclama Zara d'une voix claire et tranchante.

— Il doit y avoir une erreur quelque part, dit Grayson, sur le ton de celui qui a l'habitude de gérer ce genre de problème.

*Corruption. Menaces*, pensai-je. À quoi devais-je m'attendre de la part d'un héritier présomptif ? Ça n'était pas possible. Je le ressentais dans chaque battement de mon cœur, dans chaque respiration. Ça ne peut pas être possible.

— Il a raison, murmurai-je, trop bas pour être entendue au milieu du brouhaha général. (Je réessayai donc, plus fort.) Grayson a raison. C'est sûrement une erreur.

Tout le monde se tourna dans ma direction. J'avais la voix enrouée. La sensation de dégringoler dans le vide. Comme si je venais de sauter d'un avion et que j'attendais l'ouverture de mon parachute.

*Tout ça n'est pas réel. C'est impossible.*

— *Avery*, siffla Libby, en me donnant un coup de coude dans les côtes pour me faire taire.

Je ne voyais pourtant pas d'autre explication. Il devait forcément y avoir un malentendu là-dessous. Un homme que je n'avais jamais vu venait de me léguer sa fortune de multimilliardaire. Ce genre de chose n'arrivait pas, à personne.

— Vous voyez ? embraya Skye aussitôt. Même Ava trouve que c'est ridicule.

Cette fois-ci, j'étais quasiment sûre qu'elle avait fait exprès d'écorcher mon nom. « *Quant au reste de ma fortune, y compris mes propriétés, mes produits financiers et tous mes biens matériels non spécifiés, j'en fais don à Avery Kylie Grambs.* » Skye Hawthorne savait comment je m'appelais, désormais.

Ils le savaient tous.

— Je vous assure qu'il n'y a aucune erreur. (M. Ortega croisa mon regard, puis dirigea son attention vers les autres.) Et je peux vous garantir à tous que le testament de Tobias Hawthorne est absolument inattaquable. Étant donné que la suite ne concerne qu'Avery, nous allons nous en tenir là pour la lecture en public. Mais que ce soit bien clair : selon les termes du testament, tout héritier qui contestera l'héritage d'Avery devant la justice perdra immédiatement ses droits patrimoniaux.

*L'héritage d'Avery.* J'étais prise de vertige, à deux doigts de vomir. Comme si un illusionniste venait de réécrire les lois de la physique d'un claquement de doigts, comme si le coefficient de gravité avait changé et que mon corps avait du mal à s'y accoutumer. Le monde donnait l'impression d'osciller sur son axe.

— Aucun testament n'est incontestable, gronda le mari de Zara d'un ton acide. Pas avec de telles sommes en jeu.

— À t'entendre, commenta Nash Hawthorne, on croirait que tu ne connaissais pas le vieux.

— Piège sur piège, murmura Jameson. Énigme sur énigme.

Je pouvais sentir ses yeux vert foncé posés sur moi.

— Je crois que vous feriez mieux de partir, me dit sèchement Grayson.

Ce n'était pas une requête. Mais un ordre.

— Techniquement... fit observer Alisa Ortega avec la même grimace que si elle venait d'avaler de l'arsenic, la maison lui appartient.

De toute évidence, elle aussi découvrait ce qui se trouvait dans le testament. On l'avait maintenue dans l'ignorance, comme le reste de la famille. *Comment Tobias Hawthorne a-t-il pu les prendre en traître comme ça ? Quel genre de personne fait ça à ses propres enfants et petits-enfants ?*

— Je ne comprends pas, dis-je à voix haute, hébétée, confuse, parce que rien de tout cela n'avait aucun sens.

— Ma fille a raison, déclara M. Ortega d'une voix neutre. Tout vous appartient, mademoiselle Grambs. Pas uniquement la fortune, mais toutes les propriétés de M. Hawthorne, y compris la maison Hawthorne. Selon les termes du testament, que je me ferai un plaisir de vous exposer en détail, ses occupants actuels sont autorisés à y rester tant qu'ils ne vous donnent pas de raison de les chasser. (Il laissa ses paroles flotter dans l'air.) Mais en aucun cas, reprit-il gravement, ils ne peuvent prétendre vous faire partir.

Un silence pesant s'abattit soudain. *Ils vont me tuer. Il y a quelqu'un dans cette pièce qui va essayer de me tuer.* L'homme que j'avais catalogué comme un ancien militaire vint s'interposer entre la famille de Tobias Hawthorne et moi. Sans dire un mot, il se contenta de croiser les bras, debout devant moi, en gardant tous les autres dans son champ de vision.

— Oren ! s'écria Zara, choquée. Vous travaillez pour cette famille !

— Je travaillais pour M. Hawthorne. (John Oren s'interrompit, le temps de sortir un papier. Il me fallut une seconde pour réaliser qu'il s'agissait de sa lettre.) Ses dernières volontés étaient que je continue au service de Mlle Avery Kylie Grambs. (Il me lança un coup d'œil.) Pour assurer votre sécurité. Vous en aurez besoin.

— Et pas uniquement pour te protéger de nous ! ajouta Xander à ma gauche.

— Un pas en arrière, s'il te plaît, ordonna Oren.

Xander leva les mains.

— Tranquille, dit-il. Je préviens, c'est tout.

— Xan a raison, intervint Jameson avec un sourire, comme si tout cela n'était qu'un jeu. Tout le monde va vouloir s'arracher un morceau de toi, Fille Mystère. C'est l'histoire du siècle ou je ne m'y connais pas.

*L'histoire du siècle.* Mon cerveau se remit enfin à fonctionner, parce que tout semblait indiquer qu'il ne s'agissait pas d'une mauvaise blague. Ni du fruit de mon imagination. Je n'étais pas en train de rêver.

J'étais bel et bien une héritière.

# 11

Je m'enfuis du salon. La seconde suivante, je me retrouvai dehors. La porte de la maison Hawthorne claqua derrière moi. L'air frais me fouetta le visage. Mon corps me donnait l'impression d'être engourdi, lointain. Était-ce cela qu'on appelait l'état de choc ?

— Avery ! s'écria Libby en jaillissant de la maison derrière moi. Ça va ? (Elle me dévisagea d'un air inquiet.) Et aussi : tu es folle ou quoi ? Quand on te donne de l'argent, tu n'essaies pas de le rendre !

— Tu le fais bien, toi, lui fis-je remarquer. Chaque fois que j'essaie de te refiler mes pourboires.

— On ne parle pas de pourboires, là ! (Les cheveux bleus de ma sœur s'échappaient de sa queue-de-cheval.) On parle de millions.

*De milliards*, corrigeai-je dans ma tête. Ma bouche se refusait à prononcer ce mot.

— Avy, dit Libby en posant sa main sur mon épaule. Pense un peu à ce que ça représente. Tu n'auras plus jamais de soucis d'argent. Tu peux t'acheter ce que tu veux, faire ce que tu veux. Ces cartes postales de ta mère, que tu gardes toujours avec toi ? (Elle appuya son front contre le mien.) Tu pourras voyager n'importe où. Imagine !

Je le fis, même si cela ressemblait à une farce cruelle ; à croire que l'univers me poussait à désirer des choses que les filles comme moi ne pourraient jamais…

La grande porte de la maison Hawthorne s'ouvrit brusquement. Je me retournai en sursaut et vis Nash Hawthorne sortir sur le perron. Même en costume, il avait tout du cow-boy, prêt à se battre en duel au douzième coup de midi.

Je me raidis. *Des milliards*. On avait vu des guerres éclater pour moins que ça.

— Relax, petite, me dit Nash avec son accent du Texas, épais et onctueux comme un vieux whisky. Je ne veux pas de cet argent. Ça ne m'a jamais intéressé. En ce qui me concerne, je considère que le sort est juste en train de jouer un sale tour à des gens qui ne l'ont probablement pas volé.

L'aîné des frères Hawthorne tourna son attention vers Libby. Il était grand, musclé, le teint hâlé. Elle était minuscule, fragile, et sa peau blanche offrait un contraste saisissant avec son rouge à lèvres foncé et ses cheveux bleu électrique. Ils n'auraient pas pu être plus différents, et pourtant il s'attarda un moment devant elle, un lent sourire aux lèvres.

— Prends soin de toi, ma jolie, dit Nash à ma sœur.

Il s'éloigna tranquillement jusqu'à sa moto, boucla son casque et, un instant plus tard, il était parti.

Libby regarda la moto disparaître à l'horizon.

— Je retire ce que j'ai dit à propos de Grayson. C'est plutôt lui, Dieu.

Dans l'immédiat, j'avais d'autres préoccupations que de savoir lequel des frères Hawthorne était d'essence divine.

— On ne peut pas rester ici, Libby. Je doute que les autres membres de la famille se montrent aussi décontractés que Nash concernant le testament. Il faut qu'on parte.

— Je vous accompagne, déclara une voix grave.

Je pivotai d'un bloc. John Oren se tenait devant l'entrée. Je ne l'avais pas entendu sortir.

— Je n'ai pas besoin de protection, lui dis-je. Je veux juste m'en aller d'ici.

— Vous aurez besoin de protection jusqu'à la fin de vos jours, rétorqua-t-il calmement. Mais voyez le bon côté des choses… (Il indiqua d'un signe de tête la voiture qui était passée nous prendre à l'aéroport.) Je vous servirai aussi de chauffeur.

***

Je demandai à Oren de nous conduire à un motel. Au lieu de quoi, il nous déposa devant l'hôtel le plus chic qu'il m'eût été donné de voir. Alisa Ortega nous attendait à la réception.

— J'ai pu parcourir rapidement le testament. (Apparemment, c'était sa manière de dire « salut ».) Je vous en ai apporté une copie. Je propose que nous passions dans votre suite pour l'examiner en détail.

— Notre suite ? répétai-je.

Le personnel était en livrée. Je comptais six lustres au plafond du hall d'accueil. Une femme jouait de la harpe dans un coin.

— On n'a pas les moyens de s'offrir une chambre dans un endroit pareil, ajoutai-je.

Alisa m'adressa un regard presque apitoyé.

— Oh, ma chérie ! dit-elle, avant de redevenir professionnelle. Cet hôtel vous appartient.

*Que… quoi ?* Les clients de l'hôtel nous regardaient d'un sale œil, Libby et moi, l'air de se demander qui nous avait laissé entrer. Je ne pouvais pas *posséder* cet endroit.

— Par ailleurs, continua Alisa, le testament est désormais en probation. Il faudra peut-être un peu de temps pour que vous puissiez disposer librement de votre argent et de vos propriétés, mais en attendant, McNamara, Ortega et Jones prendra tous vos frais à sa charge.

Libby fronça les sourcils.

— Les cabinets d'avocats font souvent ce genre de trucs ?

— Vous avez probablement deviné que M. Hawthorne était l'un de nos principaux clients, répondit Alisa d'une voix suave. Il serait plus exact de dire qu'il était notre *seul* client. Et à présent…

— À présent, achevai-je à sa place, c'est moi, le client.

***

Il me fallut presque une heure pour lire et relire le testament. Tobias Hawthorne n'avait posé qu'une seule condition à mon héritage.

— Vous allez devoir habiter la maison Hawthorne pendant un an, vous avez trois jours, tout au plus, pour vous y installer.

Alisa me l'avait déjà dit deux fois, mais je ne parvenais pas à me le rentrer dans le crâne.

— La seule condition pour que j'hérite de ces milliards de dollars, c'est que je vienne m'installer dans cette maison.

— Exact.

— Une maison dans laquelle vivent encore tous ces gens qui s'attendaient à hériter. Et que je ne peux pas mettre dehors.

— Sauf circonstances extraordinaires, oui. Si cela peut vous consoler, la maison est immense.

— Et si je refuse ? dis-je. Ou si la famille Hawthorne me fait assassiner ?

— Personne ne va vous assassiner, m'assura stoïquement Alisa.

— Je sais que vous avez grandi avec ces gens et tout ça, intervint Libby, tâchant de se montrer diplomate avec Alisa, mais je peux vous garantir, à cent pour cent, qu'ils vont tomber sur ma sœur en mode Lizzie Borden.

— Je préférerais éviter d'être trucidée à la hache, murmurai-je.

— Il y a peu de risques, dit Oren de sa voix caverneuse. Que ça se fasse à la hache, en tout cas.

Il me fallut une seconde pour saisir qu'il plaisantait.

— C'est très sérieux !

— Croyez-moi, je le sais, rétorqua-t-il. Mais je connais la famille Hawthorne. Les garçons ne s'en prendraient jamais à une femme, et les femmes vous attaqueront plutôt au tribunal, sans hache.

— Par ailleurs, ajouta Alisa, dans l'État du Texas, si un héritier meurt alors que le testament est en probation, l'héritage ne retourne pas dans le patrimoine d'origine, mais vient grossir le patrimoine de l'*héritier*.

*J'ai un patrimoine ?* pensai-je vaguement.

— Et si je refuse d'aller vivre avec eux ? insistai-je, avec la sensation d'avoir une grosse boule dans la gorge.

— Elle ne va pas refuser, assura Libby en me fusillant du regard.

— Si vous n'emménagez pas dans la maison Hawthorne d'ici trois jours, répondit Alisa, votre part de l'héritage ira à des œuvres de charité.

— Pas à la famille Hawthorne ? m'étonnai-je.

— Non.

Le masque de neutralité d'Alisa se fissura légèrement. Elle connaissait les Hawthorne depuis des années. Elle travaillait peut-être pour moi désormais, mais la situation ne devait pas la réjouir.

— C'est votre père qui a rédigé le testament, pas vrai ? dis-je, tâchant d'accepter la situation insensée dans laquelle je me trouvais.

— En consultation avec ses associés, oui, confirma-t-elle.

— Est-ce qu'il vous a dit… (Je fis des efforts pour trouver une meilleure façon de formuler ma question, mais renonçai.) Est-ce qu'il vous a dit *pourquoi* ?

Pourquoi Tobias Hawthorne avait-il déshérité sa famille ? Pourquoi m'avait-il tout légué à *moi* ?

— Je ne crois pas qu'il le sache, reconnut Alisa. (Elle me dévisagea intensément, tombant le masque une fois de plus.) Et vous ?

# 12

— Butin de merle, souffla Max. Butin de cartel de merles.

Elle baissa encore la voix pour murmurer un vrai juron. Il était plus de minuit pour moi et deux heures de moins pour elle. Je m'attendais à moitié à entendre Mme Liu débarquer dans sa chambre et lui arracher son téléphone, mais cela n'arriva pas.

— Comment ? demanda Max. Pourquoi ?

Je contemplai la lettre posée sur mes genoux. Tobias Hawthorne m'avait laissé une explication, mais plusieurs heures après la lecture du testament je ne m'étais toujours pas résolue à ouvrir l'enveloppe. J'étais seule, assise dans le noir, sur le balcon d'une suite dans *un hôtel qui m'appartenait*, enveloppée dans un peignoir moelleux qui devait probablement coûter plus cher que ma voiture, et je grelottais.

— Peut-être, suggéra Max d'un ton pensif, que tu as été échangée à la naissance ? (Elle regardait énormément la télévision et était aussi une lectrice compulsive.) Ou que ta mère lui a sauvé la vie il y a des années. Ou peut-être qu'il devait toute sa fortune à ton arrière-arrière-grand-père. *Tu as peut-être été sélectionnée par un algorithme sur le point de développer la toute première intelligence artificielle !*

Je ricanai. Curieusement, cela me permit de formuler à voix haute ce à quoi je ne voulais pas penser :

— Maxine, peut-être que mon père n'est pas mon vrai père.

C'était l'explication la plus rationnelle, non ? Tobias Hawthorne n'avait peut-être pas déshérité sa famille au profit d'une parfaite étrangère. Peut-être que je faisais partie de son clan.

« J'ai un secret… » Je me souvins de ma mère. Combien de fois l'avais-je entendue prononcer précisément ces mots ?

— Tu es toujours là ? me demanda Max à l'autre bout du fil.

Je baissai les yeux sur l'enveloppe, sur mon nom calligraphié dessus. Ma gorge se serra.

— Tobias Hawthorne m'a laissé une lettre.

— Et tu ne l'as pas encore ouverte ? dit Max. Avery, cartel de merles…

J'entendis sa mère s'exclamer à l'arrière-plan :

— Maxine !

— Merles, maman. J'ai dit *merles*. Comme dans « un cartel de merles aux plumes chatoyantes… ».

Il y eut une courte pause, puis Max me dit :

— Avery ? Je vais devoir te laisser.

Je sentis mes entrailles se nouer.

— On se rappelle bientôt ?

— Très bientôt, me promit Max. Et en attendant : Ouvre. Cette. Lettre !

Elle raccrocha. Je fis de même. Je glissai un pouce sous le rabat de l'enveloppe, mais un coup frappé à la porte m'interrompit à point nommé.

Je repassai à l'intérieur et vis Oren posté devant l'entrée.

— Qui est-ce ? lui demandai-je.

— Grayson Hawthorne, répondit-il. (Voyant que je fixais la porte sans rien dire, il développa son propos.) Si mes hommes l'avaient considéré comme une menace, ils ne l'auraient pas laissé monter. J'ai confiance en lui. Mais si vous préférez ne pas le voir…

— Non, répliquai-je.

*Qu'est-ce que tu t'apprêtes à faire ?* Il était tard, et je doutais que l'aristocratie américaine apprécie de se faire détrôner. Mais il y avait un je-ne-sais-quoi dans la manière dont Grayson m'avait regardée, depuis notre première rencontre…

— Ouvrez-lui, demandai-je à Oren.

Il s'exécuta, puis recula d'un pas.

— Vous ne m'invitez pas à entrer ?

Grayson n'était peut-être plus l'héritier présomptif, mais au ton de sa voix, on ne l'aurait jamais deviné.

— Tu n'as rien à faire là, ripostai-je en resserrant mon peignoir autour de moi.

— C'est ce que je n'arrête pas de me répéter depuis une heure, et pourtant me voilà.

Ses yeux étaient deux lacs gris, et il était tout décoiffé… À croire que je n'étais pas la seule qui avait du mal à trouver le sommeil. Il avait tout perdu aujourd'hui.

— Grayson… commençai-je.

— J'ignore comment vous avez réussi ce coup-là, m'interrompit-il d'une voix douce, chargée de menace. J'ignore quelle sorte d'emprise vous aviez sur mon grand-père, ou quelles ficelles vous êtes parvenue à tirer.

— Je ne…

Il posa sa main à plat sur la porte. Je m'étais trompée à propos de ses yeux. Ce n'étaient pas des lacs, mais de la glace.

— C'est moi qui parle pour l'instant, mademoiselle Grambs. Je ne sais pas du tout comment vous vous y êtes prise, mais je trouverai. Je vois clair dans votre jeu maintenant. Je vois quel genre de personne vous êtes, de quoi vous êtes capable, et je vous préviens que je ne reculerai devant *rien* pour protéger ma famille. Quoi que vous fassiez, je finirai par découvrir la vérité, que Dieu vous vienne en aide à ce moment-là.

Du coin de l'œil, je vis Oren s'avancer, mais je fus la plus prompte à réagir. Je repoussai la porte, assez fort pour faire reculer Grayson, et la lui claquai au nez. Le cœur battant, j'attendis qu'il frappe de nouveau, ou qu'il me crie dessus à travers le battant. En vain. Mon regard se posa presque malgré moi sur l'enveloppe.

Après un dernier coup d'œil en direction d'Oren, je me retirai dans ma chambre. *Ouvre. Cette. Lettre.* Cette fois, je le fis. Elle ne contenait qu'une carte, sur laquelle on avait inscrit quelques mots. Je la contemplai longuement, relisant le texte encore et encore.

*Très chère Avery,*

*Je suis désolé.*

*— T. T. H.*

# 13

*Désolé ? Mais pourquoi ?* Cette question me trottait encore dans la tête le lendemain matin. Pour une fois dans ma vie, j'avais fait la grasse matinée. Je trouvai Oren et Alisa dans la cuisine de ma suite, en train de discuter à voix basse.

Trop basse pour comprendre ce qu'ils disaient.

Oren me remarqua le premier. Je me demandai s'il avait parlé à Alisa de la visite de Grayson.

— Avery. Il y a certaines recommandations de sécurité dont j'aimerais discuter avec vous.

*Comme de ne pas ouvrir la porte à Grayson Hawthorne ?*

— Vous êtes une cible désormais, m'informa Alisa d'un ton sec.

Étant donné l'insistance avec laquelle elle m'avait affirmé que les Hawthorne ne représentaient pas une menace, je ne pus m'empêcher de demander :

— Une cible pour qui ?

— Pour les paparazzis, bien sûr. Le cabinet a réussi à garder cette histoire secrète pour l'instant, mais ça ne durera pas. Et ce n'est pas votre seul souci.

— Il y a aussi le kidnapping, dit Oren avec détachement. Le harcèlement. Les menaces. Attendez-vous à en recevoir un certain nombre. Vous êtes jeune, et vous êtes une femme, ce qui n'arrange rien. Avec la permission de votre sœur, je prendrai des mesures pour la protéger, elle aussi, dès qu'elle sera de retour.

*Le kidnapping. Le harcèlement. Les menaces.* Ces mots se bousculaient dans ma tête.

— Où est Libby ? demandai-je, puisqu'il avait parlé de son « retour ».

— À bord d'un jet, répondit Alisa. De votre jet, plus précisément.

— Parce que j'ai un jet ?

Je ne m'y habituerais jamais.

— Oh ! vous en avez plusieurs, m'apprit Alisa. Et aussi un hélicoptère, je crois, mais c'est sans importance pour l'instant. Votre sœur est partie récupérer vos affaires, ainsi que les siennes. Compte tenu du peu de temps qui vous reste pour emménager dans la maison Hawthorne, et des enjeux, nous avons jugé préférable que vous restiez sur place. Dans l'idéal, nous aimerions vous y installer dès ce soir.

— À la seconde où la nouvelle se répandra, prédit Oren, vous ferez la une de tous les journaux. Votre portrait tournera en boucle sur tous les sites et vous serez en tendance mondiale sur tous les réseaux sociaux. Certains vous verront comme Cendrillon. D'autres, comme Marie-Antoinette.

Certaines personnes allaient rêver de devenir moi. D'autres me haïraient de toute leur âme. Pour la première fois, je remarquai l'arme qu'Oren portait à la hanche dans un étui.

— Le mieux, c'est d'attendre ici pour l'instant, conclut Oren. Votre sœur sera là dans la soirée.

***

Alisa et moi passâmes le restant de la matinée à jouer à « Qui veut dégommer l'ancienne vie d'Avery Grambs ? ». Je démissionnai de mon travail. Alisa s'occupa de me retirer de mon lycée.

— Et ma voiture ? demandai-je.

— Oren se chargera de vous conduire partout dans un premier temps, mais nous pouvons faire rapatrier votre véhicule si vous y tenez, proposa Alisa. Ou bien vous pouvez vous choisir une voiture neuve pour votre usage personnel.

Elle dit cela avec un tel détachement qu'on aurait pu croire qu'elle parlait de m'acheter du chewing-gum au supermarché.

— Vous aimez plutôt les berlines ou les SUV ? s'enquit-elle, son téléphone à la main, comme si elle s'apprêtait à me commander une voiture en passant un simple coup de fil. Et pour la couleur, des préférences ?

— Excusez-moi une seconde, lui dis-je.

Je me retirai dans ma chambre. Mes oreillers s'empilaient jusqu'à une hauteur ridicule. Je grimpai sur mon lit, m'adossai à cette montagne d'oreillers et sortis mon téléphone.

J'essayai d'appeler Max, de lui envoyer des textos, de la joindre par les réseaux sociaux. Sans résultat. Elle avait dû se faire confisquer son téléphone, ce qui voulait dire qu'elle ne pourrait pas me conseiller sur la réaction à avoir quand une avocate parlait de me commander une voiture comme s'il s'agissait d'un *butin* de plat à emporter.

*C'est dingue.* Moins de quarante-huit heures auparavant, je dormais sur un parking. La seule extravagance que je m'autorisais de temps en temps se résumait à un breakfast sandwich.

*Un breakfast sandwich*, pensai-je. *Harry.* Je me redressai sur mon lit.

— Alisa ? appelai-je. Et si je ne voulais pas de nouvelle voiture mais que je préférais dépenser l'argent pour autre chose, je pourrais ?

***

Financer un logement pour Harry (et le convaincre d'accepter) n'allait pas être facile, mais Alisa m'enjoignit à considérer l'affaire comme réglée. C'était donc ça, le monde dans lequel je vivais à présent. Il me suffisait d'exprimer un souhait, et c'était réglé.

Cela ne durerait pas. Forcément. Tôt ou tard, quelqu'un finirait par s'apercevoir qu'il y avait eu un malentendu à un moment donné. *Alors autant en profiter le plus longtemps possible.*

C'était la pensée qui m'habitait quand nous partîmes chercher Libby. En regardant ma sœur descendre de mon jet privé, je me demandai si Alisa pourrait l'inscrire à la Sorbonne. Ou lui acheter une petite boutique à cupcakes. Ou encore…

— *Libby.*

Ces cogitations se télescopèrent bruyamment dans ma tête à l'instant où j'aperçus son œil droit violacé et quasiment fermé.

Libby avala sa salive mais ne détourna pas le regard.

— Si tu me dis « Je t'avais prévenue », je fais des cupcakes au caramel au beurre salé et je t'oblige à en manger tous les jours.

— Y a-t-il un problème que je devrais connaître ? demanda Alisa à Libby, d'une voix faussement calme, en examinant son œil poché.

— Avery déteste le caramel au beurre salé, répondit Libby, comme si c'était ça le problème.

— Alisa, dis-je en grinçant des dents, votre cabinet a-t-il un tueur à gages parmi son personnel ?

— Non, fit-elle, sur un ton toujours strictement professionnel. Mais je peux toujours passer quelques coups de fil.

— Je serais incapable de dire si vous rigolez ou pas, avoua Libby, avant de se tourner vers moi. Je n'ai pas envie d'en parler. Ça va.

— Mais…

— *Ça va.*

Je n'insistai pas davantage, et nous retournâmes à l'hôtel. Le plan consistait à finaliser les derniers arrangements, puis à nous mettre en route pour la maison Hawthorne.

Les choses ne se déroulèrent pas exactement selon le plan.

— Nous avons un problème, annonça Oren.

Il ne semblait pas préoccupé outre mesure, mais Alisa posa immédiatement son téléphone. Oren lui indiqua la fenêtre d'un coup de menton. Alisa sortit sur le balcon, baissa les yeux, et lâcha un juron.

Je repoussai Oren et sortis moi aussi pour voir ce qui se passait. En contrebas, devant l'entrée de l'hôtel, les vigiles de l'hôtel s'efforçaient de contenir une foule houleuse. C'est seulement lorsqu'un premier flash se mit à crépiter que je réalisai de quoi il s'agissait.

*Des paparazzis.*

Tous les objectifs pointèrent soudain vers le balcon. Vers moi.

# 14

— Je croyais que votre cabinet devait garder le secret ? reprocha Oren à Alisa.

Elle lui lança un regard noir, passa rapidement trois coups de fil (dont deux en espagnol), puis s'adressa à mon chef de la sécurité.

— La fuite n'est pas venue de chez nous. (Son regard fila en direction de Libby.) Mais de votre petit ami.

— Mon ex-petit ami, précisa Libby dans un murmure.

***

— Je suis désolée.

Libby s'était excusée une bonne douzaine de fois. Elle avait tout raconté à Drake : le testament, les conditions de mon héritage, l'hôtel où nous étions installées. *Tout.* Je la connaissais suffisamment pour deviner pourquoi : il était sans doute furieux qu'elle se soit absentée. Elle avait cherché à se justifier. Et à l'instant où elle avait parlé de l'argent, il avait exigé sa part. Il avait probablement commencé à élaborer des plans pour dépenser la fortune des Hawthorne. Et Libby, Dieu la bénisse, avait dû lui rétorquer que cet argent n'était pas à eux. Pas à lui.

*Il l'a cognée. Elle l'a quitté. Il a tout déballé aux médias.* Et à présent, ils étaient sur place. La meute s'abattit sur nous à l'instant où Oren me fit sortir par une issue de secours.

— La voilà ! s'écria une voix.

— Avery !

— Avery, par ici !

— Avery, quel effet ça fait d'être l'adolescente la plus riche d'Amérique ?

— Quel effet ça fait d'être la plus jeune milliardaire du monde ?

— Comment connaissiez-vous Tobias Hawthorne ?

— Est-il vrai que vous êtes sa fille cachée ?

Je m'engouffrai à l'intérieur d'un SUV. La portière claqua derrière moi, interrompant le flot de questions des journalistes. À mi-parcours, je reçus un texto. Pas de Max. D'un numéro inconnu.

Je découvris la capture d'écran d'une manchette de journal. *Avery Grambs : qui est l'héritière de l'empire Hawthorne ?*

Un bref message accompagnait l'image.

*Hé, Fille Mystère ! Tu es officiellement célèbre maintenant.*

***

D'autres paparazzis nous attendaient devant le portail de la maison Hawthorne, mais une fois que nous eûmes franchi la grille, le reste du monde s'estompa derrière nous. Il n'y avait pas de comité d'accueil. Ni Jameson, ni Grayson, ni aucun autre membre de la famille Hawthorne. Je voulus pousser la porte d'entrée – elle était verrouillée. Alisa disparut derrière la maison. Elle revint au bout d'un moment en faisant la grimace. Et me tendit une grosse enveloppe.

— Légalement, dit-elle, la famille Hawthorne est tenue de vous fournir un jeu de clés. En pratique… (Elle plissa les paupières.) On dirait qu'ils ont décidé de faire ch…

— C'est un terme juridique ? demanda sèchement Oren.

Je déchirai l'enveloppe et découvris que la famille Hawthorne m'avait effectivement laissé des clés. Une bonne centaine, à vue de nez.

— Savez-vous laquelle ouvre cette porte ? demandai-je.

Ce n'étaient pas des clés ordinaires. Elles étaient trop grandes, trop élaborées. Certaines ressemblaient à de véritables pièces de musée, et toutes étaient différentes : par le modèle, le métal, la taille et la forme.

— À toi de trouver, fit une voix.

Je levai la tête et me retrouvai face à un interphone.

— Arrête ce petit jeu, Jameson, ordonna Alisa. Ça n'a rien de drôle.

Pas de réponse.

— Jameson ? essaya de nouveau Alisa.

Un silence, et puis :

— Je te fais confiance, Fimy.

L'interphone s'éteignit en grésillant et Alisa lâcha un long soupir de frustration.

— Dieu me garde des Hawthorne.

— Fimy ? demanda Libby, perplexe.

— Fille Mystère, lui expliquai-je. Un petit surnom que Jameson Hawthorne trouve amusant de me donner.

Je tournai mon attention vers le trousseau de clés que j'avais entre les mains. La solution la plus évidente consistait à les essayer toutes. Avec un peu de chance, je finirais par tomber sur la bonne. Mais je ne voulais pas m'en remettre encore à la chance. J'étais déjà la fille la plus veinarde du monde.

Au fond de moi, je voulais mériter le droit d'entrer.

J'examinai les clés une à une, en m'intéressant particulièrement à leurs têtes. *Une pomme. Un serpent. Un motif à tourbillons qui rappelle de l'eau.* Il y avait des clés pour chacune des lettres de l'alphabet dans une écriture élégante, à l'ancienne. Il y en avait avec des chiffres, des formes, une avec une sirène et quatre qui comportaient des yeux.

— Alors ? s'impatienta Alisa. Voulez-vous que j'appelle quelqu'un ?

— Non.

Je tournai mon attention vers la porte. Le trou de la serrure présentait un motif géométrique sommaire, qui ne correspondait à aucune des clés que j'avais inspectées jusque-là. *Ce serait trop facile*, me dis-je. *Trop simple.* Une seconde plus tard, une autre pensée s'imposa à moi. *Pas assez simple.*

J'avais appris une chose en jouant aux échecs : plus votre stratégie apparaît complexe, moins votre adversaire risque de chercher une riposte simple. Si vous parvenez à faire en sorte qu'il se focalise sur votre cavalier, par exemple, vous pouvez le battre avec un pion. *Regarde au-delà des détails. Au-delà des complications.* Je négligeai la tête des clés pour me concentrer plutôt sur leur lame. Malgré leurs différences de taille, elles étaient toutes plus ou moins similaires.

*Pas juste similaires*, réalisai-je en examinant deux clés côte à côte. Leurs lames étaient parfaitement identiques. Je passai à une troisième clé. *La même.* Je fis défiler tout le trousseau, en comparant ainsi chaque clé à la suivante. *La même. La même.*

Il n'y avait pas une centaine de clés différentes dans ce trousseau. À les faire défiler de plus en plus vite, j'en eus bientôt la certitude. Il n'y en avait que deux : des dizaines de copies de la mauvaise clé, affublées de têtes variées, et…

— Celle-ci.

Je m'arrêtai enfin sur une clé qui avait une lame différente des autres. L'interphone grésilla, mais si Jameson se trouvait toujours à l'autre bout, il ne dit pas un mot. J'enfonçai la clé dans la serrure et sentis un flot d'adrénaline m'envahir en la voyant tourner.

*Eurêka !*

— Comment as-tu deviné que c'était la bonne clé ? me demanda Libby.

La réponse fusa de l'interphone.

— Parfois, dit Jameson Hawthorne sur un ton rêveur, des choses qui semblent très différentes en surface sont au fond exactement les mêmes.

# 15

— Bienvenue chez vous, Avery.

Alisa s'avança dans le vestibule et pivota face à moi. Je restai paralysée un instant sur le seuil, bouche bée. Comme si je venais de pénétrer dans le palais de Buckingham ou à Poudlard et qu'on me disait que tout était à moi.

— Le long de ce couloir, m'indiqua Alisa, on trouve le théâtre, la salle de musique, le conservatoire, le solarium… (Je ne savais même pas à quoi servaient la moitié de ces pièces.) Vous connaissez déjà le grand salon, bien sûr. La salle à manger est de ce côté, puis il y a la cuisine, la cuisine du chef…

— Parce qu'il y a aussi un chef ? bredouillai-je.

— Nous avons à disposition un chef japonais, un chef italien, un chef taïwanais, un chef végétarien et un chef pâtissier, répondit une voix masculine.

Je me retournai et vis à l'entrée du grand salon le vieux couple qui avait assisté à la lecture du testament. *Les Laughlin*, dis-je.

— Mais c'est mon épouse qui s'occupe de faire à manger au quotidien, ajouta M. Laughlin sur un ton bourru.

— M. Hawthorne appréciait beaucoup son intimité, ajouta Mme Laughlin en me toisant. La plupart du temps, il se contentait de ma cuisine, car il n'aimait pas voir plus d'étrangers que nécessaire dans la maison.

Il n'y avait aucun doute possible : elle me considérait comme une étrangère.

— Le personnel comprend plusieurs dizaines d'employés, m'expliqua Alisa. Ils sont payés à plein temps mais ne viennent que lorsqu'on les appelle.

— Quand une chose a besoin d'être faite, il y a toujours quelqu'un pour s'en occuper, dit M. Laughlin, et je veille à ce que ce soit fait le plus discrètement possible. Le plus souvent, vous ne vous en apercevrez même pas.

— Moi, si, voulut me rassurer Oren. Personne n'entre ou ne sort du domaine sans que j'en sois informé, et personne ne passe le portail sans être contrôlé. Aussi bien les artisans que les équipes de nettoyage ou de jardinage, le masseur, les chefs, le styliste ou le sommelier. Mes hommes vérifient systématiquement leur identité.

*Un sommelier. Un styliste. Des chefs. Un masseur.* Je me repassai la liste dans ma tête. J'en avais le tournis.

— Les installations sportives sont par là, déclara Alisa en reprenant son rôle de guide touristique. Elles comprennent un terrain de basket, un terrain de tennis, un mur d'escalade, un bowling…

— Un *bowling* ? répétai-je.

— Juste quatre pistes, m'assura Alisa, comme s'il était parfaitement raisonnable d'avoir un *petit* bowling chez soi.

J'essayai encore de formuler une réplique appropriée quand la porte d'entrée s'ouvrit devant moi. La veille, Nash Hawthorne avait donné l'impression de vouloir s'en aller loin d'ici. Et pourtant, il était là.

— *Le cow-boy à moto*, me souffla Libby à l'oreille.

À côté de moi, Alisa se raidit.

— Si vous n'avez plus besoin de moi, il y a deux ou trois choses que je dois voir auprès du cabinet. (Elle sortit un téléphone neuf de la poche de son tailleur et me le tendit.) J'ai entré mon numéro, celui de M. Laughlin et celui d'Oren. S'il vous faut quoi que ce soit, appelez.

Elle partit sans un mot pour Nash, qui la regarda s'en aller.

— Fais attention à celle-là, conseilla Mme Laughlin à l'aîné des frères Hawthorne quand la porte fut refermée. L'enfer n'a pas de pire furie qu'une femme dédaignée.

Un déclic se fit en moi. *Alisa et Nash.* Mon avocate m'avait prévenue de ne jamais donner mon cœur à un Hawthorne, et lorsqu'elle m'avait demandé si l'un d'entre eux m'avait déjà gâché la vie, et que j'avais dit non, sa réaction avait été : « Vous avez de la chance. »

— N'allez pas vous mettre dans la tête que Lee-Lee se range du côté de l'ennemi, dit Nash à Mme Laughlin. Avery n'est l'ennemie de personne. Il n'y a pas d'ennemis ici. C'est ce qu'il voulait.

*Il. Tobias Hawthorne.* Même mort, il demeurait omniprésent.

— Avery n'est pour rien dans tout ça, intervint Libby. Ce n'est qu'une gosse.

Nash se tourna vers ma sœur, et je sentis qu'elle aurait voulu disparaître dans un trou de souris. Il remarqua son œil au beurre noir.

— Que s'est-il passé ? murmura-t-il.

— Je vais bien, répondit Libby en relevant fièrement le menton.

— Je vois ça, reconnut Nash d'une voix douce. Mais si tu décides de me donner un nom, je m'en occuperai avec plaisir.

Je vis l'effet que ces paroles eurent sur ma sœur. Elle n'avait pas l'habitude que quelqu'un d'autre que moi prenne sa défense.

— Libby ? dit Oren. Si vous avez un moment, j'aimerais vous présenter Hector, qui sera chargé de votre sécurité personnelle. Avery, je vous garantis que Nash n'essaiera pas de vous trucider à la hache et qu'il ne laissera personne vous trucider à la hache en mon absence.

Cela fit pouffer Nash. Je lançai un regard noir à Oren. Il n'avait pas besoin de claironner que je n'avais aucune confiance en eux ! Tandis que Libby suivait Oren dans les entrailles de la maison, je notai la manière dont l'aîné des frères Hawthorne la regardait s'éloigner.

— Laisse-la tranquille, grondai-je.

— Tu es très protectrice, observa Nash, et je parie que tu ne retiens pas tes coups. S'il y a bien une chose que je respecte c'est la combinaison de ces deux caractéristiques.

On entendit un « crac », suivi d'un choc sourd.

— Ça, dit Nash d'un ton pensif, c'est probablement la raison qui m'a fait revenir, alors que je pourrais être en train de savourer une existence nomade en ce moment même.

Autre choc sourd.

Nash leva les yeux au plafond.

— On va se marrer, annonça-t-il en partant à grands pas nonchalants vers un couloir. Amène-toi, petite. Autant faire ton baptême du feu sans attendre.

# 16

Nash avait de longues jambes, si bien que je devais trottiner pour le suivre. Je jetai un coup d'œil à chaque pièce devant laquelle nous passâmes et entrevis brièvement quelques tableaux et éléments d'architecture somptueux. Au bout du couloir, Nash poussa une porte. Je m'attendais à des traces de bagarre. Au lieu de cela, je vis Grayson et Jameson debout de part et d'autre d'une bibliothèque qui me laissa bouche bée.

La pièce était circulaire. Des étagères en bois sombre, chargées de livres, s'élevaient autour de nous jusqu'à cinq ou six mètres. Répartis dans la pièce, quatre escaliers de fer forgé en colimaçon permettaient d'atteindre les rayonnages supérieurs. Au centre trônait une souche énorme, d'au moins trois mètres de diamètre. Même à distance, je pouvais distinguer les cernes qui trahissaient l'âge du bois.

Je mis un moment à me rendre compte que cette souche était censée faire office de bureau.

*Je pourrais passer ma vie ici*, me dis-je. *Je pourrais m'installer dans cette pièce pour toujours et ne jamais en sortir.*

— Alors, lança Nash à ses deux frères sur un ton désinvolte. Auquel des deux vais-je botter le cul en premier ?

Grayson leva les yeux du livre qu'il tenait.

— Faut-il toujours qu'on en vienne aux mains ?

— On dirait que j'ai un premier volontaire, dit Nash, avant de jauger du regard Jameson, adossé à l'un des escaliers de fer forgé. Est-ce que j'en ai un deuxième ?

Jameson eut un petit sourire.

— Tu ne pouvais pas t'éloigner pour de bon, hein, grand frère ?

— Et laisser Avery seule avec vous autres ?

Jusqu'à ce que Nash mentionne mon nom, aucun des deux frères ne semblait avoir remarqué ma présence derrière lui, mais je sentis ma cape d'invisibilité se désagréger en un claquement de doigts.

— À ta place, je ne m'inquiéterais pas trop pour Mlle Grambs, observa Grayson, le regard dur. Elle m'a l'air de taille à se défendre.

*Traduction : je suis une manipulatrice âpre au gain et sans scrupules, et il voit clair dans mon jeu.*

— Ne fais pas attention à Gray, me conseilla paresseusement Jameson. C'est ce qu'on fait tous.

— Jamie, ordonna Nash. Boucle-la !

Jameson l'ignora.

— Grayson s'entraîne pour les Olympiades des insupportables, et on pense qu'il a de bonnes chances de décrocher l'or s'il arrive à s'enfoncer ce balai encore un peu plus haut dans le…

*Culte*, pensai-je, imitant Max malgré moi.

— Ça suffit, grommela Nash.

— J'ai raté quelque chose ? demanda Xander en faisant irruption dans la pièce.

Il portait un uniforme d'école privée, avec un veston qu'il ôta tout en souplesse.

— Rien du tout, lui assura Grayson. Et Mlle Grambs allait partir. (Il se tourna dans ma direction.) Je suis sûr que vous avez hâte de vous installer.

C'était moi la milliardaire à présent, et pourtant il continuait à donner des ordres.

— Attendez une seconde, fit Xander, qui fronça les sourcils en constatant l'état de la pièce. Vous vous êtes battus sans moi ?

Je ne voyais aucune trace de bagarre, ni rien de cassé, mais de toute évidence, il avait relevé certains détails qui m'échappaient.

— Ça m'apprendra à ne pas sécher les cours, se désola-t-il.

À cette mention de cours, le regard de Nash passa de Xander à Jameson.

— Pas d'uniforme, nota-t-il. On fait l'école buissonnière, Jamie ? Tu vas l'avoir ta correction.

Xander entendit le mot « correction », sourit, se mit en garde, puis bondit sans prévenir et plaqua Nash au sol. *Juste une petite bagarre amicale entre frangins.*

— Je t'ai eu ! s'exclama Xander, triomphant.

Nash crocha la jambe de Xander avec sa cheville, le renversa et le plaqua au sol à son tour.

— Pas aujourd'hui, petit frère, commenta Nash, tout sourires, avant de lancer un regard mauvais à ses deux autres frères. *Pas aujourd'hui.*

Ils formaient un groupe soudé, tous les quatre. C'étaient des *Hawthorne*. Pas moi. Je me sentis soudain comme une étrangère.

— Je ferais mieux d'y aller, dis-je.

Je n'avais pas ma place ici et, si je restais, je ne ferais que les regarder avec des yeux ronds.

— Vous ne devriez même pas être là, répliqua sèchement Grayson.

— Ta gueule, Gray, lui dit Nash. Ce qui est fait est fait, et tu sais aussi bien que moi que le vieux ne revenait pas sur ses décisions. (Il pivota vers Jameson.) Quant à toi, les tendances autodestructrices ne sont pas aussi séduisantes que tu as l'air de le croire.

— Avery a résolu l'énigme des clés, annonça calmement Jameson. Plus vite que n'importe lequel d'entre nous.

Pour la première fois depuis mon entrée dans la pièce, les quatre frères observèrent un silence prolongé. *Quel est le problème ?* me demandai-je. Je sentais une tension dans l'air, presque insoutenable, et puis…

— Tu lui as donné les clés ? s'indigna Grayson, rompant le silence.

Je tenais encore le trousseau à la main. Il pesait une tonne, tout à coup. *Jameson n'était pas censé me le donner.*

— Légalement, nous étions tenus de lui remettre…

— Une clé, l'interrompit Grayson, qui referma son livre d'un coup sec et s'avança vers lui. Nous étions légalement tenus de lui remettre *une* clé, Jameson, pas *les* clés.

J'avais pris ça comme une manière de se moquer de moi. Ou comme un test, au mieux. Mais à les entendre, cela ressemblait plutôt à une tradition. Une invitation.

Un rite de passage.

— J'étais curieux de savoir comment elle s'en sortirait, se justifia Jameson en haussant les sourcils. Vous voulez connaître son temps ?

— Non, tonna Nash.

Je n'étais pas certaine de savoir s'il répondait à Jameson ou s'il prévenait Grayson de cesser d'avancer vers leur frère.

— Je peux me relever maintenant ? demanda Xander, toujours cloué sous Nash et qui paraissait de bien meilleure humeur que les trois autres réunis.

— Non, répliqua Nash.

— Je vous avais dit qu'elle était spéciale, murmura Jameson tandis que Grayson continuait de s'approcher de lui.

— Et moi, je t'avais dit de garder tes distances avec elle.

Grayson s'arrêta, juste hors de portée de Jameson.

— Je vois que vous vous reparlez, tous les deux, commenta joyeusement Xander. Excellent !

*Pas tant que ça*, pensai-je, incapable de détourner les yeux de l'orage qui couvait à quelques pas. Jameson était plus grand, Grayson plus large d'épaules. Au sourire narquois du premier répondait le regard d'acier du second.

— Bienvenue dans la maison Hawthorne, Fille Mystère.

L'accueil de Jameson me parut davantage destiné à Grayson qu'à moi. Quelle que soit la raison de cette dispute, elle ne tenait pas uniquement à une divergence d'opinions sur les événements récents.

Ce n'était pas uniquement à propos de moi.

J'avais à peine prononcé un mot depuis l'instant où la porte de la bibliothèque s'était ouverte devant moi, mais j'en avais assez de rester spectatrice.

— Arrête de m'appeler Fille Mystère. Je m'appelle Avery.

— Je veux bien t'appeler Héritière si tu préfères, proposa Jameson.

Il s'avança dans un rayon de soleil qui tombait d'une lucarne en hauteur. Il était nez à nez avec Grayson à présent.

— Qu'en dis-tu, Gray ? Tu as une préférence pour le surnom de notre nouvelle propriétaire ?

*Propriétaire.* Jameson remuait le couteau dans la plaie, comme si le fait d'être déshérité lui était indifférent si cela voulait dire que leur héritier présomptif avait tout perdu, lui aussi.

— J'essaie simplement de te protéger, grommela Grayson à voix basse.

— Je crois qu'on sait tous les deux que tu n'as jamais protégé que toi, rétorqua Jameson.

Grayson se figea, raide comme une statue.

— Xander, les coupa Nash en se relevant et en hissant son petit frère sur ses pieds. Et si tu accompagnais Avery jusqu'à sa suite ?

C'était soit une tentative d'empêcher ses frères de franchir la ligne jaune, soit une indication qu'elle venait d'être franchie.

— Amène-toi, me dit Xander en touchant mon épaule avec la sienne. On raflera quelques cookies au passage.

Si cette proposition était censée dissiper la tension dans la pièce, ce fut un échec, mais elle servit à détourner l'attention de Grayson. Du moins, pour l'instant.

— Pas de cookies, gronda-t-il d'une voix étranglée, comme si les mots lui restaient dans la gorge.

À croire que la dernière attaque de Jameson lui avait coupé le sifflet.

— D'accord, dit Xander avec entrain. Tu es vraiment dur en affaires, Grayson Hawthorne. Pas de cookies… On se contentera de scones, conclut-il en m'adressant un clin d'œil.

# 17

— Le premier scone est ce que j'appelle un scone d'apprentissage. (Xander se fourra un scone entier dans la bouche, m'en tendit un, avala le sien, puis reprit son exposé.) Ce n'est qu'à partir du troisième, voire du quatrième, que l'on développe un début d'expertise en dégustation de scones.

— Une expertise en dégustation de scones, répétai-je gravement.

— Tu es d'un naturel sceptique, observa Xander. Ça te sera utile entre ces murs, mais s'il y a bien une vérité universelle dans l'expérience humaine, c'est qu'un palais formé à la délicatesse des scones ne s'acquiert pas du jour au lendemain.

J'entrevis Oren du coin de l'œil et me demandai depuis combien de temps il nous suivait.

— Comment se fait-il qu'on soit en train de parler de scones ? demandai-je à Xander. Tu n'es pas censé me détester ?

Oren m'avait promis que les frères Hawthorne ne s'attaqueraient pas physiquement à moi, mais quand même ! De là à m'offrir une séance de dégustation…

— Oh ! mais je te déteste, m'assura joyeusement Xander en dévorant son troisième scone. Au cas où tu ne l'aurais pas remarqué, je me suis gardé les scones à la myrtille et je ne t'ai proposé que ceux au citron. (Il frissonna.) C'est dire toute la détestation que tu m'inspires.

— Ce n'est pas drôle.

J'avais la sensation de me retrouver au pays des merveilles et de tomber d'un terrier de lapin à un autre, dans un cercle vicieux.

« Piège sur piège, avait dit Jameson. Énigme sur énigme. »

— Pourquoi voudrais-tu que je te déteste, Avery ? finit par demander Xander, devenant enfin sérieux. Ce n'est pas toi qui nous as fait ce coup-là.

*C'est Tobias Hawthorne.*

— Peut-être que tu n'as rien à te reprocher, poursuivit Xander en haussant les épaules. Ou peut-être que tu es aussi démoniaque que Gray semble le penser, mais en fin de compte, même si tu *crois* avoir manipulé notre grand-père, je peux te garantir que c'est lui qui te manipulait.

Je repensai à cette lettre que Tobias Hawthorne m'avait laissée : trois mots, sans explication.

— Votre grand-père devait être un sacré numéro, dis-je à Xander.

Il saisit un quatrième scone.

— On peut le dire. Je vais manger ce scone en son honneur, annonça-t-il en s'exécutant. Veux-tu que je te conduise à tes appartements, maintenant ?

*Il y a sûrement un piège quelque part.* Xander Hawthorne n'était sans doute pas aussi transparent qu'il y paraissait.

— Indique-moi juste la direction, déclarai-je.

— Alors ça… (Le benjamin des frères Hawthorne fit la grimace.) Ce n'est pas toujours évident de trouver son chemin dans cette maison. Imagine une sorte de labyrinthe géant façon « Où est Charlie ? », sauf que Charlie, c'est ta chambre.

J'essayai de traduire cette phrase ridicule.

— La maison Hawthorne a un plan peu conventionnel.

Xander engloutit un cinquième et dernier scone.

***

— La maison Hawthorne est la plus vaste demeure résidentielle privée de tout le Texas, déclara Xander en m'entraînant dans un escalier. Je pourrais chiffrer sa superficie, mais ce ne serait qu'une estimation. Ce qui distingue cette maison d'autres palaces boursouflés du même genre, ce n'est pas tellement sa taille, mais plutôt sa nature. Mon grand-père lui rajoutait au moins une pièce ou une aile chaque année. Imagine, si tu veux, le fils caché d'un dessin de M. C. Escher et du plan le plus complexe de Léonard de Vinci…

— Stop, ordonnai-je. Nouvelle règle : tu n'as plus le droit d'employer des images liées à la filiation pour décrire cette maison ou ses occupants. Y compris toi.

Xander porta la main à son torse d'un air mélodramatique.

— Dur.

Je haussai les épaules.

— On est chez moi, c'est moi qui fixe les règles.

Il en resta bouche bée. Moi-même, je n'en revenais pas d'avoir dit ça, mais il y avait un je-ne-sais-quoi chez Xander Hawthorne qui me donnait l'impression de pouvoir m'exprimer sans réserve.

— Trop tôt ? demandai-je.

— Je suis un Hawthorne, répondit Xander avec dignité. Il n'est jamais trop tôt pour les coups bas. (Il reprit son rôle de guide touristique.) Bien, comme je te le disais, l'aile est se trouve en réalité au nord-est, au premier étage. Si tu te perds, cherche le vieux.

Il m'indiqua d'un coup de menton un portait accroché au mur.

— C'était son aile, pendant les derniers mois de sa vie.

Même si j'avais déjà vu des photos de Tobias Hawthorne sur Internet, je restai fascinée devant son portrait. Il était représenté avec une chevelure argentée et un visage plus buriné que je ne l'aurais imaginé. Il avait les yeux de Grayson, les épaules de Jameson, le menton de Nash. Si je n'avais pas vu Xander en mouvement, je n'aurais peut-être pas décelé la moindre ressemblance entre lui et son grand-père, mais il y en avait pourtant une dans la manière dont ses traits s'harmonisaient. Pas les yeux, le nez ou la bouche, mais plutôt leur disposition d'ensemble.

— Je ne l'ai jamais vu de ma vie, murmurai-je en me retournant vers Xander. Je m'en serais souvenue.

— En es-tu vraiment sûre ? me demanda Xander.

J'examinai de nouveau le portrait. Avais-je déjà rencontré le milliardaire ? Nos chemins s'étaient-ils déjà croisés, même brièvement ? Je ne me souvenais de rien, hormis de cette phrase énigmatique qui tournait en boucle dans ma tête. « Je suis désolé. »

# 18

Xander me laissa explorer mon aile seule.

*Mon aile.* Je me sentais ridicule. *Dans ma demeure.* Les quatre premières portes ouvraient sur des suites, chacune assez grande pour qu'un lit king size y paraisse minuscule. Les placards auraient pu faire office de chambres à coucher. Et les salles de bains ! Des douches avec siège intégré et pas moins de trois pommeaux différents. Des baignoires monumentales avec des panneaux de contrôle. Des écrans de télévision en incrustation dans chaque miroir.

Hébétée, je continuai jusqu'à la cinquième et dernière porte de mon couloir. *Pas une chambre*, réalisai-je en la poussant. *Un bureau.* Six fauteuils en cuir étaient disposés en fer à cheval face à un balcon. Des vitrines en verre bordaient les murs. S'y trouvaient exposés toutes sortes d'objets qui auraient plutôt eu leur place dans un musée : des géodes, des armes anciennes, des statues d'onyx et de marbre. Au fond de la pièce trônait un grand bureau. En m'approchant, je vis qu'une boussole en bronze était fixée à sa surface. Je passai les doigts dessus. L'aiguille pivota – au nord-ouest – et un compartiment s'ouvrit dans le meuble.

*C'est dans cette aile que Tobias Hawthorne a passé les derniers mois de sa vie*, pensai-je. Soudain, j'eus très envie non seulement de me pencher sur le compartiment qui venait de s'ouvrir, mais aussi de fouiller tous les tiroirs de ce bureau. Il y avait forcément un détail, un objet, qui pourrait m'indiquer ce qu'il avait eu en tête : pourquoi j'étais là, pourquoi il avait déshérité les siens à mon profit. L'avais-je impressionné d'une manière ou d'une autre ? Avait-il vu quelque chose en moi ?

Ou chez maman ?

Je m'approchai du compartiment ouvert. À l'intérieur, des sillons profonds formaient la lettre T. Je passai les doigts dedans. Sans résultat. J'essayai le reste des tiroirs. Tous verrouillés.

Derrière le bureau, plusieurs étagères étaient chargées de plaques et de trophées. La première plaque portait les mots *États-Unis d'Amérique* gravés sur une feuille d'or ; avec un sceau par-dessous. En déchiffrant le texte en petits caractères, je me rendis compte qu'il s'agissait d'un brevet et que celui-ci n'était pas décerné à Tobias Hawthorne.

Ce brevet était détenu par Xander.

Je vis au moins une demi-douzaine d'autres brevets sur les étagères, plusieurs records du monde et des trophées de toutes les formes possibles et imaginables. Un monteur de taureau en bronze. Une planche de surf. Un fleuret. Il y avait aussi des médailles. Plusieurs ceintures noires. Des coupes de championnat (dont certaines de championnats *nationaux*) pour toutes les disciplines, allant du motocross à la natation en passant par le flipper. Je vis une série de quatre comics encadrés – des histoires de super-héros que je connaissais, du genre qu'on adaptait au cinéma – signés des quatre frères Hawthorne. Un beau livre de photographies portait le nom de Grayson sur la tranche.

Ce n'était pas une simple exposition. C'était pratiquement un *temple* : l'hommage de Tobias Hawthorne à ses quatre petits-fils extraordinaires. Je n'y comprenais plus rien. Je ne comprenais pas comment quatre garçons – encore des adolescents pour trois d'entre eux – avaient pu accomplir tant de choses, et comment l'homme qui gardait la trace de tous leurs exploits dans son bureau avait pu décider qu'aucun d'eux ne méritait d'hériter de sa fortune.

« Même si tu *crois* avoir manipulé notre grand-père, m'avait dit Xander, je peux te garantir que c'est lui qui te manipulait. »

— Avery ?

À la seconde où j'entendis mon nom, je m'écartai des trophées. Et refermai hâtivement le compartiment qui s'était ouvert dans le bureau.

— Je suis là, lançai-je.

Libby apparut sur le seuil.

— C'est dingue, déclara-t-elle. Cet endroit est complètement dingue.

— C'est le mot, oui.

Je tâchai de me focaliser sur les merveilles de la maison Hawthorne et pas sur l'œil au beurre noir de ma sœur, sans succès. Son ecchymose semblait avoir encore empiré.

Libby s'enveloppa dans ses propres bras.

— Je vais bien, m'assura-t-elle en voyant ce que je regardais. Ça ne fait presque plus mal.

— S'il te plaît, dis-moi que tu en as fini avec lui.

Ces mots m'échappèrent avant que je puisse les retenir. Libby avait besoin de soutien en ce moment. Pas qu'on la juge. Mais je ne pouvais m'empêcher de penser que ce n'était pas la première fois qu'elle rompait avec Drake.

— Je suis là, non ? rétorqua-t-elle. C'est toi que j'ai choisie.

J'aurais voulu qu'elle se choisisse elle-même, et je le lui confiai. Libby laissa ses cheveux retomber devant son visage puis se tourna vers le balcon. Elle demeura silencieuse une bonne minute avant de me dire :

— Maman me tapait quand j'étais petite. Seulement quand elle était à cran, hein ? C'était une mère célibataire, la vie était dure. Je pouvais comprendre ça. J'essayais de lui simplifier les choses comme je pouvais.

Je me la représentai enfant, se faisant cogner et s'efforçant de consoler la personne qui l'avait frappée.

— Libby…

— Drake m'aimait, Avery. Il m'aimait pour de bon, et j'ai vraiment essayé de comprendre… (Elle frissonna entre ses bras.) Mais c'est toi qui avais raison.

Mon cœur se serra un petit peu.

— J'aurais préféré avoir tort.

Libby resta plantée là encore un instant, puis marcha jusqu'au balcon et ouvrit la porte. Je la suivis, et nous sortîmes toutes les deux dans l'air du soir. En contrebas, il y avait une piscine. Elle devait être chauffée parce que quelqu'un était en train d'y faire des longueurs.

*Grayson.* Ses bras frappaient l'eau en une nage papillon d'une efficacité brutale. Et les muscles de son dos…

— Il faut que je te dise quelque chose, m'avoua Libby.

Cela m'arracha à la contemplation de la piscine… et du nageur.

— À propos de Drake ? demandai-je.

— Non. D'un truc que j'ai entendu. (Elle hésita.) Quand Oren m'a présenté mon garde du corps, j'ai surpris un bout de discussion entre Zara et son mari. Ils vont recourir à un test. Un test ADN. Sur toi.

Je me demandais bien comment Zara et son mari s'étaient procuré un échantillon de mon ADN, mais cela ne m'étonnait pas plus que ça. J'y avais pensé moi-même : l'explication la plus simple concernant l'introduction d'une parfaite étrangère dans votre testament, c'était qu'il ne s'agissait *pas* d'une parfaite étrangère. Autrement dit, que j'étais une Hawthorne.

Je devais vraiment arrêter de regarder Grayson comme ça.

— Si Tobias Hawthorne était ton père, bredouilla Libby, ça veut dire que notre père – *mon* père – ne l'est pas. Et si on n'a pas le même père, sachant qu'on n'a pratiquement pas grandi ensemble…

— Ne commence pas à dire qu'on n'est pas sœurs, m'empressai-je de l'avertir.

— Est-ce que tu voudras toujours de moi ici ? me demanda Libby en triturant une mèche de ses cheveux bleus. Si on n'est pas…

— Je te veux ici, avec moi, lui affirmai-je. Quoi qu'il arrive.

# 19

Ce soir-là, je pris la plus longue douche de toute ma vie. L'eau chaude semblait inépuisable. La porte vitrée de la douche retenait la vapeur. J'avais l'impression d'avoir mon propre sauna individuel. Après m'être séchée dans des serviettes moelleuses, j'enfilai mon vieux pyjama tout froissé et m'écroulai sur mes draps en coton égyptien ou je ne sais quoi.

J'ignore depuis combien de temps j'étais étendue là quand j'entendis une voix me dire :

— Tire sur le chandelier.

Je me levai d'un bond et me plaçai dos au mur. Au cas où j'aurais besoin d'une arme, je raflai le trousseau de clés que j'avais laissé sur ma table de chevet. Je scrutai la chambre à la recherche de celui qui avait parlé, mais ne vis personne.

— Tire le chandelier qui se trouve sur la cheminée, Héritière. À moins que tu ne veuilles que je reste coincé là-dedans ?

Ma réaction initiale céda la place à l'agacement. J'examinai la cheminée en pierre de ma chambre en plissant les paupières. Il y avait effectivement un chandelier sur le manteau.

— Ça ressemble à du harcèlement, grommelai-je à l'intention de la cheminée, ou, plus précisément, du garçon qui se tenait de l'autre côté.

Malgré tout, je ne pus m'empêcher d'obéir. Qui aurait pu résister à pareille tentation ? Je saisis le chandelier. Il résista, et une nouvelle suggestion me parvint de derrière la cheminée.

— N'essaie pas simplement de le ramener vers toi. Incline-le vers le bas.

Je suivis ces indications. Le chandelier pivota, j'entendis un déclic et le fond de la cheminée se détacha du sol sur quelques centimètres. Un instant plus tard, je vis des doigts sortir par l'entrebâillement et soulever la plaque de pierre qui disparut derrière le manteau. Une ouverture se dessina. Jameson Hawthorne en émergea. Il se redressa, remit le chandelier en place, et l'entrée qu'il venait d'emprunter se referma.

— Un passage secret, m'expliqua-t-il inutilement. La maison en est pleine.

— C'est censé me rassurer ? rétorquai-je. Ou me faire peur ?

— À toi de me le dire, Fille Mystère. Es-tu rassurée ou effrayée ? (Il me laissa le temps d'y réfléchir.) Ou peut-être intriguée, va savoir ?

Lors de ma première rencontre avec Jameson Hawthorne, il était ivre. Cette fois, je ne sentais pas d'alcool dans son haleine, mais je me demandais s'il avait dormi depuis la lecture du testament. Il y avait une drôle de lueur dans ses yeux verts.

— Tu ne m'interroges pas sur les clés, observa-t-il avec un petit sourire en coin. J'aurais pourtant parié que tu le ferais.

Je lui montrai le trousseau.

— Ça venait de toi, ça ?

— Disons que c'est une sorte de tradition familiale.

— Je ne suis pas de la famille.

Il inclina la tête sur le côté.

— En es-tu sûre ?

Je pensai à Tobias Hawthorne et au test ADN que le mari de Zara devait déjà avoir lancé.

— Je ne sais pas.

— Ce serait dommage, commenta Jameson, si nous étions du même sang, répliqua-t-il, me décochant un nouveau sourire, lent et étincelant. Tu ne crois pas ?

Qu'est-ce qui pouvait bien me fasciner à ce point chez les garçons Hawthorne ? *Arrête de penser à son sourire. Arrête de fixer ses lèvres. Arrête.*

— Je crois que tu as déjà suffisamment à faire avec ta famille telle qu'elle est. (Je croisai les bras.) Je crois aussi que tu es beaucoup moins cool que tu ne te l'imagines. Tu veux quelque chose de moi.

J'avais toujours été bonne en maths. J'avais toujours eu l'esprit logique. S'il était dans ma chambre, en train de flirter avec moi, ce n'était pas sans raison.

— Tout le monde va vouloir quelque chose de toi, Héritière, reconnut Jameson avec un sourire. La question, c'est : combien d'entre nous vont vouloir une chose que tu seras prête à donner ?

Rien que le son de sa voix, sa manière de tourner les phrases, me donnaient irrésistiblement envie de me rapprocher de lui. C'était ridicule.

— Arrête de m'appeler Héritière, ripostai-je. Et si tu continues à me répondre uniquement par énigmes, j'appelle la sécurité.

— Tout le problème est là, Fille Mystère. Je n'ai pas l'impression de m'exprimer par énigmes. Je n'ai pas besoin de le faire. Tu es toi-même une énigme, un casse-tête. Le dernier petit jeu de mon grand-père.

Il me dévisageait avec une telle intensité que je n'osais pas détourner le regard.

— Pourquoi crois-tu que cette maison soit truffée de passages secrets ? Pourquoi compte-t-elle tellement de clés qui ne correspondent à aucune serrure ? Chaque bureau acheté par mon grand-père comportait au moins un compartiment secret. Il y a un orgue, dans le théâtre, sur lequel il suffit de jouer une certaine séquence bien précise pour déverrouiller un tiroir caché. Tous les samedis matin, aussi loin que je me souvienne, mon grand-père nous faisait asseoir devant lui, mes frères et moi, et nous soumettait une énigme, un mystère, un défi impossible : quelque chose à résoudre. Et puis, il est mort. Et... (Jameson s'avança d'un pas.) Tu as surgi de nulle part.

*Moi.*

— Grayson te prend pour une espèce de manipulatrice. Ma tante est convaincue que tu as du sang Hawthorne dans les veines. Mais je crois plutôt que tu es la dernière énigme du vieux, un dernier mystère à résoudre. (Il fit encore un pas, jusqu'à s'approcher tout près de moi.) Il t'a choisie pour une raison précise, Avery. Tu as un truc spécial, et je crois qu'il comptait sur nous – sur *moi* – pour découvrir quoi.

— Je ne suis pas une énigme.

Je sentais une veine palpiter dans mon cou. Il était si proche qu'il pouvait sûrement la voir.

— Mais si, insista Jameson. On en est tous une. Ne me dis pas que tu ne te poses pas de questions à propos de nous. De Grayson. De moi. Peut-être même de Xander.

— C'est juste un jeu, pour toi, pas vrai ?

Je tendis la main pour l'empêcher d'avancer plus près. Il fit un dernier pas, venant plaquer son torse contre ma paume.

— La vie entière n'est qu'un jeu, Avery Grambs. La seule chose qu'on doit décider, c'est si on joue pour gagner.

Il leva la main pour écarter une mèche de cheveux qui me tombait devant les yeux, et je m'écartai en sursaut.

— Tire-toi d'ici, grondai-je à voix basse. Et sors par la porte, cette fois.

De toute ma vie, on ne m'avait jamais touchée avec une telle douceur.

— Tu es fâchée, observa Jameson.

— Je te l'ai dit. Si tu veux quelque chose, demande. Ne débarque pas comme ça en me racontant que je suis spéciale. Et ne me touche pas.

— Tu *es* spéciale, affirma Jameson, gardant les mains le long de son corps mais continuant à me fixer d'un air pensif. Et ce que je veux, c'est comprendre pourquoi. Pourquoi toi, Avery ?

Il recula d'un pas pour me laisser un peu d'espace.

— Ne me dis pas que tu n'as pas envie de savoir, toi aussi.

Il avait raison. Bien sûr que j'en avais envie.

— Je te laisse ça, dit Jameson en me montrant une enveloppe, qu'il posa soigneusement sur le manteau de la cheminée. Lis-le, et dis-moi qu'il ne s'agit pas d'un jeu. Dis-moi qu'il ne s'agit pas d'une énigme.

Il inclina le chandelier et, alors que le passage se rouvrait dans la cheminée, il m'adressa un dernier regard avant de se glisser de l'autre côté.

— Il t'a laissé toute sa fortune, Avery, et tout ce qu'il nous a laissé à nous, c'est toi.

# 20

Après le départ de Jameson, je restai un long moment à contempler la cheminée. Était-ce le seul passage secret qui donnait accès à ma chambre ? Dans une maison pareille, comment être sûre que j'étais seule ?

Pour finir, je ramassai l'enveloppe qu'il m'avait apportée, même si tout chez moi s'insurgeait contre ce qu'il avait dit. Je n'avais rien d'une énigme. Je n'étais qu'une fille.

Je retournai l'enveloppe et vis le nom de Jameson griffonné dessus. *C'est sa lettre,* réalisai-je. *Celle qu'on lui a remise à l'ouverture du testament.* Je ne savais toujours pas quoi penser de la mienne, et des excuses de Tobias Hawthorne. Peut-être que la lettre de Jameson m'aiderait à y voir plus clair.

Je l'ouvris et la lus attentivement. Son message était plus long que le mien… et encore moins compréhensible.

*Jameson,*

*Mieux vaut le diable qu'on connaît que celui qu'on ne connaît pas, non ? Le pouvoir corrompt, le pouvoir absolu corrompt absolument. Tout ce qui brille n'est pas or.*

*Rien n'est certain, à part la mort et les impôts. Je suis où j'en suis par la grâce de Dieu.*

*On ne juge pas.*

*— Tobias Tattersall Hawthorne*

***

Le lendemain matin, je connaissais cette lettre par cœur. Elle semblait avoir été écrite par une personne qui n'avait pas dormi depuis des jours, et qui avait couché sur le papier une succession de platitudes sans queue ni tête. Mais plus je laissais les mots infuser dans ma tête, plus je commençais à penser que Jameson avait peut-être raison.

*Il y a une énigme à résoudre dans ces lettres. Dans celle de Jameson. Dans la mienne. Une réponse, ou au moins un indice.*

Après avoir roulé hors de mon lit géant, j'allai débrancher mes téléphones – au pluriel – de leurs chargeurs et je m'aperçus que la batterie de mon vieux portable s'était vidée. À force de pousser sur le bouton On, et sans doute avec un peu de chance, je parvins à le convaincre de se rallumer. Je ne voyais pas comment j'allais expliquer les dernières vingt-quatre heures à Max, mais j'avais besoin de parler à quelqu'un.

J'avais besoin de reprendre contact avec la réalité.

J'avais reçu plus d'une centaine d'appels en absence et de textos. Soudain, la raison pour laquelle Alisa m'avait fourni un nouveau téléphone devint limpide. Des gens auxquels je n'avais plus parlé depuis des années cherchaient à me joindre. Des gens qui avaient passé leur vie à m'ignorer réclamaient désormais mon attention à cor et à cri. Des collègues. Des camarades de classe. Et même des *professeurs*. La moitié d'entre eux n'auraient même pas dû connaître mon numéro. J'attrapai mon nouveau téléphone, ouvris Internet et découvris que mon mail et mes réseaux sociaux avaient été bombardés.

J'avais reçu des *milliers* de messages, qui émanaient pour la plupart de parfaits inconnus. « Certains vous verront comme Cendrillon, avait dit Oren. D'autres, comme Marie-Antoinette. » Les muscles de mon ventre se contractèrent. Je posai mes deux téléphones et me levai, une main sur la bouche. J'aurais dû le voir venir. Cela n'aurait pas dû être un tel choc. Mais je n'étais pas prête.

Comment se préparer à une chose pareille ?

— Avery ? m'appela une voix féminine, qui n'était pas celle de Libby.

— Alisa ? fis-je en pivotant vers la porte.

— Vous avez raté le petit déjeuner, répondit la voix.

Professionnelle, droit au but : c'était bien Alisa.

J'ouvris la porte.

— Mme Laughlin ne savait pas ce que vous aimiez, alors elle vous a préparé un peu de tout, m'apprit l'avocate.

Une jeune femme que je ne connaissais pas (entre vingt et vingt-cinq ans tout au plus) la suivit dans la chambre en portant un plateau. Elle le posa sur ma table de chevet, me lança un regard en coin, puis se retira sans dire un mot.

— Je croyais que le personnel ne venait qu'à la demande ? m'étonnai-je une fois que la porte se fut refermée.

Alisa poussa un long soupir.

— Le personnel, m'expliqua-t-elle, est d'une loyauté à toute épreuve, et particulièrement préoccupé en ce moment. Celle-ci (Alisa indiqua la porte d'un coup de menton) est l'une de nos dernières recrues. Une des petites protégées de Nash.

Je plissai les paupières.

— Comment ça, une des petites protégées de Nash ?

Alisa demeura imperturbable.

— Nash est une sorte de nomade. Il s'en va. Il vit sa vie. Il se trouve un coin perdu dans lequel se faire oublier un moment, et puis, comme un papillon attiré par la flamme, il revient, généralement avec une ou deux âmes en peine sur son porte-bagages. Comme vous l'imaginez bien, le travail ne manque pas dans la maison, et M. Hawthorne avait pris l'habitude d'embaucher les créatures que lui ramenait son petit-fils.

— Comme la fille qu'on vient de voir ?

— Elle est arrivée il y a environ un an, raconta Alisa d'un ton neutre. Elle serait prête à mourir pour Nash. Comme toutes les autres.

— Est-ce qu'elle et Nash sont… (Je ne savais pas trop comment formuler ça.) Ensemble ?

— Non ! répondit sèchement Alisa. (Elle prit une grande inspiration avant de continuer.) Nash n'aurait jamais d'aventure avec une personne sur laquelle il a le moindre pouvoir. C'est un homme qui a ses défauts, dont une fâcheuse tendance à se prendre pour un sauveur, mais il n'est pas comme ça.

Incapable d'ignorer plus longtemps l'évidence, je décidai de mettre les pieds dans le plat.

— C'est votre ex.

Alisa releva le menton.

— Nous avons été fiancés, reconnut-elle. Nous étions jeunes. Les choses ont mal tourné. Mais je peux vous assurer que je n'ai pas le moindre conflit d'intérêts concernant le fait de vous représenter.

*Fiancés ?* Je manquai m'en décrocher la mâchoire. Mon avocate avait failli épouser un Hawthorne et n'avait pas jugé utile de le mentionner ?

— Si vous préférez, proposa Alisa avec raideur, je peux vous obtenir un autre agent de liaison auprès du cabinet.

Je cessai de la dévisager et tâchai d'analyser la situation de manière rationnelle. Alisa s'était montrée très professionnelle et paraissait extrêmement compétente. En plus, cette histoire de fiançailles rompues lui fournissait une bonne raison de ne pas témoigner trop de loyauté envers la famille Hawthorne.

— Non, c'est bon, dis-je. Pas besoin.

Voilà qui me valut un mince sourire de sa part.

— J'ai pris la liberté de vous inscrire à Heights Country Day, déclara-t-elle, passant au sujet suivant avec une efficacité implacable. C'est le lycée de Xander et de Jameson. Grayson y a obtenu son diplôme l'an dernier. J'espérais que vous auriez le temps de vous acclimater avant que la nouvelle fasse le tour des médias, mais les choses ne se déroulent pas toujours comme on le voudrait. (Elle me regarda par en dessous.) Vous êtes l'héritière Hawthorne, sans être une Hawthorne. Ça ne manquera pas d'attirer l'attention, même dans un établissement comme Country Day où vous serez loin d'être la seule élève à bénéficier de moyens importants.

*Des moyens importants*, pensai-je. Combien de détours différents ces gens empruntaient-ils pour ne pas employer le mot « riche » ?

— Je devrais arriver à m'en sortir face à une bande de lycéens, affirmai-je.

Même si j'étais loin d'en être convaincue, au fond de moi. Très loin.

Alisa remarqua mes deux téléphones. Elle s'accroupit pour ramasser l'ancien.

— Je me charge de résilier celui-là.

Elle n'eut même pas besoin de jeter un coup d'œil sur l'écran pour réaliser ce qui s'était passé. Ce qui se passait encore, à en juger par les bourdonnements incessants qui émanaient de l'appareil.

— Attendez, lui dis-je.

Je lui repris le téléphone, ignorai les messages et cherchai le numéro de Max pour le transférer sur mon nouveau téléphone.

— Je vous suggère de faire très attention à qui vous donnez votre nouveau numéro, me conseilla Alisa. Tout ça ne va pas se calmer de sitôt.

— Tout ça, répétai-je.

L'attention des médias. Les inconnus qui me bombardaient de messages. Des personnes qui ne m'avaient jamais aimée et qui décidaient brusquement que nous étions les meilleurs amis du monde.

— Les élèves de Country Day se montreront un peu plus discrets, dit Alisa, mais vous avez intérêt à vous blinder. Aussi effrayant que cela puisse paraître, l'argent, c'est le pouvoir ; et le pouvoir exerce une fascination irrésistible. Vous n'êtes plus celle que vous étiez il y a deux jours.

Je faillis rétorquer qu'elle se trompait, puis je repensai à la lettre de Tobias Hawthorne à Jameson, et ses mots me revinrent en mémoire. « Le pouvoir corrompt, le pouvoir absolu corrompt absolument. »

# 21

— Tu as lu ma lettre, dit Jameson Hawthorne en se glissant à côté de moi sur la banquette arrière du SUV.

Oren m'avait déjà fait l'article concernant la sécurité du véhicule. Les vitres, fortement teintées, étaient à l'épreuve des balles, et Tobias Hawthorne avait possédé plusieurs SUV identiques afin de pouvoir utiliser des leurres si nécessaire.

— Xander a besoin qu'on le dépose ? demanda Oren depuis le siège conducteur, en croisant le regard de Jameson dans le rétroviseur.

— Il commence plus tôt le vendredi, répondit Jameson. Il a des activités extrascolaires.

Dans le rétroviseur, le regard d'Oren se dirigea vers moi.

— Ça ne vous dérange pas d'avoir de la compagnie ?

Si ça me dérangeait de me retrouver assise juste à côté de Jameson Hawthorne, qui était sorti d'une cheminée pour s'introduire dans ma chambre la veille au soir ? *Il a touché mon visage…*

— Non, c'est bon, répondis-je en refoulant ce souvenir.

Oren tourna la clé de contact, puis nous jeta un coup d'œil par-dessus son épaule.

— C'est elle, ma passagère, dit-il à Jameson. En cas de problème…

— C'est elle que vous sauverez en premier, acheva Jameson, qui posa un pied sur la console centrale et s'appuya contre la portière. Grand-père disait toujours que les Hawthorne ont neuf vies. Il doit bien m'en rester quatre ou cinq.

Oren enclencha la marche avant, et nous partîmes. Même à travers les vitres blindées, je pus entendre des cris et des appels au moment où nous franchîmes le portail. Les paparazzis. Ils étaient une bonne douzaine la dernière fois. Ils devaient être deux fois plus nombreux à présent. Au minimum.

J'évitai de m'attarder là-dessus, pour me tourner plutôt vers Jameson.

— Tiens, dis-je en lui tendant ma lettre que j'avais sortie de mon sac.

— Je t'ai montré la mienne, tu me montres la tienne, dit Jameson avec un sourire narquois.

— Tais-toi et lis.

Il s'exécuta.

— C'est tout ? demanda-t-il lorsqu'il eut fini.

J'acquiesçai d'un signe de tête.

— Sais-tu pourquoi il était désolé ? Aurais-tu subi un grand malheur dans le passé, sans savoir qui en était responsable ?

— Un seul, murmurai-je, la gorge serrée et détournant le regard. Mais je doute que ce soit la faute de ton grand-père si ma mère avait un groupe sanguin extrêmement rare qui l'a reléguée tout en bas de la liste d'attente pour une transplantation.

J'avais eu l'intention de me montrer sarcastique, non amère.

— Nous reviendrons sur ta lettre plus tard, dit Jameson, ignorant poliment l'émotion qui perçait dans ma voix.

Pour l'instant, intéressons-nous plutôt à la mienne. Je suis curieux de savoir ce que tu en as pensé, Fille Mystère ?

J'eus la nette impression qu'il s'agissait d'un nouveau test. Une nouvelle occasion de prouver ma valeur. *Défi accepté.*

— Ta lettre se compose entièrement de proverbes, dis-je. *Tout ce qui brille n'est pas or. Le pouvoir corrompt, le pouvoir absolu corrompt absolument.* Il veut te mettre en garde contre les dangers du pouvoir et de l'argent. Quant à la première ligne – *Mieux vaut le diable qu'on connaît que celui qu'on ne connaît pas, non ?* –, sa signification me paraît assez évidente.

Sa famille représentait le diable que Tobias Hawthorne avait connu, et moi, l'autre. *Sauf que si c'est vrai, pourquoi moi ?* Si j'étais une parfaite inconnue, comment m'avait-il choisie ? En lançant une fléchette sur une carte ? Ou grâce à un algorithme, comme l'avait imaginé Max ?

Et si j'étais une parfaite inconnue, pourquoi était-il désolé ?

— Continue, m'encouragea Jameson.

Je me concentrai.

— *Rien n'est certain, à part la mort et les impôts.* J'ai l'impression qu'il savait qu'il allait mourir.

— Il ne nous avait même pas dit qu'il était malade, murmura Jameson.

Je comprenais ce qu'il ressentait. Tobias Hawthorne semblait avoir été un petit cachottier, comme ma mère. *Je pourrais très bien être le diable qu'il ne connaissait pas, même s'il la connaissait. J'aurais quand même pu être une parfaite inconnue pour lui.*

Je sentais Jameson à côté de moi, en train de m'observer comme s'il lisait en moi comme dans un livre ouvert.

— *Je suis où j'en suis par la grâce de Dieu*, dis-je, revenant au contenu de sa lettre. Ça signifie que dans des circonstances différentes, n'importe lequel d'entre nous aurait pu se retrouver dans la situation de n'importe quel autre.

— Le gosse de riches peut devenir indigent. (Jameson ôta ses pieds de la console centrale et tourna la tête vers moi. Ses yeux verts me fixèrent avec une intensité qui me donna le frisson.) Et la fille née dans le mauvais quartier peut devenir…

*Une princesse. Une énigme. Une héritière. Un jeu.*

Jameson sourit. S'il s'agissait d'un test, je venais de le réussir.

— À première vue, me dit-il, on pourrait croire que cette lettre souligne ce que nous savions déjà. Mon grand-père est mort en laissant sa fortune au diable qu'il ne connaissait pas, avec pour conséquence de renverser le cours de notre destin. Pourquoi ? Parce que le pouvoir corrompt. Et que le pouvoir absolu corrompt absolument.

Même si je l'avais voulu, j'étais totalement incapable de détourner mon regard de lui.

— Et que faut-il penser de toi, Héritière ? poursuivit Jameson. Es-tu incorruptible ? Est-ce pour cela qu'il a remis sa fortune entre tes mains ? (L'expression qui jouait au coin de ses lèvres n'était pas tout à fait un sourire. Je n'aurais pas su la qualifier exactement, sinon par le mot « magnétique ».) Je connaissais bien mon grand-père : il y a autre chose là-dessous. Un jeu de mots. Un code. Un message caché. *Une énigme.*

Il me rendit ma lettre. Je la pris et la relus.

— Ton grand-père a signé ma lettre avec des initiales, observai-je. Alors qu'il a signé la tienne avec son nom complet.

— Et que pouvons-nous en déduire ? me demanda Jameson d'un ton léger.

*Nous.* Comment un Hawthorne et moi en étions parvenus à devenir « nous » ? J'aurais dû me méfier. Malgré l'assurance d'Oren – et d'Alisa –, j'aurais dû garder mes distances. Mais il y avait quelque chose de particulier chez cette famille. Chez ces garçons.

— On arrive, prévint Oren depuis le siège avant. (S'il avait suivi notre conversation, il n'en montra aucun signe.) L'administration du Country Day a été informée de la situation. J'ai vérifié les mesures de sécurité du lycée il y a des années, au moment de l'inscription des garçons. Ça devrait bien se passer, Avery, mais je dois insister pour que vous ne quittiez pas le campus. Sous aucun prétexte. Je ne serai pas loin.

Nous franchîmes un grand portail. Je détournai mon attention des lettres écrites par Tobias pour m'intéresser plutôt à ce qui m'attendait hors de la voiture. *C'est un lycée, ça ?* me dis-je en découvrant les bâtiments. Ils faisaient plutôt penser à une université ou un musée, un endroit tout droit sorti d'une brochure où tout le monde était beau et souriant. Je me sentis soudain mal à l'aise dans mon uniforme scolaire, comme s'il s'agissait d'un déguisement. Comme si je n'étais qu'une gamine qui croyait se transformer en astronaute en se mettant une passoire sur la tête, ou en star de cinéma en se barbouillant de gloss.

Pour le reste du monde, j'étais devenue une célébrité. Un objet de fascination… et une cible. Mais ici ? Comment des gens qui avaient toujours baigné dans la richesse pourraient-ils me voir autrement que comme une usurpatrice ?

— Ce n'est pas que je veuille jouer les courants d'air, Fille Mystère... dit Jameson qui avait déjà une main sur la poignée de la portière. Mais la dernière chose dont tu as besoin pour ton premier jour de classe, c'est qu'on te voie arriver avec moi.

# 22

Jameson disparut en un clin d'œil. Il s'enfonça dans une foule de blazers bordeaux et de cheveux brillants, tandis que je restais assise sur la banquette, encore attachée par ma ceinture de sécurité, incapable de bouger.

— Ce n'est qu'un lycée, me dit Oren. Ce ne sont que des gosses.

Des gosses de riches. Des gosses pour qui « normal » signifiait probablement avoir des parents neurochirurgiens ou avocats d'une grande firme. Lorsqu'ils évoquaient l'université, ils devaient probablement parler de Harvard ou de Yale. Et j'étais là, avec ma jupe plissée et mon blazer bordeaux paré d'un macaron de la marine affichant une devise en latin que je ne savais pas prononcer.

J'attrapai mon nouveau téléphone et adressai un texto à Max : *C'est Avery. J'ai un nouveau numéro. Appelle-moi.*

Après un dernier coup d'œil vers le siège avant, je posai la main sur la poignée de la portière. Oren n'était pas chargé de me couver. Son boulot consistait à me protéger, et non à m'éviter les regards auxquels je ne pourrais pas échapper à l'instant où je descendrais de cette voiture.

— Je vous retrouve ici à la fin de la journée ? lui demandai-je.

— Je serai là.

J'attendis brièvement, au cas où Oren aurait un dernier conseil à me donner, puis j'ouvris la portière.

— Merci de m'avoir conduite.

***

Personne ne me scruta d'un drôle d'air. Personne ne se mit à chuchoter en me voyant. En fait, alors que je me dirigeais vers les deux arches qui ornaient l'entrée du bâtiment principal, j'eus la nette impression que ce manque d'attention était délibéré : les autres élèves évitaient de me fixer, de parler de moi. Ils notaient simplement ma présence, au passage, avant de détourner la tête dès que je les regardais.

Au fond, c'était peut-être une question de discrétion, et ils tâchaient simplement de ne pas me mettre mal à l'aise. Néanmoins, j'avais l'impression de débarquer au milieu d'une grande salle de bal où tout le monde s'adonnait à une valse complexe, tournoyant autour de moi comme si je n'étais pas là.

Alors que je m'approchais des deux arches, une fille aux longs cheveux bruns refusa de m'ignorer comme les autres. Au contraire, elle me dévisagea intensément. Et une à une, les filles qui l'entouraient se mirent à l'imiter.

Quand j'arrivai à leur hauteur, la brune se détacha du groupe et vint à ma rencontre.

— Je m'appelle Théa, me dit-elle avec un grand sourire. Tu dois être Avery.

Elle avait une voix très agréable, presque musicale, comme une sirène qui n'aurait pas eu besoin de beaucoup d'efforts pour entraîner des marins dans les vagues. Elle poursuivit :

— Je te conduis au bureau de la proviseure ?

— D'accord, répondis-je d'une toute petite voix.

— Notre proviseure s'appelle docteur McGowan. C'est une diplômée de Princeton. Elle va te garder au moins une demi-heure pour te parler d'opportunités et de traditions. Si elle te propose un café, dis oui ! Elle le prépare elle-même, il est à tomber. (Théa semblait parfaitement consciente que tout le monde nous regardait à présent. Elle semblait aussi adorer ça.) Quand le Dr Mac t'indiquera ton emploi du temps, assure-toi d'avoir une pause déjeuner tous les jours. À Country Day, l'emploi du temps est organisé sous forme de modules, ce qui veut dire qu'on fonctionne par cycles de six jours, même si on n'a classe que cinq jours par semaine. Les cours s'enchaînent entre trois à cinq fois par cycle, donc si tu n'y fais pas attention, tu peux très bien avoir cours à l'heure du déjeuner les jours A et B, par exemple.

— D'accord, répétai-je timidement, même si ses explications me donnaient le tournis. Merci.

— Dans ce lycée, nous sommes un peu comme les fées de la mythologie celtique, me prévint Théa d'un ton léger. Ne nous remercie jamais, sauf si tu tiens à nous devoir quelque chose.

Ne sachant pas quoi répondre, je préférai me taire. Théa ne parut pas s'en offusquer. Elle m'entraîna dans un long couloir orné de photos de classe tout en meublant le silence.

— Nous ne sommes pas si mal, en réalité. La plupart d'entre nous, en tout cas. Tant que tu es avec moi, tu t'en sortiras très bien.

Cette remarque m'agaça.

— Je m'en sortirai très bien de toute manière, lui dis-je.

— C'est clair, rétorqua Théa en riant.

C'était une référence à mon argent. Forcément. Théa me regarda droit dans les yeux.

— Ça doit être pénible… reprit-elle, scrutant ma réaction avec une intensité que son sourire dissimulait bien mal… de vivre dans cette maison avec les garçons.

— Non, ils sont cools, ripostai-je.

Théa secoua la tête.

— Oh, chérie ! Les petits-fils Hawthorne sont tout sauf cools. Ils étaient salement perturbés avant ton arrivée, et ils le seront encore après ton départ.

*Mon départ.* Où Théa se figurait-elle que j'avais l'intention d'aller ?

Nous parvînmes au bout du couloir, devant le bureau de la proviseure. La porte s'ouvrit et quatre garçons en sortirent en file indienne. Tous les quatre étaient en sang et affichaient un grand sourire. Le dernier était Xander. Il me vit, puis remarqua qui m'accompagnait.

— Théa, dit-il.

Elle lui adressa un sourire un peu trop suave, et toucha délicatement son visage, ou plus précisément, sa lèvre tuméfiée.

— Xander. On dirait que tu as perdu.

— Il n'y a pas de perdants au Fight Club des robots de combat, répondit-il stoïquement. Seulement des vainqueurs et des gens dont le robot a explosé.

Je repensai au bureau de Tobias Hawthorne et à tous les brevets accrochés à son mur. Quel genre de génie était donc Xander Hawthorne ? Et comment avait-il réussi à perdre un *sourcil* ?

Théa continua comme si elle ne s'était aperçue de rien.

— J'étais en train de montrer à Avery où est le bureau de la proviseure, et de lui donner quelques conseils de survie.

— Trop gentil ! déclara Xander. Avery, la délicieuse Théa Calligaris a-t-elle mentionné que son oncle est marié à ma tante ?

Le nom de famille de Zara était Hawthorne-Calligaris.

— J'ai entendu dire que Zara et ton oncle cherchaient un moyen de contester le testament ?

Xander donnait l'impression de parler à Théa, mais j'eus la nette impression que c'était à moi qu'il s'adressait.

*Méfie-toi de Théa.*

Celle-ci haussa les épaules avec élégance.

— Je ne suis pas au courant.

# 23

— Je vous ai inscrite en civilisation américaine et philosophie. En science et mathématiques, vous devriez pouvoir suivre les cours de cette année, à moins que notre programme ne soit trop chargé pour vous.

Le docteur McGowan sirota une gorgée de son café. Je l'imitai. Il était aussi bon que Théa me l'avait promis. Y avait-il la même part de vérité dans tout ce qu'elle m'avait dit d'autre ?

« Ça doit être pénible de vivre dans cette maison avec les garçons... Ils étaient salement perturbés avant ton arrivée, et ils le seront encore après ton départ. »

— À présent, déclara le Dr Mac (qui avait insisté pour que je l'appelle comme ça), en ce qui concerne les cours facultatifs, je vous suggère compréhension et interprétation, qui traite de la transmission du sens à travers les arts et qui comprend une part importante d'engagement citoyen auprès des musées, des artistes locaux, des compagnies théâtrales et de ballet, de l'opéra, etc. Étant donné le soutien apporté à ces institutions par la Fondation Hawthorne, je pense que ce cours devrait vous être... très profitable.

La Fondation Hawthorne ? Je me retins – de justesse – de répéter ces mots.

— Pour ce qui est du reste de votre emploi du temps, j'aurais besoin que vous me parliez un peu de vos projets d'avenir, Avery. Quelles sont vos passions ?

Je faillis lui donner la même réponse qu'au proviseur Altman. J'avais effectivement des projets, mais qui avaient toujours été motivés par des considérations pratiques. J'avais opté pour un diplôme qui me procurerait un bon travail. Le plus simple était de continuer dans la même voie. Cet établissement avait forcément mieux à m'offrir que mon ancien lycée. Il pouvait me placer dans les conditions idéales pour boucler mes études en trois ans au lieu de quatre. En jouant bien mes cartes, même si Zara et son mari parvenaient à défaire ce que Tobias Hawthorne avait fait, je réussirais à m'en sortir gagnante. D'ailleurs, même si la famille Hawthorne trouvait un moyen de contester le testament, j'en retirerais probablement un dédommagement substantiel. Combien de millions de dollars seraient-ils prêts à me verser simplement pour me voir disparaître ? Au pire, je pourrais toujours vendre mon histoire pour me payer l'université.

— Les voyages, bredouillai-je. J'ai toujours eu envie de voyager.

— Pourquoi ? insista la proviseure en m'examinant avec curiosité. Qu'est-ce qui vous attire dans les pays étrangers ? L'art ? L'histoire ? Les gens, les différences culturelles ? Ou peut-être les merveilles du monde naturel ? Les montagnes et les falaises, les océans et les séquoias géants, la forêt tropicale…

— Oui, dis-je avec ferveur, sentant mes yeux s'embuer, sans que je comprenne pourquoi. Tout ça. Oui.

Le Dr Mac se pencha et me prit la main.

— Je vous préparerai une liste de cours facultatifs pour vous aider à faire votre choix, m'informa-t-elle d'une voix douce. J'ai cru comprendre que vous ne pourrez pas étudier à l'étranger avant au moins un an, eu égard aux circonstances tout à fait particulières, mais nous avons d'excellents programmes qui devraient vous intéresser. Vous pourriez même envisager de repousser légèrement l'obtention de votre diplôme.

Si quelqu'un m'avait dit une semaine plus tôt que je pourrais être tentée de rester au lycée une minute de plus que que le temps strictement imparti, je l'aurais pris pour un fou. Mais cet établissement n'était pas un lycée « normal ».

Il n'y avait plus rien de normal dans ma vie.

# 24

Max me rappela aux alentours de midi. À Heights Country Day, l'emploi du temps comprenait des trous durant lesquels je pouvais faire à peu près ce que je voulais : arpenter les couloirs, traîner dans un studio de danse, une salle vide ou l'un des multiples gymnases… Libre à moi de caler mon déjeuner à n'importe lequel de ces moments. Alors, quand mon téléphone se mit à sonner, je me retirai dans une salle de classe déserte sans que personne s'en soucie.

— Cet endroit, c'est le paradis, dis-je à Max. Sérieusement, le paradis !

— La maison ? demanda Max.

— Le lycée, soufflai-je. Tu devrais voir mon emploi du temps. Et les cours !

— Avery… déclara mon amie d'un ton sévère. J'ai cru comprendre que tu venais d'hériter de je ne sais combien de millions de dollars, et toi tu me parles de ton nouveau *lycée* ?

Il y avait tellement de choses dont j'avais envie de lui parler. Je dus faire un effort pour me rappeler ce qu'elle savait et ce qu'elle ignorait.

— Jameson Hawthorne m'a montré la lettre que lui a laissée son grand-père, et c'est une espèce d'énigme délirante bien tordue. Jameson est convaincu que c'est ce que je suis, moi aussi, une énigme à résoudre.

— Je suis en train de regarder une photo de Jameson Hawthorne en ce moment, m'annonça Max. (J'entendis un bruit de chasse d'eau à l'arrière-plan et réalisai qu'elle devait se trouver dans les toilettes des filles.) Il faut reconnaître qu'il est braisable.

Je mis une seconde à comprendre.

— Max !

— Tout ce que je dis, c'est qu'il a l'air d'un roi de la braise. Je parie qu'il n'a pas son pareil pour attiser le feu. Et tisonner la braise pendant des heures.

— Je ne comprends rien à ce que tu racontes.

Je pouvais pratiquement l'entendre sourire.

— Moi non plus ! Et je vais devoir te laisser, parce que je n'ai pas beaucoup de temps. Mes parents sont déjà suffisamment énervés à cause de cette histoire. Ce n'est pas le moment de sécher les cours.

— Tes parents sont énervés ? demandai-je, fronçant les sourcils. Pourquoi ?

— Avery, as-tu la moindre idée du nombre de coups de fil que j'ai reçus ? Un journaliste s'est même pointé chez nous. Ma mère a menacé de m'interdire les réseaux sociaux, les e-mails… tout, quoi.

— Il y a des journalistes qui veulent t'interviewer ? résumai-je avec une pointe d'incrédulité. À propos de moi ?

— Tu as regardé les infos dernièrement ?

— Non, me fallut-il reconnaître, la gorge serrée.

Il y eut un silence.

— Eh bien… évite. (Ce conseil à lui seul en disait long.) Au moins pour un moment. Ça va, sinon ?

Je soufflai sur une mèche qui me tombait devant les yeux.

— Impeccable. Mon avocate et mon chef de la sécurité m'ont assuré qu'une tentative de meurtre était hautement improbable.

— Tu as un garde du corps ? s'exclama Max, impressionnée. Butin de merle, ta vie est trop cool.

— J'ai toutes sortes de gens à mon service, et même des domestiques… qui me détestent, au passage. La maison est incroyable. Et cette famille ! Tu devrais voir les garçons, Max. Ils détiennent tous des brevets, des records du monde, et…

— Je suis en train d'examiner leur photo en ce moment. Venez voir maman, bande de petits salignons.

— Salignons ? répétai-je.

— Aligots ? essaya-t-elle.

Je ris malgré moi. Je n'avais pas réalisé à quel point tout cela m'avait manqué jusqu'à ce qu'elle m'appelle.

— Désolée, Ave. Il faut que je te laisse. Tiens-moi au courant par texto, mais…

— Je ferai attention à ce que j'écrirai.

— Et en attendant, achète-toi des trucs sympas.

— Comme quoi ?

— Je te ferai une liste, promit-elle. À plus, ma belle.

— À plus, Max.

Je gardai le téléphone pressé contre mon oreille une seconde ou deux après qu'elle eut raccroché. *Si seulement tu pouvais être là.*

Je finis par trouver le chemin de la cafétéria. Il y avait une vingtaine d'élèves en train de manger. Dont Théa. Elle repoussa du pied la chaise vide en face d'elle.

*C'est la nièce de Zara,* me rappelai-je. *Et Zara n'a qu'une envie : me voir partir.* Je m'assis néanmoins.

— Désolée pour la manière dont je te suis tombée dessus ce matin, s'excusa Théa. (Elle jeta un coup d'œil aux autres filles installées à sa table, toutes aussi belles et raffinées qu'elle.) C'est juste qu'à ta place je préférerais être prévenue.

Je ne pus m'empêcher de mordre à l'appât :

— À propos de quoi ?

— Des frères Hawthorne. Pendant longtemps, tous les garçons rêvaient de leur ressembler et toutes les filles voulaient sortir avec eux. Leur allure, leur manière d'être… (Elle marqua une pause.) Le seul fait de graviter dans leur entourage faisait qu'on vous regardait différemment.

— Il m'arrivait de réviser avec Xander, des fois, se souvint l'une des autres filles. Avant que…

Elle n'acheva pas.

*Avant quoi ?* Je ratais une information, là. Une information importante.

— Ils étaient magiques, continua Théa avec une drôle d'expression sur son visage. Et ceux qui les fréquentaient se sentaient magiques, eux aussi.

— Invincibles, renchérit une autre fille.

Je repensai à Jameson, qui s'était laissé tomber du balcon le jour de notre rencontre. À Grayson, assis derrière le bureau du proviseur Altman et qui l'avait congédié d'un simple froncement de sourcils. À Xander et son mètre quatre-vingt-dix, le visage en sang, qui parlait d'explosion de robots, en toute décontraction.

— Ils ne sont pas comme tu crois, me confia Théa. Moi, je ne pourrais pas vivre dans la même maison que les Hawthorne.

Cherchait-elle à me manipuler ? Si je quittais la maison Hawthorne – si je déménageais –, je perdrais mon héritage. Le savait-elle ? Était-ce son oncle qui l'avait chargée de me dire ça ?

À mon arrivée dans ce lycée, je pensais être traitée comme une pestiférée. Je n'aurais pas été surprise que les autres filles se montrent possessives à l'égard des frères Hawthorne, ou que tout le monde, garçons et filles, m'en veuille de les déposséder. Mais ça…

C'était inattendu.

— Il faut que j'y aille, dis-je en me levant.

Théa se leva avec moi.

— Pense ce que tu veux, dit-elle. N'empêche que la dernière fille de ce lycée qui a eu une histoire avec les frères Hawthorne, la dernière qu'on a vue traîner des jours entiers dans cette maison est… *morte*.

# 25

Je quittai la cafétéria en me demandant où je pourrais me cacher jusqu'à mon prochain cours. Je n'étais pas tout à fait certaine que Théa ait menti. Je me répétais ces mots en boucle :

« La dernière qu'on a vue traîner des jours entiers dans cette maison est… *morte.* ».

Au détour d'un couloir, je tombai sur Xander qui sortait d'un labo, une sorte de dragon mécanique dans les bras.

Je repensai aussitôt à ce que m'avait dit Théa.

— J'ai l'impression que tu aurais bien besoin d'un dragon robotique, observa Xander. Tiens.

Il me le fourra dans les mains.

— Que veux-tu que j'en fasse ? lui demandai-je.

— Ça dépend si tu tiens à tes sourcils.

Il haussa le dernier sourcil qui lui restait.

Je cherchai une repartie, mais rien ne me vint.

« La dernière qu'on a vue traîner des jours entiers dans cette maison est… morte. »

— Tu as faim ? me demanda Xander. Le réfectoire est de ce côté.

Même si je détestais l'idée de donner raison à Théa, j'éprouvais une certaine méfiance envers lui comme envers tous les Hawthorne.

— Le réfectoire ? répétai-je, en m'efforçant de prendre une voix normale.

Xander sourit.

— C'est comme ça qu'on dit cafétéria dans le jargon lycée privé.

— Les lycées privés n'ont pas de jargon, fis-je observer.

— Encore un peu et tu vas critiquer mon vocabulaire, prévint-il.

Il tapota son dragon mécanique sur la tête. Le robot hoqueta et cracha un filet de fumée.

« Ils ne sont pas comme tu crois », m'avait prévenue Théa.

— Ça va ? s'inquiéta Xander. (Puis il claqua des doigts.) Oh, c'est vrai ! Tu as déjà rencontré Théa !

Je lui rendis son dragon avant qu'il n'explose dans mes bras.

— Je n'ai pas envie de parler d'elle.

— Tu m'étonnes ! s'exclama Xander. Moi non plus, je n'aime pas parler d'elle. Et si nous parlions plutôt de ton petit *tête-à-tête* avec Jameson la nuit dernière ?

Il était au courant de la visite de son frère dans ma chambre.

— Ce n'était pas un tête-à-tête.

— Toi et ta façon d'être à cheval sur les mots, déplora-t-il. Jameson t'a montré sa lettre, je parie ?

Je ne savais pas si c'était censé être un secret.

— Il pense que c'est un indice, dis-je.

Xander demeura muet un moment, puis indiqua du menton la direction opposée au réfectoire.

— Viens.

Je le suivis. Au fond, cela valait mieux que de me retrouver seule dans une classe vide.

— C'était toujours moi qui perdais, dit Xander en m'entraînant dans le couloir. Les samedis matin, quand notre grand-père nous proposait un défi, je perdais à tous les coups. J'étais le plus jeune. Le moins compétiteur, aussi. Je me laissais facilement distraire par des scones ou des inventions.

— Mais… ? tentai-je de l'encourager, parce que je sentais au ton de sa voix qu'il était d'humeur à la confidence.

— Mais, confirma Xander, pendant que mes frères jouaient des coudes pour franchir la ligne d'arrivée en premier, je partageais généreusement mes scones avec le vieux. Il était bavard comme une pie, jamais à court d'histoires, de faits ou de paradoxes. Tu veux en entendre un ?

— Un paradoxe ?

— Un fait. (Il fronça les sourcils. Enfin, *son* sourcil.) Il n'avait pas de deuxième prénom.

— Quoi ?

— Mon grand-père était né Tobias Hawthorne, m'expliqua Xander. Sans deuxième prénom.

Je me demandai si le vieil homme avait signé la lettre de Xander comme il avait signé celle de Jameson. *Tobias Tattersall Hawthorne.* Il avait signé la mienne avec trois initiales.

— Si je te demandais de me montrer ta lettre, tu le ferais ? demandai-je à Xander.

Il m'avait raconté qu'il terminait toujours dernier dans les petits jeux de son grand-père, mais cela ne voulait pas dire qu'il ne jouait pas celui-là.

— Voyons, ça gâcherait tout le plaisir ! protesta Xander en me laissant devant une lourde porte en bois percée de carreaux. Tu devrais être à l'abri de Théa, ici. Il y a certains endroits où même elle n'ose pas s'aventurer.

Je jetai un coup d'œil à travers les carreaux.

— La bibliothèque ?

— Les archives, corrigea-t-il. C'est comme ça qu'on appelle la bibliothèque dans tout lycée privé qui se respecte. Il y a pire, comme endroit, pour passer le temps tranquillement entre deux cours.

Je poussai la porte avec hésitation.

— Tu ne viens pas ? lui demandai-je.

Il ferma les yeux.

— Je ne peux pas.

Il ne me donna aucune explication. En le regardant s'éloigner, je ne pus m'empêcher de penser que je passais à côté de quelque chose.

Peut-être même de plusieurs choses.

« La dernière qu'on a vue traîner des jours entiers dans cette maison est… *morte.* »

# 26

Les archives ressemblaient davantage à la bibliothèque d'une université qu'à celle d'un lycée. Les murs étaient ornés d'arches et de vitraux. Les rayonnages à perte de vue débordaient de livres en tout genre et, au centre de la salle, trônaient une douzaine de tables rectangulaires, magnifiques, avec éclairage intégré et de grosses loupes fixées de chaque côté.

Ces tables étaient toutes inoccupées, à l'exception d'une seule, où une fille était assise. Elle me tournait le dos. Elle avait des cheveux d'un roux particulièrement foncé. Je m'assis à une autre table, face à la porte. La salle était quasiment silencieuse. On n'entendait qu'un froissement léger chaque fois que la fille tournait l'une des pages de son livre.

Je sortis la lettre de Jameson de mon sac. *Tattersall.* Je relus le deuxième prénom avec lequel Tobias Hawthorne avait signé sa lettre à son petit-fils, puis vérifiai les initiales griffonnées au bas de la mienne. L'écriture correspondait. Un détail me chiffonnait ; il me fallut un moment pour mettre le doigt dessus. *Il s'était servi de son deuxième prénom dans le testament également.* Et si c'était ça, le piège ? S'il ne fallait rien de plus pour invalider le testament ?

J'envoyai un texto à Alisa. Elle me répondit aussitôt : *Changement de nom légal, il y a des années. Tout a été fait dans les règles.*

Xander m'avait dit que son grand-père était *né* Tobias Hawthorne, sans deuxième prénom. Pourquoi m'avoir raconté ça ? Je commençais à croire que je ne comprendrais jamais aucun membre de cette famille. Je ramenai la loupe fixée devant moi (elle avait environ la taille de ma main) et plaçai les deux lettres dessous, l'une à côté de l'autre. Puis j'allumai la lampe de lecture intégrée à la table.

*Pas mal du tout, ces établissements privés*, me dis-je, amusée.

Le papier était suffisamment épais pour que la lumière ne le traverse pas. Je m'intéressai tout particulièrement à la signature sur la lettre de Jameson. Le grossissement faisait apparaître dans l'écriture de Tobias Hawthorne certains détails qui m'avaient échappé jusque-là. Un petit repli au bout de ses R. Une légère asymétrie dans ses T. Et là, dans son deuxième prénom, un petit décrochement entre deux lettres. Grossi dix fois, ce blanc donnait l'impression que ce nom se composait de deux mots.

*Tatters all. En lambeaux, tous.*

— Comme pour indiquer qu'il les laissait tous en lambeaux ? me demandai-je à voix haute.

Cela pouvait paraître un peu tiré par les cheveux, mais après tout, Jameson ne m'avait-il pas assuré qu'il y avait une énigme à résoudre dans ces lettres ? Xander n'avait-il pas pris la peine de préciser que son grand-père n'avait pas de deuxième prénom à la naissance ? Si Tobias Hawthorne avait effectué une démarche légale pour ajouter Tattersall à son nom, cela suggérait fortement qu'il l'avait choisi lui-même. *Dans quel but ?*

Je levai brusquement la tête, en me rappelant que je n'étais pas toute seule dans la salle, mais la fille aux cheveux roux était partie. J'adressai un nouveau texto à Alisa : *Quand TH a-t-il fait modifier son nom ?*

Je reçus un texto quelques instants plus tard, mais pas d'Alisa. De Jameson : *Je crois que j'ai trouvé, Fille Mystère. Et toi ?*

Je jetai un coup d'œil autour de moi, avec la sensation qu'il était peut-être en train de m'observer de derrière une étagère. Mais pour autant que je pouvais en juger, j'étais seule.

*Le deuxième prénom ?* répondis-je.

*Non.* J'attendis la suite, qui mit près d'une minute à me parvenir : *La dernière phrase.*

Mon regard se porta au bas de la lettre de Jameson. Juste au-dessus de la signature, je lus : *On ne juge pas.*

Était-ce à dire qu'il ne fallait pas juger le patriarche Hawthorne pour être mort sans avoir informé ses proches qu'il était malade ? Qu'il ne fallait pas juger les petits jeux auxquels il jouait avec eux depuis la tombe ? Ou qu'il ne fallait pas juger la manière dont il avait tiré le tapis sous les pieds de ses filles et de ses petits-fils ?

Je relus le texto de Jameson, puis sa lettre, depuis le début.

*Mieux vaut le diable qu'on connaît que celui qu'on ne connaît pas, non ? Le pouvoir corrompt, le pouvoir absolu corrompt absolument. Tout ce qui brille n'est pas or. Rien n'est certain, à part la mort et les impôts. Je suis où j'en suis par la grâce de Dieu.*

J'imaginai Jameson au moment de découvrir cette lettre, s'attendant à des réponses et ne recevant que des platitudes. *Des proverbes,* corrigea spontanément mon cerveau. Mon regard revint sur la dernière phrase. Jameson pensait qu'il fallait chercher un jeu de mots ou un code. Si on laissait les noms propres de côté, sa lettre se composait entièrement de proverbes.

À l'exception d'une phrase.

*On ne juge pas.* Je n'avais jamais accordé beaucoup d'attention à mon ancienne professeure de littérature quand elle nous parlait de proverbes, mais je n'en voyais qu'un seul qui commençait par les mots en question.

*Est-ce que l'expression « On ne juge pas un livre à sa couverture » te dit quelque chose ?* envoyai-je à Jameson.

Cette fois, la réponse fut immédiate : *Bien vu, Héritière.* Puis, un moment plus tard : *Oui, ça me dit quelque chose.*

# 27

— On est peut-être en train de partir sur une fausse piste, dis-je quelques heures plus tard.

Jameson et moi étions installés dans la bibliothèque de la maison Hawthorne, à contempler les rayonnages qui faisaient le tour de la pièce, remplis de livres du sol au plafond.

— Dans tout ce qui vient des Hawthorne, il y a toujours un mystère à creuser, déclara Jameson d'une voix chantante, comme s'il récitait une comptine enfantine. (Mais il n'y avait rien d'enfantin dans ses yeux quand ils quittèrent les rayonnages pour revenir se poser sur moi.) Tout a son importance dans la maison Hawthorne.

*Tout*, pensai-je. *Et tout le monde.*

— Sais-tu combien de fois les énigmes de mon grand-père m'ont conduit dans cette pièce ? reprit Jameson en pivotant lentement sur lui-même. Il doit être en train de se retourner dans sa tombe en voyant le temps qu'il m'a fallu pour venir ici.

— Que cherche-t-on, à ton avis ? lui demandai-je.

— Que crois-tu qu'on cherche, Héritière ? rétorqua Jameson.

Il avait une manière de dire les choses qui les faisait toujours sonner comme un défi ou une invitation.

Ou les deux.

*Concentre-toi*, me dis-je. J'étais là parce que je voulais des réponses, au moins autant que lui.

— Si l'indice est bien « On ne juge pas un livre à sa couverture », récitai-je en réfléchissant à voix haute, j'imagine qu'on cherche un livre, ou une couverture, ou bien une disparité entre les deux.

— Un livre qui ne correspondrait pas à sa couverture ?

L'expression de Jameson ne trahissait rien de ce qu'il pensait de cette suggestion.

— Je peux me tromper, me contentai-je d'admettre.

Jameson fit une petite moue, qui n'était pas tout à fait un sourire narquois.

— Ça nous arrive à tous de commettre une erreur de temps en temps, Héritière.

*Une invitation et un défi.* Je n'avais pas l'intention de commettre une erreur… pas avec lui. Et plus vite mon corps voudrait bien le comprendre, mieux ce serait. Je m'écartai de Jameson pour décrire un tour complet sur moi-même afin de prendre la mesure de la pièce. La seule vue de ces rayonnages me donnait le sentiment de me tenir au bord du Grand Canyon. Nous étions complètement encerclés de livres, sur deux niveaux.

— Il doit y avoir des milliers d'ouvrages ici.

Vu la taille de cette bibliothèque, si nous devions examiner chaque volume un à un…

— On risque d'en avoir pour des heures, dis-je.

Jameson me sourit. À pleines dents, cette fois.

— Ne sois pas ridicule, Héritière. On risque d'en avoir pour des jours.

***

Nous travaillâmes en silence, sans nous arrêter pour dîner. Un frisson me parcourait chaque fois que je m'apercevais que je tenais une première édition entre mes mains. De temps à autre, j'ouvrais la première page et tombais sur une dédicace. De Stephen King, de J. K. Rowling, de Toni Morrison... Au bout d'un moment je cessai de m'en émerveiller. Je perdis toute notion du temps ; je prenais un livre après l'autre, l'ouvrais pour vérifier son contenu, puis le remettais en place. J'entendais Jameson faire la même chose de son côté. Je sentais sa présence dans la pièce. Nous avions commencé chacun à un bout de la pièce et nous rapprochions lentement l'un de l'autre. Il avait pris les rayonnages du haut, moi ceux du bas. Finalement, je levai la tête et le découvris juste au-dessus de moi.

— Tu n'as pas peur qu'on soit en train de perdre notre temps ? l'interrogeai-je.

Ma question résonna dans la pièce.

— Le temps, c'est de l'argent, Héritière. Et tu en as plus qu'il ne t'en faut.

— Arrête de m'appeler comme ça.

— Il faut bien que je t'appelle d'une manière ou d'une autre, et tu n'as pas l'air d'apprécier Fille Mystère ni son abréviation.

Je faillis rétorquer que je m'abstenais bien de l'appeler, moi. Je n'avais pas prononcé son nom une seule fois depuis que nous étions entrés dans la pièce. Mais au lieu de cela, je le dévisageai avec attention et une question me vint à l'esprit.

— Que voulais-tu dire ce matin, dans la voiture, en affirmant que la dernière chose dont j'avais besoin, c'était qu'on nous voie ensemble ?

Je l'entendis prendre plusieurs livres sur son étagère et les remettre en place avant de me donner une réponse.

— Tu as passé toute la journée dans cette belle institution qu'est Heights Country Day, répliqua-t-il. À ton avis, qu'est-ce que je voulais dire ?

Il fallait toujours que ce soit lui qui pose les questions, quitte à renverser complètement la situation.

— Ne me dis pas que tu n'as pas entendu de rumeurs ? murmura-t-il d'en haut.

Je me figeai, repensant à ce qu'on m'avait dit.

— J'ai rencontré une fille. (Je continuai à progresser le long de mon étagère : sortir un livre, examiner sa couverture, le ranger à sa place.) Théa.

Jameson ricana.

— Théa n'est pas une fille. C'est une tornade enveloppée d'acier ! Et toutes les filles du lycée suivent son exemple, ce qui veut dire que je suis *persona non grata* là-bas. Et ça dure depuis un an. (Il marqua une pause.) Que t'a-t-elle dit exactement ?

Il avait tenté de prendre une voix désinvolte, qui m'aurait peut-être trompée si je l'avais eu en face de moi, mais sans son expression pour appuyer l'effet, j'avais pu percevoir une tension sous-jacente. *Il tient vraiment à le savoir*, pensai-je.

Soudain, je regrettai d'avoir amené Théa dans la conversation. Semer la discorde était probablement ce qu'elle voulait.

— Avery ?

Le fait qu'il emploie mon prénom me confirma que Jameson ne voulait pas simplement une réponse ; il en avait besoin.

— Elle m'a surtout parlé de la maison, répondis-je prudemment. De ce que ça devait être pour moi, d'habiter ici. Avec vous quatre.

C'était la vérité. Plus ou moins.

— Est-ce encore un mensonge, demanda Jameson avec condescendance, si ce qu'on dit n'est pas faux mais qu'on dissimule l'essentiel ?

Il voulait la vérité.

— Théa m'a parlé d'une fille qui est morte.

Je prononçai ces mots comme si j'avais arraché un pansement, d'un coup, pour ne pas me laisser le temps d'hésiter.

Au-dessus de moi, Jameson s'interrompit dans ses recherches. Il demeura silencieux cinq bonnes secondes avant de lâcher :

— Elle s'appelait Emily. Et ce n'était pas n'importe quelle fille.

Ma gorge se noua. Je toussotai légèrement et me remis à examiner les livres. *Emily comptait beaucoup pour lui. Elle compte toujours.*

— Je suis désolée, dis-je. Désolée d'avoir amené le sujet, et désolée qu'elle soit morte. On devrait en rester là pour ce soir.

Il était tard, et je ne voulais pas courir le risque de dire autre chose que je regretterais.

Jameson reposa un dernier livre, puis descendit d'un pas lourd l'escalier de fer forgé en colimaçon. Il s'arrêta entre moi et la sortie.

— Même heure demain ?

Je sentis soudain qu'il me fallait absolument éviter de plonger mon regard dans ses yeux verts.

— On a bien avancé, dis-je en me dirigeant vers la porte. Au pire, je pense qu'on aura fini dans une semaine.

Jameson se pencha vers moi au moment où je passai devant lui.

— Ne m'en veux pas, souffla-t-il.

Mon cœur se mit à battre à tout rompre. À cause de ce qu'il venait de dire, ou parce qu'il était tout près de moi ?

— Il est possible que ça nous prenne un peu plus de temps que ça.

— Pourquoi ? lui demandai-je, en oubliant de ne pas le regarder.

Il approcha ses lèvres de mon oreille.

— Parce que ce n'est pas la seule bibliothèque de la maison Hawthorne.

# 28

Combien de bibliothèques y avait-il dans cet endroit ? Voilà sur quoi je m'efforçais de me concentrer en m'éloignant de Jameson. Pas sur la sensation de son corps tout près du mien, ni sur le fait que Théa ne m'avait pas menti en me disant qu'il y avait eu une fille, et qu'elle était morte.

*Emily.* Je tâchai, vainement, d'oublier le son de sa voix quand Jameson m'avait soufflé cela. « Elle s'appelait Emily. » Parvenue au pied de l'escalier principal, j'hésitai. Si je regagnais mon aile maintenant, si j'essayais de dormir, je ne ferais que me repasser dans la tête ma discussion avec Jameson, encore et encore. Je jetai un coup d'œil derrière moi pour voir s'il m'avait suivie et j'aperçus Oren à la place.

Mon chef de la sécurité m'avait assuré que je ne risquais rien dans cette maison. Il semblait le croire. Cependant, il me suivait partout comme mon ombre. Invisible, sauf lorsqu'il voulait être vu.

— Vous n'allez pas vous coucher ? me demanda-t-il.

— Non.

Je n'aurais jamais pu dormir, jamais pu trouver le sommeil. Je partis donc en exploration. Au bout d'un long couloir, je découvris une salle de spectacle. Pas une salle de cinéma, plutôt une salle d'opéra. Les murs étaient ornés de dorures. Un rideau rouge masquait la scène. Des rangées de sièges se succédaient sur un plan incliné. Le plafond était voûté et, quand j'appuyai sur l'interrupteur, des centaines de lumières minuscules s'y allumèrent.

Je me souvins que le Dr Mac m'avait parlé du soutien apporté aux arts par la Fondation Hawthorne.

La salle suivante était remplie d'instruments de musique, par dizaines. Je me penchai pour examiner un violon gravé d'un S de chaque côté des cordes.

— C'est un Stradivarius.

Ces mots avaient claqué comme un avertissement.

Je pivotai : Grayson se tenait sur le seuil. Je me demandai s'il nous avait suivis, et depuis combien de temps. Il me fixait intensément. Autour de ses pupilles noires, insondables, ses iris étaient d'un gris glacial.

— Vous devriez être prudente, mademoiselle Grambs.

— Je ne vais rien casser, protestai-je en m'écartant du violon.

— Vous devriez être prudente… avec Jameson, répéta Grayson d'une voix douce et précise. La dernière chose dont mon frère a besoin, c'est de vous et de tout ce qui va avec.

Je jetai un coup d'œil vers Oren, mais il demeurait impassible, comme s'il n'entendait rien de ce que nous disions. *Son travail ne consiste pas à écouter aux portes mais à me protéger, et il ne considère pas Grayson comme une menace*, pensai-je.

— Tout ce qui va avec ? répétai-je. Tu penses au testament de ton grand-père ?

Ce n'était pas moi qui avais chamboulé leur vie entière. Mais j'étais là, maintenant. J'avais conscience qu'il valait mieux éviter toute confrontation – l'éviter, *lui,* autant que possible. La maison était grande.

Pourtant, à me retrouver aussi près de Grayson, elle me paraissait soudain toute petite.

— Ma mère n'a pas quitté sa chambre depuis des jours, déclara-t-il d'un air sévère. Xander a failli se faire exploser aujourd'hui. Jameson est à deux doigts de flanquer sa vie en l'air, et aucun de nous ne peut quitter la propriété sans être harcelé par une meute de journalistes. Sans parler des dommages qu'ils ont causés...

*Ne dis rien. Va-t'en. Ne discute pas avec lui.*

— Parce que tu crois que c'est facile pour moi ? ripostai-je à la place. Tu crois que ça m'amuse d'être poursuivie par les paparazzis ?

— Vous voulez l'argent, me lança Grayson Hawthorne, me toisant de toute sa hauteur. Quoi de plus naturel, d'ailleurs, étant donné le milieu d'où vous venez ?

Cette condescendance était insupportable.

— Parce que *toi*, l'argent ne t'intéresse pas ? rétorquai-je. Peut-être que je ne suis pas née avec une cuillère en argent dans la bouche, mais...

— Vous n'avez aucune idée d'à quel point vous êtes mal préparée, dit lentement Grayson. Une fille comme vous ?

— Tu ne me connais pas.

Je sentais la fureur s'emparer de moi.

— Oh, ça va changer ! promit Grayson. Je saurai bientôt tout ce qu'il y a à savoir sur vous.

Je sentais jusque dans mes os que c'était le genre de personne à tenir parole.

— Mon accès aux finances familiales est peut-être un peu restreint en ce moment, mais le nom des Hawthorne conserve toute son influence. Il y aura toujours des gens prêts à faire des pieds et des mains pour nous rendre service. (Il ne fit pas un geste, ne cilla pas, ne chercha pas à se montrer agressif en aucune façon, mais il suintait le pouvoir et il en avait bien conscience.) Quoi que vous cachiez, je le trouverai. Le moindre petit secret. D'ici quelques jours, j'aurai un dossier détaillé sur chacun de vos proches. Votre sœur. Votre père. Votre mère…

— Ne parle pas de ma mère.

J'avais un poids sur la poitrine. Le simple fait de respirer était un défi.

— Ne vous approchez pas de ma famille, mademoiselle Grambs, conclut-il en tournant les talons.

— Sinon quoi ? lui lançai-je. (Puis, sous le coup d'une impulsion que je n'aurais pas su expliquer, je continuai.) Il m'arrivera la même chose qu'à Emily ?

Grayson s'arrêta net, tous les muscles de son corps tendus à se rompre.

— Je vous interdis de prononcer son nom.

Sa posture trahissait la colère, mais sa voix paraissait à deux doigts de se fêler. J'avais touché un point sensible.

J'avais la bouche sèche, tout à coup. *Emily ne comptait pas uniquement pour Jameson.*

Je sentis une main sur mon épaule. *Oren.* Son expression était amicale, mais il voulait clairement me faire comprendre d'en rester là.

— Vous ne tiendrez pas un mois dans cette maison.

Grayon parvint à rassembler suffisamment de sang-froid pour énoncer cette prédiction comme un souverain prononce un décret.

— En fait, je suis prêt à parier que vous serez partie d'ici une semaine.

# 29

Libby vint me retrouver peu après mon retour dans ma chambre. Elle avait les bras chargés de matériel électronique.

— Alisa m'a conseillé de t'acheter deux ou trois bricoles. Il paraît que tu n'as rien voulu te prendre pour toi ?

— Je n'ai pas eu le temps.

Je me sentais éreintée, vidée, totalement incapable de réfléchir à tout ce qui m'était tombé dessus depuis mon installation dans la maison Hawthorne.

*Y compris Emily.*

— Heureusement pour toi, continua Libby, moi, j'ai tout le temps que je veux. (Cela ne semblait pas la réjouir plus que ça, mais avant que je puisse creuser la question, elle se mit à déposer ses achats sur mon bureau.) Un nouvel ordinateur portable. Une tablette. Une liseuse remplie de romans à l'eau de rose, au cas où tu aurais besoin de t'évader.

— Regarde un peu cet endroit, lui dis-je. Ma vie, c'est la grande évasion en ce moment.

Cela me valut un sourire de Libby.

— Tu as vu la salle de sport ? me demanda-t-elle, avec un émerveillement dans la voix qui indiquait clairement à quel point elle était conquise. Ou la cuisine du chef ?

— Pas encore.

Mon regard se posa sur la cheminée, et je tendis l'oreille en me demandant s'il y avait quelqu'un caché derrière. « Vous ne tiendrez pas un mois dans cette maison. »

Je ne pensais pas que Grayson avait formulé ces mots comme une menace, et Oren n'avait pas réagi comme si ma vie était en danger. Néanmoins, je frissonnai.

— Ave ? Il faut que je te montre un truc. (Libby souleva le couvercle de ma tablette.) Si tu as envie de hurler, ne te gêne pas.

— Pourquoi est-ce que j'aurais envie de... ?

Je m'interrompis en voyant ce qu'elle voulait me montrer. Il s'agissait d'une vidéo de Drake.

Il se tenait à côté d'une journaliste. Le fait qu'il soit peigné m'indiquait que l'interview ne l'avait pas pris complètement au dépourvu. Au bas de l'écran, un sous-titre le présentait comme *Un ami de la famille Grambs.*

— Avery a toujours été une solitaire, déclara Drake face caméra. Elle n'a jamais eu d'amis.

J'avais Max. Et cela me suffisait amplement.

— Je ne dis pas que c'est une mauvaise personne. Je pense juste qu'elle est prête à tout pour attirer l'attention. Pour devenir quelqu'un. Une fille comme ça, avec un vieux milliardaire... Disons qu'à mon avis, elle aurait des trucs à régler avec son père.

Libby coupa la vidéo.

— Je peux voir la suite ? grondai-je en montrant l'écran avec des idées de meurtre dans le cœur (et sans doute dans le regard).

— C'est pire, me prévint Libby. Tu veux te mettre à hurler maintenant ?

*Pas sur toi.* Je pris la tablette et fis défiler rapidement les autres vidéos associées : des interviews de soi-disant proches ou de gens qui me connaissaient. D'anciens camarades de classe. Des collègues de travail. La mère de Libby. Je les ignorai toutes, jusqu'à en arriver à la dernière qui s'intitulait sobrement : *Skye Hawthorne et Zara Hawthorne-Calligaris.*

Elles étaient toutes les deux derrière un podium, tenant une sorte de conférence de presse, ce qui démentait l'affirmation de Grayson selon laquelle sa mère n'avait plus quitté sa chambre depuis des jours.

— Notre père était un grand homme, déclara Zara, le visage stoïque. Un entrepreneur révolutionnaire, un philanthrope comme il ne s'en rencontre qu'un par génération, et un homme qui aimait sa famille par-dessus tout. (Elle prit la main de sa sœur.) Nous sommes encore sous le choc de sa disparition, mais soyez sûrs que nous ne laisserons pas l'œuvre de toute sa vie disparaître avec lui. La Fondation Hawthorne poursuivra son travail. Les nombreux investissements de mon père ne connaîtront aucun changement dans l'immédiat. Même s'il nous est impossible d'entrer dans les détails techniques, je peux vous garantir que, avec le concours des autorités, de plusieurs experts en maltraitance des personnes âgées et d'une équipe de professionnels médicaux et juridiques, nous allons rapidement démêler cette histoire.

Elle se tourna vers Skye, dont les yeux étaient embués de larmes – un tableau dramatique, saisissant, parfait.

— Notre père était notre héros, continua Zara. Nous ne le laisserons pas devenir une victime après sa mort. C'est pourquoi nous vous présentons aujourd'hui les résultats d'un test génétique qui prouve de manière irréfutable que, contrairement à certaines spéculations odieuses qui circulent dans les tabloïds, Avery Grambs n'est pas le fruit d'une infidélité de sa part. Notre père est toujours resté loyal envers son épouse, notre mère, pendant toute la durée de leur mariage. Notre famille est aussi stupéfaite que vous tous par la tournure des événements, mais la génétique ne ment pas. Qui que soit cette fille, ce n'est pas une Hawthorne.

La vidéo prit fin. Abasourdie, je repensai à la dernière phrase que m'avait lancée Grayson. « Je suis prêt à parier que vous serez partie d'ici une semaine. »

— Des experts en maltraitance des personnes âgées ? répéta Libby, qui s'étranglait de fureur.

— Et les autorités, ajoutai-je. Plus une équipe de médecins et d'avocats. Elle n'a pas tout à fait affirmé que je faisais l'objet d'une enquête pour avoir abusé d'un vieillard à moitié sénile, mais elle l'a clairement laissé entendre.

— Elle n'a pas le droit de faire ça ! hurla Libby, folle de rage, telle une tornade gothique à queue-de-cheval bleue. Elle ne peut pas raconter n'importe quoi à la presse comme ça. Appelle Alisa ! Toi aussi, tu as des avocats.

J'avais surtout un gros problème sur les bras. Même si ce n'était pas totalement inattendu. Étant donné la fortune colossale en jeu, c'était même inévitable. Oren m'avait prévenue que ces femmes m'attaqueraient devant la justice.

— Je l'appellerai demain, affirmai-je à Libby. En attendant, je vais me coucher.

# 30

— Ils n'ont aucun argument juridique sur lequel s'appuyer.

Je n'eus pas besoin d'appeler Alisa le lendemain. Elle vint me trouver dès le matin.

— Nous allons étouffer ça vite fait, soyez tranquille. Mon père a rendez-vous dans la journée avec Zara et Constantine.

— Constantine ? demandai-je.

— Le mari de Zara.

*L'oncle de Théa*, pensai-je.

— Ils savent bien sûr qu'ils ont énormément à perdre en contestant le testament. Zara a des dettes importantes, et elles ne seront pas remboursées si elle intente une action en justice. Ce qu'ils ignorent tous les deux, et que mon père va leur expliquer très clairement, c'est que même dans le cas où un juge invaliderait le testament de M. Hawthorne, la répartition de ses biens serait alors tranchée par son testament précédent, qui leur était encore moins favorable.

« Piège sur piège. » Je repensai à ce que Jameson avait dit à la lecture du testament, puis à la conversation que j'avais eue avec Xander en grignotant des scones. « Même si tu *crois* avoir manipulé notre grand-père, je peux te garantir que c'est lui qui te manipulait. »

— Quand Tobias Hawthorne avait-il rédigé ce premier testament ? demandai-je, pour savoir si le seul but du premier n'aurait pas été de renforcer le second.

— Il y a vingt ans, en août, répondit Alisa, écartant cette possibilité. Il voulait faire don de tous ses biens à des œuvres de charité.

— Il y a vingt ans ? répétai-je. (La plupart de ses petits-fils n'étaient pas nés à cette époque, à l'exception de Nash.) Il avait déshérité ses filles il y a vingt ans et elles n'étaient même pas au courant ?

— Apparemment. Et pour répondre à votre question d'hier, ajouta Alisa – toujours aussi efficace –, les dossiers du cabinet font apparaître que M. Hawthorne a fait modifier son nom la même année, fin août. Avant cela, il n'avait pas de deuxième prénom.

Tobias Hawthorne s'était donc donné un deuxième prénom en même temps qu'il avait déshérité sa famille. *Tattersall. En lambeaux, tous.* Vu ce que Jameson et Xander m'avaient dit de leur grand-père, cela ressemblait à un message. Léguer sa fortune à des œuvres de charité ou à moi n'était pas le plus important.

Ce qui comptait pour lui, c'était de déshériter les siens.

— Que s'est-il passé en août, il y a vingt ans ? demandai-je.

Alisa prit le temps de peser sa réponse. Je plissai les paupières, et me demandai si une part d'elle-même ne serait pas restée fidèle à Nash. Et à sa famille.

— M. Hawthorne et sa femme ont perdu leur fils cet été-là. Toby. Il avait dix-neuf ans, c'était le plus jeune de leurs enfants. (Elle marqua une pause avant de continuer.) Toby était parti en vacances avec quelques amis dans l'une des résidences secondaires de ses parents. Il y a eu un incendie. Il est mort avec trois de ses camarades.

Je réfléchis à ce que je venais d'apprendre : Tobias Hawthorne avait déshérité ses filles après la mort de son fils. « Papa n'a plus jamais été le même après la mort de Toby », avait dit Zara quand elle avait cru que son père l'avait dépossédée au profit de ses neveux. Je tâchai de me souvenir de la réponse de Skye.

« Sa *disparition* », avait-elle corrigé, ce qui avait mis sa sœur en colère.

— Pourquoi Skye a-t-elle dit que Toby avait disparu ?

Alisa fut momentanément prise de court par ma question. De toute évidence, elle ne se rappelait pas cet échange à la lecture du testament.

— Parce que, avec l'incendie et l'orage qu'il y avait eu ce soir-là, finit-elle par répondre, on n'a jamais retrouvé le corps de Toby.

Je pris le temps d'assimiler cette information.

— Zara et Skye ne pourraient-elles pas faire invalider aussi ce premier testament ? demandai-je. En plaidant qu'il avait été rédigé sous le coup de l'émotion, du chagrin, ou quelque chose comme ça ?

— M. Hawthorne signait chaque année un document réaffirmant ses dernières volontés, m'apprit Alisa. Sans jamais en démordre, jusqu'à vous.

*Jusqu'à moi.* J'en eus des frissons rien que d'y penser.

— Et c'était quand, ça ?

— L'année dernière.

Qu'avait-il bien pu se passer pour que Tobias Hawthorne décide subitement de me laisser toute sa fortune au lieu de la léguer à des œuvres de charité ?

*Peut-être qu'il connaissait ma mère*, songeai-je une fois encore. *Peut-être a-t-il appris sa mort. Peut-être qu'il était désolé.*

— À présent, si votre curiosité est satisfaite, reprit Alisa, j'aimerais revenir à des questions plus pressantes. Mon père est de taille à se charger de Zara et Constantine. Notre principal souci dans l'immédiat… (Alisa se raidit.) C'est votre sœur.

— Libby ?

Je ne m'y attendais pas du tout.

— Il serait dans l'intérêt de tout le monde qu'elle se fasse un peu oublier.

— Comment voulez-vous qu'elle fasse ça ? protestai-je.

Cette histoire d'héritage tournait en boucle dans le monde entier.

— Dans un premier temps, je lui conseillerai de ne pas sortir de la propriété, répondit Alisa. (Je repensai au commentaire de Libby, selon lequel elle avait tout le temps qu'elle voulait.) Plus tard, elle pourra se consacrer à des œuvres caritatives, si le cœur lui en dit, mais dans l'immédiat, nous devons garder la maîtrise de notre communication, et votre sœur a une fâcheuse tendance à capter l'attention.

Je ne savais pas trop si c'était une allusion à ses goûts vestimentaires ou à son œil au beurre noir. Je sentis la colère monter en moi.

— Ma sœur s'habille comme ça lui chante, déclarai-je sèchement. Elle fait ce qu'elle veut. Et si la haute société du Texas et les tabloïds n'apprécient pas, tant pis pour eux.

— La situation est délicate, observa calmement Alisa. En particulier avec les médias. Et Libby…

— Elle n'a pas parlé aux médias, déclarai-je.

J'en aurais mis ma main au feu.

— Mais son ex-petit ami, si. Et sa mère également. Tous les deux cherchent à se faire de l'argent. (Alisa me jeta un regard dur.) Je n'ai pas besoin de vous dire que la plupart des gagnants de la loterie sont rapidement submergés de demandes et d'appels à l'aide de leur famille et de leurs amis. Heureusement, vous n'en avez quasiment pas. Pour Libby, en revanche, c'est une autre affaire.

Si c'était Libby qui avait hérité, elle aurait été incapable de dire non à qui que ce soit. Elle aurait passé son temps à donner et donner encore à tous ceux qui auraient posé leurs griffes sur elle.

— Nous pourrions envisager un versement unique à la mère, proposa Alisa avec une froideur professionnelle. Assorti d'un accord de non-divulgation pour lui interdire de parler aux médias de vous ou de votre sœur.

J'en avais la nausée à l'idée de donner de l'argent à la mère de Libby. Cette femme ne méritait pas un sou. Mais Libby ne méritait pas non plus de voir sa mère essayer désespérément de la vendre aux journaux du soir.

— D'accord, dis-je en grinçant des dents, mais pas question de filer quoi que ce soit à Drake.

Alisa eut un sourire carnassier.

— Lui, je le ferai taire pour rien. (Elle me tendit un gros classeur.) En attendant, j'ai réuni un certain nombre d'éléments que je vous demanderai d'étudier, et je vous ai aussi pris rendez-vous cet après-midi avec des stylistes pour s'occuper de votre garde-robe et de votre image.

— Pardon ?

— Libby peut s'habiller comme ça lui chante, c'est vrai, mais vous n'avez pas ce luxe. (Alisa haussa les épaules.) C'est vous, la star du moment. Vous ne devez pas décevoir votre public.

Je n'en revenais pas que cette discussion, qui avait commencé par des considérations juridiques et médiatiques, en arrive à ce que mon avocate m'explique que j'avais besoin d'un relooking.

Je pris le dossier qu'elle me tendait, le jetai sur mon bureau, puis me dirigeai vers la porte.

— Où allez-vous ? me lança Alisa.

Je faillis répondre : « À la bibliothèque », mais la mise en garde de Grayson était encore toute fraîche dans mon esprit.

— On ne m'a pas dit qu'il y avait un bowling dans cette maison ?

# 31

Il y avait bel et bien un bowling. Chez moi. J'avais un bowling dans *ma maison*. Comme promis, il ne comportait « que » quatre pistes, mais pour le reste il avait tout ce qu'on pouvait attendre d'un vrai bowling. Avec remonte-boules. Replacement automatique des quilles pour chaque piste. Des écrans tactiles pour gérer le score et des écrans géants au-dessus des pistes pour le suivre. L'ensemble – les boules, les pistes, les écrans – étant agrémenté d'un élégant H majuscule.

Je m'efforçai de ne pas y voir un rappel que tout ça n'aurait jamais dû m'appartenir.

Au lieu de cela, je me focalisai plutôt sur le choix de la bonne boule. Et des bonnes chaussures – parce qu'il y en avait au moins quarante paires sur un présentoir latéral. *Qui a besoin de quarante paires de chaussures de bowling ?*

J'entrai mes initiales sur l'écran tactile. AKG. Un instant plus tard, un message d'accueil s'afficha sur l'écran géant en face de moi.

BIENVENUE DANS LA MAISON HAWTHORNE,
AVERY KYLIE GRAMBS

J'en eus la chair de poule. J'avais peine à croire que quelqu'un ait pensé à entrer mon nom dans l'ordinateur ces derniers jours. Ce qui voulait dire que…

— C'était vous ? demandai-je à haute voix à feu Tobias Hawthorne.

L'un de ses derniers actes sur cette Terre avait-il consisté à programmer cet accueil ?

Je réprimai un frisson. Au bout de la seconde piste, un jeu de quilles m'attendait. J'attrapai ma boule : cinq kilos, vert foncé, avec un H argenté gravé dessus. Chez nous, le bowling du quartier proposait une fois par mois des parties à quatre-vingt-dix-neuf cents. Maman et moi y allions toujours.

J'aurais bien voulu qu'elle puisse voir ça. Et puis, je me demandai : si elle était encore en vie, serais-je seulement ici ? Je n'étais pas une Hawthorne. À moins que le vieil homme ne m'ait choisie au hasard, à moins que je n'aie fait quelque chose qui avait retenu son attention, sa décision de me laisser tous ses biens avait forcément un rapport avec elle.

*Si elle était encore en vie, est-ce à elle que vous auriez tout légué ?* Au moins, cette fois, je ne m'adressais pas à Tobias Hawthorne à haute voix. *De quoi étiez-vous désolé ? Que lui aviez-vous fait ? Ou que n'aviez-vous pas fait pour elle ?*

« J'ai un secret… » J'entendais encore ma mère dire ça. Je lançai la balle un peu trop fort et ne renversai que deux quilles. Si maman avait été là, elle se serait moquée de moi. Je décidai de me concentrer sur le jeu. Cinq parties plus tard, j'étais ruisselante de sueur et j'avais les bras tout endoloris. Je me sentais en pleine forme. Du moins, assez pour m'aventurer dans la maison et me mettre en quête de la salle de sport.

*« Complexe sportif » aurait sans doute été une formulation plus adéquate*, pensai-je en débouchant sur le terrain de basket. La salle formait un L, avec dans le coin deux bancs d'entraînement et une demi-douzaine de machines de musculation. Une porte s'ouvrait dans le mur du fond.

*Puisque je suis là...*

Je poussai la porte et me retrouvai devant un mur d'escalade qui s'élevait sur deux niveaux. Et en pleine ascension, franchissant un passage quasiment vertical à cinq ou six mètres de haut, sans harnais : *Jameson.*

Il dut sentir ma présence.

— Tu as déjà escaladé un de ces trucs ? me lança-t-il d'en haut.

Une fois de plus, je repensai à l'avertissement de Grayson, sauf que cette fois, pour être honnête, je n'avais absolument rien à faire de l'opinion de Grayson Hawthorne. Je m'avançai au pied du mur et examinai rapidement les prises à ma portée.

— Jamais, répondis-je à Jameson en agrippant une première prise. Mais j'apprends vite.

Je parvins à me hisser environ à deux mètres au-dessus du sol, après quoi le mur s'inclinait fortement vers l'avant pour rendre les choses plus difficiles. Solidement calée sur mes deux pieds, je me penchai pour tendre le bras vers une prise un tout petit peu trop éloignée.

Que je manquai.

Une main surgit de la corniche au-dessus de moi et me retint par le poignet. Jameson me sourit, tandis que je me balançais dans le vide.

— Tu peux tomber, me proposa-t-il, ou bien je peux essayer de te remonter.

Je ne voyais pas Oren dans les parages : ce ne serait pas très malin de monter encore plus haut pour me retrouver seule en compagnie d'un Hawthorne. Alors je lâchai son bras et me préparai à l'impact.

Une fois au sol, je me relevai sans mal et regardai Jameson redescendre le long du mur. Ses muscles jouaient sous son tee-shirt blanc.

*C'est une mauvaise idée*, me dis-je. *Jameson Winchester Hawthorne est une très mauvaise idée.*

Je n'avais pas réalisé que je me souvenais de son deuxième prénom jusqu'à ce qu'il me revienne en mémoire.

*Arrête de le regarder. Arrête de penser à lui. L'année qui vient sera suffisamment compliquée comme ça. Pas la peine d'en rajouter.*

J'eus soudain la sensation d'être observée. Je dirigeai mon regard vers la porte et aperçus Grayson sur le seuil. Ses yeux gris étaient rivés sur moi.

*Tu ne me fais pas peur, Grayson Hawthorne.*

Je me détournai de lui, levai la tête vers son frère et lui lançai :

— On se retrouve à la bibliothèque.

# 32

La bibliothèque était déserte quand j'en poussai la porte à neuf heures et quart, mais elle ne le resta pas longtemps. Jameson me rejoignit à neuf heures et demie, et Grayson débarqua à neuf heures trente et une.

— Alors, pourquoi est-on là ? demanda-t-il à son frère.

— On ? répliqua Jameson.

Grayson tira méticuleusement sur ses manchettes. Il s'était changé après son entraînement, et avait enfilé une chemise à col amidonné comme on endosse une armure.

— Eh bien quoi, je ne peux pas passer un peu de temps avec mon petit frère et une aventurière aux intentions douteuses sans subir un interrogatoire en règle ?

— Il ne me fait pas assez confiance pour me laisser seule avec toi, m'empressai-je de traduire.

— Parce que je suis une petite fleur délicate, railla Jameson. (Son ton était léger, mais ses yeux, c'était une autre histoire.) J'ai besoin d'être protégé et surveillé en permanence.

Grayson ne se laissa pas démonter par ces sarcasmes.

— C'est l'impression que ça donne, lança-t-il, affichant un sourire carnassier. Alors, pourquoi est-on là ? répéta-t-il.

— L'héritière et moi, expliqua Jameson, avons décidé de suivre une intuition et de perdre un temps considérable pour ce que tu qualifierais sans doute de fadaises et billevesées.

Grayson fronça les sourcils.

— Je ne parle pas comme ça.

Jameson laissa son expression dubitative répondre pour lui.

Grayson plissa les paupières.

— En quoi consiste cette intuition exactement ?

Quand il devint clair que Jameson ne répondrait pas, je pris le relais. Au fond, je ne devais rien à Grayson Hawthorne, mais dans toute stratégie à long terme, il faut savoir à quel moment jouer conformément aux attentes de l'adversaire et à quel moment le prendre à contre-pied. Grayson Hawthorne n'attendait rien de moi. *Rien de bon.*

— On pense que votre grand-père a laissé dans sa lettre à Jameson un indice concernant ce qu'il avait dans la tête.

— Ce qu'il avait dans la tête, répéta Grayson en me dévisageant d'un œil acéré, et les raisons pour lesquelles il vous a tout légué.

Jameson s'adossa au montant de la porte.

— Ça lui ressemble bien, non ? demanda-t-il à son frère. Un dernier petit jeu ?

On pouvait percevoir dans sa voix qu'il avait envie que Grayson dise oui. Il espérait avoir l'assentiment de son frère, voire son appui. Peut-être qu'une part de lui aurait voulu qu'ils mènent l'enquête ensemble. Pendant une fraction de seconde, je crus voir une lueur briller dans les yeux de Grayson, également, mais cette étincelle s'éteignit si vite que je me demandai si ce n'était pas simplement un effet de la lumière et de mon imagination.

— Franchement, Jamie, commenta Grayson, je suis surpris que tu penses encore connaître le vieux.

Jameson dut se rendre compte que ses espoirs étaient vains, car la lueur qu'il avait dans les yeux s'éteignit elle aussi.

— Je suis plein de surprises… Et personne ne te retient, Gray, tu peux y aller.

— Non, je ne crois pas, rétorqua Grayson. Mieux vaut le diable qu'on connaît que celui qu'on ne connaît pas. (Il laissa ces mots flotter entre nous.) Non ? Le pouvoir corrompt, le pouvoir absolu corrompt absolument.

Mon regard fila en direction de Jameson, qui se tenait parfaitement immobile.

— Il t'a laissé le même message qu'à moi, comprit Jameson, avant de se mettre à faire les cent pas dans la pièce. Le même indice.

— Ce n'est pas un indice, corrigea Grayson. Juste la preuve qu'il n'avait plus toute sa tête.

Jameson fit volte-face.

— Tu n'en crois pas un mot ! Mais tu arriveras peut-être à en convaincre un juge.

Il me lança un regard en coin.

— Il va essayer de se servir de sa lettre contre toi.

*Peut-être l'a-t-il déjà remise à Zara et Constantine*, pensai-je. Mais si je me fiais à ce qu'Alisa m'avait dit, cela n'avait pas d'importance.

— Il y avait un autre testament avant celui-là, dis-je en m'adressant aux deux frères. Votre grand-père s'y montrait encore moins généreux. Il ne vous a pas déshérités pour moi, affirmai-je, regardant Grayson bien en face. Il avait déjà déshérité toute la famille Hawthorne avant même que vous ne soyez nés, juste après la mort de votre oncle.

Jameson cessa de tourner en rond.

— Tu mens !

Tout son corps était crispé.

Grayson soutint mon regard.

— Non, elle dit la vérité.

Si j'avais dû deviner, j'aurais parié que Jameson me croirait et que Grayson se montrerait sceptique. Quoi qu'il en soit, tous les deux me regardaient fixement.

Grayson fut le premier à détourner les yeux.

— Tu ferais aussi bien de me dire tout de suite ce que tu crois avoir trouvé dans cette fichue lettre, Jamie.

— Et pourquoi, rétorqua Jameson entre ses dents serrées, j'abandonnerais la partie comme ça ?

Ils avaient l'habitude d'être en compétition, de jouer des coudes pour franchir la ligne d'arrivée en tête. Je ne parvenais pas à chasser cette impression que je n'avais pas ma place ici, entre eux.

— Jamie, tu te rends compte que je suis capable de rester ici, avec vous deux, aussi longtemps qu'il le faudra ? dit Grayson. Dès que j'aurai vu ce que vous faites, je reconstituerai votre raisonnement. Moi aussi, on m'a appris à jouer.

Jameson toisa durement son frère, puis sourit.

— Je laisse décider l'aventurière aux intentions douteuses.

Son sourire devint narquois.

*Il s'attend à ce que je dise à Grayson de partir.* J'aurais probablement dû le faire, mais il y avait de grandes chances que nous soyons en train de perdre notre temps dans cette bibliothèque, et je ne voyais pas d'objection à faire perdre le sien à Grayson.

— Il peut rester.

La tension était palpable.

— Très bien, Héritière, conclut Jameson en m'adressant un grand sourire. Comme tu voudras.

# 33

Je savais que les choses iraient plus vite avec une paire de bras supplémentaires, mais je n'avais pas anticipé ce que ce serait d'être confinée dans une pièce en compagnie de deux Hawthorne. Particulièrement ces deux-là. Tout en travaillant, avec Grayson derrière moi et Jameson au-dessus, je me demandai s'ils avaient toujours été comme l'huile et l'eau : Grayson s'était-il toujours pris trop au sérieux ? Et Jameson avait-il toujours mis un point d'honneur à ne *rien* prendre au sérieux ? Je me demandai si les deux avaient grandi enfermés dans les rôles de l'héritier et du faire-valoir, une fois que Nash avait clairement indiqué que le trône ne l'intéressait pas.

Je me demandai s'ils s'entendaient bien avant Emily.

— Il n'y a rien là-dedans, bougonna Grayson en replaçant un livre d'un geste brusque.

— Coïncidence ou pas, commenta Jameson d'en haut, toi non plus tu n'as rien à faire là.

— Tant qu'elle y est, je reste.

— Avery ne mord pas, rétorqua Jameson qui, pour une fois, me désignait par mon prénom. Franchement, maintenant que la question d'une parenté éventuelle est définitivement écartée, je ne serais pourtant pas contre.

Je fus prise d'une violente envie de l'étrangler. Il s'amusait à provoquer son frère… et se servait de moi pour cela.

— Jamie ? répliqua Grayson d'une voix presque trop calme. Ferme-la et continue à chercher.

C'est exactement ce que je fis de mon côté. Prendre un livre, ôter sa couverture, la replacer, remettre le livre sur son étagère. Plusieurs heures s'écoulèrent. Grayson et moi nous rapprochions peu à peu. Lorsqu'il fut suffisamment près pour que je le distingue du coin de l'œil, il parla, d'une voix à peine audible pour moi, et sans doute inaudible pour Jameson.

— Mon frère est encore sous le coup de la mort de notre grand-père. Je suis sûr que vous pouvez comprendre ça.

Je le pouvais. Je comprenais. Je ne dis rien.

— Il est toujours à la recherche de sensations. Douleur, peur, joie… cela ne fait aucune différence pour lui. (Grayson avait toute mon attention à présent, et il le savait.) Il souffre, et il a besoin de l'excitation du jeu. Il voudrait donner une signification à tout ça.

« Tout ça » désignait la lettre de son grand-père ? Le testament ? Moi ?

— Et tu penses qu'il n'y en a aucune, dis-je tout bas.

Grayson ne voyait rien de spécial chez moi, ne croyait pas que je constituais une énigme qui vaille la peine d'être résolue.

— Je crois que vous n'avez pas besoin d'être la méchante de l'histoire pour représenter une menace envers cette famille.

Si je n'avais pas déjà rencontré Nash, j'aurais juré que Grayson était le grand frère.

— Tu n'arrêtes pas de faire référence à ta famille, observai-je. Mais il ne s'agit pas uniquement d'eux. Je représente surtout une menace pour *toi*.

J'avais hérité de *sa* fortune. J'habitais dans *sa* maison. C'était moi que son grand-père avait choisie.

Grayson se tenait juste à côté de moi désormais.

— Je ne me sens pas menacé.

Il ne cherchait pas à s'imposer physiquement. Je ne l'avais jamais vu perdre son sang-froid. Mais plus il se rapprochait, plus mon corps entrait en état d'alerte.

— Héritière ?

La voix de Jameson me fit sursauter. Je m'écartai machinalement de son frère.

— Oui ?

— Je crois que j'ai trouvé quelque chose.

Je contournai Grayson pour me diriger vers l'escalier en colimaçon. Quel indice Jameson avait-il trouvé ? *Un livre qui ne correspond pas à sa couverture.* C'était une supposition de ma part, mais à l'instant où je débouchai sur le palier intermédiaire et vis son sourire, je compris que j'avais vu juste.

Jameson tenait un livre broché.

Je lus le titre :

— *Sail Away* ?

— Et à l'intérieur…

Jameson prit le temps de retirer la couverture, d'un geste théâtral, afin de ménager le suspense, avant de me lancer le livre : *La tragique histoire du Dr Faust.*

— *Faust*, dis-je.

— Le diable qu'on connaît, répliqua Jameson. Ou celui qu'on ne connaît pas.

Il pouvait s'agir d'une coïncidence. Peut-être que nous cherchions une signification là où il n'y en avait pas, comme ces gens qui cherchent à lire l'avenir dans la forme des nuages. Néanmoins, j'en avais la chair de poule.

« Tout a son importance dans la maison Hawthorne. »

Le cœur battant, j'ouvris le livre et j'aperçus un carré rouge translucide scotché au verso de la couverture.

— Jameson, soufflai-je en relevant la tête. Il y a quelque chose à l'intérieur.

Grayson devait nous écouter d'en bas, mais il ne dit rien. Jameson vint se pencher par-dessus mon épaule. Il posa le doigt sur le carré rouge. Fait d'une sorte de film plastique, il était très fin et mesurait environ dix centimètres de côté.

— Qu'est-ce que c'est ? demandai-je.

Jameson me prit le livre avec douceur et détacha délicatement le carré. Il l'examina à la lumière.

— Un film transparent, commenta Grayson, qui se tenait au centre de la pièce, la tête levée vers nous. De l'acétate rouge. Un grand classique de notre grand-père, particulièrement utile pour dévoiler des messages cachés. J'imagine que le texte de ce livre n'est pas écrit en rouge ?

Je tournai la première page.

— Non, en noir, dis-je.

Je continuai à feuilleter le livre. La couleur de l'encre était toujours la même, mais après quelques pages, je tombai sur un mot entouré au crayon. Un jet d'adrénaline courut dans mes veines.

— Votre grand-père prenait souvent des notes dans ses livres ?

— Dans une édition originale de *Faust* ? répliqua Jameson en ricanant.

Je n'avais aucune idée du prix que pouvait valoir ce livre, ni de la décote occasionnée par ce petit griffonnage sur le papier, mais je sentais que nous avions mis le doigt sur une piste intéressante.

Je lus à haute voix le mot entouré :

— *Là.*

Aucun des deux frères ne fit de commentaire. Je me remis à tourner les pages. Après une cinquantaine environ, je tombai sur un autre mot entouré.

— *Une...*

Je continuai. Les mots entourés se faisaient plus fréquents désormais, parfois associés par trois.

— *Il y a...*

Jameson attrapa un feutre sur une étagère voisine. Faute de feuille à sa disposition, il écrivit au fur et à mesure dans la paume de sa main les mots que je lisais.

— Continue.

Je m'exécutai.

— *Un,* dis-je. *Où.* Et un deuxième *il y a.* (J'arrivais presque à la fin du livre.) *Chemin,* déchiffrai-je encore.

Je tournai les dernières pages plus lentement. Rien. Rien. Rien... Je finis par relever la tête :

— C'est tout.

Je refermai le livre. Jameson avança sa main, et je m'approchai pour lire ce qu'il y avait noté. *Là. Une. Il y a. Un. Où. Il y a. Chemin.*

Qu'étions-nous censés faire de cela ?

— Peut-être qu'en modifiant l'ordre des mots... ? suggérai-je.

C'était une forme d'énigme assez courante.

Le regard de Jameson s'éclaira :

— *Là où il y a une...* commença-t-il.

Je terminai la phrase pour lui :

— *Il y a un chemin.*

Jameson sourit lentement.

— Il nous manque un mot, murmura-t-il. « Volonté ». C'est encore un proverbe. « Là où il y a une volonté, il y a un chemin. » (Il fit tournoyer le film d'acétate rouge entre ses mains, tout en réfléchissant à haute voix.) Quand on regarde à travers un film coloré, les caractères de la même couleur disparaissent. C'est une façon de dissimuler un message secret. En l'écrivant d'une couleur différente. Ce livre est imprimé à l'encre noire, donc ce n'est pas sur celui-là qu'on doit utiliser le film.

Il parlait de plus en plus vite, gagné par une excitation contagieuse.

Grayson intervint d'en bas :

— Mais les mots entourés dedans nous indiquent où chercher.

Ils avaient l'habitude des petits jeux de leur grand-père. Ils s'y adonnaient depuis leur enfance. Pas moi. Toutefois, leur échange m'avait permis de relier les points. L'acétate était destiné à dévoiler un message secret, caché ailleurs que dans ce livre. Où donc ? Le livre, comme la lettre avant lui, renfermait un indice. Et dans ce cas précis, une phrase à laquelle il manquait un mot.

*Là où il y a une* volonté, *il y a un chemin.*

— La solution est dans la volonté, dis-je lentement. Les dernières volontés… Je suis prête à parier qu'il existe quelque part une copie du testament de votre grand-père rédigée à l'encre rouge. Pas vous ?

# 34

Quand j'interrogeai Alisa à propos du testament, je m'attendais à moitié à ce qu'elle me regarde comme si j'avais perdu la tête ; mais à l'instant où j'eus prononcé le mot « rouge », son expression changea du tout au tout. Elle m'informa qu'elle pouvait effectivement m'obtenir un accès au testament rouge, à condition que je fasse d'abord quelque chose pour elle.

La chose en question consistait à me remettre aux bons soins de deux stylistes, un frère et une sœur, qui débarquèrent dans ma chambre avec la moitié du contenu de la boutique Saks de la Cinquième Avenue : trois portants de vêtements sur cintres, des dizaines de boîtes à bijoux et l'équivalent d'un salon de beauté installé dans ma salle de bains.

La femme était menue et quasiment muette. L'homme mesurait plus d'un mètre quatre-vingt-dix et parlait sans discontinuer.

— Ne portez jamais de jaune, et je vous recommande de bannir de votre vocabulaire les mots *orange* et *crème*, mais toutes les autres couleurs sont envisageables, m'expliqua-t-il tandis que je me tenais dans ma chambre avec Libby. Les teintes vives, pastel ou brunes avec modération. Vous êtes plutôt portée vers les tons unis ?

J'examinai les habits que je portais en ce moment : un tee-shirt gris et mon deuxième jean préféré.

— J'aime la simplicité.

— La simplicité est un mensonge, murmura la femme. Mais elle n'est pas dépourvue d'attraits.

À côté de moi, Libby pouffa et retint un sourire. Je lui lançai un regard mauvais.

— Ça t'amuse, tout ça, hein ? l'accusai-je.

Puis je remarquai la manière dont elle était habillée. En noir, comme à son habitude, mais dans un style très élégant, très country club.

J'avais pourtant bien demandé à Alisa de ne pas lui mettre la pression.

— Tu n'as pas besoin de changer quoi que ce soit, tu sais… commençai-je, mais Libby m'interrompit.

— Ils m'ont soudoyée. Avec des bottes.

Elle indiqua d'un geste une rangée de bottes, devant le mur du fond. Toutes en cuir, en différentes teintes de violet, de noir ou de bleu. Il y avait des bottines, des santiags et même une paire de cuissardes.

— Et aussi, ajouta-t-elle d'un ton serein, des bijoux fantaisie.

Libby adorait ce genre de babioles. Dès qu'un bijou avait l'air vaguement gothique, elle ne pouvait pas résister.

— Tu les as laissés te relooker en échange de quinze paires de bottes et de quelques bijoux fantaisie ? résumai-je, avec un léger sentiment de trahison.

— Plus une dizaine de pantalons en cuir incroyablement doux au toucher, précisa-t-elle. Franchement, ça valait le coup. C'est toujours moi, juste… un peu plus chic.

Elle avait toujours les cheveux bleus. Son vernis à ongles était toujours noir. Et ce n'était pas d'elle dont les stylistes voulaient s'occuper pour l'instant.

— Nous devrions commencer par les cheveux, déclara l'homme en examinant mes tresses d'un œil critique. (Il se tourna vers sa sœur.) Tu ne crois pas ?

La femme ne répondit pas et disparut plutôt derrière un portant. Je l'entendis fouiller dans les vêtements en faisant tinter les cintres.

— Épais, poursuivit-il. Pas vraiment lisses, ni tout à fait ondulés. Vous pourriez choisir l'un ou l'autre. (On aurait cru un joueur de football américain qui discutait de stratégie, plus qu'un styliste qui me conseillait sur ma coiffure.) Pas moins de deux centimètres au-dessous de la ligne du menton, mais pas trop longs non plus. Et un léger dégradé ne vous ferait pas de mal. Je vous suggère de la renier, lança-t-il à Libby, si jamais elle décide de se faire une frange.

— J'y penserai, promit Libby sur un ton solennel, avant de se tourner vers moi. Tu serais malheureuse si on te les coupait trop court pour faire une queue-de-cheval.

— Une queue-de-cheval… grommela l'armoire à glace avec un regard désapprobateur. Est-ce que vous détestez vos cheveux ? Vous aimez les faire souffrir ?

— Je ne les déteste pas, dis-je en haussant les épaules. Je m'en fiche, c'est tout.

— Encore un mensonge, murmura la femme en revenant les bras chargés de vêtements.

Elle les accrocha devant moi sur un portant vide. Elle avait sélectionné trois tenues différentes.

— Classique, déclara-t-elle en m'indiquant une jupe bleu marine assortie à un tee-shirt à manches longues.

Naturelle… (Elle me présenta une robe à fleurs assez ample qui combinait une bonne dizaine de nuances de rouge et de rose.) Et enfin, bon chic, bon genre, avec une pointe de mordant.

La dernière option comprenait une jupe en cuir marron, plus courte que les deux autres, et probablement plus serrée. Elle l'avait assortie à un chemisier blanc et un cardigan gris.

— Laquelle préférez-vous ? me demanda son frère.

Libby pouffa de nouveau. Elle semblait s'amuser comme une folle.

— Je les aime bien toutes les trois, répondis-je en examinant la robe à fleurs. J'ai l'impression que le tissu de celle-là risque de gratter un peu.

Le styliste parut au bord de la syncope.

— Et si tu nous rajoutais quelques options plus décontractées ? dit-il à sa sœur d'un air affligé.

Celle-ci s'éclipsa une nouvelle fois avant de revenir avec trois tenues qu'elle ajouta aux autres. Un legging noir, un chemisier rouge et un cardigan blanc qui descendait jusqu'aux genoux pour aller avec la première tenue. Une chemise vert d'eau et un pantalon d'un vert plus foncé pour accompagner la monstruosité florale, et un pull en cachemire ainsi qu'un jean déchiré pour aller avec la jupe en cuir.

— Classique. Naturelle. Bon chic, bon genre, avec une pointe de mordant, répéta-t-elle.

— D'un point de vue philosophique, je suis contre les pantalons de couleur, dis-je. Donc ça, déjà, c'est non.

— Ne regardez pas les vêtements, me conseilla l'homme. Regardez le *look*.

Lever les yeux au plafond devant un colosse qui faisait le double de ma taille n'était sans doute pas ce qu'il y avait de plus malin à faire.

Ma styliste s'approcha de moi d'un pas léger. Je parie qu'elle aurait pu marcher sur un tapis de fleurs sans en écraser une seule.

— Votre façon de vous habiller, de vous coiffer, cela n'a rien de futile. Ou d'innocent. Tout cela… dit-elle en désignant le portant derrière moi. Ce ne sont pas uniquement des vêtements. C'est un message. Vous n'êtes pas en train de réfléchir à ce que vous allez porter, mais à l'image que vous allez renvoyer. Quelle histoire voulez-vous raconter ? Celle d'une jeune ingénue douce et vulnérable ? Voulez-vous évoluer dans ce monde de richesses et de merveilles comme si vous y aviez vécu toute votre vie, ou préférez-vous marquer votre différence, faire sentir votre force sous votre jeunesse ?

— Pourquoi faut-il absolument que je raconte une histoire ? protestai-je.

— Parce que si tu ne le fais pas, quelqu'un d'autre s'en chargera pour toi, répondit une voix dans mon dos. (Je me retournai et vis Xander Hawthorne sur le pas de la porte, une assiette de scones à la main.) Le relooking, c'est comme fabriquer un robot.

Je faillis lui renvoyer un regard mauvais, mais comment en vouloir à Xander et à ses robots ?

— Qu'est-ce que tu connais au relooking ? bougonnai-je. Si j'étais un garçon, il n'y aurait que deux portants de fringues dans cette chambre, pas plus.

— Et si j'étais blanc, riposta Xander, on ne me regarderait pas sans arrêt comme si je ne faisais pas vraiment partie de la famille. Un scone ?

Cela me coupa le sifflet. C'était absurde de ma part de penser que Xander ignorait ce que c'était qu'être jugé et devoir vivre selon des règles différentes. Je me demandai subitement ce qu'avait dû représenter pour lui le fait de grandir dans cette maison. En tant que Hawthorne.

— Je peux en avoir un à la myrtille ? demandai-je, en guise de proposition de paix.

Il m'en tendit un au citron.

— Ne brûlons pas les étapes.

***

En fin de compte, après avoir bougonné modérément, je me décidai pour l'option numéro trois. Je n'appréciais pas plus l'expression « bon chic, bon genre » que l'idée d'afficher un certain « mordant », mais après réflexion, je ne pouvais quand même pas me présenter comme une pauvre ingénue, et je ne me voyais pas non plus faire comme si je me sentais parfaitement à l'aise dans ce monde nouveau pour moi.

Ils me laissèrent conserver ma longueur de cheveux, mais avec un léger dégradé sur l'arrière. Je m'attendais à ce qu'ils me proposent une décoloration, ce fut l'inverse : quelques mèches plus foncées, qui venaient rehausser délicatement ma couleur châtain cendré. Ils redessinèrent légèrement mes sourcils sans trop les affiner. Ils me recommandèrent un régime complexe de soins pour le visage, avant de m'appliquer un peu d'autobronzant en spray. Pour le maquillage, en revanche, ils restèrent très sobres : les yeux et les lèvres, rien de plus. En m'observant dans le miroir, j'aurais presque pu croire que la fille que je voyais en face de moi avait sa place dans cette maison.

— Qu'en penses-tu ? demandai-je en me tournant vers Libby.

Elle se tenait près de la fenêtre, éclairée à contre-jour. Elle avait son téléphone à la main et le regard rivé à l'écran.

— Lib ?

Elle releva la tête et m'adressa un regard de lapin pris dans les phares que je reconnus aussitôt.

*Drake.* Il lui avait envoyé un texto. Lui avait-elle répondu ?

— Tu es superbe ! s'exclama-t-elle.

Elle avait l'air sincère. Elle l'était toujours : franche, sincère, et beaucoup, beaucoup trop optimiste.

*Il l'a cognée*, me dis-je. *Il nous a vendues. Elle n'acceptera jamais de lui pardonner.*

— Magnifique, confirma Xander. Et tu n'as pas du tout l'allure d'une croqueuse de diamants, ce qui est un bon point pour toi.

— Enfin, Alexander ! s'indigna Zara en débarquant sans tambours ni trompettes. Personne ne pense une seule seconde qu'Avery a séduit ton grand-père !

Son histoire – son image – se situait entre la classe absolue et la froideur pragmatique. Mais j'avais vu sa conférence de presse. Je savais que si elle tenait à la réputation de son père, elle ne verrait aucun inconvénient à salir la mienne. Moins je paraissais à mon avantage, mieux c'était pour elle. *Sauf si les règles ont changé*, pensai-je.

— Avery, commença Zara avec un sourire aussi glacial que les couleurs hivernales qu'elle portait. Puis-je te dire un mot ?

# 35

Zara ne prit pas immédiatement la parole quand nous nous retrouvâmes toutes les deux. Puisqu'elle ne semblait pas décidée à rompre le silence, je m'en chargeai moi-même.

— Vous avez parlé aux avocats.

C'était l'explication la plus logique à sa présence.

— En effet, répondit-elle, ne cherchant pas à s'en défendre. Et maintenant, je viens te parler. Je suis sûre que tu ne m'en voudras pas de ne pas l'avoir fait plus tôt. Comme tu peux l'imaginer, toute cette histoire a été un petit choc pour nous.

Un *petit choc* ? Je reniflai avec dédain et mis les pieds dans le plat.

— Vous avez tenu une conférence de presse pour laisser entendre que votre père était sénile et que j'étais sous le coup d'une enquête pour maltraitance de personne âgée.

Zara se percha sur le bord de mon bureau (l'une des rares surfaces de la pièce qui ne soit pas recouverte de vêtements ou d'accessoires).

— Oui, eh bien, tu peux remercier ton équipe juridique d'avoir empêché certaines vérités d'éclater plus tôt.

— Si je n'obtiens rien, vous n'obtiendrez rien non plus.

Je n'avais pas l'intention de la laisser tourner autour du pot.

— Je te trouve… plutôt élégante, convint Zara en changeant de sujet. Ce n'est pas tout à fait ce que j'aurais choisi pour toi, mais au moins, tu es présentable.

*Présentable, avec une pointe de mordant.*

— Merci, bougonnai-je.

— Tu pourras me remercier une fois que j'aurai fait mon possible pour t'aider dans cette transition.

Je n'étais pas naïve au point de croire qu'elle avait brusquement changé d'avis à mon sujet. Elle m'avait tout de suite méprisée, et elle continuait à le faire. La différence, c'était qu'à présent elle avait besoin de quelque chose. Je songeai que si je patientais suffisamment, elle finirait bien par me dire de quoi.

— Je ne sais pas exactement ce que t'a expliqué Alisa, mais en plus de la fortune personnelle de mon père, tu as également hérité de la fondation familiale. (Elle prit le temps d'étudier mon expression avant de poursuivre.) C'est l'une des plus importantes fondations caritatives du pays. Nous distribuons plus d'une centaine de millions de dollars chaque année.

*Une centaine de millions de dollars.* Je ne m'y ferais jamais. Ce genre de chiffre me semblerait toujours irréel.

— Chaque année ? répétai-je, abasourdie.

Zara sourit calmement.

— Les intérêts composés sont vraiment une belle invention.

Une centaine de millions de dollars par an d'intérêts composés, et elle parlait uniquement de la fondation, non de la fortune personnelle de Tobias Hawthorne. Pour la première fois, je me livrai à un rapide calcul dans ma tête. Même si les impôts absorbaient la moitié de mes revenus, et que je ne récupérais qu'aux alentours de quatre pour cent, je gagnerais quand même près d'un milliard de dollars chaque année. *Sans rien faire.* C'était insensé.

— À quoi la fondation consacre-t-elle tout cet argent ? demandai-je à voix basse.

Zara s'écarta du bureau et se mit à faire les cent pas dans la pièce.

— La Fondation Hawthorne investit pour les enfants et les familles, dans des initiatives de santé, la recherche scientifique, le développement écologique et les arts.

Avec un intitulé aussi large, on pouvait apporter son soutien à peu près à n'importe quoi. *Je* pouvais apporter mon soutien à ce que je voulais.

Je pouvais changer le monde.

— J'ai passé ma vie entière à diriger la fondation, déclara Zara d'un air pincé. Un certain nombre d'associations dépendent de nous. Si tu as l'intention de t'impliquer là-dedans, il y a une bonne et une mauvaise manière de le faire. (Elle s'arrêta juste devant moi.) Tu vas avoir besoin de moi, Avery. Je t'avoue que j'aimerais autant me laver les mains de toute cette affaire, mais j'ai travaillé trop longtemps et trop dur pour voir le fruit de mes efforts partir à vau-l'eau.

J'entendais ce qu'elle me disait… et aussi ce qu'elle ne disait pas.

— Êtes-vous payée par la fondation ? demandai-je.

Plusieurs secondes s'égrainèrent avant qu'elle ne réponde.

— Je touche un salaire en conformité avec mes compétences.

Même si cela m'aurait fait plaisir de lui annoncer que je n'aurais plus besoin de ses services, je n'étais pas si impulsive. Et je n'étais pas cruelle.

— J'ai envie de m'impliquer, lui dis-je. Et pas uniquement devant les caméras. Je veux prendre des décisions.

*La misère. Les violences domestiques. L'accès aux soins.* Que pourrais-je accomplir avec cent millions de dollars annuels ?

— À ton âge, dit Zara d'un ton presque rêveur, on s'imagine encore que l'argent peut résoudre tous les problèmes.

*Ça, c'est ce qu'on dit quand on est tellement riche qu'on n'entrevoit même pas le nombre de problèmes que l'argent* peut *résoudre.*

— Si tu as vraiment l'intention de jouer un rôle au sein de la fondation… commença Zara, avec à peu près le même enthousiasme qu'elle aurait montré à plonger les deux bras dans une poubelle ou à se faire arracher une dent, je peux t'apprendre tout ce que tu auras besoin de savoir. Lundi prochain. Après tes cours. Au siège de la fondation.

Elle détacha chaque phrase avec une froideur mortelle.

La porte s'ouvrit avant que je puisse lui demander où se trouvait le siège en question. Oren vint se placer à côté de moi. « Les femmes vous attaqueront plutôt au tribunal », m'avait-il prévenue. Sauf qu'à présent, Zara savait qu'elle ne pouvait rien tenter contre moi sur le plan légal.

Et mon chef de la sécurité ne lui faisait pas suffisamment confiance pour me laisser seule avec elle.

# 36

Le lendemain – dimanche –, Oren me conduisit chez Ortega, McNamara et Jones pour consulter le testament rouge.

— Bonjour Avery, dit Alisa en nous accueillant, Oren et moi, dans le hall du cabinet.

Le décor était moderne, minimaliste, avec du chrome partout. L'immeuble paraissait assez grand pour héberger une centaine d'avocats, mais à part le vigile et la réceptionniste, je ne vis pas âme qui vive tandis qu'Alisa nous guidait jusqu'aux ascenseurs.

— Vous m'avez dit que j'étais la seule cliente du cabinet, commentai-je pendant que la cabine nous entraînait dans les étages. Quelle taille fait le cabinet exactement ?

— Il compte plusieurs services, répondit Alisa avec raideur. Les activités de M. Hawthorne étaient très diversifiées. De quoi nécessiter toute une armée d'avocats.

— Et le testament est conservé ici ?

J'avais dans ma poche un cadeau de Jameson : le carré de film rouge que nous avions découvert scotché à l'intérieur de la couverture de *Faust*. Quand je lui avais dit où je comptais aller, il me l'avait remis sans poser de questions, comme s'il avait plus confiance en moi qu'en n'importe lequel de ses frères.

— Le testament rouge ? Oui, confirma Alisa. (Elle se tourna vers Oren.) Nous avons beaucoup de compagnie, aujourd'hui ?

Par *compagnie*, elle entendait *paparazzis*. Et par *nous*, elle voulait dire *moi*.

— Ça commence à se calmer un peu, répondit Oren. Mais d'ici à ce qu'on s'en aille, je parie qu'ils seront nombreux à se bousculer devant la porte.

Si la journée se terminait sans que ma visite à mes avocats fasse les gros titres, je voulais bien manger l'une des paires de bottes de Libby.

Au deuxième étage, nous franchîmes un autre portique de sécurité, puis Alisa me fit passer dans un bureau d'angle. La pièce était meublée mais pratiquement vide. Elle ne contenait qu'une seule chose : le testament, posé sur un grand bureau en acajou. Oren se posta à l'extérieur de la porte. Alisa me laissa avancer seule vers le bureau. En m'approchant, je remarquai la couleur des caractères.

*Rouge.*

— Mon père a reçu pour instruction de conserver cet exemplaire ici et de vous le montrer, à vous ou aux garçons, si vous en faisiez la demande, m'expliqua Alisa.

— Il a reçu cette instruction de Tobias Hawthorne ? l'interrogeai-je.

— Naturellement.

— L'avez-vous dit à Nash ?

Son visage se ferma.

— Je ne dis plus rien à Nash, répondit-elle, m'adressant son regard le plus sévère. À présent, si vous n'avez plus besoin de moi, je vais vous laisser.

Elle ne m'avait même pas demandé pourquoi je m'intéressais à cette copie du testament. J'attendis qu'elle eût refermé la porte derrière elle pour m'asseoir au bureau. Je sortis de ma poche le morceau de film.

— « Là où il y a une volonté, murmurai-je en appliquant le film sur la première page des dernières volontés de Tobias Hawthorne, il y a un chemin. »

Je déplaçai l'acétate rouge sur le papier et vis disparaître les mots qu'il recouvrait. *Texte rouge, film rouge.* Cela fonctionnait exactement comme Jameson et Grayson l'avaient décrit. Si le testament entier était écrit en rouge, le film le ferait complètement disparaître. Mais s'il y avait autre chose d'écrit dessous, dans une autre couleur, cela ressortirait clairement.

Je parcourus rapidement les donations de Tobias Hawthorne aux Laughlin, à Oren, à sa belle-mère. *Rien.* Je continuai par les passages consacrés à Zara et à Skye. Les mots s'effaçaient dès qu'ils passaient sous le film. Je jetai un coup d'œil à la phrase suivante.

*À mes petits-fils, Nash Westbrook Hawthorne, Grayson Davenport Hawthorne, Jameson Winchester Hawthorne et Alexander Blackwood Hawthorne…*

Quand je glissai le film sur la page, la plupart de ces mots disparurent, mais pas tous. Il en resta quatre.

Westbrook.

Davenport.

Winchester.

Blackwood.

Les quatre fils de Skye portaient tous le même nom qu'elle, celui de leur grand-père. *Hawthorne.* Leur deuxième prénom à chacun d'eux était aussi un nom de famille. *Celui de leur père ?* me demandai-je. Tout en réfléchissant à cela, je continuai à parcourir le document. Une part de moi espérait faire une découverte en lisant mon nom, mais il s'effaça comme le reste. Le film rouge avait presque tout fait disparaître – à l'exception des deuxièmes prénoms des petits-fils Hawthorne.

— Westbrook. Winchester. Davenport. Blackwood, dis-je à haute voix pour les mémoriser.

Ensuite seulement, j'envoyai un texto à Jameson, en me demandant s'il préviendrait Grayson.

# 37

— Holà, petite, doucement ! Il y a le feu, ou quoi ?

J'étais de retour à la maison Hawthorne et je me rendais à mon rendez-vous avec Jameson quand un autre frère Hawthorne s'interposa devant moi. *Nash.*

— Avery vient juste de lire une copie spéciale du testament, expliqua Alisa derrière moi.

*Je croyais qu'elle ne disait plus rien à son ex ?*

— Une copie spéciale du testament. (Le regard de Nash revint se poser sur moi.) Ai-je raison de supposer que c'est en rapport avec le galimatias dans la lettre que le vieux m'a laissée ?

— Ta lettre, répétai-je, tandis que les rouages de mon cerveau se mettaient à tourner.

Cela n'aurait pas dû m'étonner. Tobias Hawthorne avait laissé les mêmes indices à Grayson et Jameson. *Pourquoi pas à Nash également, et sans doute aussi à Xander.*

— Ne t'en fais pas, me rassura Nash. Je n'ai pas l'intention de me mêler de ça. Je te l'ai dit, l'argent ne m'intéresse pas.

— L'argent n'est pas en jeu dans cette histoire, déclara fermement Alisa. Le testament…

— … est inattaquable, acheva Nash à sa place. Je crois avoir déjà entendu ça une ou deux fois.

Alisa plissa les paupières.

— Tu n'as jamais été très doué pour écouter.

— On peut très bien écouter sans être d'accord, Lee-Lee.

Ce petit surnom qu'il avait employé (d'un ton aimable, avec un sourire qui ne l'était pas moins) resta un instant comme suspendu dans l'air.

— Je ferais mieux d'y aller, rétorqua Alisa, qui se tourna vers moi. Si vous avez besoin de quoi que ce soit…

— Je vous appelle, affirmai-je.

Je me demandai à quelle hauteur exactement mes sourcils s'étaient levés pendant cet échange.

Alisa sortit en claquant la porte derrière elle.

— Tu veux bien me dire où tu courais comme ça ? me demanda Nash après son départ.

— Jameson m'a demandé de le retrouver dans le solarium.

Nash m'observa, la tête inclinée.

— Et tu sais où il est, le solarium ?

— Je ne sais même pas ce qu'est un solarium, avouai-je.

— Un endroit très surfait, commenta Nash en haussant les épaules avant de m'examiner avec curiosité. Dis-moi, petite, que fais-tu d'habitude pour ton anniversaire ?

La question me prit complètement au dépourvu. Je pressentai un piège là-dessous, mais je répondis néanmoins.

— Je mange un gâteau ?

— Chaque année, à nos anniversaires, commença Nash d'une voix rêveuse, le vieux nous convoquait dans son bureau et nous répétait toujours les trois mêmes mots. *Investissez. Cultivez. Créez.* Il nous donnait dix mille dollars à investir. Tu imagines laisser un gamin de huit ans s'acheter des actions ? (Il renifla.) Ensuite, on choisissait un talent ou un centre d'intérêt à développer pendant un an : une langue étrangère, un hobby, un art, un sport. Et le vieux ne regardait pas à la dépense. Si on choisissait le piano, il nous offrait un piano à queue dès le lendemain, les cours privés débutaient immédiatement et, avant la fin de l'année, on se retrouvait dans les coulisses du Carnegie Hall, à recevoir les conseils des plus grands.

— C'est super, dis-je, pensant à tous les trophées que j'avais vus dans le bureau de Tobias Hawthorne.

Nash ne semblait pas aussi enthousiaste.

— Le vieux nous lançait aussi un défi chaque année, continua-t-il d'un ton plus dur. Il nous donnait pour mission de créer quelque chose d'ici à notre prochain anniversaire. Une invention, une œuvre digne de figurer dans un musée. N'importe quoi.

Je repensai aux bandes dessinées que j'avais vues encadrées sur le mur.

— Ça n'a pas l'air si terrible.

— Non, hein ? admit Nash d'un air pensif. Allez, viens. (Il m'indiqua d'un signe de tête la direction du couloir.) Je vais te montrer où est le solarium.

Il partit d'un bon pas, au point que je devais trottiner pour ne pas me faire distancer.

— Jameson t'a-t-il parlé des énigmes hebdomadaires du vieux ? me demanda Nash tout en marchant.

— Oui, dis-je. Il l'a fait.

— Parfois, raconta Nash, au début du jeu, il alignait devant nous une série d'objets. Un hameçon, une étiquette, une ballerine de verre, un couteau… (Il secoua la tête avec nostalgie.) Et le temps de résoudre l'énigme, je te garantis que nous les avions tous utilisés.

Sa bouche sourit, mais pas ses yeux.

— J'étais le plus grand. J'avais un avantage sur les autres. Jamie et Gray se mettaient toujours ensemble contre moi. Et à la fin, ils se trahissaient au dernier moment.

— Pourquoi me racontes-tu ça ? lui demandai-je alors qu'il ralentissait enfin l'allure. Toutes ces choses sur votre enfance ?

À propos de leurs anniversaires, des cadeaux, des attentes qui pesaient sur eux.

Nash ne répondit pas immédiatement. À la place, il m'indiqua d'un coup de menton le bout du couloir.

— Le solarium, c'est la dernière porte à droite.

— Merci.

Alors que je m'éloignais vers la porte qu'il m'avait désignée, je l'entendis lancer derrière moi :

— Tu crois peut-être participer au jeu, ma jolie, mais je peux te dire que ce n'est pas comme ça que Jameson voit les choses. (Sa voix aurait pu être gentille, si ses paroles l'avaient été.) Nous ne sommes pas des gens normaux. Cette maison n'a rien de normal, et tu n'es pas une joueuse, petite. Toi, tu es la ballerine de verre… ou le couteau.

# 38

Le solarium était une pièce immense, tout en verre, surmontée d'un dôme – de verre, également. Jameson se tenait au centre, baigné de lumière, la tête levée vers le dôme. Comme lors de notre première rencontre, il était torse nu. Et semblait avoir beaucoup trop bu.

Grayson n'était pas là.

— Tu avais un événement à arroser ? demandai-je en indiquant la bouteille de bourbon qui traînait à proximité.

— Westbrook, Davenport, Winchester, Blackwood, énuméra Jameson. Dis-moi, Héritière, que penses-tu de ça ?

— Ce sont tous des noms de famille, dis-je prudemment. (J'hésitai un moment, puis décidai de me jeter à l'eau.) Ceux de vos pères ?

— Skye ne parle jamais de nos pères, répliqua Jameson d'une voix un peu enrouée. En ce qui la concerne, c'est une situation à la Zeus-Athéna. Elle nous a mis au monde toute seule.

Je me mordillai la lèvre.

— Elle m'a dit qu'elle avait eu quatre conversations délicieuses…

— Avec quatre hommes délicieux. Mais assez délicieux pour qu'elle ait envie de les revoir ? Ou de nous raconter quoi que ce soit à leur sujet ? (Sa voix se fit plus âpre.) Elle n'a jamais voulu nous dire d'où venaient nos deuxièmes prénoms, et c'est pour ça, dit-il en attrapant sa bouteille pour s'offrir une gorgée de bourbon, que je bois.

Il reposa la bouteille sur le sol, ferma les yeux et resta planté là en plein soleil, les bras écartés. Pour la deuxième fois, je remarquai la cicatrice qui lui barrait le torse.

Son torse qui se soulevait au rythme de sa respiration.

— On y va ? suggéra-t-il en rouvrant les yeux.

Il baissa les bras.

— Où ça ? demandai-je, tellement consciente de sa proximité que c'en était presque douloureux.

— Allons, Héritière, me reprocha Jameson. Tu es plus maligne que ça.

J'avalai ma salive et répondis à ma propre question.

— Voir ta mère.

***

Il me conduisit jusqu'à la penderie dans le vestibule. Cette fois, je fis très attention à la séquence des panneaux sur le mur qui déclenchait son ouverture. Je suivis Jameson au fond de la penderie, écartant plusieurs manteaux qui s'y trouvaient, et attendis que mes yeux s'habituent à l'obscurité pour voir ce qu'il faisait.

Il actionna – ou tira ? – une poignée. Je ne distinguais pas grand-chose. La seconde suivante, j'entendis un grincement de rouages, puis le fond de la penderie coulissa sur le côté, dévoilant un passage plongé dans le noir complet.

— Ne me lâche pas d'une semelle, Fille Mystère. Et attention à ne pas te cogner la tête.

Jameson se servit de son téléphone pour nous éclairer. J'eus la nette impression qu'il faisait ça uniquement pour moi. Lui aurait sans doute pu trouver son chemin les yeux fermés dans ces passages secrets. Nous progressâmes en silence pendant cinq minutes avant qu'il s'arrête et colle son œil à un œilleton.

— La voie est libre, annonça-t-il. Tu me fais confiance ?

Je me tenais dans un passage étroit éclairé par la lumière d'un téléphone, assez proche de lui pour percevoir sa chaleur corporelle.

— Sûrement pas.

— Bien. (Il me prit la main pour m'attirer contre lui.) Accroche-toi.

Je refermai les bras autour de sa taille et sentis le sol se mettre à bouger sous nos pieds. Le mur tournait autour de nous, et nous tournions avec lui. J'étais plaquée contre son torse nu. *Jameson Winchester Hawthorne.* Le mouvement s'arrêta, et je m'écartai.

Nous étions là pour une raison – une raison qui n'avait rien à voir avec la sensation de mon corps contre le sien.

« Ils étaient salement perturbés avant ton arrivée, et ils le seront encore après ton départ. »

Ce rappel me revint en mémoire tandis que nous débouchions dans un long couloir tapissé de moquette rouge, avec des moulures dorées sur les murs. Jameson se dirigea vers une porte au bout du couloir. Il leva la main pour frapper.

Je l'interrompis.

— Tu n'as pas besoin de moi pour ça, murmurai-je. Et tu n'avais pas besoin de moi non plus pour le testament. Alisa te l'aurait montré si tu le lui avais demandé.

— Si, j'ai besoin de toi.

Jameson savait exactement ce qu'il faisait. Je le compris à sa façon de me regarder, au petit sourire qu'il avait au coin des lèvres… Il ajouta :

— Je ne sais pas encore pourquoi, mais j'ai besoin de toi.

Je me souvins de la mise en garde de Nash.

— Je suis le couteau, dis-je en me raclant la gorge. Ou l'hameçon, la ballerine de verre, ou un de ces trucs.

Jameson fut presque décontenancé.

— Tu as parlé avec l'un de mes frères. (Il marqua une pause.) Pas Grayson… Xander ?

Il plongea son regard dans le mien. Ses yeux descendirent sur ma bouche, puis remontèrent de nouveau.

— Nash, déclara-t-il avec certitude.

— Est-ce qu'il a tort ? rétorquai-je. (Je pensai aux petits-fils de Tobias Hawthorne allant trouver leur grand-père à chacun de leur anniversaire. On avait toujours attendu d'eux qu'ils soient extraordinaires. On avait toujours attendu d'eux qu'ils gagnent.) Ou bien est-ce que je suis simplement un accessoire, un moyen de t'aider à résoudre l'énigme ?

— C'est toi l'énigme, Fille Mystère, répliqua Jameson, qui paraissait sincèrement convaincu. Tu peux t'en laver les mains, décider de vivre sans jamais obtenir les réponses, ou bien tu peux essayer de les chercher avec moi.

C'était une invitation… un défi. Je réalisai que je faisais cela parce que j'avais besoin de savoir, moi aussi, et certainement pas à cause de lui.

— Allons réclamer des réponses, dis-je.

Quand Jameson frappa, la porte pivota vers l'intérieur.

— Maman ! appela-t-il, avant de se reprendre. Skye ?

La réponse fusa aussitôt, légère et cristalline.

— Je suis là, mon chéri.

*Là,* comme je le découvris rapidement, c'était la salle de bains de sa suite personnelle.

— Tu as une seconde ?

Jameson s'arrêta juste devant une porte à double battant.

— J'en ai des milliers, répondit Skye avec délectation. Des millions ! Entre donc.

Jameson hésita devant la porte.

— Tu es décente ?

— J'aime à le penser, répliqua sa mère. Au moins cinquante pour cent du temps.

Jameson poussa la porte de la salle de bains et je pus découvrir la plus grande baignoire qu'il m'ait jamais été donné de voir, dressée sur une estrade. Je me focalisai sur ses pieds (dorés, dans le même ton que les moulures dans le couloir) plutôt que sur la femme allongée à l'intérieur.

— Tu m'avais dit que tu étais décente, observa Jameson, pas le moins du monde surpris.

— Je suis couverte de bulles, répondit sa mère avec désinvolture. On ne peut pas faire plus décent. Maintenant, raconte-moi un peu ce qui t'amène.

Jameson me jeta un coup d'œil en coin, comme pour dire : « Et on se demande pourquoi je bois ? »

— Je vais t'attendre dehors, dis-je en me détournant.

— Oh, ne sois pas aussi prude, Abigail ! me reprocha Skye depuis sa baignoire. Nous sommes entre amis, non ? J'ai pour politique de nouer des liens d'amitié avec tous ceux qui me dépouillent de mon héritage.

Je n'avais encore jamais été témoin d'un comportement aussi passif-agressif.

— Si tu as fini d'embêter *Avery*, intervint Jameson, j'aimerais bien avoir une petite discussion avec toi.

— Est-il vraiment nécessaire d'être aussi sérieux, Jamie ? s'exclama Skye en soupirant. D'accord, je t'écoute.

— Mon deuxième prénom. Je te l'ai déjà demandé, mais est-ce qu'il me vient de mon père ?

Skye demeura silencieuse un moment.

— Passe-moi donc le champagne, veux-tu ?

J'entendis Jameson se déplacer dans la salle de bains. Sans doute pour lui servir un verre.

— Alors ? dit-il.

— Si tu avais été une fille, répondit Skye d'une voix mélodieuse, je t'aurais donné un nom découlant du mien. Skylar, peut-être. Ou bien Skyla. (Elle s'interrompit, probablement le temps de boire une gorgée de champagne.) Toby, comme tu le sais, avait reçu le prénom de ton grand-père.

La mention de son frère disparu retint mon attention. J'ignorais pour quelle raison, mais j'avais la nette impression que la mort de Toby était à l'origine de toute cette histoire.

— Mon deuxième prénom, insista Jameson. D'où vient-il ?

— Je me ferai un plaisir de répondre à ta question, mon chéri, lui assura sa mère. Après que tu m'auras laissée seule un moment avec ta délicieuse amie.

# 39

Si j'avais su que je me retrouverais en tête à tête avec une Skye Hawthorne entièrement nue et recouverte de bulles, j'aurais probablement commencé par me servir un bourbon, moi aussi.

— Les émotions négatives font vieillir. (Skye changea de position dans la baignoire, ce qui fit clapoter l'eau sur les côtés.) On ne peut pas y faire grand-chose en pleine rétrogradation de Mercure, mais enfin… (Elle poussa un long soupir théâtral.) Je te pardonne, Avery Grambs.

— Je ne vous l'ai pas demandé, ripostai-je.

Elle fit comme si elle n'avait pas entendu.

— Naturellement, tu continueras à m'apporter un certain soutien financier.

Je commençais sérieusement à me demander si cette femme ne vivait pas sur une autre planète.

— Pourquoi vous donnerais-je quoi que ce soit ?

Je m'attendais à une réplique assassine, mais tout ce que j'obtins fut une petite moue amusée, comme si c'était moi qui me comportais de manière ridicule.

— Si vous n'avez pas l'intention de répondre à la question de Jameson, dis-je, je m'en vais.

Elle attendit que je sois presque parvenue à la porte.

— Tu me soutiendras financièrement, déclara-t-elle d'un ton léger, parce que je suis leur mère. Et je répondrai à ta question dès que tu auras répondu à la mienne. Quelles sont tes intentions vis-à-vis de mon fils ?

— Je vous demande pardon ?

Je me retournai pour lui faire face avant de me rappeler, une seconde trop tard, pourquoi je m'étais abstenue de la regarder depuis que j'étais entrée dans la pièce.

Les bulles masquaient un peu ce que je n'avais pas envie de voir, mais à peine.

— Tu débarques dans ma suite accompagnée de mon fils en deuil et torse nu. Il est normal qu'une mère s'inquiète, et Jameson est quelqu'un de spécial. Brillant, comme l'était mon père. Comme l'était Toby.

— Votre frère, murmurai-je, et soudain je n'avais plus envie de partir. Que lui est-il arrivé ? Alisa m'a dit l'essentiel, mais n'est pas entrée dans les détails.

— Mon père l'a détruit, répondit Skye en s'adressant à sa coupe de champagne. Il l'a trop gâté. Il aurait dû être son héritier, tu sais ? Et après sa disparition, ç'aurait dû être Zara et moi. (Son expression s'assombrit, puis elle sourit.) Mais ensuite…

— Vous avez eu les garçons, terminai-je à sa place.

Je me demandai tout à coup si elle les avait eus *à cause* de la disparition de Toby.

— Sais-tu que Jameson était le préféré de papa, alors qu'en toute logique ç'aurait dû être l'irréprochable Grayson ? me demanda Skye. Pas parce que mon Jamie est brillant, beau ou charismatique. Mais parce que Jameson Winchester Hawthorne a *les crocs*. Il est toujours en quête de quelque chose. Depuis le jour de sa naissance. (Elle vida le fond de sa coupe en une gorgée.) Grayson est tout ce que Toby n'était pas, alors que Jameson est exactement comme lui.

— Il n'y a personne qui soit comme Jameson, laissai-je échapper malgré moi.

Skye m'adressa un regard entendu… le même que m'avait lancé Alisa le jour de mon arrivée.

— Tu vois ? Tu es déjà conquise. (Elle ferma les yeux avant de s'allonger dans la baignoire.) Je le perdais sans arrêt quand il était petit. Pendant des heures, parfois une journée entière. Il suffisait que je détourne les yeux une seconde et il disparaissait dans les murs. Et chaque fois que je le retrouvais, quand je le serrais fort dans mes bras, je savais au fond de moi qu'il n'attendait qu'une chose : se perdre de nouveau.

Elle rouvrit les yeux.

— C'est ce que tu es pour lui, déclara-t-elle en se levant pour attraper son peignoir. (Je détournai le regard pendant qu'elle l'enfilait.) Un autre moyen de se perdre. Et elle, c'était la même chose.

*Elle.*

— Emily, dis-je à haute voix.

— C'était une très jolie fille, mais elle aurait aussi bien pu être affreuse qu'ils l'auraient aimée tout autant. Elle avait ce je-ne-sais-quoi de spécial.

— Pourquoi me racontez-vous ça ?

— Toi, répondit Skye avec emphase, tu n'es pas Emily.

Elle se pencha pour ramasser la bouteille de champagne et se resservir. Elle s'avança vers moi, pieds nus et ruisselante, et me tendit sa coupe.

— Les bulles sont un remède miracle en ce qui me concerne, déclara-t-elle, le regard pétillant. Vas-y, essaie.

Était-elle sérieuse ? Je fis un pas en arrière.

— Je n'aime pas le champagne.

— Pour ce qui est des deuxièmes prénoms de mes fils… (Elle but une longue gorgée.) Ce n'est pas moi qui les ai choisis.

Elle leva son verre, comme pour boire à ma santé. Ou me faire comprendre qu'il était temps d'y aller.

— Si ce n'est pas vous, dis-je, alors qui ?

Skye termina son champagne.

— Mon père.

# 40

Je racontai à Jameson ce que m'avait dit sa mère.

Il me dévisagea fixement.

— C'est le vieux qui a choisi nos deuxièmes prénoms ? (Je pus voir les rouages s'enclencher dans son cerveau, et puis… plus rien.) C'est lui qui les a choisis.

Jameson se mit à tourner en rond dans le couloir comme un animal en cage.

— Il les a choisis, avant de les mettre en exergue dans le testament rouge. (Il s'arrêta.) Il a déshérité toute la famille il y a vingt ans et il a choisi nos deuxièmes prénoms dans la foulée, sauf celui de Nash. Grayson a dix-neuf ans. J'en ai dix-huit. Xander en aura dix-sept le mois prochain.

Je sentais bien qu'il s'efforçait de trouver un sens à tout cela. De mettre le doigt sur ce que nous manquions.

— Le vieux jouait toujours avec plusieurs coups d'avance, ajouta-t-il en grimaçant. Il a fait ça toute notre vie.

— Ces prénoms doivent forcément avoir une signification, dis-je.

— Peut-être qu'il connaissait nos pères ? (Jameson réfléchit à cette éventualité.) Même si Skye a toujours gardé le silence sur leur identité, il n'y avait pas de secret pour lui.

Je crus percevoir du chagrin dans cette dernière remarque de Jameson, une amertume sous-jacente.

*Lequel de tes secrets avait-il percé à jour ?* pensai-je.

— On pourrait faire des recherches, proposai-je, en m'efforçant de me focaliser sur l'énigme plutôt que sur le garçon. Ou bien demander à Alisa d'engager un détective privé pour enquêter sur tous les hommes qui portent ces noms-là.

— Ou alors, répliqua Jameson, tu peux m'accorder six heures pour dessaouler et je te montrerai comment je fais quand j'essaie de résoudre une énigme et que je me heurte à un mur.

***

Sept heures plus tard, Jameson vint me chercher par la cheminée et me conduisit discrètement dans la partie la plus reculée de la maison, au-delà de la cuisine, derrière le grand salon, dans un immense garage qui me laissa bouche bée. Pour tout dire, cela ressemblait plus à un salon d'exposition. Il y avait une douzaine de motos dressée sur une estrade contre le mur, et deux douzaines de voitures garées en arc de cercle. Jameson me les fit voir une par une. Il s'arrêta devant un véhicule tout droit sorti d'un film de science-fiction.

— L'Aston Martin Valkyrie, déclara-t-il. Un hypercar hybride capable de dépasser les trois cent vingt kilomètres-heure. (Il m'indiqua les voitures suivantes.) Ces trois-là sont des Bugatti. Ma préférée, c'est la Chiron. Presque mille cinq cents chevaux sous le capot, et pas mauvaise sur le circuit.

— Le circuit, répétai-je. Comme dans « circuit automobile » ?

— C'était le péché mignon de mon grand-père, m'apprit Jameson. Et maintenant… Elles sont à toi.

Un sourire s'étala lentement sur son visage. Diabolique. Dangereux.

— Pas question, dis-je à Jameson. Je n'ai pas le droit de quitter la propriété sans Oren. Et je ne saurais pas conduire des voitures pareilles !

— Heureusement, répondit Jameson en se dirigeant vers un petit coffret mural, moi, je sais.

Il y avait une sorte de casse-tête intégré au coffret, un peu comme un Rubik's Cube mais argenté, orné de symboles étranges. Jameson se mit aussitôt à le manipuler, à faire pivoter les cubes dans tous les sens afin de réarranger les symboles. Le coffret s'ouvrit avec un déclic. Jameson laissa traîner ses doigts sur une ribambelle de clés avant d'en choisir une.

— Rien de tel que la vitesse pour se changer les idées et voir les choses d'un œil nouveau, lança-t-il en se dirigeant vers l'Aston Martin. Certains mystères prennent tout leur sens à trois cents à l'heure.

— Est-ce qu'on tient au moins à deux là-dedans ? dis-je.

— Enfin, Héritière, murmura Jameson. Je croyais que tu ne le demanderais jamais.

***

Jameson dirigea la voiture sur une plate-forme qui nous fit descendre sous le niveau du sol. Nous jaillîmes par un tunnel et, l'instant d'après, nous quittions la propriété par un petit portail dont j'ignorais jusqu'à l'existence.

Jameson ne roulait pas trop vite. Il ne quittait pas la route des yeux. Il conduisait tranquillement, en silence. Sur le siège passager, je frémissais d'excitation.

*C'est une très mauvaise idée*, pensai-je.

Il avait dû appeler pour prévenir le personnel, car le circuit était prêt à nous recevoir quand nous arrivâmes.

— Techniquement, l'Aston Martin n'est pas vraiment une voiture de course, m'expliqua Jameson.

Et techniquement, je n'aurais pas dû quitter la propriété. Nous n'aurions pas dû emprunter cette voiture. Nous n'aurions jamais dû être là.

Mais à l'approche des deux cent cinquante kilomètres-heure, je cessais de me préoccuper de ce que j'aurais dû faire.

L'adrénaline. L'euphorie. La peur. Je ne pensais plus à rien d'autre. Il n'y avait plus que la vitesse qui comptait.

Ça, et le garçon assis à côté de moi.

Je ne voulais pas qu'il ralentisse. Je ne voulais plus que la voiture s'arrête. Pour la première fois depuis la lecture du testament, je me sentais libre. Plus de questions. Plus de soupçons. Personne pour me regarder d'un drôle d'air. Rien n'existait plus en dehors de cet instant, là, maintenant.

Il n'y avait plus que Jameson Winchester Hawthorne et moi.

# 41

Finalement, la voiture s'arrêta. Et la réalité nous rattrapa. Je vis débarquer Oren avec toute une équipe sur ses talons. *Oh, oh…*

— Toi et moi, dit mon chef de la sécurité à Jameson à l'instant où nous descendîmes de voiture, nous allons avoir une petite discussion.

— Je suis une grande fille, dis-je à Oren en détaillant les renforts qu'il avait amenés. Si vous voulez crier sur quelqu'un, criez sur moi.

Oren ne cria pas. Il me raccompagna personnellement jusqu'à ma chambre et m'indiqua que nous « parlerions » dans la matinée. À en juger par le ton qu'il avait pris, je n'étais pas certaine de sortir indemne de ce petit *entretien.*

J'eus du mal à trouver le sommeil cette nuit-là. Je ne savais toujours pas quoi faire des noms soulignés dans le testament rouge. Faisaient-ils référence aux pères des garçons ? Tobias Hawthorne les avait-il choisis pour une raison complètement différente ?

Tout ce que je savais, c'était que Skye avait raison. Jameson avait les crocs. *Et moi aussi.* Mais je l'entendais encore me dire que je n'avais aucune importance, que je n'étais pas Emily.

Quand je finis par m'endormir, je rêvai d'une adolescente. Ce n'était qu'une ombre, une silhouette, un fantôme… une reine. Et j'avais beau courir de toutes mes forces, couloir après couloir, je ne parvenais pas à la rattraper.

Mon téléphone sonna au beau milieu de la nuit. Groggy, maussade, je l'attrapai rageusement dans l'intention de le jeter par la fenêtre avant de réaliser qui m'appelait.

— Max, il est cinq heures du matin.

— Trois heures et demie chez moi. D'où sors-tu cette voiture ?

Elle ne semblait pas du tout endormie.

— D'une grande salle d'exposition où il y en avait plein d'autres, tiens, répliquai-je vertement, avant de me réveiller suffisamment pour saisir les implications de sa question. Comment es-tu au courant pour la voiture ?

— Grâce à une photo aérienne, m'expliqua Max. Prise depuis un hélicoptère. Et comment ça, *une grande salle d'exposition où il y en avait plein d'autres* ? Grande comment, exactement ?

— Je ne sais pas.

Je grognai en me retournant dans mon lit. Bien sûr que les paparazzis m'avaient surprise en pleine escapade avec Jameson. Je ne voulais même pas imaginer ce qu'on devait lire là-dessus dans la presse à scandale.

— Autre question importante, continua Max, as-tu une liaison torride avec Jameson Hawthorne et faut-il que je m'organise pour un mariage au printemps ?

— Non, rétorquai-je en m'asseyant, le dos calé contre l'oreiller. Ce n'est pas ce que tu crois.

— Ne me raconte pas de sonneries.

— Je vais devoir vivre avec ces gens, Max. Pendant un an. Ils ont déjà bien assez de raisons de me détester.

(Ce n'était pas à Skye, Zara, Xander ou Nash que je pensais en formulant cela. Mais à Grayson. Avec ses yeux gris, ses costumes impeccables et ses menaces voilées.) Sortir avec Jameson ne ferait qu'ajouter de l'huile sur le feu.

— Quel joli feu ce serait, murmura Max.

Indiscutablement, elle exerçait une mauvaise influence sur moi.

— Pas question, déclarai-je sur un ton sans appel. En plus… il y avait une fille dans l'histoire. Elle est morte.

En repensant à mon rêve, je me demandai si Jameson avait déjà emmené Emily faire un tour en voiture. Et si elle avait déjà joué à l'un des petits jeux de Tobias Hawthorne.

— Attends une minute, là. Comment ça, elle est morte ? De quelle façon ?

— Aucune idée.

— Comment peux-tu ignorer un truc pareil ?

Je resserrai ma couverture autour de moi.

— Elle s'appelait Emily. Tu as une idée du nombre d'Emily qu'il y a dans le monde ?

— Tu crois qu'il pense toujours à elle ? demanda Max.

Elle parlait de Jameson, mais je me souvins de cet instant où j'avais lâché le nom d'Emily devant Grayson. Ça l'avait anéanti. Complètement.

On frappa à ma porte.

— Max, il faut que je te laisse.

Oren passa ensuite plus d'une heure à m'exposer en détail notre protocole de sécurité. Il m'assura qu'il serait ravi de recommencer tous les jours, à l'aube, s'il le fallait, jusqu'à ce que je m'en imprègne.

— C'est bon, j'ai compris, lui dis-je. Je serai sage.

— Non, ça m'étonnerait, rétorqua-t-il, me lançant un regard en coin. Mais vous ne me prendrez plus en défaut.

***

Mon deuxième jour au lycée privé (et le début de ma première semaine complète) ressembla beaucoup au premier. Les gens firent de leur mieux pour éviter de me dévisager. Jameson m'évita. J'évitai Théa. Je me demandai quel genre de ragots Jameson craignait de susciter si on nous voyait ensemble, et s'il y avait eu des rumeurs à la mort d'Emily.

Je me demandai comment elle était morte.

« Tu n'es pas une joueuse. »

L'avertissement de Nash me revenait en mémoire, encore et encore, chaque fois que j'apercevais Jameson dans les couloirs.

« Tu es la ballerine de verre… ou le couteau. »

Xander me tomba dessus à la sortie du laboratoire de physique. Il était manifestement d'excellente humeur.

— Alors, il paraît que tu adores la vitesse ? Dieu bénisse les paparazzis, tu ne crois pas ? Je me suis laissé dire aussi que tu avais eu une conversation très particulière avec ma mère.

Je ne savais pas trop s'il voulait me témoigner de la sympathie ou simplement m'extorquer des informations.

— Ta mère est une personne spéciale, me fallut-il reconnaître.

— Une femme très compliquée, ajouta-t-il, hochant la tête d'un air sagace. Mais elle m'a appris à tirer les cartes et à humidifier mes cuticules, alors je suis mal placé pour me plaindre.

Ce n'était pourtant pas Skye qui les avait forgés, lui et ses frères, qui les avait poussés sans arrêt, mis au défi, qui avait toujours attendu d'eux l'impossible. Ce n'était pas elle qui les avait rendus exceptionnels.

— Tes frères ont tous reçu la même lettre de votre grand-père, dis-je en étudiant sa réaction.

— Ah oui ?

Je plissai les paupières.

— Et je sais que toi aussi.

— Peut-être bien que oui, convint-il joyeusement. Mais à supposer que ce soit le cas et à supposer que j'aie envie de jouer le jeu et, toujours à titre de supposition, de le gagner, pour une fois… (Il haussa les épaules.) Je voudrais m'y prendre à ma manière.

— Est-ce que ta manière implique des robots et des scones ?

— Toujours !

Avec un grand sourire, Xander m'entraîna dans le laboratoire de physique. Comme toutes les salles de Country Day, il donnait l'impression d'avoir coûté un bon million de dollars, au bas mot. Il avait probablement coûté plus. Des paillasses courbes en faisaient le tour. De grandes baies vitrées remplaçaient trois des quatre murs. Il y avait des inscriptions colorées sur les vitres : des calculs griffonnés à la main, de plusieurs écritures différentes. À croire que le papier brouillon était passé de mode. Chaque paillasse était équipée d'un grand écran et d'un panneau digital. Et c'était sans parler de la taille des microscopes.

J'avais l'impression d'être à la NASA.

Il ne restait que deux places libres. L'une à côté de Théa, et l'autre aussi loin d'elle que possible, à côté de la fille que j'avais vue aux archives. Elle avait noué ses cheveux roux en un vague chignon sur la nuque. Leur couleur intense et la pâleur de son teint offraient un contraste saisissant. Ses yeux, en revanche, semblaient un peu éteints.

Théa croisa mon regard et me fit signe avec autorité de venir m'asseoir près d'elle. Je me tournai vers la rousse.

— C'est qui, cette fille ? demandai-je à Xander.

Personne ne lui adressait la parole. Personne ne faisait attention à elle. C'était l'une des plus jolies filles qu'il m'ait été donné de voir et elle aurait aussi bien pu être invisible.

Comme si elle se fondait dans le décor.

— Cette fille, commença Xander en soupirant, a une histoire dramatique. Faite d'amours contrariées, de faux rendez-vous, de ruptures déchirantes, de tragédie, de relations familiales tordues, de pénitence, et de héros inoubliable.

Je lui jetai un regard en coin.

— Tu es sérieux ?

— Tu as bien dû te rendre compte, répliqua-t-il d'un ton léger, que ce n'est pas moi, le sérieux de la famille.

Il se laissa tomber sur le siège à côté de Théa, me laissant rejoindre la rousse. Elle se révéla une bonne camarade d'étude, silencieuse, appliquée, et capable d'effectuer de tête la plupart des calculs. Pendant tout le temps où nous travaillâmes ensemble, elle ne m'adressa pas un seul mot.

— Je m'appelle Avery, dis-je à la fin du cours, quand il devint évident qu'elle n'allait pas se présenter spontanément.

— Rebecca, dit-elle d'une voix douce. Laughlin. (Elle nota mon changement d'expression et confirma ce que je pensais.) Mes grands-parents travaillent à la maison Hawthorne.

Ses grands-parents *tenaient* la maison Hawthorne, et aucun d'eux ne semblait particulièrement enthousiaste à l'idée de travailler pour moi. Je me demandai si c'était pour cela que Rebecca était restée muette pendant tout le cours.

*Elle n'a pas l'air plus loquace avec les autres*, pensai-je.

— Est-ce qu'on t'a expliqué comment charger tes devoirs sur ta tablette ? me demanda-t-elle.

Elle avait posé sa question d'une voix toute timide, comme si elle s'attendait à une rebuffade. J'avais peine à croire qu'une fille aussi jolie puisse être aussi timide.

— Non, dis-je. Tu veux bien me montrer ?

Elle me fit une rapide démonstration, chargeant ses résultats en quelques touches sur son écran tactile. Un instant plus tard, sa tablette revenait à sa page d'accueil. Une photo s'afficha en fond d'écran. On l'y voyait, en compagnie d'une autre jeune fille aux cheveux ambrés qui souriait à l'objectif. Elles avaient toutes les deux des fleurs dans les cheveux, et elles avaient exactement les mêmes yeux.

L'autre fille n'était pas plus jolie que Rebecca (et peut-être même un peu moins), mais il y avait une intensité chez elle qui rendait impossible de détourner le regard.

— C'est ta sœur ? demandai-je.

— C'était. (Rebecca retourna sa tablette.) Elle est morte.

Mes oreilles se mirent à bourdonner et je compris alors qui était la fille de la photo. D'une certaine façon, je crois que je l'avais su à l'instant où j'avais posé les yeux sur elle.

— Emily ?

Les yeux émeraude de Rebecca se fixèrent sur moi. Prise de panique, je cherchai désespérément mes mots.

*Toutes mes condoléances,* peut-être, ou quelque chose comme ça.

Mais Rebecca ne parut pas trouver ma réaction bizarre ou déplacée. Elle rangea sa tablette dans son sac et me dit :

— Elle aurait été ravie de te rencontrer.

# 42

Je n'arrivais pas à oublier le visage d'Emily, et pourtant je n'avais pas regardé la photo d'assez près pour en mémoriser tous les détails. Elle avait les yeux verts et des cheveux ambrés, couleur de miel foncé. Je me souvenais de sa couronne de fleurs mais pas de la longueur de ses cheveux. Et j'avais beau m'efforcer de me rappeler ses traits, tout ce qui me revenait, c'était son sourire et le fait qu'elle regardait droit vers l'objectif.

— Avery ? me dit Oren depuis le siège conducteur. Nous sommes arrivés.

La Fondation Hawthorne. J'avais l'impression qu'il s'était écoulé un siècle depuis que Zara avait proposé de m'expliquer son fonctionnement. Tandis qu'Oren descendait de voiture pour m'ouvrir la portière, je notai avec étonnement que, pour la première fois, on ne voyait pas le moindre journaliste ou photographe à l'horizon.

*C'est peut-être en train de se calmer*, me dis-je en pénétrant dans le hall d'entrée de la fondation. Les murs étaient gris clair, ornés de plusieurs dizaines de grandes photos en noir et blanc qui paraissaient flotter en l'air. Des centaines d'autres, plus petites, les entouraient. *Des gens.* Des quatre coins du monde, saisis en train de s'adonner à toutes sortes d'activités, sous tous les angles et perspectives imaginables.

Il y en avait de tous les âges, sexes, ethnies et cultures. *Des gens.* En train de rire, de pleurer, de prier, de jouer, de manger, de danser, de dormir, de balayer, de s'embrasser… et plein d'autres choses encore.

Je repensai au Dr Mac me demandant pourquoi je voulais voyager. *Pour ça. C'est pour ça que j'ai envie de voyager.*

— Mademoiselle Grambs…

Je levai les yeux et vis Grayson. Je me demandai depuis combien de temps il m'observait. Et ce qu'il avait lu sur mon visage.

— J'ai rendez-vous avec Zara, dis-je pour devancer son attaque inévitable.

— Elle ne viendra pas, répliqua-t-il en s'avançant vers moi. Elle est convaincue que vous avez besoin de… conseils. (Il prononça ce mot à la manière d'un sortilège, qui s'infiltra entre mes défenses pour se glisser directement sous ma peau.) J'ignore pourquoi, mais ma tante semble croire que ces conseils seront mieux reçus s'ils émanent de moi.

Il avait exactement la même allure que le jour où je l'avais rencontré, jusqu'à la couleur de son costume Armani, du même gris acier que ses yeux et de la même couleur que les murs de ce hall. Je me souvins tout à coup des étagères que j'avais vues dans le bureau de Tobias Hawthorne, sur lesquelles trônait un livre de photos avec le nom de Grayson sur la tranche.

— C'est toi qui as pris ces photos ? soufflai-je en regardant les clichés qui m'entouraient.

Ce n'était qu'une intuition, mais j'avais appris à me fier à mon instinct.

— Mon grand-père pensait qu'il fallait voir le monde si on voulait être capable de le changer. Il a toujours dit que j'avais l'œil.

*Investissez. Créez. Cultivez.* Ce que m'avait raconté Nash à propos de leur enfance me revint en mémoire, et je me demandai quel âge avait Grayson quand il avait tenu un appareil photo pour la première fois, quel âge il avait quand il avait commencé à parcourir le monde, à l'observer et à le saisir sur pellicule.

Je n'aurais pas cru que c'était lui, l'artiste de la famille.

Agacée de me retrouver à penser à lui, je plissai les yeux.

— Ta tante a dû oublier ta tendance à proférer des menaces. Je parie qu'elle n'est pas au courant non plus à propos de l'enquête sur ma mère. Sinon, elle n'aurait jamais pensé que je préférerais avoir affaire à toi.

Grayson fit la moue.

— Il n'y a pas grand-chose qui échappe à Zara. Quant à cette enquête, puisque vous en parlez…

Il passa derrière le bureau de la réception et en revint avec deux dossiers. Je lui lançai un regard noir. Il haussa les sourcils et ajouta :

— À moins que vous ne vouliez que je garde les résultats pour moi ?

Il me tendit l'un des dossiers, et je l'acceptai. Il n'avait aucun droit de fouiller dans ma vie ou dans le passé de ma mère. Mais en fixant le dossier que je tenais entre mes mains, j'entendis la voix de maman résonner dans ma tête, claire et nette : « J'ai un secret… »

J'ouvris le dossier. Liste d'employeurs, certificat de décès, dossier bancaire, casier judiciaire vierge, une photo…

Je pinçai les lèvres, tâchant désespérément de ne pas la regarder. Elle était jeune sur le cliché, et elle me tenait dans ses bras.

Je me forçai à lever la tête vers Grayson, prête à déchaîner ma colère sur lui, mais il me tendit calmement le second dossier. Je me demandai ce qu'il avait trouvé sur mon compte et s'il y avait dans ce dossier une information susceptible d'expliquer ce que son grand-père avait vu en moi. Je l'ouvris.

Il ne contenait qu'une seule et unique feuille de papier, vierge.

— C'est la liste des achats que vous avez effectués depuis que vous avez hérité. Certaines dépenses ont été réalisées pour vous, mais en ce qui vous concerne… articula Grayson en baissant les yeux sur la feuille blanche. Rien.

— C'est comme ça qu'on t'a appris à faire des excuses ? lui demandai-je.

Je l'avais étonné, car je ne m'étais pas comportée en croqueuse de diamants.

— Je ne m'excuserai pas d'être protecteur. Ma famille a suffisamment souffert, mademoiselle Grambs. Si je dois choisir entre vous et n'importe lequel de ses membres, c'est toujours la famille que je choisirai, sans hésiter. Néanmoins… (Son regard croisa le mien.) Je vous ai peut-être mal jugée.

Il y avait une intensité particulière dans ces mots, dans l'expression de son visage, comme si le garçon qui avait appris à voir le monde me *voyait* enfin, pour la première fois.

— Tu as tort, déclarai-je en refermant le dossier et en me détournant de lui. J'ai dépensé de l'argent. Un bon paquet. J'ai chargé Alisa de trouver un moyen de le faire parvenir à un ami.

— Quel genre d'ami ? demanda Grayson, dont l'expression se modifia. Un petit ami ?

*En quoi cela le regarde-t-il ?* pensai-je.

— Non. Quelqu'un avec qui j'ai l'habitude de jouer aux échecs dans un parc. Quelqu'un qui vit là-bas. Dans le parc.

— Un sans-abri ?

Grayson me dévisageait différemment à présent, comme s'il n'avait jamais rien connu de pareil au cours de ses voyages. Jamais rencontré une personne comme moi. Après une seconde ou deux, il secoua la tête et ajouta :

— Ma tante a raison. Vous avez sérieusement besoin de conseils.

Il s'éloigna à grands pas, et je n'eus pas d'autre choix que de le suivre, mais pas directement dans son sillage, pas comme un caneton qui trottine derrière sa mère. Il s'arrêta devant une salle de réunion et me tint la porte. Je passai devant lui et, au moment de le frôler, j'eus soudain la sensation que mon cœur battait à cent à l'heure.

*Sûrement pas.* Voilà ce que j'aurais dit à Max si je l'avais eue au téléphone. Qu'est-ce qui n'allait pas chez moi ? Depuis que je le connaissais, Grayson avait passé le plus clair de son temps à me menacer. À me *haïr*.

Il laissa la porte se refermer derrière lui, puis se dirigea vers le fond de la salle. Le mur était tapissé de cartes : d'abord une carte du monde, puis des cartes de chaque continent, de chaque pays, et d'un certain nombre de grandes villes.

— Regardez-les bien, me recommanda-t-il en m'indiquant les cartes, parce que c'est ça, qui est en jeu. Le monde entier. Pas le sort d'une personne isolée. Donner de l'argent à des individus ne sert pas à grand-chose.

— Ça peut faire une sacrée différence, rétorquai-je, pour les individus en question.

— Avec les ressources dont vous disposez maintenant, vous ne pouvez plus vous permettre de vous soucier de cas particuliers. (Il martelait cela comme une leçon qu'on l'aurait forcé à apprendre par cœur. *Qui donc ? Son grand-père ?*) Aujourd'hui, mademoiselle Grambs, vous êtes responsable du monde.

Ces mots me donnèrent le frisson.

Grayson se tourna face aux cartes.

— J'ai repoussé mon entrée à l'université d'un an pour me préparer à diriger la fondation. Mon grand-père m'avait chargé d'étudier les différents modes de soutien caritatif, dans l'objectif d'améliorer les nôtres. Il était prévu que je fasse un discours dans les prochains mois. Je suppose qu'il ne me reste plus qu'à vous le servir, à vous. (Il semblait peser soigneusement chacun de ses mots.) La fondation possède sa propre administration. Quand vous aurez vingt et un ans, elle vous reviendra, comme tout le reste.

Manifestement, cela lui faisait plus mal que n'importe lequel des autres termes du testament. Je pensai à Skye qui parlait de lui comme de l'héritier présomptif, même si elle soutenait par ailleurs que son père avait toujours marqué une préférence pour Jameson. Grayson avait consacré une année entière à se préparer pour diriger cette fondation. Ses photos ornaient le hall.

*Mais c'est moi que son grand-père a choisie.*

— Je suis…

— Ne me dites pas que vous êtes désolée, me coupa Grayson, qui contempla le mur encore un moment, puis s'adressa à moi : Ne soyez pas désolée, mademoiselle Grambs. Soyez à la hauteur, c'est tout.

Il aurait aussi bien pu m'ordonner de me changer en feu, en terre ou en air. On ne pouvait pas endosser la responsabilité de milliards d'êtres humains. Ce n'était pas possible. Pour personne, et certainement pas pour moi.

— Comment ? lui demandai-je.

*Comment suis-je supposée être à la hauteur ?*

Il réfléchit longuement avant de répondre, et j'eus le temps de regretter de ne pas être le genre de fille qui savait combler les silences. Le genre qui savait rire à gorge déployée, avec des fleurs dans les cheveux.

— Je ne peux pas vous apprendre à *être* quoi que ce soit, mademoiselle Grambs. Mais si vous le souhaitez, je peux vous enseigner une manière de voir les choses.

Je refoulai le souvenir du visage d'Emily.

— Je suis là, non ?

Grayson se mit à marcher le long du mur, passant devant chacune des cartes.

— On peut avoir *l'impression* que c'est mieux de donner à quelqu'un qu'on connaît, ou à une organisation dont l'histoire nous met la larme à l'œil, mais ce n'est qu'une vue de l'esprit. En fin de compte, la moralité d'une action dépend uniquement de son résultat.

Il mettait une telle intensité dans sa façon de parler, de bouger, que je n'aurais pas pu détourner le regard ou cesser de l'écouter, même si je l'avais voulu.

— Nous ne devons pas laisser les sentiments guider nos donations, continua Grayson. Il faut diriger nos ressources là où une analyse objective nous indique qu'elles auront le plus d'impact.

Il s'imaginait probablement que tout cela me dépassait, mais à l'instant où il prononça les mots « analyse objective », je souris.

— Tu parles à une future étudiante en science actuarielle, Hawthorne. Montre-moi tes graphiques.

***

Quand Grayson en eut terminé, j'avais le tournis à cause de tous les chiffres et de toutes les projections que j'avais dû assimiler. Je comprenais exactement comment son cerveau fonctionnait : d'une manière tellement semblable au mien que c'en était troublant.

— Je comprends pourquoi une approche trop spécifique ne peut pas marcher, dis-je. Pour résoudre des problèmes d'une telle ampleur, il faut voir grand et ratisser large…

— Mais toujours de manière raisonnée, insista Grayson. Stratégique.

— Seulement, il faut aussi répartir les risques.

— En s'appuyant sur une analyse empirique de la balance bénéfices-risques.

Il nous arrive à tous d'avoir une attirance inexplicable pour certaines choses. Apparemment, pour moi, c'étaient les garçons en costume et aux yeux gris qui employaient le mot « empirique » en prenant pour acquis que j'en connaîtrais le sens.

*Reprends-toi, Avery. Grayson Hawthorne n'est pas pour toi.*

Son téléphone sonna, et il jeta un coup d'œil sur l'écran.

— Nash, m'informa-t-il.

— Vas-y, lui dis-je. Réponds-lui.

À ce stade, j'avais besoin de souffler un instant, de m'éloigner un peu de lui, et surtout de *ça*. Les maths, ça allait. Les projections aussi. Mais ça ?

Ça, c'était la réalité. Le pouvoir. *Cent millions de dollars par an.*

Grayson répondit au téléphone et quitta la pièce. J'en profitai pour examiner les cartes accrochées au mur et mémoriser les noms de chaque pays, chaque région, chaque ville. Je pouvais aider tous ces gens… ou aucun. Il y en avait parmi eux qui pourraient vivre ou mourir à cause de moi. Mes choix pourraient décider de leur avenir, bon ou mauvais.

Quelle légitimité avais-je pour prendre des décisions aussi importantes ?

Déstabilisée, je m'arrêtai devant la dernière carte affichée au mur. Contrairement aux autres, celle-ci était dessinée à la main. Il me fallut un moment pour réaliser qu'elle représentait la maison Hawthorne et l'ensemble de la propriété. Mon regard tomba sur le Wayback Cottage, une habitation modeste nichée dans un coin du domaine. Je me souvins que, dans son testament, Tobias Hawthorne en avait légué l'usage aux Laughlin.

*Les grands-parents de Rebecca*, pensai-je. *Et d'Emily.*

Je me demandai si les filles venaient leur rendre visite quand elles étaient petites, et combien de temps elles avaient passé dans cette propriété ou à la maison Hawthorne.

*Quel âge pouvait bien avoir Emily la première fois que Jameson et Grayson ont posé les yeux sur elle ?*

*Depuis combien de temps est-elle morte ?*

La porte de la salle de réunion se rouvrit derrière moi. J'étais bien contente que Grayson ne puisse pas voir mon visage. Je ne tenais pas à ce qu'il devine que je pensais à *elle*. Je fis semblant d'étudier la carte devant moi, les détails de la propriété, depuis la forêt au nord, qui s'appelait le Bois-Noir, jusqu'au petit cours d'eau qui coulait le long de la lisière ouest.

*Le Bois-Noir.* Je relus le nom et sentis mon pouls s'emballer d'un coup. *Blackwood.* Et là, en petits caractères, je vis que le cours d'eau portait un nom, lui aussi. *Le Ruisseau de l'ouest. Westbrook.*

Blackwood. Westbrook.

— Avery ? fit Grayson dans mon dos.

— Quoi ? grommelai-je, incapable de détacher mon attention de la carte, et de ce qu'elle impliquait.

— C'était Nash.

— Oui, je sais.

Il me l'avait déjà dit avant de prendre le coup de fil.

Grayson posa doucement la main sur mon épaule. Une alerte se déclencha aussitôt dans ma tête. Pourquoi se montrait-il aussi prévenant ?

— Qu'est-ce qu'il voulait ?

— C'est à propos de votre sœur.

# 43

— Je croyais que vous deviez vous occuper de Drake ? reprochai-je à Alisa, une main crispée sur mon téléphone et l'autre serrée en poing.

Je l'avais appelée à l'instant où j'avais rejoint la voiture. Grayson m'avait suivie et s'était installé sur la banquette arrière à côté de moi. Je n'avais pas le temps ni la disponibilité mentale de me soucier de sa présence près de moi. Oren conduisait. J'étais furieuse.

— Je m'en *suis* occupée, m'assura Alisa. Votre sœur et vous bénéficiez d'une ordonnance restrictive temporaire. Drake ne peut plus s'approcher à moins de trente mètres de vous sans s'exposer à une arrestation.

Je parvins à desserrer le poing, mais fus incapable de détendre mes doigts autour de mon téléphone.

— Alors que fait-il en ce moment au portail de la maison Hawthorne ?

Drake était là. Au Texas. Quand Nash nous avait prévenus, Libby se trouvait en sécurité à l'intérieur, mais Drake n'arrêtait pas de la bombarder d'appels et de textos, exigeant de la voir.

— Je vais régler ça, Avery, me promit Alisa. Le cabinet a plusieurs contacts au sein de la police locale qui savent se montrer discrets.

Dans l'immédiat, la discrétion n'était pas ma priorité. Je me préoccupais surtout de Libby.

— Ma sœur est-elle au courant pour cette ordonnance restrictive ?

— Elle a signé le formulaire, dit-elle. (Ce qui ne répondait pas vraiment à la question.) Je suis sur le coup, Avery. Laissez-moi gérer ça.

Elle raccrocha. Je laissai ma main qui tenait le téléphone retomber sur mes genoux.

— Vous pourriez aller un peu plus vite ? demandai-je à Oren.

Libby avait son propre garde du corps. Drake n'avait aucune chance de l'atteindre. Du moins, physiquement.

— Nash est auprès de votre sœur, dit Grayon, s'exprimant pour la première fois depuis que nous étions montés dans la voiture. Si ce gentleman essaie de poser ne serait-ce qu'un doigt sur elle, je peux vous garantir que mon frère se fera un plaisir de le lui ôter.

Je ne savais pas trop s'il parlait d'ôter le doigt du corps de Libby, ou de la main de Drake.

— Drake n'a rien d'un gentleman, affirmai-je à Grayson. Et je ne m'inquiète pas uniquement à l'idée qu'il devienne violent.

J'avais surtout peur qu'il se montre gentil, et qu'au lieu de s'emporter, il joue la carte de la tendresse et du pardon, au point de faire oublier à Libby son œil au beurre noir.

— Si ça peut vous rassurer, je veux bien le faire chasser de la propriété, proposa Oren. Mais cela risque de faire mauvais effet auprès de la presse.

*La presse ?* Je fronçai les sourcils.

— Il n'y avait aucun paparazzi à la fondation. Ils sont revenus devant la maison ?

Les murs de la propriété pouvaient tenir les journalistes à distance, mais rien ne leur interdisait de s'agglutiner au portail.

— Si j'étais joueur, commenta Oren, je parierais que Drake a passé quelques coups de fil pour être sûr d'avoir un public.

***

Il n'y avait rien de discret dans la scène que nous découvrîmes quand Oren s'engagea dans l'allée bordée d'une foule de journalistes. Plus loin devant nous, j'aperçus Drake. Deux hommes l'encadraient. Même à cette distance, je pouvais distinguer leurs uniformes.

Ce qui voulait dire que les paparazzis le pouvaient aussi.

Et dire qu'Alisa m'avait promis que ses contacts au sein de la police seraient discrets. J'imaginai déjà Drake en train de faire culpabiliser Libby si on le voyait aux infos du soir en train de se faire expulser de force par deux agents.

— Arrêtez la voiture, ordonnai-je en grinçant des dents.

Oren obéit, puis se retourna sur son siège pour me faire face.

— Je vous conseille de rester dans le véhicule.

Cela n'avait rien d'un conseil. C'était un ordre.

Je posai la main sur la poignée de la portière.

— Avery ! gronda Oren, d'un ton qui me figea sur place. Si vous tenez absolument à descendre, laissez-moi faire en premier.

Me rappelant notre petite discussion de ce matin, je décidai de ne pas éprouver sa patience.

À côté de moi, Grayson déboucla sa ceinture de sécurité. Il me prit le poignet, avec douceur.

— Oren a raison. Vous ne devriez pas sortir.

Je baissai les yeux sur sa main et, après un battement de cœur, relevai la tête.

— À ma place, dis-je, tu ne ferais pas tout ce que tu peux pour protéger *ta* famille ?

Je le tenais, et il le savait. Il retira sa main, assez lentement pour que je sente le bout de ses doigts frôler mes phalanges. Le souffle court, j'ouvris la portière et m'armai de courage. Les médias n'avaient rien d'autre que Drake à se mettre sous la dent parce que nous ne leur avions rien donné de plus gros. Pour l'instant.

Le menton relevé, je sortis de la voiture. *Regardez-moi. C'est moi qui vous intéresse dans cette histoire.* Je m'avançai à la rencontre des journalistes. Je portais des bottines à talons hauts et ma jupe plissée de lycéenne. Mon blazer bordeaux se tendait contre ma poitrine à chaque foulée. J'étais coiffée, maquillée, j'avais une attitude conquérante.

*C'est moi qui vous intéresse.* Les journaux du soir ne feraient pas leurs gros titres sur Drake. Les yeux du monde ne se tourneraient pas sur lui. Je les en empêcherais.

— Une conférence de presse improvisée ? souffla Oren dans mon dos. En tant que garde du corps, je me dois de vous prévenir qu'Alisa va vous tuer.

Il serait temps de s'en préoccuper le moment venu. Je rejetai mes cheveux en arrière et bombai le torse. La foule des journalistes se mit à crier mon nom.

— Avery !

— Avery, par ici !

— Avery, que répondez-vous aux rumeurs qui…

— Avery, un petit sourire !

J'étais parvenue devant eux. J'avais toute leur attention. Oren leva la main d'un geste brusque, et aussitôt, tout le monde se tut.

*Dis quelque chose. Tu es censée dire quelque chose.*

— Je… heu… (Je m'éclaircis la voix.) Ces derniers jours ont été un sacré changement.

Il y eut quelques rires polis. *Tu peux y arriver.* À peine eus-je pensé cela que l'univers me le fit payer. Une échauffourée éclata derrière moi entre Drake et les policiers. Je vis les appareils photo se détourner de moi, puis les objectifs se focaliser sur le portail.

*Raconte-leur un truc. Qui les oblige à t'écouter.*

— Je sais pourquoi Tobias Hawthorne a modifié son testament, déclarai-je d'une voix forte.

La réaction à cette annonce fut électrique. Il y avait une raison pour laquelle cette histoire était celle de la décennie, une chose que tout le monde avait envie de savoir.

— Je sais pourquoi il m'a choisie, continuai-je en attirant de nouveau tous les regards. Je suis la seule à le savoir. La seule à connaître la vérité. (J'exploitai ce mensonge au maximum.) Et si vous publiez un mot à propos de ce sale petit cafard qui est là derrière moi, un seul mot, je vous promets de faire tout ce qui est en mon pouvoir pour que vous ne découvriez jamais le fin mot de l'histoire.

# 44

Ce ne fut qu'en sécurité à l'intérieur de la maison Hawthorne que je saisis l'énormité de ce que je venais de faire. *Je viens de raconter aux médias que j'ai toutes les réponses qu'ils veulent.* C'était la première fois que je m'adressais à eux, la première fois que j'apparaissais devant les caméras, et j'avais menti comme une arracheuse de dents.

Oren avait raison. Alisa allait me tuer.

Je retrouvai Libby dans la cuisine, entourée de cupcakes. Il y en avait littéralement des centaines. Elle était déjà une pâtissière coupable à la maison, mais l'accès à une cuisine de taille industrielle équipée de triples fourneaux lui avait fait perdre tout sens de la mesure.

— Libby ? dis-je en m'approchant prudemment.

— Quel parfum pour la prochaine fournée, à ton avis ? me demanda-t-elle. Red velvet ou chocolat ?

Elle tenait une poche à douille entre les mains. Quelques mèches bleues s'étaient échappées de sa queue-de-cheval et lui tombaient devant les yeux. Elle refusait de me regarder.

— Ça fait des heures qu'elle est là-dessus, m'apprit Nash, qui se tenait adossé au réfrigérateur en acier inoxydable, les pouces crochetés dans les pattes de ceinture de son jean délavé. Son téléphone n'arrête pas de biper.

— Ne parle pas de moi comme si je n'étais pas là, lui reprocha Libby en lui jetant un regard noir.

— Oui, m'dame, répondit Nash avec un lent sourire.

Je me demandai depuis combien de temps il lui tenait compagnie… et *pourquoi* il lui tenait compagnie.

— Drake est parti, annonçai-je à Libby, espérant que Nash prendrait cela comme une indication que nous n'avions plus besoin de lui. Je m'en suis occupée.

— C'est moi qui suis censée veiller sur toi, murmura Libby en repoussant ses cheveux en arrière. Arrête de me fixer comme ça, Avery. Je ne suis pas en sucre.

— Bien sûr que non, ma jolie, confirma Nash toujours adossé au frigo.

— Oh, toi… grogna Libby avec une lueur d'agacement dans les yeux. Boucle-la.

Je n'avais encore jamais entendu Libby dire de la boucler à qui que ce soit, mais au moins, elle ne semblait plus fragile, ou blessée, ni sur le point de répondre aux textos de Drake. Je repensai à Alisa disant que Nash souffrait du complexe du sauveur.

— Je la boucle, fit Nash avant de prendre un cupcake et de mordre dedans comme s'il s'agissait d'une pomme. En ce qui me concerne, je vote pour red velvet.

Libby se tourna vers moi.

— Alors ce sera chocolat.

# 45

Ce soir-là, quand Alisa m'appela pour me sermonner sur le thème du comment-voulez-vous-que-je-fasse-mon-travail-si-vous-me-coupez-l'herbe-sous-le-pied, elle ne me laissa pas placer un mot. Après m'avoir lancé un bonsoir cinglant qui sonnait comme une promesse d'autres représailles à venir, elle raccrocha, et je m'installai devant mon ordinateur.

— Voyons un peu les dégâts, dis-je à voix haute.

Je constatai rapidement que ma petite sortie devant les journalistes faisait les gros titres de tous les sites d'infos.

*Le secret de l'héritière Hawthorne.*

*Que cache exactement Avery Grambs ?*

Je me reconnaissais à peine sur les photos prises par les paparazzis. La fille que j'avais sous les yeux était jolie, en proie à une fureur vengeresse. Elle semblait aussi arrogante et dangereuse qu'une Hawthorne.

J'avais du mal à concevoir que c'était moi.

Je m'attendais à recevoir un texto de Max, exigeant de savoir ce qui se passait, mais lorsque je finis par lui envoyer un message, je n'obtins même pas de réponse. J'allais refermer mon ordinateur, quand je me rappelai une chose que j'avais dite à Max : j'ignorais ce qui était arrivé à Emily, parce que c'était un prénom tellement commun que je n'avais pas pu effectuer de recherches.

Sauf qu'à présent je connaissais son nom de famille.

— Emily Laughlin, murmurai-je.

J'entrai son nom dans la barre de recherche, puis ajoutai *Heights Country Day* afin de réduire le champ des résultats. Mon doigt hésita un moment au-dessus de la dernière touche. Puis je pris mon courage à deux mains.

Et j'appuyai sur Entrée.

Je tombai sur une notice nécrologique, et rien de plus. Pas d'articles de presse. Pas de titres racoleurs suggérant qu'une jeune fille de la région avait trouvé la mort dans des circonstances douteuses. Aucune mention de Grayson ou de Jameson Hawthorne.

La notice était illustrée par une photo. Emily y apparaissait souriante et, cette fois, j'eus le temps de m'imprégner de tous les détails qui m'avaient échappé auparavant. Elle avait les cheveux longs, légèrement dégradés. Ils rebiquaient un peu aux pointes mais, pour le reste, ils étaient lisses et soyeux. Ses yeux étaient trop grands pour son visage. La forme de sa lèvre supérieure lui faisait une bouche en cœur. Elle avait des taches de rousseur.

*Boum. Boum. Boum.*

Ce bruit me fit dresser la tête, et je refermai vivement mon ordinateur. Je n'avais aucune envie qu'on découvre le sujet de mes recherches.

*Boum.* Cette fois, je reconnus le bruit. J'allumai ma lampe de chevet, sautai hors de mon lit et m'avançai jusqu'à la cheminée. J'étais sûre de savoir qui se trouvait derrière.

— Tu ne passes jamais par la porte ? lançai-je à Jameson après avoir actionné le chandelier pour lui ouvrir le passage.

Ce dernier haussa les sourcils et pencha la tête sur le côté.

— Tu *voudrais* me voir passer par la porte ?

J'eus l'impression que ce qu'il me demandait, au fond, c'était si je tenais vraiment à le voir faire comme tout le monde. Je me souvins de notre virée à bord de l'Aston Martin, du mur d'escalade et de sa main qui m'avait rattrapée au dernier moment.

— J'ai vu ta conférence de presse.

Il avait de nouveau cette expression caractéristique, comme si nous étions en train de jouer aux échecs et qu'il venait de jouer un coup conçu comme un défi.

— Ce n'était pas vraiment une conférence de presse. Plutôt une très mauvaise idée, répliquai-je sèchement.

— Je ne sais pas si je te l'ai déjà dit, murmura Jameson en me dévisageant intensément, mais je suis incapable de résister à une mauvaise idée.

Je voyais à présent cette visite nocturne pour ce qu'elle était. Jameson Hawthorne se trouvait dans ma chambre, au beau milieu de la nuit. J'étais en pyjama et son corps se penchait vers le mien.

Tout cela n'avait rien de fortuit.

« Tu n'es pas une joueuse, petite. Tu es la ballerine de verre… ou le couteau. »

— Que viens-tu faire ici, Jameson ?

Mon corps voulait aller à la rencontre du sien. Mon cerveau lui criait de reculer.

— Tu as menti aux journalistes, répondit Jameson. (Il ne détourna pas le regard. Il ne cillait pas, et moi non plus.) Cette histoire que tu leur as servie… c'était un mensonge, pas vrai ?

— Évidemment.

Si j'avais su pourquoi Tobias Hawthorne m'avait légué toute sa fortune, je n'aurais pas eu besoin de faire équipe avec Jameson pour le découvrir.

Je n'aurais pas eu le souffle coupé devant cette carte à la fondation.

— Ce n'est pas toujours facile d'être sûr, avec toi, se défendit Jameson. Tu n'es pas exactement ce qu'on pourrait appeler un livre ouvert.

Son regard se posa sur mes lèvres. Son visage était tout près du mien.

« Ne donnez jamais votre cœur à un Hawthorne. »

— Ne me touche pas, tentai-je de le prévenir.

Mais alors même que je reculais, je ressentis un frisson, le même que celui qui m'avait parcourue quand j'avais frôlé Grayson à la fondation.

Une sensation aussi déplacée vis-à-vis de l'un que de l'autre.

— Notre petite sortie d'hier soir m'a bien servi, me confia Jameson. Me vider la tête m'a permis d'examiner cette énigme d'un œil neuf. Demande-moi ce que j'ai compris à propos de nos deuxièmes prénoms.

— Pas la peine, rétorquai-je. Je l'ai compris toute seule. Blackwood, Westbrook, Davenport, Winchester… ce ne sont pas simplement des noms. Ce sont aussi des endroits, au moins les deux premiers. Le Bois-Noir. Le Ruisseau de l'ouest. (Je tâchai de me focaliser sur l'énigme et non sur l'éclairage tamisé de ma chambre et le fait que nous étions trop proches l'un de l'autre.) Je ne sais pas encore pour les deux autres, mais…

— Mais, acheva Jameson avec un sourire carnassier, tu comptes bien le découvrir. (Il approcha ses lèvres de mon oreille.) Nous le découvrirons ensemble, Héritière.

*Il n'y a pas de* nous. *Pas vraiment. Je ne suis qu'un outil dont tu as l'intention de te servir pour parvenir à tes fins.* J'en étais persuadée. Sincèrement. Et pourtant, je ne pus m'empêcher de proposer :

— Ça te dirait de sortir marcher un peu ?

# 46

Il ne s'agissait pas simplement de marcher, et nous le savions tous les deux.

— Le Bois-Noir est immense. On n'y trouvera rien, à moins de savoir ce qu'on cherche. (Jameson aligna sa foulée, lente et régulière, sur la mienne.) Ce sera plus facile avec le ruisseau. Il coule sur toute la longueur de la propriété, mais connaissant mon grand-père, ce n'est pas dans l'eau qu'il faut chercher. Plutôt sur le pont, ou dessous.

— Quel pont ? demandai-je.

J'aperçus un mouvement, du coin de l'œil. *Oren.* Il restait caché dans l'ombre, mais il était là.

— Le pont, répondit Jameson, où mon grand-père a demandé à ma grand-mère de l'épouser. C'est tout près du Wayback Cottage. À l'époque, mon grand-père ne possédait que ça. À mesure que son empire s'est agrandi, il a racheté les terres environnantes. Ensuite, il a bâti sa maison, mais il a toujours conservé le cottage.

— Et aujourd'hui, ce sont les Laughlin qui y vivent, dis-je en me représentant le cottage sur la carte. Les grands-parents d'Emily.

Je me sentais coupable de prononcer son nom, mais cela ne m'empêcha pas de guetter sa réaction.

*Étais-tu amoureux d'elle ? Comment est-elle morte ? Pourquoi Théa blâme-t-elle ta famille ?*

Jameson tiqua.

— Xander m'a dit que tu avais eu une petite discussion avec Rebecca, finit-il par dire.

— Personne ne lui parle, au lycée, murmurai-je.

— Petite correction, répliqua Jameson. C'est elle qui ne parle à personne. Plus depuis des mois. (Il demeura silencieux un moment, pendant lequel nous n'entendîmes que le bruit de nos pas.) Rebecca a toujours été la plus timide des deux. La plus responsable. Celle qui avait la confiance de ses parents.

— Et pas Emily, avançai-je.

— Emily… (La voix de Jameson changea un peu au moment de prononcer son nom.) Elle voulait juste s'amuser. Elle avait un problème cardiaque, congénital. Ses parents la surprotégeaient. Ils ne la laissaient jamais rien faire quand elle était petite. Elle a eu une transplantation à treize ans, et après ça, elle ne pensait plus qu'à *vivre.*

Pas à survivre. Pas uniquement à s'en sortir. Vivre. Je la revoyais rire face à l'objectif, libre, pétillante et un peu circonspecte, comme si elle avait su au moment de se faire prendre en photo que nous la regarderions plus tard.

— Tu l'avais emmenée en voiture, elle aussi ? demandai-je.

Si j'avais pu ravaler cette question, je l'aurais fait aussitôt, mais elle resta suspendue entre nous.

— Emily et moi, on a *tout* fait, répondit Jameson, comme si ces mots lui écorchaient la bouche. On était pareils, elle et moi. Enfin, je croyais.

Je repensai à Grayson me disant que Jameson était toujours en quête de sensations. Douleur. Peur. Joie. Laquelle lui inspirait Emily ?

— Que lui est-il arrivé ? demandai-je. Est-ce qu'elle habitait au cottage ?

Ma recherche sur Internet ne m'avait pas fourni la moindre réponse. Théa semblait tenir les Hawthorne pour responsables, comme si c'était d'avoir passé trop de temps à la maison Hawthorne qui l'avait tuée.

Jameson ignora ma deuxième question et répondit à la première.

— Ce qui lui est arrivé… c'est Grayson.

J'avais su, à l'instant où j'avais prononcé le nom d'Emily en présence de Grayson, qu'elle avait beaucoup compté pour lui. Mais Jameson m'avait clairement laissé entendre que c'était lui qui avait eu une histoire avec elle. « Emily et moi, on a *tout* fait. »

— Comment ça, Grayson ? Qu'est-ce que tu veux dire ?

Je jetai un coup d'œil par-dessus mon épaule mais ne vis pas Oren.

— Je te propose un petit jeu, dit Jameson d'un air maussade, allongeant un peu le pas au moment d'attaquer une colline. Je te dis une vérité sur ma vie, et deux mensonges. À toi de démêler le vrai du faux.

— Ce n'est pas censé être deux vérités et un mensonge ? protestai-je.

Même si je n'étais pas une grande habituée des soirées entre amis, je n'avais quand même pas grandi dans une grotte.

— Ce n'est pas drôle de jouer selon les mêmes règles que tout le monde, rétorqua Jameson.

Il me dévisageait comme s'il attendait de moi que je comprenne.

Que je le comprenne.

— Fait numéro un, commença-t-il, je savais ce qu'il y avait dans le testament de mon grand-père bien avant que tu débarques ici. Fait numéro deux, c'est moi qui ai envoyé Grayson te chercher.

Nous atteignîmes le sommet de la colline, et j'aperçus un bâtiment au loin. Un cottage, avec un petit pont entre lui et nous.

— Fait numéro trois, acheva Jameson, qui resta figé comme une statue pendant une seconde. J'ai vu Emily Laughlin mourir sous mes yeux.

# 47

Je ne voulus pas jouer au jeu de Jameson. Je n'essayai pas de deviner laquelle de ses trois affirmations était vraie, mais on ne pouvait se méprendre sur la manière dont sa gorge s'était serrée au moment de prononcer ces derniers mots.

« J'ai vu Emily Laughlin mourir sous mes yeux. »

Cela ne me disait pas ce qui lui était arrivé. Ni le rôle que Grayson avait pu jouer dans sa mort.

— Et si nous nous intéressions au pont, maintenant, Héritière ? suggéra Jameson.

Il n'insista pas pour me faire deviner. Peut-être n'y tenait-il pas vraiment lui-même.

Je me focalisai sur le paysage que nous avions devant nous. L'endroit était magnifique. Il n'y avait pas suffisamment d'arbres pour masquer le clair de lune. Je pouvais parfaitement distinguer le pont qui enjambait le ruisseau, à défaut de voir l'eau qui coulait par-dessous. C'était un pont en bois, avec une balustrade à l'ancienne.

— C'est ton grand-père qui l'a construit ?

Je n'avais jamais rencontré Tobias Hawthorne, mais je commençais à avoir l'impression de le connaître. Je le retrouvais partout : dans son énigme, dans sa maison, chez les garçons.

— Je ne sais pas. (Jameson m'adressa un vrai sourire de chat du Cheshire. Ses dents luisaient sous la lune.) Mais si nous avons bien interprété son indice, je parie qu'il a caché quelque chose dedans.

Jameson était très doué pour faire comme si : comme si je ne l'avais pas questionné au sujet d'Emily, comme s'il ne venait pas de me dire qu'elle était morte devant lui. Comme si ce qui se passait après minuit resterait dans le noir.

Il arpenta le pont d'une extrémité à l'autre. J'en fis de même derrière lui. L'ouvrage était vieux et grinçait un peu, mais paraissait solide comme un roc. Quand Jameson parvint au bout, il fit demi-tour et revint vers moi, touchant délicatement du doigt les deux rambarbes de chaque côté de lui.

— As-tu la moindre idée de ce qu'on cherche ? lui demandai-je.

— Je le saurai quand je le verrai.

Il aurait aussi bien pu me répondre : « Quand je le verrai, je te le ferai savoir. » Il m'avait dit qu'Emily et lui étaient les mêmes, et je ne pouvais m'empêcher de penser qu'il ne l'aurait pas laissée être une spectatrice passive. Il ne l'aurait pas traitée comme une simple pièce dans le jeu, qu'il s'agissait juste de brandir au bon moment.

*En attendant je suis là*, pensai-je. *Je ne suis pas une potiche. Je joue, moi aussi.*

Je sortis mon téléphone et allumai la lampe de poche. Je parcourus le pont en intégralité, éclairant la balustrade à la recherche de rainures, d'une inscription, ou n'importe quoi d'autre. Je comptais les têtes de clous qu'on voyait dépasser du bois, mesurant la distance qui les séparait.

Quand j'en eus terminé avec la rambarde, je m'accroupis pour examiner les poteaux. Jameson en fit de même de l'autre côté. J'avais presque l'impression que nous étions en train de danser, de nous livrer à un drôle de ballet de minuit, tous les deux.

— Je le saurai quand je le verrai, répéta Jameson, comme un mantra, ou une promesse.

— Sauf si je le vois en premier, dis-je en dressant la tête.

Jameson me dévisagea.

— Parfois, Héritière, il faut savoir regarder les choses sous un autre angle.

Il bondit sur la rambarde et se tint perché dessus, en équilibre. Je ne voyais pas l'eau en contrebas, mais je l'entendais couler. Pour le reste, la nuit était silencieuse, jusqu'à ce que Jameson commence à marcher.

J'eus de nouveau la sensation de le voir jouer les funambules sur le balcon.

*Ce pont n'est pas si haut. Et ce ruisseau ne doit pas être très profond.* Je me relevai et braquai ma lampe de poche sur lui. Le pont grinça doucement sous mon poids.

— Il faut jeter un coup d'œil dessous, dit Jameson.

Il descendit de l'autre côté de la rambarde et se laissa pendre dans le vide au bord du pont.

— Tiens-moi, me demanda-t-il, mais avant que je puisse déterminer par où le saisir ou ce qu'il avait l'intention de faire, il changea d'avis. Non, je suis trop lourd. Tu me lâcherais. (Il repassa illico par-dessus la rambarde.) C'est moi qui vais te tenir.

***

Il y avait un certain nombre de choses importantes que je n'avais jamais trouvé le temps de faire depuis la mort de ma mère. Mon premier rencard. Mon premier baiser.

Ma première fois. Mais cette première-ci – pendouiller au bord d'un pont, retenue par un garçon qui venait de m'avouer avoir vu sa petite amie mourir sous ses yeux – ne figurait pas sur ma liste des choses à faire.

*Si elle était avec toi, pourquoi dis-tu que c'était la faute de Grayson ?*

— Ne laisse pas tomber ton téléphone, me prévint Jameson. Moi, je ne te laisserai pas tomber.

Il me tenait par les hanches. J'étais allongée à plat ventre, les jambes passées entre les balustres, le torse dans le vide. S'il me lâchait, j'allais me retrouver en difficulté.

« Le jeu du pendu », aurait dit ma mère.

Jameson se pencha légèrement en arrière pour faire contrepoids. *Je sens ses genoux contre les miens. Il a ses mains sur moi.* Je n'avais jamais été aussi consciente de mon propre corps, de ma peau, qu'en cet instant.

*Ne t'occupe pas de ce que tu ressens. Contente-toi de regarder.* Je braquai ma lampe de poche sous le tablier du pont. Jameson tint bon.

— Tu vois quelque chose ?

— Des ombres, répondis-je. Un peu de mousse.

Je me tortillai pour me pencher plus loin. Le sang affluait à ma tête.

— Les planches du dessous ne sont pas celles qu'on voit au-dessus, notai-je. Il y a au moins deux épaisseurs de bois.

Je comptai les planches. *Vingt et une.* Je pris encore quelques secondes pour examiner leur point de jonction avec la berge, avant de lancer :

— Il n'y a rien là-dessous, Jameson. Remonte-moi.

***

On dénombrait vingt et une planches sous le pont, et d'après ce que je venais de vérifier, vingt et une également sur le dessus. Cela correspondait. Il ne manquait rien. Jameson marchait de long en large mais, pour ma part, je préférais rester tranquille.

Ou du moins, j'aurais préféré rester tranquille si je ne l'avais pas regardé tourner en rond. Il avait une manière particulière de bouger, avec une énergie incroyable, une grâce innée.

— Il est tard, dis-je en détournant les yeux.

— Pas beaucoup plus que quand on est sortis, rétorqua Jameson. Si tu avais dû te changer en citrouille ce serait déjà fait, Cendrillon.

Allait-il me donner un nouveau surnom tous les jours ? Je préférais ne pas trop réfléchir à cela ; je n'aurais pas su comment l'interpréter de toute manière.

— Il y a cours demain, lui rappelai-je.

Jameson atteignit le bout du pont, fit demi-tour et revint vers moi.

— Peut-être bien. Ou peut-être pas. Dans la vie, on peut suivre les règles, ou inventer les siennes. Personnellement, je sais ce que je préfère, Héritière.

*Ce qu'Emily préférait*, ne pus-je m'empêcher de penser. Je tâchai de me concentrer sur notre problème immédiat, sur l'énigme que nous avions sur les bras. Le pont grinçait sous le poids de Jameson. Je fis le vide dans ma tête. Et le pont grinça de nouveau.

— Attends, dis-je en penchant la tête sur le côté. Arrête. (Curieusement, il obéit sans discuter.) Recule un peu. Lentement.

J'attendis, l'oreille aux aguets… et j'entendis de nouveau ce grincement.

— C'est toujours la même planche, comprit Jameson, parvenu à la même conclusion que moi. À chaque fois !

Il s'accroupit pour mieux voir. Je m'agenouillai, moi aussi. La planche en question ne paraissait pas différente des autres. Je passai les doigts dessus et sentis quelque chose, sans savoir quoi exactement.

À côté de moi, Jameson faisait de même. Sa main frôla la mienne. Je m'efforçai de rester impassible. Je m'attendais à ce qu'il s'écarte, mais au lieu de cela, ses doigts se glissèrent entre les miens. Nos deux mains se retrouvèrent entrelacées sur la planche.

Il pressa vers le bas.

Moi aussi.

La planche grinça. J'appuyai dessus de tout mon poids, et Jameson se mit à déplacer nos mains, lentement, d'un côté à l'autre de la planche.

— Elle bouge, dis-je en levant les yeux sur lui. Un tout petit peu.

— Un tout petit peu, ça ne suffit pas. (Il retira doucement ses doigts, légers et chauds au toucher.) Il faut chercher un loquet, un truc qui l'empêche de pivoter complètement.

Nous finîmes par trouver des petits nœuds dans le bois, aux endroits où la planche rejoignait les balustres. Jameson s'occupa de celui de gauche et moi de celui de droite. Nous appuyâmes dessus simultanément. Il y eut un déclic. Quand nous revînmes au centre du pont, la planche n'offrait plus aucune résistance. Nous la fîmes pivoter entièrement de manière à ce que sa face inférieure se retrouve sur le dessus.

Je braquai ma lampe de poche sur le bois. Jameson fit la même chose de son côté. Il y avait une inscription dans le bois.

— Le symbole de l'infini, dit Jameson en le suivant du bout du pouce.

Je penchai la tête sur le côté pour l'observer sous un autre angle.

— Ou un huit.

# 48

Le matin arriva beaucoup trop vite. Je parvins néanmoins à m'extirper du lit et à m'habiller. J'hésitai brièvement à me passer de brossage de cheveux et de maquillage, et puis je me souvins de ce que m'avait dit Xander à propos de l'histoire qu'on raconterait pour moi si je ne voulais pas m'en charger moi-même.

Après mon petit numéro de la veille devant les journalistes, je ne pouvais pas me permettre de montrer la moindre faiblesse.

J'apportais la touche finale à ce que j'appelais secrètement mon visage de guerre quand on frappa à la porte. J'allai ouvrir et vis la jeune femme qu'Alisa m'avait présentée comme « une des petites protégées de Nash ». Elle m'apportait mon petit déjeuner sur un plateau. Mme Laughlin ne m'avait plus fait monter mon petit déjeuner dans ma chambre depuis mon premier jour dans la maison.

Je me demandai ce que j'avais pu faire pour mériter celui-là.

— Le personnel nettoie la maison de fond en comble tous les mardis, m'informa la jeune femme après avoir déposé son plateau. Si cela vous convient, je vais commencer par votre salle de bains.

— Donnez-moi juste une seconde pour ramasser ma serviette, dis-je.

Elle me regarda comme si je lui avais annoncé mon intention de me livrer à une séance de yoga toute nue devant elle.

— Vous n'avez qu'à la laisser par terre. Elle va partir au sale de toute manière.

Cela me mit mal à l'aise.

— Je m'appelle Avery, ajoutai-je pour me présenter, même si, bien sûr, elle le savait déjà. Et vous ?

— Mellie.

Elle ne m'en dit pas plus.

— Merci, Mellie. Merci pour tout.

Elle me dévisagea sans réagir et poursuivit son travail.

Je repensai au fait que Tobias Hawthorne avait toujours laissé entrer le moins de monde possible chez lui. Et pourtant, le personnel au complet venait faire le ménage tous les mardis. Cela n'aurait pas dû me surprendre. J'aurais plutôt dû m'étonner que le grand ménage n'ait pas lieu tous les jours. Néanmoins…

Je traversai le couloir jusqu'à la chambre de Libby. J'étais certaine qu'elle trouverait cela aussi surréaliste et gênant que moi. Je frappai doucement, au cas où elle dormirait encore, et la porte s'entrouvrit vers l'intérieur, juste assez pour me laisser voir un fauteuil et un canapé, ainsi que l'homme qui les occupait tous les deux.

Vautré dans le fauteuil, Nash Hawthorne avait ses longues jambes croisées devant lui sur le canapé. Il avait toujours ses bottes aux pieds, ainsi qu'un chapeau de cow-boy sur le visage. Et il dormait à poings fermés.

Dans la chambre de ma sœur.

Nash Hawthorne avait passé la nuit dans la chambre de ma sœur.

Je fis un petit bruit involontaire et reculai d'un pas. Nash remua, puis m'aperçut. Son chapeau à la main, il se leva de son fauteuil pour me rejoindre dans le couloir.

— Qu'est-ce que tu fabriquais dans la chambre de Libby ? lui demandai-je.

Il n'avait pas dormi dans son lit, mais quand même ! Pourquoi diable l'aîné des frères Hawthorne se retrouvait-il à monter la garde auprès de ma sœur ?

— Elle traverse des moments difficiles en ce moment, m'expliqua-t-il.

Comme si je n'étais pas au courant. Comme si ce n'était pas moi qui avais géré le cas Drake la veille encore.

— Libby n'est pas l'une de tes petites protégées, lui dis-je.

Je n'avais aucune idée du temps qu'ils avaient pu passer ensemble ces derniers jours. Dans la cuisine, elle avait donné l'impression de le trouver agaçant. *Libby n'est pas du genre à s'agacer. C'est un vrai rayon de soleil gothique.*

— Une de mes petites protégées ? répéta Nash en plissant les paupières. Que t'a raconté Lee-Lee, exactement ?

Le petit surnom qu'il n'arrêtait pas de donner à mon avocate me rappela une fois de plus qu'ils avaient été fiancés. *C'est l'ex d'Alisa. Il a « sauvé » je ne sais combien de jeunes filles parmi les membres du personnel. Et il a passé la nuit dans la chambre de ma sœur.*

Je ne voyais aucun moyen que cela se termine bien. Mais avant que je puisse le lui dire, Mellie sortit de ma chambre. Elle avait dû nous entendre. Et reconnaître la voix de Nash.

— Bonjour, lui lança-t-il.

— Bonjour, répondit-elle avec un grand sourire.

Puis elle me regarda, jeta un coup d'œil vers la chambre de Libby, nota la porte ouverte, et son sourire s'effaça d'un coup.

# 49

Oren m'attendait à la voiture avec une tasse de café. Il ne dit pas un mot de ma petite escapade avec Jameson la nuit précédente, et je ne lui demandai pas ce qu'il avait vu ou non. Au moment de m'ouvrir la portière, il me glissa à l'oreille :

— Ne dites pas que je ne vous avais pas prévenue.

Je n'avais aucune idée de ce qu'il entendait par là jusqu'à ce que je remarque Alisa assise sur le siège passager.

— Vous avez l'air plus calme ce matin, observa-t-elle.

J'interprétai *plus calme* comme *modérément moins énervée et par conséquent moins susceptible de faire un scandale auprès des tabloïds.* Je me demandai comment elle aurait décrit la scène à laquelle j'avais assisté dans la chambre de Libby.

*Ça craint.*

— J'espère que vous n'aviez pas de projets pour ce week-end, Avery, me prévint Alisa pendant qu'Oren enclenchait la marche avant. Ni pour le week-end suivant.

Ni Jameson ni Xander ne nous avaient rejoints, ce qui voulait dire que je n'avais absolument aucun paravent, et de toute évidence Alisa était très, très fâchée.

*Mon avocate ne peut quand même pas me priver de sorties, si ?* pensai-je.

— J'escomptais vous tenir éloignée des feux de la rampe encore un moment, continua-t-elle d'un air pincé, mais puisque vous en avez décidé autrement, vous assisterez à un gala de charité samedi soir et à un match dimanche prochain.

— Un match ? répétai-je.

— De NFL, répondit-elle sèchement. L'équipe vous appartient. Mon espoir, c'est qu'avec ce genre d'événements publics nous fournirons suffisamment de grain à moudre au moulin à rumeurs pour repousser votre première interview le temps de vous faire suivre une sérieuse formation aux médias.

J'étais encore sous le choc d'apprendre que je possédais une équipe de NFL quand les mots « formation aux médias » me nouèrent la gorge.

— Je suis vraiment obligée de... ?

— Oui, me coupa Alisa. Oui pour le gala de ce week-end, oui pour le match du week-end prochain, oui pour la formation aux médias.

J'encaissai sans me plaindre. Quand j'avais allumé ce contre-feu – pour protéger Libby –, je savais très bien que tôt ou tard je devrais en payer le prix.

***

Mon arrivée au lycée me valut tellement de regards en coin que je me demandai si je n'avais pas rêvé mes deux premiers jours à Country Day. C'était le genre d'accueil auquel je m'attendais le premier jour. Comme alors, Théa fut la première à venir me parler.

— Tu as encore fait des tiennes, me dit-elle, sur un ton

qui suggérait que j'avais commis un acte à la fois répréhensible et délicieux.

Inexplicablement, je repensai à Jameson et à ce moment, sur le pont, où ses doigts s'étaient glissés entre les miens.

— Tu sais vraiment pourquoi Tobias Hawthorne t'a tout laissé ? me demanda Théa, l'œil pétillant. Tout le lycée ne parle que de ça.

— Le lycée peut bien parler de ce qu'il veut.

— Tu ne m'aimes pas beaucoup, observa Théa. Ça ne fait rien. Je suis une perfectionniste bisexuelle hyper compétitive qui aime gagner et qui a un look d'enfer. J'ai l'habitude qu'on me déteste.

Je levai les yeux au plafond.

— Je ne te déteste pas, lui dis-je.

Je ne la connaissais pas encore suffisamment pour ça.

— Tant mieux, répliqua Théa avec un petit sourire satisfait, parce que nous allons passer encore plus de temps ensemble. Mes parents doivent s'absenter un moment. Ils ont l'air de penser qu'on ne peut pas me laisser toute seule, alors je vais devoir habiter chez mon oncle, et j'ai cru comprendre que Zara et lui ont emménagé à la maison Hawthorne. J'imagine qu'ils ne sont pas tout à fait prêts à céder la demeure familiale à une étrangère.

Zara s'était montrée gentille, ou du moins *plus gentille*. Mais j'ignorais qu'elle s'était installée à demeure. Il faut dire que la maison Hawthorne était si vaste qu'une équipe de basket au complet aurait pu y loger sans que j'en sache rien.

D'ailleurs, il était tout à fait possible que je possède *aussi* une équipe de basket.

— Pourquoi veux-tu venir habiter à la maison Hawthorne ? m'étonnai-je.

C'était quand même elle qui m'avait mise en garde contre cette maison et ses occupants.

— Contrairement à la croyance populaire, je ne fais pas toujours ce que je veux, rétorqua Théa en rejetant ses cheveux bruns derrière son épaule. Et puis, Emily était ma meilleure amie. Après tout ce qui s'est passé l'année dernière, en ce qui concerne le charme des frères Hawthorne, je suis immunisée.

# 50

Quand je parvins finalement à joindre Max, elle n'était pas d'humeur à bavarder. Je sentais bien que quelque chose n'allait pas, seulement j'ignorais quoi. Elle ne lâcha pas un seul faux juron en apprenant que Théa comptait débarquer à la maison, et elle coupa court à la conversation sans faire le moindre commentaire sur le physique des frères Hawthorne. Quand je lui demandai si tout allait bien, elle me dit qu'elle devait raccrocher.

Xander, à l'inverse, se montra tout à fait disposé à discuter.

— Si Théa vient ici, me confia-t-il l'après-midi, en baissant la voix comme si les murs de la maison Hawthorne avaient des oreilles, c'est qu'elle a une idée derrière la tête.

— *Elle*, c'est-à-dire Théa ? demandai-je en fronçant les sourcils. Ou ta tante ?

Zara m'avait jetée entre les pattes de Grayson à la fondation, et voilà qu'elle ramenait Théa à la maison. Je sentais bien qu'elle manigançait un truc, même si je ne voyais pas très bien quoi.

— Tu as raison, répondit Xander. Je doute sérieusement que Théa ait *choisi* de passer plus de temps auprès de notre famille. Je crois qu'elle préférerait largement voir des vautours me dévorer les entrailles.

— Vraiment ? (Il m'avait semblé que le problème de Théa avec la famille Hawthorne était plutôt centré sur Emily – et par conséquent, sur Jameson et Grayson.) Pourquoi ça ?

— Ah ! fit Xander avec un soupir, c'est une histoire dramatique. Faite d'amours contrariées, de faux rendez-vous, de tragédie, de pénitence… et peut-être bien agrémentée de quelques vautours.

Je repensai à la discussion que nous avions eue à propos de Rebecca Laughlin. Il avait murmuré presque la même chose.

Xander ne me laissa pas ruminer longtemps. Il m'entraîna plutôt vers ce qu'il prétendit être sa quatrième pièce préférée de toute la maison.

— Si tu veux te mesurer à Théa, me dit-il, tu as intérêt à être préparée.

— Je n'ai pas l'intention de me mesurer à qui que ce soit, affirmai-je fermement.

— C'est adorable que tu aies l'air de le croire.

Il s'arrêta à l'intersection de deux couloirs. Il déploya toute sa hauteur (son mètre quatre-vingt-dix) pour toucher une moulure du plafond. Il dut actionner une sorte de mécanisme caché, car l'instant d'après il tirait la moulure pour dévoiler un renfoncement derrière. Il plongea la main à l'intérieur, et une portion du mur pivota vers nous comme une porte.

*Décidément, je ne m'y ferai jamais.*

— Bienvenue dans… mon antre ! annonça Xander avec enthousiasme.

Je passai dans son « antre » et découvris une… invention ? Une machine étrange en tout cas, avec des dizaines de rouages, de poulies et de chaînes, une série de rampes connectées les unes aux autres, plusieurs seaux, deux tapis roulants, un lance-pierre, une cage à oiseaux, quatre roues dentées et au moins quatre ballons.

— C'est un marteau-pilon ? demandai-je, sourcils froncés, en m'approchant pour mieux voir.

— Ça, c'est une machine de Rube Goldberg, déclara fièrement Xander. Il se trouve que je suis triple champion du monde en construction de machines capables d'effectuer des tâches simples d'une manière excessivement complexe. (Il me tendit une bille.) Mets ça dans cette roue dentée.

Je m'exécutai. La roue dentée pivota, l'un des ballons se gonfla, faisant basculer l'un des seaux…

Tout en observant les différents mécanismes s'enclencher les uns après les autres, je jetai un regard en coin au benjamin des frères Hawthorne.

— Quel est le rapport avec l'installation de Théa ?

Il m'avait prévenue que j'aurais besoin d'être préparée, puis m'avait amenée ici. S'agissait-il d'une sorte de métaphore ? Un moyen de me prévenir que les agissements de Zara pouvaient paraître compliqués même quand son but était simple ? Une mise en garde contre les méthodes de Théa ?

Il m'observa du coin de l'œil et me sourit.

— Qui a dit que ça avait le moindre rapport avec Théa ?

# 51

Ce soir-là, pour faire honneur à la présence de Théa, Mme Laughlin prépara un rôti de bœuf qui fondait dans la bouche. Avec une délicieuse purée de pommes de terre parfumée à l'ail. Des asperges grillées, des brocolis, et trois sortes de crème brûlée.

Je ne pus m'empêcher de remarquer que Mme Laughlin sortait le grand jeu pour Théa, alors qu'elle ne l'avait pas fait pour moi.

Tâchant de refouler ma vexation, je m'assis avec les autres convives dans la salle à manger, qu'on aurait sans doute appelée plus justement la salle de banquet. La table imposante était dressée pour onze. Je détaillai un à un les participants de ce petit dîner familial : les quatre frères Hawthorne, Skye, Zara et Constantine, plus Théa, Libby, Mamie, et moi.

— Théa, demanda Zara d'une voix un peu trop suave, comment se déroule votre saison de hockey ?

— Pour l'instant, nous sommes encore invaincues. (Théa se tourna vers moi.) As-tu décidé quel sport tu voulais faire, Avery ?

Je résistai – tout juste – à l'envie de ricaner.

— Je ne fais pas de sport.

— Tout le monde pratique un sport à Country Day, m'informa Xander, avant d'engloutir une bouchée de bœuf. (Il ferma les yeux de ravissement.) C'est obligatoire, ce n'est pas un produit de l'imagination délicieusement vindicative de Théa.

— Xander… le prévint Nash.

— J'ai dit *délicieusement* vindicative, se défendit Xander.

— Si j'étais un garçon, rétorqua Théa avec un sourire étincelant, on dirait simplement que je suis déterminée.

— Théa, dit Constantine en fronçant les sourcils.

— Pardon, fit Théa, qui se tamponna les lèvres avec sa serviette. Pas de féminisme pendant les repas.

Cette fois, je ne pus me retenir de pouffer. *Un point pour Théa.*

— Un toast, proposa Skye, d'une voix suffisamment pâteuse pour qu'on devine clairement qu'elle avait pris de l'avance.

— Skye, ma chérie, intervint Mamie d'une voix ferme, tu ne crois pas que tu as déjà assez bu ?

— Un toast, insista Skye, le verre levé bien haut. À Avery !

Pour une fois, elle avait prononcé mon nom correctement. J'attendis le retour de bâton, mais Skye n'ajouta rien. Zara leva son verre. Un à un, les autres les imitèrent.

Toutes les personnes présentes avaient probablement reçu le message : contester le testament ne servirait à rien. J'étais peut-être leur ennemie, mais c'était moi qui détenais l'argent.

*Est-ce pour ça que Zara a fait venir Théa ? Pour se rapprocher de moi ? Est-ce pour ça qu'elle m'a laissée seule avec Grayson à la fondation ?*

— À toi, Héritière, murmura Jameson assis à ma gauche.

Je me tournai vers lui. Je ne l'avais pas revu depuis la nuit précédente. J'étais à peu près sûre qu'il avait séché les cours. Je me demandai s'il avait passé toute la nuit dans le Bois-Noir, à la recherche d'un autre indice. *Sans moi.*

— À Emily, ajouta soudain Théa, le verre toujours levé, les yeux sur Jameson. Qu'elle repose en paix.

Jameson reposa son verre. Il repoussa brusquement sa chaise en arrière. Un peu plus loin, je vis la main de Grayson se crisper sur le pied de son verre. Ses phalanges avaient blanchi.

— *Théadora !* siffla Constantine.

Théa but une petite gorgée avant d'afficher une expression de parfaite innocence.

— Quoi ?

***

J'avais très envie de rattraper Jameson, mais j'attendis tout de même plusieurs minutes avant de m'excuser. Comme si personne n'allait deviner pourquoi je me levais de table.

Dans le vestibule, j'actionnai les panneaux muraux selon la séquence adéquate afin d'ouvrir la porte de la penderie. J'aurais besoin de mon manteau si je voulais retourner dans le Bois-Noir. J'étais sûre que c'était là que Jameson était parti.

J'avais la main sur le cintre quand une voix s'éleva derrière moi.

— Je ne vous demanderai pas ce que Jameson a derrière la tête. Ni ce que vous avez l'intention de faire.

Je me retournai face à Grayson.

— Tu ne me le demanderas pas, rétorquai-je en détaillant sa mâchoire volontaire et ses yeux gris perçants, parce que tu le sais déjà.

— Je vous ai vus la nuit dernière. Sur le pont, déclara-t-il sèchement. Ce matin, je suis allé consulter le testament rouge.

— C'est encore moi qui ai le bout de film, lui rappelai-je, tâchant de passer sur le fait qu'il nous avait vus sur le pont, son frère et moi, et que cela ne semblait pas le ravir.

Grayson haussa les épaules.

— Ce n'est pas bien difficile de se procurer un morceau d'acétate rouge.

S'il avait lu le testament rouge, il savait désormais que leurs deuxièmes prénoms étaient des indices. Je me demandai s'il avait pensé immédiatement à leurs pères. Et s'il l'avait pris aussi mal que Jameson.

— Tu étais là la nuit dernière, dis-je en écho à ce qu'il venait de me dire. Près du pont.

Qu'avait-il vu exactement ? Que savait-il ?

Qu'avait-il pensé en voyant nos deux mains se toucher ?

— Westbrook, Davenport, Winchester, Blackwood, dit Grayson en s'approchant de moi. Ce sont des noms de famille, mais aussi des noms de lieux. J'ai trouvé l'indice sur le pont après votre départ.

Il nous avait suivis. Il avait trouvé la même chose que nous.

— Qu'est-ce que tu veux, Grayson ?

— Si vous étiez maligne, me prévint-il d'une voix douce, vous resteriez à bonne distance de Jameson. Du jeu. (Il baissa les yeux.) De moi.

Une émotion passa brièvement sur son visage, mais il la masqua avant que je puisse l'identifier précisément.

— Théa a raison, conclut-il, avant de se détourner de moi – de *s'éloigner* de moi. Cette famille… nous détruisons tout ce que nous touchons.

# 52

J'avais plus ou moins repéré le chemin du Bois-Noir sur le plan. Je retrouvai Jameson à l'orée de la forêt, parfaitement immobile, comme s'il ne *pouvait plus* bouger. Tout à coup, il rompit cette immobilité pour se mettre à cogner contre un arbre voisin. Ses poings détachaient des fragments d'écorce.

*Il a suffi que Théa mentionne Emily*, pensai-je. *Et voilà dans quel état ça le met.*

— Jameson ?

Je l'avais presque rejoint. Il dressa brusquement la tête vers moi, et je m'arrêtai, avec la sensation soudaine que je n'aurais pas dû être là, que je n'avais aucun droit d'épier l'un des frères Hawthorne en proie à une telle souffrance.

Il ne me restait plus qu'à faire semblant que cela n'avait pas tant d'importance.

— Tu t'es cassé beaucoup de phalanges, ces derniers temps ? lui lançai-je d'un ton léger.

Le jeu du « tout ça ne compte pas ».

Jameson s'y prêta de bonne grâce. Il me montra ses mains, et fit jouer ses doigts devant moi.

— Tu vois ? Toujours intacts.

Je me détournai de lui pour jeter un coup d'œil sur les environs. Les arbres autour de nous étaient si denses que, s'ils n'avaient pas perdu leurs feuilles, le soleil n'aurait jamais pu atteindre le sol entre les troncs.

— Que cherchons-nous ? demandai-je.

Peut-être qu'il ne me considérait pas comme une partenaire à part entière dans cette chasse. Peut-être n'y avait-il pas de *nous*. Mais il répondit malgré tout.

— Je n'en sais pas plus que toi, Héritière.

Des branches nues, squelettiques et tortueuses, s'étendaient au-dessus de nous.

— Tu n'as pas séché le lycée pour rien, lui fis-je observer. Tu dois bien avoir une petite idée.

Il sourit, comme s'il ne sentait pas le sang affluer dans ses mains.

— Quatre deuxièmes prénoms. Quatre endroits. Quatre indices, probablement gravés quelque part. Des symboles, si celui qu'on a trouvé sur le pont est bien le symbole de l'infini ; ou des chiffres, s'il s'agit d'un huit.

Je me demandai à quelle activité il avait pu se livrer entre la nuit dernière et maintenant pour s'éclaircir les idées. *L'escalade ? Quelques tours de circuit ? Du saut à l'élastique ?*

*Ou simplement se glisser dans les murs.*

— Sais-tu combien d'arbres peuvent pousser sur deux hectares, Héritière ? me demanda Jameson avec désinvolture. Deux cents, dans une forêt en bonne santé.

— Et dans le Bois-Noir ? demandai-je en faisant un pas vers lui, puis un deuxième.

— Au moins le double.

C'était comme dans la bibliothèque. Comme avec les clés. Il y avait sûrement une solution toute simple, un truc qui nous échappait.

Jameson se pencha, ramassa un rouleau de scotch fluorescent et me le mit dans la main. Nos doigts se frôlèrent.

— Tiens. Pour marquer au fur et à mesure les arbres qu'on vérifie.

Je me concentrai sur ses paroles, et non sur la sensation de sa peau contre la mienne. J'y réussis presque.

— Il y a forcément un moyen plus rapide, dis-je en retournant le rouleau entre mes mains.

Nos regards se croisèrent. Jameson m'adressa un sourire impudent.

— Tu as des suggestions, Fille Mystère ?

***

Deux jours plus tard, Jameson et moi étions toujours en train de marquer les arbres avec nos bouts de scotch, et nous n'avions toujours rien trouvé. Je le voyais devenir de plus en plus déterminé. Jameson Winchester Hawthorne continuerait jusqu'à ce qu'il se heurte à un mur de briques. Je ne savais pas ce qu'il ferait pour le traverser à ce moment-là mais, de temps à autre, je le surprenais en train de me fixer comme s'il avait une idée derrière la tête.

Il me regardait comme ça en cet instant.

— Nous ne sommes pas les seuls à chercher le prochain indice, déclara-t-il alors que le soir tombait. J'ai vu Grayson avec une carte de la forêt.

— Théa ne me lâche pas d'une semelle, dis-je en déchirant un bout de scotch, hyper consciente du silence qui nous entourait. Les seuls moments où j'arrive à m'en débarrasser, c'est quand elle voit une occasion de chercher des poux dans la tête à Xander.

Jameson me contourna en me frôlant pour aller marquer l'arbre derrière moi.

— C'est une rancunière, et sa rupture avec Xander s'est plutôt mal passée.

— Parce qu'ils sont sortis ensemble ? (Je le dépassais à mon tour pour examiner l'arbre suivant, laissant traîner mes doigts sur l'écorce.) C'est pratiquement votre cousine.

— Constantine est le deuxième mari de Zara. Leur mariage est récent, et Xander adore exploiter ce genre de failles.

Rien n'était jamais simple avec les frères Hawthorne, y compris ce que Jameson et moi étions en train de faire. Nous avions progressé au cœur de la forêt, où les arbres étaient un peu plus espacés. J'apercevais même une clairière plus loin, le seul endroit dans tout le Bois-Noir où l'herbe parvenait à pousser.

Dos à Jameson, je m'approchai d'un nouvel arbre et commençai à palper l'écorce. Presque aussitôt, je sentis quelque chose sous mes doigts.

— Jameson.

Il ne faisait pas encore complètement noir, mais la forêt était déjà si sombre que je ne parvenais pas à distinguer clairement ma découverte, jusqu'à ce que Jameson arrive pour m'éclairer avec sa lampe. Des lettres étaient gravées dans le tronc.

TOBIAS HAWTHORNE II

Contrairement au premier symbole que nous avions trouvé, ces lettres n'avaient rien de régulier. Elles avaient été sculptées d'une main malhabile, peut-être une main d'enfant.

— Ce double I à la fin est un chiffre romain, dit Jameson, exalté. Tobias Hawthorne, deuxième du nom.

*Toby*, pensai-je, et au même instant j'entendis un craquement terrible, suivi d'un écho assourdissant, et le monde explosa. Des fragments d'écorce volèrent. J'eus un mouvement de recul.

— Couche-toi ! cria Jameson.

Je l'entendais à peine. Mon cerveau ne parvenait plus à traiter les informations qu'il recevait.

*Je saigne. J'ai mal.*

Jameson m'empoigna par la taille et me plaqua au sol. Le temps que je reprenne mes esprits, il était allongé sur moi et une deuxième détonation claquait.

*Un coup de feu. On nous tire dessus.*

Une vive douleur me vrillait la poitrine.

*Je suis touchée.*

J'entendis des pas précipités entre les arbres, puis Oren nous cria :

— Restez couchés !

L'arme au poing, mon garde du corps s'interposa entre le tireur et nous. Une éternité s'écoula. Oren s'élança dans la direction des coups de feu, mais je savais, avec une certitude que j'aurais été incapable d'expliquer, que le tireur était déjà parti.

— Ça va, Avery ? cria Oren en revenant. Jameson, elle n'a rien ?

— Elle saigne, répondit Jameson.

Il s'était redressé et m'examinait avec inquiétude.

J'avais mal au niveau du torse, juste sous la clavicule, à l'endroit où j'avais été touchée.

— Ton visage... murmura Jameson en me touchant la joue.

À l'instant où ses doigts frôlèrent ma peau, tous les nerfs de mon visage se mirent à grésiller. Aïe !

— Je... j'ai pris deux balles ? demandai-je, hébétée.

Oren repoussa Jameson pour m'examiner d'une main experte.

— Votre agresseur ne vous a même pas touchée, déclara-t-il. Vous avez juste reçu des éclats de bois. (Il palpa les contours de la plaie sous ma clavicule.) L'autre entaille n'est qu'une égratignure, mais celle-ci est profonde. Nous allons laisser le morceau d'écorce dedans en attendant de pouvoir vous recoudre.

J'avais des bourdonnements dans les oreilles.

— Me recoudre.

— Vous avez eu de la chance, déclara Oren en se relevant pour inspecter l'arbre derrière moi. Quelques centimètres un peu plus à droite et c'est une balle qu'il aurait fallu vous retirer.

Il s'avança vers un autre arbre un peu plus loin, sortit un couteau d'un étui à sa ceinture et le planta dans le tronc.

Il me fallut un moment pour comprendre qu'il était en train d'extirper une balle.

— Le tireur est déjà loin maintenant, annonça-t-il en enveloppant le projectile dans une espèce de mouchoir. Mais ceci nous permettra peut-être de remonter jusqu'à lui.

*Ceci,* c'était la balle. Quelqu'un venait de nous tirer dessus. De *me* tirer dessus. Mon cerveau recommençait enfin à fonctionner. *Ce n'était pas Jameson qu'on visait.*

— Que s'est-il passé ? demanda Jameson.

Pour une fois, il ne donnait pas l'impression de jouer. On aurait dit que son cœur battait aussi fort et aussi furieusement que le mien.

— Ce qui s'est passé, répondit Oren qui scrutait les sous-bois, c'est que quelqu'un vous a vus dans ces bois, a décidé que vous faisiez une belle cible, et a ouvert le feu sur vous. Deux fois.

# 53

*On m'a tiré dessus.* Je me sentais… « Engourdie » n'était pas le mot juste. J'avais la bouche trop sèche. Mon cœur battait trop vite. J'avais mal, mais mes sensations me parvenaient atténuées.

*Sous le choc.*

— Il me faut une équipe dans le cadran nord-est, aboya Oren dans son téléphone. Il y a un tireur. Il s'est enfui à tous les coups, mais fouillez quand même la forêt au cas où. Et apportez une trousse de secours.

Je tâchai de suivre ce qu'il disait, mais j'étais incapable de me concentrer sur quoi que ce soit, même pas sur ma blessure. Oren raccrocha, puis tourna son attention sur Jameson et moi.

— Suivez-moi. Nous allons rester à couvert jusqu'à l'arrivée des renforts.

Il nous entraîna vers la partie sud de la forêt, où les arbres étaient plus denses.

Les renforts en question ne mirent pas longtemps à se manifester. Ils arrivèrent en quads : deux hommes, deux véhicules. Dès qu'ils furent là, Oren leur indiqua où nous nous étions fait tirer dessus et d'où les tirs étaient partis.

Les hommes ne dirent pas un mot. Ils se contentèrent de sortir leurs armes. Oren monta dans le quad à quatre places et nous fit signe de grimper derrière.

— Vous retournez à la maison ? demanda l'un des hommes.

Oren croisa le regard de son subordonné.

— Non. Au cottage.

***

À mi-chemin du Wayback Cottage, mon cerveau se remit à fonctionner normalement. J'avais mal à la poitrine. On m'avait donné une compresse à mettre sur la plaie, mais Oren ne s'en était pas encore occupé. Sa priorité consistait à nous conduire en lieu sûr.

*Il nous ramène au Wayback Cottage. Pas à la maison Hawthorne.*

Même si le cottage était plus proche, je ne parvenais pas à me défaire de l'impression que ce qu'Oren avait voulu dire à ses hommes, c'était qu'il se méfiait des habitants de la maison.

Balayée l'assurance avec laquelle il m'avait affirmé – à plusieurs reprises – que je ne risquais rien. Que la famille Hawthorne ne représentait pas une menace. Que la propriété entière, y compris le Bois-Noir, était sécurisée. Que personne ne pouvait franchir le portail sans se soumettre à une batterie de vérifications.

*Il ne pense pas que le tireur venait de l'extérieur.*

Alors que les conséquences de tout cela s'imposaient à moi, je passai mentalement en revue la liste des suspects. Ils n'étaient pas nombreux : *les Hawthorne… et le personnel.*

***

Nous replier sur Wayback Cottage me paraissait risqué. Je n'avais pas eu beaucoup d'échanges avec les Laughlin, mais ils ne m'avaient pas donné l'impression de se réjouir de ma présence. Quelle loyauté éprouvaient-ils exactement envers la famille Hawthorne ? Je repensai à Alisa m'expliquant que les petites protégées de Nash seraient prêtes à mourir pour lui.

*Seraient-elles prêtes à tuer, aussi ?*

Mme Laughlin était chez elle quand nous arrivâmes au cottage.

*Ça ne peut pas être la tireuse*, me dis-je. *Elle n'aurait pas eu le temps de rentrer. Si ?*

Elle nous jeta un bref coup d'œil, à Oren, Jameson et moi, et nous fit entrer aussitôt. À la voir, on aurait dit que ce n'était pas la première fois qu'on lui amenait une personne blessée sur la table de sa cuisine. Je ne savais pas trop si sa sérénité aurait dû me rassurer, ou éveiller mes soupçons.

— Je vais faire du thé, annonça-t-elle.

Le cœur battant, je me demandai s'il était bien prudent de boire quoi que ce soit qu'elle me donnerait.

— Ça vous va si je joue les toubibs ? demanda Oren en m'avançant une chaise. Sinon, Alisa doit pouvoir faire venir un chirurgien esthétique.

Rien de tout cela ne m'allait. Tout le monde autour de moi semblait tellement convaincu que je ne me ferais pas trucider à coups de hache que j'avais baissé ma garde. J'avais écarté l'idée qu'on se faisait tuer partout dans le monde pour beaucoup moins que la somme dont j'avais hérité. J'avais laissé les quatre frères Hawthorne ébranler mes défenses.

*Ce n'était pas Xander.* Malgré tous mes efforts pour me calmer, je continuai de frissonner. *Jameson était avec moi. Nash a clairement indiqué que l'argent ne l'intéressait pas. Et Grayson…*

*Non. Il ne ferait jamais cela.*

— Avery ? insista Oren, avec une pointe d'inquiétude.

Je tâchai de ne pas m'emballer davantage. Je me sentais mal, au bord de la nausée. *Arrête de paniquer.* J'avais un morceau de bois dans la chair. J'aurais préféré ne *pas* avoir de morceau de bois dans la chair. *Reprends-toi un peu.*

— Faites ce qu'il faut pour que ça ne saigne plus, dis-je à Oren d'une voix qui ne tremblait presque pas.

Il me fit mal en retirant le fragment d'écorce. Et encore plus en désinfectant la plaie. Il y avait un anesthésiant local dans la trousse de secours, mais aucun produit n'aurait pu effacer la sensation de l'aiguille quand il entreprit de me recoudre.

*Concentre-toi là-dessus. Accepte la douleur.*

Au bout d'un moment, je détournai les yeux d'Oren pour m'intéresser plutôt à Mme Laughlin. Avant de me tendre mon thé, elle y versa une bonne rasade de whisky.

— Terminé, déclara Oren, m'indiquant la tasse. Buvez donc.

Il m'avait conduite ici parce qu'il faisait plus confiance aux Laughlin qu'aux Hawthorne. Il m'indiquait que je pouvais boire sans danger. Mais il m'avait promis beaucoup de choses.

*On m'a tiré dessus. Quelqu'un a essayé de me tuer. J'ai failli mourir.*

Mes mains tremblaient. Oren les prit dans les siennes. Il approcha ma tasse de ses propres lèvres, et but une gorgée.

*Tout va bien. C'est pour me montrer que c'est sans danger.*

Ne sachant pas si je réussirais à maîtriser mes tremblements, je me forçai à boire. Le thé était très chaud. Le whisky était fort.

Les deux me brûlèrent le gosier.

Mme Laughlin m'adressa un regard presque maternel, avant de se tourner vers Oren d'un air sévère.

— M. Laughlin voudra savoir ce qui s'est passé, déclara-t-elle, comme si elle-même se moquait bien de savoir pourquoi je saignais sur la table de sa cuisine. Et il faudrait nettoyer le visage de cette pauvre petite.

Elle me dévisagea avec compassion, puis fit claquer sa langue.

Jusqu'à présent, j'étais une étrangère. Et voilà qu'elle me couvait désormais comme une mère poule. Il suffisait de quelques balles.

— Où est votre mari ? voulut savoir Oren.

Il avait demandé cela tranquillement, sur le ton de la conversation, mais derrière sa question j'entendais plusieurs implications.

*Il n'est pas ici. Est-ce un bon tireur ? Serait-il capable de… ?*

Comme en réponse à l'appel de son nom, M. Laughlin passa la porte et la tira bruyamment derrière lui. Il y avait de la terre sur ses bottes.

*De la terre de la forêt ?*

— Il est arrivé quelque chose, annonça calmement Mme Laughlin à son mari.

M. Laughlin se tourna vers Oren, puis Jameson, puis moi – dans cet ordre, le même dans lequel sa femme nous avait dévisagés à notre arrivée – avant de se verser un verre de whisky.

— Le protocole de sécurité ? demanda-t-il à Oren d'une voix bourrue.

Oren confirma d'un hochement de tête.

— Il est en place.

Notre hôte se tourna vers sa femme.

— Où est Rebecca ? demanda-t-il.

Jameson dressa la tête de sa tasse de thé.

— Parce qu'elle est ici ?

— C'est une brave petite, bougonna M. Laughlin. Elle vient souvent rendre visite à ses grands-parents.

*Alors où est-elle passée ?* pensai-je.

Mme Laughlin posa sa main sur mon épaule.

— Il y a une salle de bains de ce côté, ma chérie, me dit-elle doucement, si vous avez envie de vous nettoyer.

# 54

La porte que m'avait indiquée Mme Laughlin ne débouchait pas directement sur une salle de bains. Elle donnait sur une chambre à coucher qui contenait deux lits jumeaux et pratiquement rien d'autre. Les murs étaient peints en mauve, les couvre-lits étaient à carreaux lavande et violets.

La porte de la salle de bains était légèrement entrebâillée.

Je la poussai, si douloureusement consciente de mon environnement que j'aurais pu entendre une épingle tomber à un kilomètre. *Il n'y a personne ici. Ça ne craint rien. Je vais bien.*

Une fois dans la salle de bains, je vérifiai derrière le rideau de douche. *Personne ici non plus*, me dis-je. *Tout va bien.* Je réussis à sortir mon téléphone de ma poche et appelai Max. J'avais besoin de lui parler. Je ne me sentais pas en état d'affronter ça toute seule. Je tombai sur son répondeur.

Je rappelai six fois, sans qu'elle décroche.

Peut-être ne le pouvait-elle pas. *Peut-être n'en a-t-elle pas envie.* Cette idée me choqua presque autant que lorsque je me regardai dans le miroir et découvris mon visage barbouillé de sang et de terre. Je restai abasourdie.

J'entendais encore l'écho des coups de feu.

*Arrête.* J'avais besoin de me laver les mains, le visage, la joue. *Fais couler l'eau*, me dis-je rudement. *Attrape le gant.* Je voulus me forcer à bouger.

J'en étais incapable.

Des mains passèrent devant moi pour ouvrir le robinet. J'aurais dû sursauter. J'aurais dû paniquer. Pourtant, mon corps se détendit et vint s'appuyer contre la personne derrière moi.

— C'est bon, Héritière, murmura Jameson. Je suis là.

Je ne l'avais pas entendu arriver. Je n'aurais pas su dire combien de temps j'étais restée là, tétanisée.

Jameson attrapa un gant rose pâle et le passa sous l'eau.

— Je vais bien, dis-je, autant pour moi que pour lui.

Jameson approcha le gant mouillé de mon visage.

— Tu fais vraiment une très mauvaise menteuse.

Il m'essuya doucement la joue, autour de la plaie. Je retins mon souffle. Quand il rinça le gant, un mélange de sang et de terre colora le fond du lavabo. Puis il recommença.

Encore.

Et encore.

Après m'avoir nettoyé le visage, il prit mes mains dans les siennes et les maintint sous l'eau en les frottant avec douceur. Ma peau réagit à son contact. Pour la première fois, je n'avais pas envie de m'écarter. Il se montrait tellement attentionné. Il ne donnait pas l'impression que ce n'était qu'un jeu pour lui… que tout cela n'était qu'un jeu.

Il reprit le gant pour me nettoyer le cou, l'épaule et la clavicule. L'eau était chaude. Je me laissai aller entre ses mains. *C'est une mauvaise idée.* Je le savais, je l'avais toujours su, et pourtant je me focalisai entièrement sur la sensation de ses mains, sur la caresse du gant.

— Je vais bien, dis-je encore une fois, parvenant presque à m'en convaincre.

— Je vois ça.

Je fermai les yeux. Il s'était trouvé avec moi dans la forêt. Je sentais encore son corps couché sur le mien. Pour me protéger. J'avais besoin de ça. J'avais besoin de… *chaleur.*

Je rouvris les yeux et le fixai intensément. Je le dévorai du regard. Je repensai à notre petite sortie à trois cents à l'heure, au mur d'escalade, à la première fois où je l'avais vu, perché sur ce balcon. Était-ce si mal de rechercher les sensations fortes ? De vouloir ressentir autre chose que de l'angoisse ?

« Ça nous arrive à tous de commettre une erreur de temps en temps, Héritière. »

Une digue céda à l'intérieur de moi, et je repoussai Jameson contre le mur de la salle de bains. *J'ai besoin de ça.* Ses yeux verts plongèrent dans les miens. *Et lui aussi.*

— Oui ? lui demandai-je d'une voix rauque.

— Oui, Héritière.

Mes lèvres se posèrent sur les siennes. Il me rendit mon baiser, d'abord avec douceur, puis fougueusement. C'était peut-être le contrecoup du choc, mais quand j'enfonçai mes mains dans ses cheveux, quand il saisit ma queue-de-cheval pour lever mon visage vers lui, je vis défiler mille versions différentes de lui dans ma tête. *En équilibre sur le balcon. Torse nu et baigné de lumière dans le solarium. Avec un sourire. Avec une moue moqueuse. En train de me prendre la main sur le pont. Couché sur moi dans le Bois-Noir pour me protéger. En train de me laver le cou…*

Notre baiser me brûlait. Jameson n'était plus délicat ou attentionné comme lorsqu'il essuyait le sang et la terre sur mon visage. Mais je n'avais pas besoin de délicatesse ou d'attention. Il était *exactement* ce dont j'avais besoin.

Et peut-être correspondais-je à ce dont il avait besoin, lui aussi. Peut-être que ce n'était pas une si mauvaise idée, au fond. Peut-être que ça valait les complications inévitables qui nous attendaient.

Il se détacha de moi, ses lèvres à deux centimètres des miennes.

— J'ai toujours su que tu étais spéciale.

Je percevais son haleine sur moi. Je ressentais chacune de ses paroles. Je ne m'étais jamais considérée comme quelqu'un de spécial. J'étais restée invisible pendant si longtemps. *Je faisais partie du décor.* Même après avoir fait les gros titres dans le monde entier, je n'avais jamais vraiment eu l'impression qu'on faisait attention à moi. La vraie moi.

— On touche au but, tu sais ? murmura Jameson. Je le sens. (Il y avait une telle énergie dans sa voix, qu'on aurait dit le grésillement d'un tube au néon.) Quelqu'un tenait vraiment à nous empêcher d'examiner cet arbre.

*Quoi ?*

Il voulut m'embrasser de nouveau, mais je détournai la tête, la gorge nouée. J'avais cru… Je ne savais pas exactement ce que j'avais cru. *Qu'en me disant que j'étais spéciale, il ne pensait pas à l'argent, ni à l'énigme.*

— Tu crois qu'on nous a tiré dessus à cause d'un arbre ? dis-je en butant sur les mots. Et pas à cause de la fortune dont j'ai hérité, et sur laquelle ta famille aimerait bien remettre la main ? Pas à cause des milliards de raisons que les Hawthorne ont de me détester ?

— Ne pense pas à ça, me recommanda Jameson en prenant mon visage entre ses mains. Pense au nom de Toby gravé sur l'arbre. Et au symbole de l'infini gravé sur le pont. Et si l'énigme était là pour nous faire comprendre que mon oncle est toujours en vie ?

Était-ce à *ça* qu'il pensait pendant qu'on nous tirait dessus ? Ou dans la cuisine, pendant qu'Oren me recousait ? Ou à l'instant, quand j'avais posé mes lèvres sur les siennes ? Parce que s'il ne parvenait à penser à rien d'autre qu'à cette énigme…

« Tu n'es pas une joueuse, petite. Tu es la ballerine de verre… ou le couteau. »

— Non mais tu t'entends ? protestai-je.

J'avais la poitrine serrée, plus encore que dans la forêt, au milieu des coups de feu. La réaction de Jameson n'aurait pourtant pas dû m'étonner, alors pourquoi cela faisait-il si mal ?

— Oren vient de me retirer un éclat de bois de la poitrine, grondai-je, et si les choses s'étaient passées un tout petit peu différemment, ç'aurait pu être une balle.

Je laissai à Jameson une seconde pour répondre… une seule. *Rien.* Je poursuivis :

— Sais-tu où ira l'argent si je meurs alors que le testament est encore en probation ?

Alisa m'avait dit qu'il ne reviendrait pas à la famille Hawthorne, mais étaient-ils bien tous au courant ? Savaient-ils que l'argent irait à des œuvres de charité ?

— Qu'arrivera-t-il si le tireur réussit à me faire peur, et que je m'enfuie avant qu'un an se soit écoulé ? insistai-je. Tout n'est pas un jeu, Jameson.

Je vis une lueur passer dans ses yeux. Il les ferma brièvement, puis les rouvrit et se pencha sur moi, approchant ses lèvres douloureusement près des miennes.

— C'est là que tu te trompes, Héritière. S'il y a bien une chose qu'Emily m'a apprise, c'est que tout est un jeu dans la vie. Même ça. *Surtout* ça.

# 55

Jameson s'en alla, et je ne cherchai pas à le suivre. « Théa a raison », murmura la voix de Grayson dans un coin de ma tête. « Cette famille… nous détruisons tout ce que nous touchons. » Je refoulai mes larmes. On m'avait tiré dessus. J'étais blessée, on venait de m'embrasser, mais je n'étais pas détruite. Loin de là.

— Je suis plus forte que ça, dis-je à voix haute en me tournant face à mon reflet dans le miroir.

Si j'avais le choix entre la peur, la douleur et la colère, je savais bien ce que je prendrais.

J'essayai d'appeler Max une dernière fois, puis finis par lui envoyer un texto : *Quelqu'un a essayé de me tuer, et j'ai embrassé Jameson Hawthorne.*

Si cela ne la décidait pas à répondre, rien ne le ferait.

Je repassai dans la chambre. Même si je m'étais un peu calmée, je restais attentive aux menaces, et j'en vis une : Rebecca Laughlin, sur le pas de la porte. Son visage était encore plus pâle que d'habitude, encadré par ses cheveux rouge sang. Elle paraissait sous le choc.

*Parce qu'elle nous a entendus, Jameson et moi ? Ou parce que ses grands-parents lui ont parlé du tireur ?* Difficile à dire.

Elle portait des grosses chaussures de marche boueuses et un pantalon cargo. En la voyant, je ne pus m'empêcher de penser que si sa sœur avait été moitié aussi jolie, il n'y avait rien d'étonnant à ce que Jameson puisse me regarder tout en continuant à penser au petit jeu de son grand-père.

« Tout est un jeu dans la vie. Même ça. *Surtout* ça. »

— Ma grand-mère m'envoie vérifier comment tu te sens, m'expliqua Rebecca d'une voix hésitante.

— Ça va, répondis-je.

Je le pensais presque. Il *fallait* que ça aille.

— Elle m'a dit qu'on t'avait tiré dessus ?

Rebecca resta sur le seuil, comme si elle avait peur de s'approcher.

— On m'a ratée, précisai-je.

— Tant mieux, se réjouit Rebecca. Qu'on t'ait ratée, je veux dire. Quitte à se faire tirer dessus, hein… ?

Son regard fila en direction des lits jumeaux, des couvre-lits à carreaux.

— Emily t'aurait dit de raconter simplement qu'on t'avait tiré dessus. (Elle semblait s'exprimer avec plus d'assurance quand elle pouvait parler au nom de sa sœur.) Il y a eu des coups de feu, tu as été blessée… Elle t'aurait dit que tu aurais bien le droit d'en rajouter un peu.

J'avais surtout le droit de considérer tout le monde comme suspect. De laisser l'adrénaline occulter mon jugement. Et pour une fois, d'exiger quelques réponses.

— C'était votre chambre, à Emily et à toi ? demandai-je.

Cela paraissait évident maintenant, quand je regardais les lits jumeaux. *C'était là qu'elles dormaient quand elles venaient rendre visite à leurs grands-parents.* J'ajoutai :

— Le mauve, c'était sa couleur préférée ou bien la tienne ?

— La sienne, répondit Rebecca en haussant les épaules. Elle me disait que c'était la mienne aussi.

Sur la photo où je les avais vues toutes les deux, Emily était au centre, tournée en plein vers l'objectif ; Rebecca se tenait en retrait et regardait ailleurs.

— Il faut que je te prévienne, me dit-elle en fuyant mon regard.

Elle s'avança vers l'un des lits.

— De quoi ? demandai-je.

Dans un coin de ma tête, je repensai à la boue sur ses chaussures et au fait qu'elle se trouvait à proximité, mais pas en compagnie de ses grands-parents, quand on m'avait tiré dessus.

*Pas besoin d'avoir l'air menaçante pour constituer une menace.*

Mais ce n'était pas des coups de feu qu'elle voulait me parler.

— Je suis censée dire que ma sœur était adorable, commença-t-elle. Et c'était le cas, quand elle voulait bien s'en donner la peine. Son sourire était contagieux. Son rire encore plus, et quand elle affirmait qu'une idée était bonne, tout le monde l'approuvait. Elle se montrait gentille avec moi, la plupart du temps. (Rebecca leva les yeux vers moi.) Mais beaucoup moins avec les garçons.

Les garçons, au pluriel.

— Comment ça ?

J'aurais sans doute mieux fait de me préoccuper de mon agression, mais je me rappelai aussi la manière dont Jameson avait évoqué le nom d'Emily juste avant de s'en aller.

— Em n'aimait pas devoir choisir, m'expliqua Rebecca en sélectionnant soigneusement ses mots. Elle voulait tout avoir. Et la seule fois où j'ai voulu quelque chose pour moi… (Elle secoua la tête.) Mon rôle consistait à la rendre heureuse.

C'est ce que me répétaient nos parents quand nous étions petites, qu'Emily était malade, et pas moi, si bien que je devais faire tout ce que je pouvais pour la rendre heureuse.

— Et les garçons… ? l'encourageai-je.

— Ils la rendaient heureuse.

Je compris ce qu'elle me racontait à demi-mot.

« Em n'aimait pas devoir choisir. »

— Elle sortait avec les deux à la fois ? dis-je, incrédule. Est-ce qu'ils étaient au courant ?

— Au début, non, murmura Rebecca, comme si elle avait peur que sa sœur puisse nous entendre.

— Que s'est-il passé quand Grayson et Jameson ont fini par s'en apercevoir ?

— On voit bien que tu ne la connaissais pas, répondit Rebecca. Elle n'avait pas envie de choisir, et aucun d'eux n'avait envie de la quitter. Elle en a fait une sorte de compétition. De jeu.

*Et puis elle est morte.*

— Comment est-elle morte ? demandai-je, parce que je n'aurais peut-être jamais plus une opportunité pareille ; ni avec Rebecca, ni avec les garçons.

Rebecca me regardait sans me voir. J'avais l'impression qu'elle n'était plus avec moi.

— Grayson m'a dit que son cœur avait lâché, murmura-t-elle.

*Grayson.* Après cela, je ne pensai plus à rien. Ce fut seulement après le départ de Rebecca que je m'aperçus qu'elle ne m'avait pas dit de quoi elle voulait me prévenir.

# 56

Il s'écoula encore trois heures avant qu'Oren et son équipe m'autorisent à rentrer à la maison Hawthorne. Il me raccompagna lui-même en voiture, avec deux de ses hommes.

Oren fut le premier à briser le silence.

— Grâce aux caméras de surveillance de la maison, mon équipe a pu suivre et vérifier les déplacements et les alibis de tous les membres de la famille Hawthorne, ainsi que ceux de Mlle Théa Calligaris.

*Ils ont tous un alibi. Grayson a un alibi.*

Je ressentis d'abord du soulagement, puis ma gorge se noua.

— Et Constantine ? demandai-je.

En théorie, ce n'était pas un Hawthorne.

— Aussi, répondit Oren. Il n'a pas manipulé personnellement d'arme à feu.

*Pas personnellement.*

— Mais il aurait pu engager quelqu'un pour le faire ? déchiffrai-je en lisant entre les lignes.

*Comme chacun d'eux*, réalisai-je.

J'entendais encore Grayson m'affirmer qu'il y aurait toujours des gens prêts à faire des pieds et des mains pour leur rendre service.

— Je connais un expert médico-légal, m'apprit Oren d'une voix égale. Il travaille avec un hacker tout aussi compétent. Ils vont éplucher les finances et les téléphones portables de toute la famille. Pendant ce temps-là, mes gars se chargeront d'enquêter sur le personnel.

Ma gorge se serra. Je n'avais pas rencontré le quart des membres du personnel. Je ne savais même pas combien ils étaient en tout, et encore moins qui aurait pu avoir l'occasion – ou la motivation – d'essayer de me tuer.

— Tout le personnel ? demandai-je à Oren. Y compris les Laughlin ?

Ils s'étaient montrés aux petits soins quand j'étais revenue de la salle de bains, mais dans l'immédiat je ne pouvais pas me permettre de me fier à mon instinct – ni à celui d'Oren.

— Ils sont hors de cause, m'assura Oren. M. Laughlin était à la maison lorsque les coups de feu ont été tirés, et les bandes de surveillance confirment que Mme Laughlin se trouvait au cottage.

— Et Rebecca ? insistai-je.

Elle avait quitté le cottage juste après m'avoir parlé.

Je vis bien qu'Oren avait envie de me répondre qu'elle ne représentait pas une menace, mais il s'abstint.

— Nous ne négligerons aucune piste, me promit-il. Ce que je peux vous dire, en tout cas, c'est que les deux filles Laughlin n'ont jamais appris à tirer. Mme Laughlin interdisait à son mari d'avoir une arme au cottage quand elles étaient présentes.

— Qui d'autre était là aujourd'hui ? demandai-je.

— La personne chargée d'entretenir la piscine, un technicien du son venu pour une intervention dans le théâtre, un masseur et une femme de ménage.

Je mémorisai cette liste, avant de froncer les sourcils.

— Quelle femme de ménage ?

— Melissa Vincent.

Le nom ne me dit rien tout d'abord, puis j'eus le déclic.

— Mellie ?

Oren plissa les paupières.

— Vous la connaissez ?

Je repensai à sa réaction quand elle avait vu Nash devant la chambre de Libby.

— Y a-t-il quelque chose que je devrais savoir ? insista Oren, et ce n'était pas vraiment une question.

Je lui expliquai ce qu'Alisa m'avait raconté au sujet de Mellie et de Nash, ce que j'avais vu dans la chambre de Libby, et ce que Mellie avait vu. Puis nous arrivâmes à la maison Hawthorne, Alisa était sur le perron.

— C'est la seule personne que j'ai autorisée à rentrer, me dit Oren. Et franchement, c'est la seule que je compte laisser venir pendant un bon bout de temps.

J'aurais sans doute dû trouver cela rassurant.

— Comment va-t-elle ? demanda Alisa à Oren dès que nous fûmes sortis de la voiture.

— Elle est furax, répondis-je moi-même avant qu'Oren ne puisse le faire pour moi. Ses plaies lui font un mal de chien, et elle est un petit peu terrifiée. (À les voir là, devant moi, une digue se rompit de nouveau en moi et un flot d'accusations jaillit de ma bouche.) Vous m'aviez garanti tous les deux que je ne risquais rien ! Que je ne courais aucun danger. Vous vous êtes pratiquement moqués de moi quand j'ai parlé de me faire assassiner.

— Techniquement, vous aviez parlé de vous faire trucider à la hache, me rappela mon avocate. Et puisque nous parlons technique, il est possible que nous ayons omis un petit détail sur le plan légal.

— Quel genre de petit détail ? Vous m'aviez dit que si je mourais, les Hawthorne ne toucheraient pas un sou !

— Et je le maintiens, affirma Alisa. Cependant… (De toute évidence, elle avait beaucoup de mal à reconnaître avoir commis la moindre erreur.) Je vous ai dit aussi que si vous mouriez pendant que le testament était encore en probation, votre héritage irait grossir votre patrimoine. Et typiquement, ce serait le cas.

— Typiquement, répétai-je.

S'il y avait bien une chose que j'avais apprise au cours de la semaine écoulée, c'était qu'il n'y avait rien de typique chez Tobias Hawthorne, ni chez ses héritiers.

— Toutefois, continua Alisa d'un air pincé, dans l'État du Texas, il est possible pour le défunt d'inscrire une clause dans le testament imposant à ses héritiers de lui survivre pendant un certain temps avant de pouvoir toucher leur héritage.

J'avais lu et relu le testament plusieurs fois.

— Je suis sûre que je m'en souviendrais s'il y avait un paragraphe qui stipule combien de temps je dois éviter de *mourir* pour hériter. La seule exigence qui y figure…

— … est que vous viviez pendant un an à la maison Hawthorne, termina Alisa. Ce qui, vous en conviendrez, serait plutôt difficile à faire si vous mouriez.

C'était donc ça, son petit détail ? Le fait que je ne pouvais vivre à la maison Hawthorne qu'à condition de rester en vie ?

— Donc, si je meurs… déclarai-je, m'humectant la langue. L'argent ira à des œuvres de charité ?

— C'est possible. Mais il est possible également que vos héritiers puissent contester cette interprétation sur la base des intentions de M. Hawthorne.

— Je n'ai pas d'héritiers, dis-je. Je n'ai jamais rédigé de testament.

— Pas besoin de rédiger un testament pour avoir des héritiers, répliqua Alisa avant de jeter un coup d'œil à Oren. Sa sœur a-t-elle été mise hors de cause ?

— Tout à fait, répondit Oren. Elle était avec Nash au moment des coups de feu.

Cela fit l'effet d'une petite bombe sur Alisa.

Elle finit par se reprendre, et se tourna vers moi.

— Légalement, vous ne pourrez pas signer un testament avant d'avoir dix-huit ans. Même chose pour les papiers concernant la présidence de la fondation. Encore un petit détail que j'avais négligé. Au départ, je me focalisais uniquement sur le testament, mais si vous n'êtes pas en capacité ou si vous ne voulez pas assumer la présidence de la fondation, ce rôle passera à quelqu'un d'autre. (Elle marqua une pause.) Aux garçons.

Si je mourais, la fondation – avec tout l'argent, tout le pouvoir que cela représenterait – reviendrait aux petits-fils de Tobias Hawthorne. Cent millions de dollars par an à distribuer. On pouvait s'acheter un certain nombre de faveurs avec une somme pareille.

— Qui est au courant, pour cette histoire de présidence de la fondation ? demanda Oren.

— Zara et Constantine, au moins, répondit aussitôt Alisa.

— Et Grayson, ajoutai-je, la gorge serrée.

Je le connaissais suffisamment pour être sûre qu'il avait demandé à voir lui-même les papiers concernant la transmission de la présidence.

*Il ne me ferait jamais de mal.* J'avais envie de le croire. *Il s'est contenté de me mettre en garde.*

— Combien de temps vous faudrait-il pour rédiger un document attribuant la fondation à la sœur d'Avery en cas de décès ? demanda Oren.

S'il s'agissait bien du contrôle de la fondation, un tel document me protégerait… ou mettrait Libby en danger elle aussi.

— Et si vous me demandiez mon avis avant de décider quoi que ce soit ? protestai-je.

— Je peux faire établir les papiers d'ici demain, répondit Alisa à Oren, sans faire attention à moi. Mais Avery ne pourra pas le signer avant d'avoir dix-huit ans, et quand bien même, je ne suis pas sûre qu'elle soit autorisée à prendre ce genre de décision avant d'assumer pleinement la présidence de la fondation à ses vingt et un ans. D'ici là…

Je garderais une cible au beau milieu du front.

— Que faudrait-il pour évoquer la clause de protection dans le testament ? demanda Oren, changeant son fusil d'épaule. Il y a sûrement des circonstances moyennant lesquelles Avery pourrait chasser la famille Hawthorne de la maison, non ?

— À condition d'avoir des preuves, rétorqua Alisa. Des éléments concrets liant une ou plusieurs personnes à des actes de harcèlement, d'intimidation ou de violence, et même dans ce cas, Avery ne pourrait expulser que le ou les fautifs, et non toute la famille.

— Et elle n'a pas le droit de s'installer ailleurs en attendant ?

— Non.

Oren n'était pas satisfait, mais ne perdit pas son temps en commentaires inutiles.

— Vous n'irez plus nulle part sans moi, m'annonça-t-il d'un ton qui ne souffrait pas de contestation. Ni dans la propriété, ni dans la maison. Nulle part, c'est bien compris ? Je n'étais jamais loin, mais à partir de maintenant je vous accompagnerai partout comme votre ombre.

Alisa plissa les paupières.

— Vous savez quelque chose que j'ignore ?

Mon garde du corps hésita brièvement, puis répondit à la question.

— J'ai fait vérifier l'armurerie par mes hommes. Il n'y manque rien. Selon toute vraisemblance, on ne s'est pas servi d'un fusil Hawthorne pour tirer sur Avery, mais j'ai quand même chargé mes hommes de revoir les bandes de surveillance de l'armurerie de ces trois derniers jours.

J'étais trop abasourdie d'apprendre que la maison Hawthorne possédait une armurerie pour enregistrer le reste.

— Et l'armurerie a eu un visiteur ? devina Alisa, d'une voix presque trop calme.

— Deux. (Oren parut d'abord vouloir en rester là, pour m'épargner, puis décida d'aller au bout.) Jameson et Grayson. Tous les deux ont un alibi. N'empêche qu'ils étaient passés examiner les fusils.

— Parce que la maison Hawthorne est dotée d'une *armurerie* ? m'exclamai-je enfin.

— Nous sommes au Texas, répondit Oren. Toute la famille sait tirer, et M. Hawthorne était un collectionneur.

— Un collectionneur d'*armes*, clarifiai-je.

Déjà que je n'étais pas une grande amatrice d'armes à feu avant de me faire tirer dessus…

— Si vous aviez lu le dossier que je vous ai remis avec le détail de tous vos biens, fit remarquer Alisa, vous sauriez que M. Hawthorne possédait la plus importante collection au monde de Winchester de la fin du dix-neuvième et du début du vingtième siècle, dont plusieurs modèles évalués à plus de quatre cent mille dollars.

L'idée qu'on puisse verser autant d'argent pour s'offrir un fusil avait de quoi donner le tournis. Pourtant j'accordai à peine une seconde d'attention au prix, tant la raison qui avait pu pousser Jameson et Grayson à se rendre à l'armurerie m'apparaissait soudain évidente. Raison qui, si je ne faisais pas fausse route, n'avait rien à voir avec une quelconque envie de m'assassiner.

Le deuxième prénom de Jameson était *Winchester*.

# 57

Bien qu'il fasse déjà nuit, je demandai à Oren de me conduire à l'armurerie. En le suivant à travers un dédale de couloirs, je ne pus m'empêcher de penser que quelqu'un pouvait se cacher n'importe où dans cette maison.

Sans même parler des passages secrets.

Finalement, Oren s'arrêta au milieu d'un long couloir.

— Nous y sommes.

Il se tenait devant un grand miroir en or. Il tâtonna sur le côté du cadre, puis j'entendis un déclic et le miroir pivota vers nous à la manière d'une porte. Derrière, il y avait un battant d'acier.

Oren s'avança et je vis une ligne lumineuse rouge descendre sur son visage.

— Reconnaissance faciale, m'expliqua-t-il. C'est juste une précaution supplémentaire. Le meilleur moyen de tenir les intrus à l'écart d'une chambre forte, c'est encore de leur cacher son existence.

D'où le miroir. Il poussa la porte vers l'intérieur.

— L'armurerie est entièrement doublée d'acier.

Il franchit le seuil, et je le suivis.

Quand il avait prononcé le mot « armurerie », je m'étais représenté un décor de cinéma avec des présentoirs d'armes en acier noirci accrochés aux murs. Mais l'endroit ressemblait davantage à un country club. Les murs étaient bordés de casiers en bois rouge foncé. Il y avait une belle table sculptée au centre de la pièce, recouverte d'une plaque de marbre.

— C'est *ça*, l'armurerie ? m'exclamai-je.

Il y avait aussi un tapis sur le sol. Un tapis moelleux, manifestement hors de prix, qui aurait plutôt eu sa place dans une salle à manger.

— Ça ne correspond pas à ce que vous attendiez ?

Oren tira la porte derrière nous. Elle se referma avec un déclic, et il fit encore coulisser trois verrous par mesure de sécurité.

— Il y a des refuges de secours en différents points de la maison, m'apprit-il. Celui-ci en est un, et il fait également office d'abri anti-tornades. Je vous montrerai les autres plus tard, au cas où.

*Au cas où on essaierait encore de me tuer*, pensai-je.

Au lieu de m'attarder là-dessus, je me focalisai sur la raison pour laquelle j'étais venue.

— Où sont les Winchester ? demandai-je.

Oren m'indiqua de la tête une rangée de casiers.

— Il y en a au moins une trentaine dans la collection. Pourquoi vous intéressez-vous spécialement à elles ?

La veille encore, j'aurais peut-être gardé le secret, mais Jameson ne m'avait pas dit qu'il était venu chercher – et qu'il avait peut-être trouvé – l'indice correspondant à son deuxième prénom. Je ne lui devais rien.

— Je cherche quelque chose, répondis-je. Un message de Tobias Hawthorne, un indice. Gravé quelque part. Vraisemblablement un chiffre ou un symbole.

Ce que nous avions trouvé dans le Bois-Noir n'était ni l'un ni l'autre. Au moment de notre baiser, Jameson avait paru convaincu que le nom de Toby était notre indice, mais je n'en étais pas aussi sûre. L'écriture ne correspondait pas à celle du symbole trouvé sur le pont. Elle était inégale, enfantine. Et si c'était Toby lui-même qui avait gravé son nom dans l'arbre quand il était tout petit ? Et si le véritable indice se trouvait toujours dans les bois ?

*Pas question d'y retourner. Pas tant que le tireur court toujours.*

Oren pouvait inspecter une pièce et me garantir que je n'y risquais rien. Il ne pouvait pas le faire avec une forêt entière.

Refoulant le souvenir des coups de feu – et de tout ce qui s'était passé ensuite –, j'ouvris l'un des casiers.

— Avez-vous une idée de l'endroit où votre ancien employeur aurait pu cacher un message ? lui demandai-je. Sur quel fusil ? Ou quelle partie du fusil ?

— M. Hawthorne se confiait rarement à moi, répondit Oren. Je ne comprenais pas toujours la manière dont il fonctionnait, mais je le respectais, et ce respect était mutuel.

Il sortit une étoffe d'un tiroir et l'étala sur la table en marbre. Puis il s'approcha du casier que j'avais ouvert et en sortit une carabine.

— En principe, ces armes ne sont pas chargées, me dit-il gravement. Mais traitez-les toujours comme si elles l'étaient, d'accord ?

Il posa la carabine sur l'étoffe et laissa traîner ses doigts sur le canon.

— Celle-ci était l'une de ses préférées. C'était un sacré tireur.

Je sentis qu'il y avait une histoire là-dessous, qu'il ne me raconterait sans doute jamais.

Oren recula, et je pris cela pour une invitation à m'avancer. Je soulevai l'arme avec beaucoup de répugnance.

Les coups de feu que j'avais essuyés étaient encore trop frais dans ma mémoire, mes plaies me lançaient encore, mais je me forçais à l'examiner sous tous les angles, à la recherche du moindre détail susceptible de constituer un indice. Au bout d'un moment, je me tournai vers Oren.

— Comment charge-t-on ce genre de fusil ?

***

Je trouvai ce que je cherchais sur la quatrième carabine. Pour charger une Winchester, il fallait actionner un levier. Sous le levier de la quatrième se trouvaient trois lettres : *O. N. E.* À la manière dont elles étaient gravées, on aurait pu croire à des initiales, mais j'y voyais plutôt un chiffre, comme sous le pont.

*Ce n'était pas le symbole de l'infini*, me dis-je. *Mais un huit. Et là, c'est* one *: un.*

*Huit. Un.*

# 58

Oren me raccompagna jusqu'à ma suite. J'envisageai brièvement de frapper à la porte de Libby, mais il était tard – trop tard – et je ne pouvais pas débarquer comme une fleur en lui disant : « Il y a un meurtrier dans la nature, dors bien ! »

Après avoir inspecté ma suite, Oren se posta devant ma porte, les jambes écartées, les bras ballants. Il devrait forcément se reposer tôt ou tard, mais en tirant la porte derrière moi, je sus qu'il ne dormirait pas cette nuit-là.

Je sortis mon téléphone de ma poche et l'examinai. Toujours aucune réponse de Max. Pourtant, c'était un oiseau de nuit et nous avions deux heures de décalage horaire. Je ne pouvais pas croire qu'elle était déjà couchée. Je lui adressai sur les réseaux sociaux le même message que celui que je lui avais déjà envoyé par texto.

*Réponds, s'il te plaît,* pensai-je désespérément. *S'il te plaît, Max.*

— Que dalle, murmurai-je.

Je n'avais pas eu l'intention de dire cela à voix haute. Tâchant de ne pas me sentir trop seule, je me rendis dans la salle de bains, posai mon téléphone à côté du lavabo et me déshabillai entièrement. J'examinai mon reflet dans le miroir. Hormis mon visage et le bandage qui couvrait mes points de suture, j'étais plus ou moins indemne. Je soulevai légèrement mon pansement. La plaie rouge vif était fermée par des points réguliers. Je la contemplai en silence.

Quelqu'un – presque certainement un membre de la famille Hawthorne – voulait ma peau. *Je pourrais être morte à l'heure qu'il est.* Je me représentai leurs visages l'un après l'autre. Jameson se trouvait auprès de moi quand les coups de feu avaient éclaté. Nash affirmait depuis le début que l'argent ne l'intéressait pas. Xander s'était toujours montré adorable avec moi. Grayson, en revanche…

« Si vous étiez maligne, vous resteriez à bonne distance de Jameson. Du jeu. De moi. »

Grayson m'avait mise en garde. Il m'avait dit que sa famille détruisait tout ce qu'elle touchait. Quand j'avais interrogé Rebecca sur la mort de sa sœur, ce n'était pas Jameson qu'elle avait mentionné.

« Grayson m'a dit que son cœur avait lâché. »

Je me fis couler une douche brûlante et m'avançai sous le jet, tête baissée. C'était douloureux mais j'en avais besoin, pour me laver de tout, de ce qui m'était arrivé dans le Bois-Noir, de ce qui s'était passé avec Jameson. *De tout ça.*

Je fondis en larmes. Pleurer sous la douche, ça ne comptait pas.

Au bout d'une minute ou deux, je me secouai et fermai le robinet, juste à temps pour entendre mon téléphone sonner. Je sortis de la douche, encore ruisselante, pour me jeter dessus.

— Allô ?

— Tu as plutôt intérêt à ne pas te payer ma tête avec cette histoire de tentative de meurtre. Ou de baiser.

Un grand soulagement m'envahit.

— Max.

Elle dut entendre à ma voix que je ne plaisantais pas.

— Nom d'un petit bonhomme, Avery ! Que se passe-t-il exactement ? Raconte-moi !

Je lui racontai tout dans les moindres détails, tout ce qui m'était arrivé, tout ce que je m'efforçais de ne pas ressentir.

— Il faut te tirer d'ici vite fait, déclara Max, très sérieusement pour une fois.

— Quoi ?

Frissonnante, je m'enveloppai dans une serviette.

— On vient d'essayer de te tuer, m'expliqua Max avec patience. Tu dois quitter cette maison de cinglés. Tout de suite !

— Je ne peux pas m'en aller, protestai-je. Je dois rester ici pendant un an, sinon je perdrai tout.

— Bon ! Tu retourneras à la vie que tu menais la semaine dernière. C'était si terrible que ça ?

— Oui, répondis-je, incrédule. Je vivais dans ma voiture, Max, sans aucune garantie pour mon avenir.

— Tu *vivais* ! C'est ça, le plus important.

Je resserrai ma serviette autour de moi.

— À ma place, tu enverrais promener tous ces milliards ?

— Eh bien, tu pourrais aussi éliminer toute la famille Hawthorne, de manière préventive, mais ce serait peut-être un peu radical.

— Max !

— Hé ! ce n'est pas moi qui sors avec Jameson Hawthorne.

Je voulus lui expliquer précisément comment les choses s'étaient déroulées, mais tout ce que je parvins à dire, ce fut :

— Où étais-tu passée ?

— Pardon ?

— Je t'ai appelée, après les coups de feu. Avant ce qui s'est passé avec Jameson. J'avais besoin de toi, Max.

Il y eut un long silence pesant à l'autre bout du fil.

— Je vais bien, finit-elle par dire. Tout se passe à merveille ici. C'est gentil de demander.

— Hein ? Je ne t'ai rien demandé.

— *Exactement*, souffla Max. As-tu seulement remarqué que je ne t'appelais pas de mon téléphone ? J'ai dû emprunter celui de mon frère. Je suis punie. Privée de téléphone et d'ordi, à cause de toi.

J'avais bien senti, lors de notre dernière discussion, que quelque chose n'allait pas.

— Comment ça, à cause de moi ?

— Tu tiens vraiment à le savoir ?

Comment pouvait-elle dire ça ?

— Bien sûr que j'ai envie de savoir !

Elle poussa un long soupir.

— Parce que tu ne m'as posé aucune question sur moi depuis cette histoire d'héritage. Soyons honnêtes, Ave, tu ne m'en posais pas beaucoup avant non plus.

Mon ventre se noua.

— Ce n'est pas vrai.

— Ta mère est morte et tu as eu besoin de moi. Après, avec tout ce qui s'est passé entre Libby et ce fichu sac à merle, tu as eu vraiment besoin de moi. Ensuite tu as hérité de plusieurs milliards de dollars, alors bien sûr, tu as encore eu besoin de moi. Et j'étais contente d'être là pour toi, Avery, mais sais-tu au moins comment s'appelle mon copain ?

Je me creusai la cervelle pour tâcher de m'en souvenir.

— Jared ?

— Non, répondit Max au bout d'un moment. La bonne réponse, c'est que je n'ai plus de copain parce que j'ai surpris

*Jason* avec mon téléphone, en train d'essayer de faire des captures d'écran des textos que tu m'avais envoyés. Un journaliste avait proposé de le payer une grosse somme pour ça. (Elle marqua une pause.) Tu veux savoir combien ?

J'étais consternée.

— Je suis désolée, Max.

— Moi aussi, répondit Max avec amertume. Je suis surtout désolée de l'avoir laissé prendre des photos de moi. Des photos *intimes*. Parce que quand j'ai rompu avec lui, il les a envoyées à mes parents. (Max était comme moi, elle ne pleurait que sous la douche. Mais j'entendais sa voix se fêler.) Ils ne savaient même pas que j'avais un copain, Avery. Tu imagines comment ils ont pris ça ?

Mieux valait ne pas y penser.

— Qu'est-ce que je peux faire ? De quoi as-tu besoin ? lui demandai-je.

— J'aurais besoin de retrouver ma vie d'avant. (Elle n'ajouta rien pendant une bonne minute.) Tu sais, le pire ? Je ne peux même pas t'en vouloir, parce que *tu viens de te faire tirer dessus* ! s'exclama-t-elle, avant de se radoucir. Et tu as besoin de moi.

Cela me fit mal, parce que c'était vrai. J'avais besoin d'elle. J'avais toujours eu plus besoin d'elle que l'inverse, parce qu'elle était ma seule amie, alors qu'elle en avait plusieurs.

— Je suis vraiment désolée, Max.

Elle souffla au bout du fil.

— Oui, eh bien ! la prochaine fois qu'on te tirera dessus, tu auras intérêt à m'acheter un truc vraiment sympa pour te faire pardonner. Genre, l'Australie.

— Tu veux que je te paie un voyage en Australie ? demandai-je, en me disant que cela devait pouvoir s'arranger.

— Non, répliqua-t-elle avec entrain. Je veux que tu m'achètes l'Australie. Tu en as les moyens.

Je pouffai.

— Je ne crois pas qu'elle soit à vendre.

— Alors je suppose qu'il ne te reste plus qu'à éviter de te faire *encore* tirer dessus !

— Je ferai attention, lui assurai-je. Celui qui a essayé de me tuer n'aura pas d'autre occasion.

— Tant mieux. (Max demeura silencieuse quelques secondes.) Ave, il faut que je te laisse. Et je ne sais pas quand je pourrai emprunter un autre téléphone. Ou accéder à un ordi. Ou rien de tout ça.

À cause de moi. Je tâchai de me convaincre qu'il ne s'agissait pas d'un adieu. Ça ne pouvait pas être définitif.

— Je t'aime, Max.

— Je t'aime aussi, ma belle.

Après avoir raccroché, je restai assise là dans ma serviette, avec l'impression qu'on m'avait vidée de l'intérieur. Je finis par regagner ma chambre et enfiler un pyjama. Une fois dans mon lit, je repensai à ce que m'avait dit Max, et j'étais en train de me demander si j'étais vraiment une personne foncièrement égoïste quand j'entendis une sorte de grattement dans les murs.

Je retins mon souffle et tendis l'oreille. Le bruit recommença. *Le passage secret.*

— Jameson ? appelai-je, car il était le seul à utiliser le passage qui donnait dans ma chambre – enfin, à ce que je sache… Jameson, ce n'est pas drôle.

Je n'obtins pas de réponse. Je me levai pour m'approcher de la cheminée, puis me tins parfaitement immobile. J'aurais pu jurer que j'entendais quelqu'un respirer, juste derrière le mur. J'empoignai le chandelier, prête à l'actionner pour ouvrir le passage et découvrir qui se tenait derrière, mais le bon sens – et la promesse que j'avais faite à Max – m'en empêcha et me décida plutôt à sortir la tête dans le couloir.

— Oren ? dis-je. Il y a une chose que je voudrais vous montrer.

***

Oren fouilla le passage, puis désactiva son accès à ma chambre. Après quoi, il m'incita fortement à dormir dans la chambre de Libby, qui ne comportait pas de passage secret.

Ce n'était pas vraiment une suggestion.

Ma sœur dormait quand je frappai à sa porte. Elle vint m'ouvrir comme une somnambule. Je me glissai dans son lit avec elle, et elle ne me demanda pas pourquoi. Après ma discussion avec Max, je préférais éviter de le lui dire, de toute manière. Sa vie entière s'était déjà trouvée chamboulée à cause de moi. Deux fois. D'abord à la mort de ma mère, et ensuite à cause de cette histoire d'héritage. Elle m'avait déjà tout donné. Elle avait assez d'ennuis de son côté sans que je lui rajoute les miens.

Sous les draps, je serrai un oreiller dans mes bras et vins me coller contre Libby. J'avais besoin d'être près d'elle. Elle grommela dans son sommeil et se pelotonna contre moi. Je m'interdis de réfléchir à quoi que ce soit : ni au Bois-Noir, ni aux Hawthorne. Je fermai les yeux et m'enfonçai dans le sommeil.

Je rêvai que j'étais de retour au resto. J'étais encore une enfant de cinq ou six ans et j'étais heureuse.

*Je pose deux sachets de sucre à la verticale sur la table, et je les fais se toucher au sommet pour former un triangle qui tient tout seul.*

*— Et voilà, dis-je.*

*Je fais pareil avec deux autres sachets juste à côté, et je pose par-dessus un cinquième sachet à l'horizontale pour réunir les deux triangles.*

*— Avery Kylie Grambs ! (Ma mère apparaît au bout de la table.) Qu'est-ce que je t'ai déjà dit à propos des châteaux de sucre ?*

*Je lui adresse un grand sourire.*

*— Ça ne vaut que pour ceux de cinq étages !*

Je me réveillai en sursaut. Je me retournai, m'attendant à voir Libby, mais son côté du lit était vide. Le soleil du matin s'infiltrait entre les rideaux. J'allai jeter un coup d'œil dans la salle de bains, mais Libby n'était pas là non plus. J'étais sur le point de regagner ma chambre – et ma propre salle de bains – quand j'aperçus un objet à côté du lavabo. Le téléphone de Libby. Elle avait manqué des dizaines de textos, tous de Drake. Il n'y en avait que trois (les plus récents) que je pouvais lire sans mot de passe.

*Je t'aime.*

*Tu sais que je t'aime, Libby chérie.*

*Et je sais que tu m'aimes toi aussi.*

# 59

Oren me retrouva dans le couloir à la seconde où je quittai la suite de Libby. Il avait l'air aussi frais et dispos que s'il n'avait pas veillé toute la nuit.

— Nous avons déposé plainte auprès de la police, me dit-il. Les enquêteurs chargés du dossier travaillent en coordination avec mon équipe. Nous avons convenu qu'il serait préférable, au moins pour l'instant, que la famille Hawthorne ne sache pas qu'il y a une enquête en cours. Nous avons fait comprendre à Jameson et à Rebecca l'importance de la discrétion. Dans la mesure du possible, j'aimerais que vous fassiez comme s'il ne s'était rien passé.

*Comme si je n'avais pas failli me faire tuer la veille au soir. Comme si tout allait bien.*

— Vous avez vu Libby ? lui demandai-je.

*Parce qu'elle ne va pas bien.*

— Elle est descendue prendre son petit déjeuner il y a une demi-heure, répondit Oren.

Je repensai à ces textos qu'elle avait reçus, et mon cœur se serra.

— Elle vous a paru comment ?

— Indemne. Elle avait ses deux bras, ses deux jambes, et pas une égratignure.

Ce n'était pas ce que je lui avais demandé, mais au vu des circonstances, j'aurais peut-être dû.

— Et vous croyez que ça ne risque rien pour elle d'être en bas, au contact de la famille Hawthorne ?

— Son garde du corps est informé de la situation. Il estime qu'elle n'est pas en danger pour l'instant.

Libby n'était pas l'héritière. Ce n'était pas elle, la cible. C'était moi.

***

Je m'habillai rapidement et descendis à mon tour. J'avais choisi un haut à col montant pour masquer mes points de suture et j'avais tenté de couvrir ma plaie à la joue avec du fond de teint.

Dans la salle à manger, une sélection de pâtisseries trônait sur le buffet. Libby était pelotonnée dans un fauteuil dans un coin. Nash était assis dans un fauteuil voisin, ses longues jambes étendues devant lui, ses bottes de cow-boy croisées aux chevilles. L'œil vigilant.

Entre eux et moi, je comptai quatre membres de la famille Hawthorne. *Ils ont tous une bonne raison de vouloir ma mort*, pensai-je en passant devant eux. Zara et Constantine étaient assis à une extrémité de la table. Lui lisait sur sa tablette. Aucun d'eux ne fit attention à moi. Mamie et Xander étaient à l'autre bout de la table.

Je perçus un mouvement derrière moi et pivotai brusquement.

— On est bien nerveuse ce matin, s'amusa Théa en me prenant par le bras pour m'entraîner vers le buffet. (Oren me suivit comme mon ombre.) Il faut dire que tu as eu une soirée très chargée, me souffla-t-elle au creux de l'oreille.

Je savais qu'elle me surveillait, qu'on l'avait probablement chargée de m'espionner. *Où était-elle hier soir ? Que savait-elle exactement ?* D'après Oren, Théa ne pouvait pas être la tireuse, mais le timing de son installation dans la maison Hawthorne ne ressemblait pas à une coïncidence.

Zara avait fait venir sa nièce pour une raison précise.

— Ne me regarde pas avec cet air innocent, me dit Théa en attrapant un croissant. Rebecca m'a raconté.

Je me retins d'adresser un regard noir à Oren. Il m'avait assuré que Rebecca ne parlerait pas des coups de feu. Sur quoi d'autre s'était-il trompé ?

— Pour Jameson et toi, précisa Théa comme si elle s'adressait à une enfant. Dans l'ancienne chambre d'Emily, franchement... C'est un peu abusé, tu ne crois pas ?

*Elle n'est pas au courant pour la tentative d'assassinat*, réalisai-je. *Rebecca a dû voir Jameson sortir de la salle de bains. Je suppose qu'elle nous a entendus. Et elle a dû deviner que...*

— Quoi, il y en a encore qui abusent sans moi ? protesta Xander en s'interposant entre Théa et moi. Ce n'est vraiment pas gentil.

Je n'avais pas envie de le soupçonner de quoi que ce soit, mais à ce rythme, le stress de décider qui je devais soupçonner ou pas aurait ma peau longtemps avant mon assassin.

— Rebecca a passé la nuit au cottage, raconta Théa à Xander en savourant chaque mot. Elle a finalement mis un terme à son vœu de silence, au bout d'un an, et m'a envoyé un texto pour *tout* me raconter.

Elle se comportait comme une personne qui abat sa carte maîtresse, mais je n'étais pas sûre de savoir exactement à quoi correspondait cette carte.

*Rebecca ?*

— Oui, Bex m'en a envoyé un à moi aussi, reconnut Xander, qui m'adressa un sourire gêné. Les nouvelles vont vite chez les Hawthorne.

Rebecca avait peut-être tenu sa langue à propos des coups de feu, mais elle aurait aussi bien pu tenir une conférence à propos du baiser.

*Ce baiser ne voulait rien dire. Arrêtez d'en faire toute une histoire.*

— Hé, petite ! me lança Mamie en m'indiquant le plateau de pâtisseries d'un geste autoritaire avec sa canne. N'oblige pas une vieille dame à se lever.

Si n'importe qui d'autre m'avait parlé sur ce ton, je l'aurais purement et simplement ignoré, mais Mamie m'inspirait une terreur sacrée, alors j'attrapai le plateau. Je me souvins un peu tard que j'étais blessée. Une douleur fulgurante me vrilla le torse et je grimaçai malgré moi.

Mamie m'examina en fronçant les sourcils, avant de donner un petit coup de canne à Xander.

— Aide-la donc, gros balourd.

Xander me prit le plateau des mains. Je laissai mon bras retomber le long de mon flanc.

*Qui d'autre m'a vue tressaillir ?* Je me retins de les regarder. *Qui savait déjà que j'étais blessée ?*

— Tu as mal, observa Xander en se plaçant entre Théa et moi.

— Je vais bien, grommelai-je.

— Sûrement pas.

Je ne m'étais pas rendu compte que Grayson nous avait rejoints dans la salle, mais il vint se planter juste devant moi. Son regard étincelait.

— Je peux vous voir un moment, mademoiselle Grambs ? Dans le couloir.

# 60

Je n'aurais probablement pas dû aller où que ce soit avec lui, mais je savais qu'Oren nous suivrait, et j'attendais des réponses de Grayson. Je voulais le regarder dans les yeux. Je voulais savoir si c'était lui, le coupable, ou s'il avait une idée de son identité.

— Vous êtes blessée, déclara-t-il. (Ce n'était pas une question.) Vous allez me raconter ce qui s'est passé.

— Ah bon, je vais faire ça ? m'étonnai-je.

— S'il vous plaît.

On aurait dit que ces mots lui répugnaient, ou lui brûlaient la langue.

Je ne lui devais rien. Oren m'avait expressément demandé de ne pas mentionner les coups de feu. La dernière fois que j'avais parlé à Grayson, il m'avait mise en garde. Et c'était à lui que reviendrait la fondation si je mourais.

Je décidai cependant de lui dire la vérité parce que, pour des raisons que je ne m'expliquais pas, je voulais voir sa réaction.

— On m'a tiré dessus. On m'a ratée, précisai-je aussitôt.

Tous les muscles de Grayson se raidirent. *Il n'était pas au courant.* Avant même que je puisse savourer mon soulagement, Grayson se tourna vers mon garde du corps.

— Quand ça ? cracha-t-il.

— Hier soir, répondit sèchement Oren.

— Et où étiez-vous à ce moment-là ?

— Pas aussi près que je le serai à partir de maintenant, promit Oren en le fusillant du regard.

— Hé oh ? dis-je en levant la main, ce qui m'arracha une nouvelle grimace. Je suis là, hein ? Je suis une grande fille et j'ai encore mon mot à dire.

Grayson dut me voir tressaillir, parce qu'il se tourna vers moi et me prit la main pour l'abaisser gentiment.

— Laissez Oren faire son travail, m'ordonna-t-il avec douceur.

Je préférai ne pas m'attarder sur le ton qu'il avait pris, ou sur le contact de ses doigts.

— Et à ton avis, de qui doit-il me protéger ? ripostai-je avec un regard appuyé en direction de la salle à manger.

Je m'attendais à ce qu'il s'emporte en me voyant soupçonner sa famille, à ce qu'il me répète une fois de plus qu'il la ferait toujours passer avant moi.

Au lieu de quoi, il se tourna vers Oren.

— S'il lui arrive quoi que ce soit, je vous en tiendrai personnellement responsable.

— Monsieur Personnellement Responsable, ironisa Jameson en nous rejoignant. Charmant !

Grayson grinça des dents, puis fronça les sourcils.

— Vous étiez ensemble dans le Bois-Noir hier soir, réalisa-t-il. Celui qui lui a tiré dessus aurait très bien pu t'atteindre.

— Et quelle bonne blague ce serait, hein ? rétorqua Jameson en tournant autour de son frère, s'il m'arrivait quoi que ce soit.

La tension entre les deux était palpable. Explosive. Je voyais bien comment les choses allaient tourner : Grayson accuserait Jameson d'être inconscient, Jameson en rajouterait encore pour ne pas lui donner tort. Combien de temps avant que Jameson ne mentionne mon nom ? *Et notre baiser.*

— J'espère que je ne vous dérange pas, lança Nash en s'invitant à la fête. (Il adressa un lent sourire carnassier à ses frères.) Jamie, pas question de sécher les cours aujourd'hui. Je te donne cinq minutes pour enfiler ton uniforme et grimper dans ma voiture, sinon tu vas passer un sale quart d'heure. Gray, notre mère veut te voir.

S'étant occupé de ses frères, l'aîné des petits-fils Hawthorne reporta son attention vers moi.

— J'imagine que tu n'as pas besoin que je te dépose à Country Day ?

— Non, en effet, répondit Oren, les bras croisés.

Nash nota à la fois son attitude et son ton bourru. J'intervins avant qu'il ne puisse répliquer.

— Je n'irai pas au lycée aujourd'hui.

C'était nouveau pour Oren, mais il ne souleva pas d'objection.

Nash, à l'inverse, m'adressa le même regard qu'à son frère quand il l'avait menacé de lui faire passer un sale quart d'heure.

— Ta sœur sait que tu comptes faire l'école buissonnière par un beau vendredi comme ça ?

— Ne t'occupe pas de ma sœur, grognai-je.

Parler de Libby me fit repenser aux textos de Drake, et je me dis qu'au fond il y avait pire que l'idée qu'elle puisse sortir avec un Hawthorne. En supposant qu'il n'ait pas envie de me voir morte.

— Je me préoccupe de tous ceux qui vivent ou qui travaillent dans cette maison, me dit Nash. Peu importe la longueur ou la fréquence de mes absences, je garde toujours un œil sur eux. Alors… (Il me sourit avec lenteur.) Ta sœur sait que tu comptes faire l'école buissonnière ?

— Je lui en parlerai, lui assurai-je, tâchant de percevoir ce qui se cachait derrière sa posture de cow-boy.

Nash me retourna le même regard inquisiteur.

— D'accord, chérie. Fais donc ça.

# 61

J'annonçai à Libby que je passerais la journée à la maison. J'essayai de trouver une manière de l'interroger à propos des textos de Drake mais ne trouvai pas les mots. Et si Drake ne se contentait pas de lui envoyer des textos ? pensai-je subitement. Et si elle l'avait revu ? S'il avait réussi à la convaincre de le faire entrer discrètement dans la propriété ?

J'écartai rapidement cette éventualité. On ne pouvait pas s'introduire comme ça dans le domaine. La sécurité veillait au grain, et Oren me l'aurait dit si Drake s'était trouvé dans les parages lors des coups de feu. Il en aurait sans doute fait son suspect principal, ou pas loin.

*Si je meurs, il y a une petite chance que l'héritage se transmette à ma famille. C'est-à-dire Libby… ou notre père.*

— Tu n'es pas malade, au moins ? s'inquiéta Libby en posant sa main sur mon front.

Elle portait des bottes violettes toutes neuves et une robe noire aux manches longues en dentelle. Elle paraissait prête à sortir.

*Pour voir Drake ?* me demandai-je avec effroi. *Ou avec Nash ?*

— J'ai juste besoin de souffler un peu, répondis-je.

Libby accepta cette raison et déclara que nous passerions la journée entre sœurs. Si elle avait d'autres projets, elle n'hésita pas une seconde à les repousser.

— Tu veux qu'on aille au spa ? me proposa-elle avec entrain. Je me suis offert un massage hier, c'était une tuerie !

Je ne lui répondis pas que moi, j'avais failli me faire tuer la veille, et je ne lui dis pas non plus que le masseur ne reviendrait sans doute pas aujourd'hui – ni avant un bon bout de temps. À la place, je suggérai la seule distraction susceptible de me faire oublier tout ce que je lui cachais.

— Et si tu m'aidais plutôt à trouver un Davenport ?

***

D'après les recherches que nous avions effectuées sur Internet, Libby et moi, le terme « Davenport » pouvait désigner deux types de meubles : un sofa ou un bureau. Dans le cas du sofa, il s'agissait d'une marque devenue un terme générique, comme Kleenex pour un mouchoir en papier ou Frigidaire pour un réfrigérateur, mais un bureau Davenport était un modèle de bureau bien précis, avec des tiroirs sur le côté, parfois camouflés, et une tablette inclinée qui se relevait pour dévoiler un espace de rangement par-dessous.

Tout ce que je savais de Tobias Hawthorne me donnait à penser que ce n'était pas un sofa que nous cherchions.

— Ça va nous prendre un temps fou, me prévint Libby. Tu as une idée de la taille de cette baraque ?

J'avais déjà vu les salles de musique, le gymnase, le bowling, la salle d'exposition pour les voitures de Tobias Hawthorne, le solarium… et cela ne représentait pas le quart de ce qu'il y avait à voir.

— Gigantesque ?

— Un vrai palais, confirma Libby. Et vu que je suis une mauvaise publicité pour toi, je n'ai pas pu faire grand-chose cette dernière semaine à part explorer.

Cette remarque à propos de mauvaise publicité venait sûrement d'Alisa, et je me demandai combien de discussions mon avocate avait eues avec ma sœur en dehors de ma présence.

— Il y a aussi une vraie salle de bal, continua Libby. Deux théâtres. Enfin, plutôt un cinéma et un théâtre avec une scène et des alcôves.

— Je l'ai vu, celui-là, dis-je. Et aussi le bowling.

Libby ouvrit grand ses yeux bordés de khôl.

— Tu as fait une partie ?

— Plusieurs, répondis-je, contaminée par son enthousiasme.

Elle secoua la tête.

— Je ne m'y ferai jamais. Un *bowling* dans une maison particulière ?

— Il y a aussi un circuit automobile, ajouta Oren dans mon dos. Ainsi qu'un terrain de tennis.

Si Libby avait remarqué à quel point il nous serrait de près, elle n'en montra rien.

— Comment veux-tu mettre la main sur ton petit bureau dans un labyrinthe pareil ? demanda-t-elle.

Je me tournai vers Oren. Puisqu'il était là, autant qu'il se rende utile.

— Je connais déjà le bureau qui se trouve dans notre aile. Tobias Hawthorne en avait-il d'autres ?

***

Le bureau personnel de Tobias Hawthorne n'était pas un Davenport non plus. Son ancien espace de travail comportait trois pièces annexes. *Le fumoir. La salle de billard.* Oren nous les montra l'une après l'autre. La troisième était une pièce exiguë, sans fenêtre. Une sorte de grand cercueil blanc était installé au centre.

— La salle de privation sensorielle, m'expliqua Oren. M. Hawthorne aimait bien se couper du monde de temps en temps.

***

Finalement, Libby et moi finîmes par établir un schéma de recherche comme Jameson et moi l'avions fait dans le Bois-Noir. Aile par aile, salle après salle, nous entreprîmes de fouiller méthodiquement la maison Hawthorne. Oren ne nous quittait pas d'une semelle.

— Et maintenant… le spa ! m'annonça Libby en ouvrant largement la porte.

Elle paraissait tout excitée. Soit par notre quête, soit par quelque chose qu'elle me dissimulait.

Écartant cette idée, je regardai autour de moi. De toute évidence ce n'était pas là que nous risquions de trouver le bureau, mais cela ne m'empêcha pas de détailler la pièce. Elle était en forme de L. Le sol était en bois dans sa partie la plus longue, et en pierre dans la plus courte. Au centre du sol de pierre s'ouvrait un petit bassin carré. De la vapeur s'en dégageait. Au-delà, je vis une douche en verre de la taille d'une chambre à coucher, avec des robinets fixés au plafond.

— Le sauna, dit une voix derrière nous.

Je me retournai et découvris Skye Hawthorne, enveloppée dans un long peignoir de couleur noire. Elle s'avança, laissa tomber son vêtement sur le sol et s'allongea sur une table de velours gris.

— Et la table de massage, ajouta-t-elle en bâillant avant de se couvrir avec une serviette. Je me suis commandé un masseur.

— La maison Hawthorne est fermée aux visiteurs pour le moment, déclara Oren, parfaitement insensible à son petit numéro.

— Eh bien ! dans ce cas, répondit Skye en fermant les yeux, vous n'aurez qu'à prévenir vos hommes au portail qu'ils laissent passer Magnus.

*Magnus.* Je me demandai si c'était lui qui se trouvait là la veille. Et si c'était lui qui m'avait tiré dessus, sur son ordre.

— La maison Hawthorne est fermée aux visiteurs, répéta Oren. C'est une question de sécurité. Jusqu'à nouvel ordre, mes hommes ont pour instruction de ne laisser entrer que les intervenants extérieurs indispensables.

Skye s'étira comme un chat.

— Je vous assure, John Oren, que ce massage est tout à fait *indispensable.*

Des bougies brûlaient sur une étagère voisine, diffusant une lumière douce, et on entendait une musique mélodieuse jouer en sourdine.

— Comment ça, une question de sécurité ? demanda soudain Libby. Il est arrivé quelque chose ?

Je lançai à Oren un regard d'avertissement pour le dissuader de répondre, mais apparemment je ne m'adressais pas à la bonne personne.

— D'après mon Grayson, répondit Skye à Libby, il y a eu du grabuge dans le Bois-Noir.

# 62

Libby attendit que nous soyons revenues dans le couloir pour me demander :

— Que s'est-il passé dans le Bois-Noir ?

Je maudis Grayson pour avoir mis sa mère au courant... et moi-même, qui lui avais tout raconté.

— Pourquoi as-tu besoin d'une sécurité renforcée ? insista Libby. (Après une seconde d'hésitation, elle se tourna vers Oren.) Pourquoi a-t-elle besoin d'une sécurité renforcée ?

— Il y a eu un petit incident hier, expliqua Oren, impliquant une balle et un arbre.

— Une balle ? répéta Libby. Quoi, une balle de fusil ?

— Je vais bien, lui assurai-je.

Libby m'ignora.

— Quel genre d'incident avec une balle et un arbre, exactement ? demanda-t-elle à Oren, sa queue-de-cheval bleue frémissant d'une vertueuse indignation.

Mon chef de la sécurité ne pouvait pas – ou ne voulut pas – continuer à éluder la question.

— Nous ne savons pas encore si les coups de feu étaient simplement destinés à faire peur à votre sœur ou si elle était vraiment visée. Le tireur l'a manquée, mais elle a reçu des débris.

— Libby, insistai-je, *je vais bien.*

— Les coups de feu ? Parce qu'il y en a eu plusieurs ?

Libby ne semblait pas m'avoir entendue. Oren se racla la gorge.

— Je vais vous laisser régler ça entre vous.

Il s'éloigna dans le couloir, toujours en vue, toujours à portée d'oreille, mais suffisamment loin pour faire semblant de ne pas nous entendre.

*Dégonflé.*

— On t'a tiré dessus et tu ne m'as rien dit ? (Libby ne se mettait pas souvent en colère, mais quand cela lui arrivait, c'était épique.) C'est peut-être Nash qui a raison, au fond. Je lui avais dit que tu étais une grande fille et que tu n'avais besoin de personne. Il m'a répondu qu'il n'avait encore jamais rencontré d'ado milliardaire qui n'ait pas besoin d'un bon coup de pied aux fesses de temps en temps.

— Oren et Alisa gèrent la situation, lui assurai-je. Je ne voulais pas t'inquiéter.

Libby me toucha la joue, à côté de la plaie que j'avais maquillée.

— Et qui s'occupe de toi ?

Je ne pus m'empêcher de repenser à Max en train de me répéter « tu as eu besoin de moi », encore et encore.

— Tu as suffisamment d'ennuis comme ça.

— Mais de quoi est-ce que tu parles ? demanda Libby. (Elle prit une brève inspiration, avant de soupirer.) Tu fais allusion à Drake ?

Elle avait prononcé son nom. Les vannes étaient officiellement ouvertes, et je n'avais plus à me retenir.

— Je sais qu'il t'a envoyé des textos.

— Je ne lui ai pas répondu, se défendit Libby.

— Tu ne l'as pas bloqué non plus.

Elle n'avait rien à répondre à cela.

— Tu aurais pu le bloquer, insistai-je d'une voix rauque. Ou demander un nouveau téléphone à Alisa. Tu aurais pu le dénoncer pour violation de son ordonnance restrictive.

— Je n'ai jamais réclamé d'ordonnance restrictive ! (Libby parut regretter ces paroles à l'instant où elle les avait prononcées. Elle déglutit péniblement.) Et je ne veux pas changer de téléphone. Tous mes amis ont le numéro de celui-là. *Papa* a le numéro de celui-là.

Je la dévisageai avec incrédulité.

— Papa ?

Je n'avais pas revu Ricky Grambs depuis deux ans. Mon assistante sociale était restée en contact avec lui, mais il n'avait jamais essayé de m'appeler. Il n'était même pas venu à l'enterrement de ma mère.

— Il t'a appelée ? demandai-je à Libby.

— Il... il voulait juste prendre des nouvelles.

Je savais qu'il avait dû voir les infos. Qu'il ne connaissait pas mon nouveau numéro. Et qu'il avait désormais des milliards de raisons d'avoir envie de me voir.

— Non, ce qu'il veut, c'est du fric, dis-je sèchement. Comme Drake. Comme ta mère.

Mentionner sa mère était un coup bas.

— Qui t'a tiré dessus, d'après Oren ? demanda Libby, qui s'efforçait de retrouver son calme.

Je m'appliquai à faire de même.

— Les coups de feu venaient de l'intérieur, dis-je en répétant les propos d'Oren. Celui qui a tiré avait accès au domaine.

— Alors c'est pour ça qu'Oren resserre son dispositif, comprit Libby. (Je voyais tourner les rouages de son cerveau derrière ses yeux bordés de khôl.) Et qu'il ne laisse plus venir que le personnel indispensable.

Elle pinça ses lèvres maquillées.

— Tu aurais dû m'en parler, conclut-elle.

Je pensai à toutes les choses qu'elle m'avait cachées.

— Dis-moi que tu n'as pas revu Drake. Qu'il n'est pas venu ici. Que tu ne le ferais pas entrer dans la propriété.

— Bien sûr que non !

Libby demeura silencieuse un moment. Je ne savais pas trop si elle se retenait de me crier dessus, ou de pleurer.

— J'y vais, dit-elle enfin d'une voix ferme… et sévère. Mais retiens bien une chose, petite sœur : tu es toujours mineure, et je suis encore ta tutrice légale. Alors la prochaine fois qu'on essaiera de te descendre, il y a intérêt à ce qu'on me le dise.

# 63

Je savais qu'Oren avait forcément entendu chaque mot de ma dispute avec Libby, mais j'étais à peu près convaincue qu'il ne ferait pas le moindre commentaire.

— Je cherche toujours mon Davenport, grognai-je.

Si j'avais eu besoin de me changer les idées auparavant, c'était devenu une nécessité désormais. Sans Libby pour m'accompagner, je ne voulus pas continuer à explorer chaque pièce l'une après l'autre.

*Nous avons déjà vérifié dans le bureau de Tobias Hawthorne. À part là, où peut bien se trouver ce fichu Davenport ?*

Je me concentrai sur mon objectif plutôt que sur ma dispute avec Libby. Plutôt que sur ce que je lui avais dit… et ce qu'elle ne m'avait pas dit.

Au bout d'un moment, je me tournai vers Oren.

— Je me suis laissé dire que la maison Hawthorne comportait plusieurs bibliothèques. Vous voulez bien me les montrer ?

***

Deux heures et quatre bibliothèques plus tard, je me retrouvai au milieu de la cinquième. Au premier étage. Le plafond était voûté. Les murs étaient recouverts de rayonnages chargés de livres de poche. Les tranches des livres semblaient usées, et le principal éclairage provenait d'un grand vitrail, côté est, qui laissait filtrer des rayons colorés sur le plancher.

*Aucun Davenport en vue.*

Tout cela ne menait à rien. Cette piste ne s'adressait pas à moi. Tobias Hawthorne n'avait pas élaboré son énigme à mon intention.

*J'aurais besoin de Jameson.*

Je refoulai aussitôt cette idée, sortis de la bibliothèque et redescendis au rez-de-chaussée. J'avais compté au moins cinq escaliers différents dans cette maison. Celui-ci était en colimaçon et, en le descendant, j'entendis de la musique provenir d'un peu plus loin. Je me laissai guider par le son, accompagnée d'Oren. Je débouchai bientôt dans une salle immense, bordée d'arches. Il y avait une grande fenêtre sous chacune des arches.

Et chacune de ces fenêtres était ouverte.

Des tableaux étaient accrochés aux murs, et au centre de la salle trônait le piano le plus imposant que j'aie jamais vu. Mamie se tenait assise sur le banc, les yeux clos. Je crus d'abord que c'était elle qui jouait mais, en m'approchant, je vis que les touches s'enfonçaient toutes seules.

Le sol grinça légèrement sous mes pas, et elle ouvrit les yeux d'un coup.

— Désolée, bredouillai-je. Je...

— Chut ! m'ordonna Mamie.

Elle ferma les yeux de nouveau. La musique continua, alla crescendo, puis s'arrêta – et ce fut le silence.

— Savais-tu qu'on peut écouter un concert sur cet instrument ? (Mamie ouvrit les yeux, attrapa sa canne et se leva péniblement.) Quelque part dans le monde, un maître joue, et il suffit d'appuyer sur un bouton pour lui permettre d'actionner les touches à distance.

Son regard s'attarda sur le piano, avec une pointe de mélancolie.

— Vous jouez ? lui demandai-je.

Mamie grogna.

— Quand j'étais plus jeune. Ça m'a valu un peu trop de succès, et mon mari m'a cassé les doigts. Je n'ai plus jamais rejoué depuis.

Sa manière de raconter cela – sans détours et sans émotion – était presque aussi troublante que ses paroles.

— C'est horrible ! m'exclamai-je.

Mamie contempla le piano, puis sa vieille main noueuse et fripée. Elle releva le menton et se tourna vers les grandes fenêtres.

— Il a eu un accident tragique peu de temps après.

Formulé comme ça, cela donnait la fâcheuse impression qu'elle avait arrangé elle-même l'accident en question.

*Aurait-elle éliminé son propre mari ?*

— Mamie, gronda une voix depuis le seuil de la pièce. Tu fais peur à la petite.

Mamie renifla.

— Si elle prend peur pour si peu, elle ne fera pas de vieux os ici.

Là-dessus, la vieille femme se dirigea vers la sortie. L'aîné des frères Hawthorne tourna son attention vers moi.

— As-tu prévenu ta sœur que tu jouais les délinquantes aujourd'hui ?

La mention de Libby me remit notre discussion en mémoire. *Elle est en contact avec papa. Elle ne voulait pas d'une ordonnance de restriction contre Drake. Elle refuse de le bloquer.* Je me demandai dans quelle mesure Nash savait déjà tout cela.

— Elle sait où je suis, oui, répliquai-je avec raideur.

Il me toisa d'un air sévère.

— Ce n'est pas facile pour elle, tu sais, petite ? Toi, tu es dans l'œil du cyclone, au calme. Mais elle se fait secouer de tous les côtés.

*Je n'ai pas trouvé ça si calme de me faire tirer dessus.*

— Quelles sont tes intentions vis-à-vis de ma sœur ? lui demandai-je.

Nash parut trouver ma question amusante.

— Quelles sont tes intentions vis-à-vis de Jameson ?

Y avait-il encore quelqu'un dans cette maison qui n'était pas au courant de notre baiser ?

— Tu avais raison à propos du jeu de ton grand-père, lui dis-je.

Il avait essayé de me prévenir. Il m'avait dit précisément pourquoi Jameson voulait me garder auprès de lui.

— C'est presque toujours le cas, observa-t-il en crochetant ses deux pouces dans les pattes de ceinture de son pantalon. Plus tu toucheras au but et pire ce sera.

Le plus logique aurait été de cesser de jouer. De me mettre en retrait. Mais je voulais des réponses, et une partie de moi (la partie élevée par une mère qui changeait tout en défi, la partie qui m'avait poussée à jouer aux échecs pour la première fois quand j'avais six ans) avait envie de *gagner.*

— Tu ne saurais pas où ton grand-père aurait pu ranger un bureau Davenport, par hasard ? demandai-je à Nash.

Il ricana.

— Tu ne te décourages pas facilement, hein ?

Je haussai les épaules.

Nash réfléchit à ma question, puis fit la moue.

— Tu as regardé dans les bibliothèques ?

— La circulaire, celle en onyx, celle avec les vitraux, celle avec les mappemondes, le labyrinthe… (Je me tournai vers mon garde du corps.) C'est tout ?

Oren acquiesça en silence.

Nash pencha la tête sur le côté.

— Pas tout à fait, corrigea-t-il.

# 64

Nash me fit monter deux escaliers, emprunter trois couloirs, et passer devant une porte murée par des briques.

— Il y a quoi derrière ça ? demandai-je.

Il ralentit momentanément.

— L'ancienne aile de mon oncle. Le vieux l'a fait murer à la mort de Toby.

*Normal*, pensai-je. *Aussi normal que déshériter toute sa famille sans jamais lui en toucher deux mots.*

Nash allongea le pas de nouveau, et nous finîmes par arriver devant une porte blindée qui ressemblait à celle d'un coffre-fort. Elle comportait une molette à chiffres et un volant à cinq rayons. Nash fit pivoter la molette (à gauche, à droite, puis encore à gauche), trop vite pour que je puisse voir les chiffres. On entendit un déclic, après quoi il actionna le volant. La porte blindée pivota vers nous.

*Quel genre de bibliothèque nécessite de telles mesures de sécurité… ?*

J'étais en train de réfléchir à cette question quand Nash franchit le seuil. Je réalisai alors que ce qui se trouvait derrière n'était pas une simple pièce, mais une aile entière.

Le couloir dans lequel nous étions était bordé de digicodes, de serrures de toutes sortes et de clés, exposés aux murs comme autant d'œuvres d'art.

— Le vieux a démarré la construction de cette partie de la maison à ma naissance, m'informa Nash. Les Hawthorne apprennent très jeunes à crocheter une serrure.

En passant devant une pièce ouverte à ma gauche, j'aperçus un petit avion. Pas un jouet. Un véritable avion monoplace.

— C'était ton terrain de jeu ? soufflai-je, comptant les portes qui s'alignaient le long du couloir et me demandant quelles autres surprises elles recelaient.

— Skye avait dix-sept ans quand je suis né, m'apprit Nash avec un haussement d'épaules. Elle a bien essayé de jouer les mamans, mais ça n'a pas vraiment marché. Le vieux a voulu compenser.

*En te construisant… ça.*

— Viens, dit Nash, qui m'entraîna vers le bout du couloir et ouvrit une autre porte. La salle d'arcade, m'annonça-t-il, bien inutilement.

L'endroit comprenait un baby-foot, un bar, trois flippers et un mur entier de jeux d'arcade.

Je m'approchai de l'un des flippers, mis le contact, et il s'alluma en clignotant.

Je jetai un coup d'œil à Nash.

— Je peux attendre, m'assura-t-il.

J'aurais dû rester concentrée. Il me conduisait à la dernière bibliothèque, où m'attendait peut-être le Davenport que je cherchais, et le prochain indice. Mais une petite partie n'allait pas me tuer. J'actionnai les boutons du flipper, armai le bras, et lançai la bille.

Je n'atteignis pas un score mémorable, mais à la fin de la partie, la machine me demanda tout de même mes initiales, et lorsque je les eus entrées, un message familier s'afficha à l'écran :

BIENVENUE DANS LA MAISON HAWTHORNE,
AVERY KYLIE GRAMBS

Le même message qui m'avait déjà accueillie au bowling, et comme alors, je ressentis autour de moi la présence du fantôme de Tobias Hawthorne.

« Même si tu *crois* avoir manipulé notre grand-père, je peux te garantir que c'est lui qui te manipulait. »

Nash passa derrière le bar.

— Il y a des boissons sucrées plein le frigo. Qu'est-ce que tu veux boire ?

Je m'approchai et constatai qu'il ne plaisantait pas en disant « plein ». Il y avait des bouteilles sur toutes les étagères, avec des sodas de tous les parfums possibles et imaginables.

— Barbe à papa ? commençai-je à lire, fronçant le nez. Poire pétillante ? *Bacon et piment* ?

— J'avais six ans à la naissance de Grayson, dit Nash en guise d'explication. Le vieux m'a montré cette pièce le jour où mon petit frère a débarqué à la maison.

Il fit sauter la capsule d'un soda de couleur verdâtre et en but une gorgée.

— J'avais sept ans pour Jamie, huit ans et demi pour Xander, reprit-il. (Il marqua une pause, comme s'il estimait ma valeur en tant que public.) Tante Zara et son premier mari n'arrivaient pas à avoir d'enfant. Alors que Skye n'avait qu'à s'absenter quelques mois pour revenir enceinte. On lave, on rince et on recommence.

C'était peut-être bien le commentaire le plus désobligeant qu'il m'ait été donné d'entendre.

— Tu en veux un ? me proposa Nash avec un mouvement de la tête en direction du frigo.

J'aurais voulu en essayer dix, mais je finis par arrêter mon choix sur un soda aux cookies et crème glacée. Je me tournai brièvement vers Oren qui continuait à jouer les chaperons silencieux. Comme il ne paraissait pas désapprouver, je fis sauter la capsule et bus une gorgée moi aussi.

— Et la bibliothèque ? rappelai-je à Nash.

— On y est presque. (Nash me fit passer dans une autre pièce.) La salle de jeux, m'annonça-t-il.

Au centre de la pièce se trouvaient quatre tables. Il y en avait une rectangulaire, une carrée, une ovale et une ronde. Elles étaient noires toutes les quatre. Le reste de la salle – les murs, le sol, les étagères – était blanc. Les étagères couvraient trois des quatre murs de la pièce.

*Ce ne sont pas des étagères de livres*, réalisai-je. Elles contenaient des jeux. Des centaines, peut-être des milliers de jeux de société. Incapable de résister, je m'approchai de la plus proche et passai un doigt sur les boîtes. La plupart de ces jeux m'étaient parfaitement inconnus.

— Le vieux avait un côté collectionneur, reconnut Nash d'une voix douce.

J'étais époustouflée. Combien d'après-midi avions-nous passés, ma mère et moi, à jouer à de vieux jeux de société achetés à la brocante ? Les jours de pluie, nous en mélangions trois ou quatre pour livrer des parties mémorables. Mais *ça* ! Ces jeux provenaient du monde entier. La moitié d'entre eux étaient dans d'autres langues. Je me représentai soudain les quatre frères Hawthorne assis à l'une de ces tables. Avec de grands sourires. En train de se provoquer, de multiplier les coups en traître, de se battre – littéralement, peut-être – pour la victoire.

J'effaçai cette image. J'étais là pour chercher un Davenport. Le prochain indice. C'était *ça*, la partie en cours.

— La bibliothèque… ? insistai-je, détachant mon regard de toutes ces boîtes.

Nash m'indiqua, au fond de la pièce, le seul mur qui n'était pas recouvert d'étagères. Il ne comportait pas de porte. À la place, on y voyait une rampe de pompiers et l'arrivée d'une sorte de toboggan.

— Où est-elle ? demandai-je.

Nash vint se placer à côté de la rampe et leva le menton vers le plafond.

— Là-haut.

# 65

Oren monta le premier, avant de redescendre par la rampe, non par le toboggan.

— La voie est libre, annonça-t-il. Mais attention à ne pas faire sauter vos points de suture.

Le fait qu'il ait mentionné ma blessure devant Nash m'apprenait quelque chose : soit il voulait observer sa réaction, soit il avait confiance en lui.

— Tu es blessée ? demanda Nash aussitôt, mordant à l'hameçon.

— On lui a tiré dessus, répondit Oren. Tu n'aurais pas entendu parler de ça, dis-moi ?

— Si c'était le cas, gronda Nash d'une voix menaçante, je m'en serais déjà occupé.

— Nash…

Oren lui lança un regard qui voulait probablement dire : « Ne te mêle pas de ça. »

— Je vous laisse, annonça Nash calmement. J'ai quelques questions à poser à deux ou trois personnes.

*Deux ou trois personnes… dont Mellie*, pensai-je.

Je le regardai s'éloigner d'un pas nonchalant, avant de me tourner vers Oren.

— Vous saviez qu'il irait interroger le personnel.

— Je savais que le personnel accepterait de lui parler, corrigea mon chef de la sécurité. De toute manière, vous avez ruiné l'effet de surprise ce matin.

Je l'avais dit à Grayson. Qui l'avait dit à sa mère. Et Libby était au courant.

— Désolée, soufflai-je. (Puis je levai la tête vers le plafond.) Je vais monter.

— Je n'ai vu aucun bureau là-haut, m'avertit Oren.

Je m'approchai de la rampe et m'en saisis.

— Ça ne fait rien, je vais quand même monter voir.

Je commençai à me hisser, mais la douleur m'arrêta aussitôt. Oren avait raison. Je ne pouvais pas grimper. Je m'écartai de la rampe, puis jetai un coup d'œil à ma gauche.

Puisque je ne pouvais pas emprunter la rampe, il ne me restait plus qu'à passer par le toboggan.

***

La dernière bibliothèque de la maison Hawthorne était petite. Installée juste sous le toit, elle avait un plafond incliné qui formait une pyramide au-dessus de ma tête. Ses étagères toutes simples m'arrivaient à peine à la taille. Elles étaient pleines de livres d'enfants. Usés, probablement lus et relus, familiers pour certains, ils me donnèrent envie de m'asseoir pour les feuilleter.

Mais je n'en fis rien, car en me tenant sous le plafond, je perçus un courant d'air. Cela provenait des étagères du fond. *Non.* En m'approchant pour vérifier, je m'aperçus que cela provenait d'une fente entre deux étagères.

*Il y a quelque chose derrière.* Galvanisée, je glissai mes doigts derrière l'étagère de droite et tirai. Je n'eus pas à tirer bien fort ; elle était montée sur charnières. Elle pivota vers moi en dévoilant une ouverture étroite.

C'était le premier passage secret que je trouvais par moi-même. Cette découverte était un peu grisante, comme si je m'étais tenue au bord du Grand Canyon ou si j'avais mis la main sur une œuvre d'art inestimable. Le cœur battant, je me faufilai par l'ouverture et vis un escalier en colimaçon qui s'enfonçait devant moi.

*Piège sur piège*, pensai-je. *Énigme sur énigme.*

Je descendis prudemment les premières marches. Il n'y avait pas de lumière dans l'escalier, et je dus bientôt sortir mon téléphone pour m'éclairer. *Je ferais mieux de revenir chercher Oren.* Je le savais, et pourtant je ne pus m'empêcher de continuer, de plus en plus vite, jusqu'à parvenir au bas des marches.

Où je tombai sur Grayson Hawthorne, une lampe torche à la main.

Il fit volte-face. Je tressaillis, mais ne reculai pas. Derrière lui, je vis un meuble sur le palier de l'escalier.

Un Davenport.

— Mademoiselle Grambs, articula Grayson avec un hochement de tête, avant de se retourner vers le bureau.

— Alors, tu l'as trouvé ? lui dis-je. L'indice ?

— Non, j'attendais.

Sa réponse me laissa perplexe.

— Tu attendais quoi ?

Il leva la tête et ses yeux gris se posèrent sur moi dans l'obscurité.

— Jameson, j'imagine.

Il s'était écoulé plusieurs heures depuis que Jameson était parti pour le lycée, depuis la dernière fois que j'avais vu Grayson. Depuis combien de temps attendait-il ici dans le noir ?

— Ça ne ressemble pas à Jamie de passer à côté d'une piste aussi évidente. Je ne sais pas en quoi consiste ce jeu, mais il s'adresse à nous. À nous quatre. Les indices étaient dans nos deuxièmes prénoms. Cela ne faisait aucun doute qu'il y avait un indice à trouver ici.

— Au bas de cet escalier ? demandai-je.

— Dans notre aile, répondit Grayson. Nous avons grandi ici, Jameson, Xander et moi. Nash aussi, je suppose, sauf qu'il était plus grand.

Je me souvins de Xander me racontant comment Jameson et Grayson faisaient toujours équipe pour coiffer Nash au poteau, avant de finir par se trahir l'un l'autre.

— Nash est au courant pour les coups de feu, dis-je à Grayson. Je lui ai raconté. (Il m'adressa un regard que je ne savais pas comment interpréter.) Quoi ?

Grayson secoua la tête.

— Il va vouloir vous sauver, maintenant.

— En quoi est-ce un problème ?

Nouveau regard, chargé d'une émotion intense, celui-là.

— Voulez-vous me montrer où vous avez été touchée ? me demanda Grayson.

*Il veut juste vérifier à quel point c'est moche,* pensai-je, mais sa requête me donna le frisson malgré tout. Mes membres semblaient peser une tonne tout à coup. Je respirais fort. Nous étions dans un espace confiné, tout près l'un de l'autre, juste devant le bureau.

J'avais pourtant appris ma leçon avec Jameson, mais cette fois c'était différent. J'avais l'impression que Grayson aurait voulu être celui qui me sauverait. Qu'il en avait *besoin.*

Je baissai le col de mon tee-shirt, au-dessous de la clavicule, afin de dénuder ma blessure.

Grayson leva la main vers mon épaule.

— Je suis désolé que ça vous soit arrivé.

— Tu sais qui m'a tiré dessus ?

J'étais obligée de lui poser la question, parce qu'il s'était excusé, et Grayson Hawthorne n'était pas du genre à s'excuser pour rien. *S'il était au courant…*

— Non, me jura-t-il.

Je le crus. En tout cas, j'avais envie de le croire.

— Si je quitte la maison Hawthorne avant un an, l'argent ira à des œuvres de charité. Si je meurs, l'argent ira à des œuvres de charité ou à mes héritiers. (Je marquai une pause.) Si je meurs, la fondation vous reviendra à tous les quatre.

Il fallait exposer la situation.

— Mon grand-père aurait dû nous la transmettre de toute manière. (Grayson tourna la tête pour détacher son regard de ma peau nue.) Ou à Zara. Nous avons été élevés pour ça, alors que vous…

— Je ne suis personne, achevai-je, même si c'était pénible à dire.

Grayson secoua la tête.

— Je ne sais pas qui vous êtes.

Même dans l'éclairage réduit de nos lampes de poche, je pouvais voir son torse se soulever et retomber à chaque respiration.

— Tu crois que Jameson a raison ? lui demandai-je. Qu'il y a vraiment des réponses au bout de cette énigme ?

— Il y a forcément *quelque chose*. Comme toujours avec les petits jeux du vieux. (Grayson hésita.) Combien de chiffres avez-vous ?

— Deux, répondis-je.

— Moi aussi, m'apprit-il. Il me manque celui-ci et celui de Xander.

Je fronçai les sourcils.

— Celui de Xander ?

— Blackwood, le Bois-Noir. C'est le deuxième prénom de Xander. Westbrook, le Ruisseau de l'ouest était l'indice de Nash, et la Winchester celui de Jameson.

Je me tournai vers le bureau.

— Et le Davenport, c'est le tien.

Il ferma les yeux.

— Après vous, Héritière.

Le fait qu'il emploie l'un des surnoms que me donnait Jameson avait sûrement une signification, mais je ne voyais pas laquelle. Je me focalisai plutôt sur le bureau. Fait d'un bois couleur de bronze, il comportait quatre tiroirs sur le côté. Je les ouvris l'un après l'autre. Vides. Je passai la main à l'intérieur de chacun, à la recherche de la moindre anomalie. En vain.

Consciente de la présence de Grayson à côté de moi, consciente qu'il était en train de m'observer et de me juger, je saisis la tablette du bureau et la soulevai afin de dévoiler l'espace de rangement. Vide, lui aussi. Je passai la main au fond et sur les côtés du compartiment. Je sentis comme une fente le long du côté droit. En examinant le meuble de plus près, j'estimai l'épaisseur du bord à trois centimètres environ, peut-être quatre.

Assez pour y cacher un compartiment secret.

Ne sachant pas comment déclencher l'ouverture, je tâtonnai autour de la fente que j'avais sentie. Peut-être s'agissait-il simplement d'un creux à l'endroit où deux planches se rejoignaient. *Ou peut-être que…* J'appuyai sur le bois, fort, et un bloc coulissa vers l'extérieur. Je m'en saisis et tirai dessus, dégageant une petite ouverture derrière. À l'intérieur, il y avait un porte-clés en plastique, sans clé.

Il avait la forme du chiffre un.

# 66

*Huit. Un. Un.*

Je dormis encore dans la chambre de Libby cette nuit-là. Pas elle. Je demandai à Oren de s'assurer auprès de ses hommes qu'elle était en sécurité et dans l'enceinte de la propriété.

C'était le cas, mais il ne me dit pas où.

*Pas de Libby. Pas de Max.* J'étais toute seule… plus seule que je ne l'avais jamais été depuis mon arrivée dans cette maison. *Pas de Jameson.* Je ne l'avais pas revu depuis qu'il était parti le matin. *Pas de Grayson.* Il n'était pas resté avec moi bien longtemps après que nous eûmes découvert l'indice.

*Un. Un. Huit.* Voilà tout ce que j'avais à me mettre sous la dent. Trois chiffres, qui me confirmaient que l'arbre de Toby dans le Bois-Noir n'avait pas de rapport avec l'énigme. S'il existait un quatrième chiffre, il restait à découvrir. Et si je me basais sur le porte-clés, l'indice du Bois-Noir pouvait se présenter sous n'importe quelle forme, pas uniquement une gravure dans le bois.

Tard dans la nuit, alors que j'avais presque réussi à m'endormir, j'entendis des sortes de bruits de pas. *Derrière moi ? Dessous ?* Le vent sifflait derrière ma fenêtre. J'entendais encore les coups de feu résonner à mes oreilles. Je n'avais aucune idée de ce qui pouvait rôder dans les murs.

Je ne trouvai le sommeil qu'au petit matin. Je rêvai que je m'endormais.

— *J'ai un secret, m'annonce maman en sautant joyeusement sur mon lit, ce qui me réveille. Tu veux deviner lequel, ma petite chérie qui vient d'avoir quinze ans ?*

*Je marmonne :*

— *Pas envie, non. Je tombe toujours à côté.*

*Je remonte le drap sur mon visage.*

— *Je vais te donner un indice, dit maman. Parce que c'est ton anniversaire.*

*Elle baisse le drap et se laisse tomber sur l'oreiller à côté de moi. Son sourire est contagieux.*

*Je finis par craquer et lui retourner son sourire.*

— *D'accord. Donne-moi ton indice.*

— *J'ai un secret... à propos du jour de ta naissance.*

Je me réveillai avec un mal de crâne, tandis que mon avocate ouvrait bruyamment les volets.

— Bonjour, bonjour ! claironna Alisa avec la voix puissante d'une professionnelle habituée à plaider devant les tribunaux.

— Laissez-moi tranquille, grommelai-je en remontant le drap sur mon visage comme dans mon rêve.

— Je suis désolée, formula Alisa, qui ne semblait pas désolée du tout. Mais il faut vraiment vous lever, maintenant.

— Je n'ai rien à faire, protestai-je. Je suis milliardaire.

Cela fonctionna à peu près aussi bien que je m'y attendais.

— Comme vous vous en souvenez certainement, répliqua Alisa avec entrain, afin de réparer les dégâts de votre petite conférence de presse improvisée plus tôt dans la semaine, j'ai organisé vos débuts dans la bonne société du Texas pour ce week-end. Il y a un gala de charité ce soir et vous allez y assister.

Je tentai de l'apitoyer :

— Je n'ai pas fermé l'œil de la nuit. On a essayé de me tuer !

— Je vais vous trouver de la vitamine C et un cachet contre la douleur, rétorqua Alisa sans aucune compassion. Nous partons faire les boutiques dans une demi-heure, il faut trouver de quoi vous habiller pour ce soir. Vous avez un *media training* à treize heures, coiffure et maquillage à seize heures.

— Il va peut-être falloir remettre ça à plus tard, observai-je. Vu qu'on a essayé de me tuer.

— Oren a donné son accord pour que nous puissions quitter la propriété. (Alisa me toisa. Son regard s'attarda sur mes cheveux ébouriffés.) Il vous reste vingt-neuf minutes. Tâchez de vous arranger un peu. Je vous attends à la voiture.

# 67

Oren m'accompagna jusqu'au SUV. Alisa et deux de ses hommes m'attendaient à l'intérieur. Mais il n'y avait pas qu'eux.

— Tu n'avais quand même pas l'intention d'aller faire les boutiques sans moi ? me lança Théa en guise de bonjour. Qui dit haute couture dit forcément Théa.

Je me tournai vers Oren, dans l'espoir qu'il l'éjecterait de la voiture. Mais il n'en fit rien.

— En plus, ajouta Théa dans un murmure hautain en bouclant sa ceinture, il faut qu'on parle de Rebecca.

***

Le SUV comportait trois rangées de sièges. Oren et un deuxième garde du corps étaient assis devant. Alisa et le troisième à l'arrière. Théa et moi étions au milieu.

Elle attendit d'être sûre que les autres occupants de la voiture ne nous écoutaient pas avec trop d'attention pour me demander tout bas :

— Qu'as-tu fait à Rebecca ?

— Rien du tout, répondis-je.

— Je veux bien croire que tu n'es pas tombée dans les bras de Jameson Hawthorne uniquement pour réveiller le souvenir de Jameson et Emily. (Elle avait manifestement l'impression de se montrer magnanime.) Mais ma générosité s'arrête là. Rebecca est d'une beauté insupportable, mais les larmes la rendent affreuse. Je sais à quoi elle ressemble après avoir passé la nuit à pleurer. Alors je ne sais pas exactement ce qu'elle a, mais j'ai bien compris qu'il y avait autre chose que Jameson et toi. Que s'est-il passé au cottage ?

*Rebecca est au courant pour les coups de feu. On lui a interdit d'en parler à qui que ce soit.* Je réfléchis à toute vitesse. *Pourquoi a-t-elle pleuré ?*

— Puisqu'on parle de Jameson, reprit Théa en changeant de tactique. Je vois bien qu'il est au trente-sixième dessous, et j'imagine que c'est à toi qu'il le doit.

*Il est au trente-sixième dessous ?* Je tressaillis brièvement. *Et si… ?* Mais je me repris aussitôt.

— Pourquoi le détestes-tu à ce point ? demandai-je à Théa.

— Quoi, tu ne le détestes pas, toi ?

Je plissai les paupières, prête à bondir.

— Et puis d'abord, qu'est-ce que tu fais là ? Pas dans cette voiture, précisai-je avant qu'elle ne me reparle de haute couture. Dans la maison Hawthorne. Qu'est-ce que Zara et ton oncle t'ont demandé de faire ?

— Qu'est-ce qui te fait croire qu'ils m'ont demandé quoi que ce soit ?

Au ton qu'elle prenait et à son attitude, on comprenait aisément que Théa était plus habituée à donner des ordres qu'à en recevoir.

*Il y a un début à tout*, pensai-je, mais avant que je puisse répliquer, la voiture s'arrêta devant une boutique et les paparazzis se pressèrent en foule autour de nous.

Je me tassai sur mon siège.

— J'ai de quoi remplir tout un centre commercial dans mes placards, grommelai-je avec un regard accusateur à Alisa. Il suffirait de choisir n'importe quelle robe dedans et on pourrait s'épargner tout ça.

— *Tout ça*, répéta Alisa tandis qu'Oren descendait de la voiture et que le brouhaha des journalistes devenait assourdissant, c'est précisément la raison pour laquelle nous sommes là.

J'étais là pour être vue. Pour contrôler ce qu'on allait écrire sur moi.

— Fais-leur un beau sourire, me glissa Théa au creux de l'oreille.

***

La boutique qu'avait choisie Alisa pour cette sortie soigneusement chorégraphiée était le genre à n'avoir qu'un seul modèle de chaque robe. Ils avaient fermé leurs portes en prévision de ma visite.

— Il te faut du vert, déclara Théa en décrochant une robe du soir sur une tringle. Émeraude, pour aller avec tes yeux.

— J'ai les yeux noisette, rétorquai-je sèchement. (Je rendis la robe qu'elle m'avait passée à l'une des vendeuses.) Vous n'auriez rien d'un peu moins décolleté ?

— Vous préférez les cols montants ?

Le ton de la vendeuse était d'une neutralité si étudiée que j'étais convaincue qu'elle me jugeait.

— Un truc qui couvre au moins ma clavicule, répondis-je, avec un regard en direction d'Alisa.

*Et mes points de suture.*

— Vous avez entendu Mlle Grambs, trancha Alisa. Et Théa a raison : apportez-nous quelque chose de vert.

# 68

Nous finîmes par choisir une robe. Les paparazzis nous mitraillèrent quand Oren nous raccompagna à bord du SUV. En s'engageant dans la circulation, il jeta un coup d'œil dans le rétroviseur.

— Tout le monde a bien mis sa ceinture ?

Moi, oui. Théa boucla la sienne.

— As-tu réfléchi à ta coiffure et à ton maquillage ? me demanda-t-elle.

— Je n'arrête pas ! répliquai-je avec le plus grand sérieux. Ces temps-ci, je ne pense littéralement à rien d'autre. Il faut savoir gérer ses priorités.

Elle sourit.

— Et moi qui croyais que tes priorités se terminaient toutes par le nom de Hawthorne.

— N'importe quoi.

Elle n'avait peut-être pas tort, cela dit. Combien de temps avais-je consacré à penser aux frères Hawthorne récemment ? Et n'avais-je pas frissonné quand Jameson m'avait dit que j'étais spéciale ?

Ne sentais-je pas encore la main de Grayson sur ma peau quand il avait effleuré ma plaie ?

— Ton garde du corps ne voulait pas que je vienne aujourd'hui, me confia Théa à voix basse alors que la voiture s'engageait sur une longue route sinueuse. Ton avocate non plus. Mais j'ai insisté, et tu sais pourquoi ?

— Aucune idée.

— Ça n'a rien à voir avec mon oncle ni avec Zara. (Elle entortilla l'une de ses mèches autour de son doigt.) Je fais ça pour Emily. Rappelle-toi ça, tu veux ?

La voiture tangua brusquement sans crier gare. Je fus aussitôt prise de panique. Je tournai la tête vers Oren, qui conduisait, et remarquai que le garde du corps sur le siège passager avait la main sur son arme et se tenait prêt à toute éventualité.

*Il y a un problème.*

Nous n'aurions pas dû venir. Je n'aurais pas dû croire, même un instant, que je serais en sécurité. C'est Alisa qui a insisté. Elle voulait absolument qu'on sorte.

— Accrochez-vous ! cria Oren.

— Qu'est-ce qui se passe ? demandai-je.

Les mots se coincèrent dans ma gorge et sortirent dans un murmure. J'entrevis du coin de l'œil un mouvement derrière ma vitre : une voiture qui nous arrivait droit dessus, à toute vitesse. Je poussai un cri.

Mon subconscient me hurlait de *fuir*.

Oren donna un nouveau coup de volant, pour éviter un choc de plein fouet, mais j'entendis tout de même un fracas de tôle froissée.

*Quelqu'un essaie de nous envoyer dans le fossé.*

Oren écrasa l'accélérateur. J'entendis vaguement des sirènes de police à travers la cacophonie qui résonnait dans ma tête.

*Ce n'est pas vrai. Dites-moi que ce n'est pas vrai.*

*C'est dingue.*

Oren nous fit passer sur la file de gauche, devant la voiture qui nous avait attaqués. Il fit virer le SUV à cent quatre-vingts degrés, franchit la ligne jaune et repartit dans la direction opposée.

Je continuai à crier, mais ce n'était pas un cri strident ni même vraiment fort, plutôt une sorte de geignement que je n'arrivais pas à arrêter.

Les sirènes mugissaient. Je jetai un coup d'œil par la lunette arrière, m'attendant au pire, prête à l'impact, et je vis la voiture qui nous avait heurtés tournoyer sur elle-même et s'immobiliser. Quelques secondes plus tard, elle était encerclée par les policiers.

— Tout le monde va bien, murmurai-je.

Je n'en revenais pas. Mon corps persistait à me crier le contraire.

Oren leva le pied, mais continua sans s'arrêter, ni se retourner.

— C'était quoi, ça ? demandai-je, d'une voix assez aiguë pour casser du cristal.

— Ça, répondit calmement Oren, c'est un poisson qui a mordu à l'hameçon.

*L'hameçon ?* Je pivotai vers Alisa.

— De quoi parle-t-il ?

Sur le moment, j'avais cru que c'était la faute d'Alisa si nous étions là. J'avais douté d'elle, mais à en juger par la réaction d'Oren, peut-être étaient-ils à blâmer tous les deux.

— Disons que c'est un peu pour cela que nous sommes venus, m'expliqua Alisa sans se départir de son calme caractéristique.

C'était plus ou moins ce qu'elle m'avait dit devant la boutique à propos des paparazzis.

*Les paparazzis. Ce besoin de nous montrer au grand jour. De sortir m'acheter une robe malgré ce qui s'était passé.*

*Ou plutôt* à cause *de ce qui s'était passé.*

— Vous vous êtes servis de moi comme *appât* ?

Je n'avais pas pour habitude de crier, mais j'étais en train de me rattraper.

À côté de moi, Théa retrouva sa voix, à plein volume.

— Est-ce que quelqu'un veut bien m'expliquer ce qui se passe ?

Oren sortit de l'autoroute et ralentit avant de s'arrêter à un feu rouge.

— Oui, souffla-t-il en se tournant vers moi, nous nous sommes servis de vous – et de nous – pour tendre un piège à votre agresseur. (Il jeta un coup d'œil à Théa, afin de répondre à sa question.) Avery a été prise pour cible il y a deux jours. Nos amis au poste de police ont accepté de jouer le coup à ma façon.

— Votre façon de jouer le coup aurait pu nous faire tuer ! m'écriai-je.

Mon cœur battait à cent à l'heure. J'avais du mal à respirer.

— Nous étions bien entourés, m'assura Oren. Par mes hommes, ainsi que par la police. Je ne vous dirais pas que c'était sans danger, mais la situation étant ce qu'elle est, il nous était impossible d'écarter tout risque. Il n'y avait pas de bonne solution. Vous deviez absolument continuer à vivre à la maison. Alors, au lieu d'attendre patiemment la prochaine attaque, Alisa et moi avons décidé d'organiser ce qui ressemblait à une occasion en or. À présent, nous allons peut-être avoir des réponses.

D'abord ils m'avaient dit que les Hawthorne ne représentaient pas une menace. Et voilà qu'ils se servaient de moi pour identifier la menace.

— Vous auriez pu me prévenir, grommelai-je.

— Il nous a paru préférable de ne rien dire, répliqua Alisa. À personne.

*Préférable pour qui ?*

Avant que je puisse poser cette question à voix haute, Oren reçut un coup de fil.

— Rebecca est-elle au courant pour l'attaque ? voulut savoir Théa. Est-ce pour ça qu'elle était dans tous ses états ?

— Oren, demanda Alisa en nous ignorant Théa et moi. Ont-ils appréhendé le conducteur ?

— Oui. (Oren hésita, et je le surpris en train de m'observer à la dérobée dans le rétroviseur avec une douceur dans le regard qui me fit craindre le pire.) C'est le petit ami de votre sœur, Avery.

Drake.

— Son ex-petit ami, rectifiai-je d'une voix enrouée.

Oren ne releva pas.

— Ils ont trouvé dans le coffre de sa voiture un fusil qui pourrait correspondre aux balles avec lesquelles on vous a tiré dessus. La police va vouloir interroger votre sœur.

— Hein ? m'exclamai-je. Pourquoi ?

Au fond de moi, je connaissais la réponse à cette question. Je la connaissais très bien, mais je ne voulais pas l'accepter.

J'en étais incapable.

— Si Drake est le tireur, il a bien fallu que quelqu'un le fasse entrer dans la propriété, m'expliqua Alisa avec une gentillesse qui ne lui ressemblait pas.

*Pas Libby*, pensai-je.

— Libby ne ferait jamais…

— Avery, m'interrompit Alisa en posant sa main sur mon épaule. S'il vous arrivait quelque chose, même sans testament, ce sont votre sœur et votre père qui hériteraient.

# 69

Les faits étaient les suivants : Drake avait tenté de m'envoyer dans le décor avec sa voiture. Il détenait une arme susceptible de correspondre aux balles qu'Oren avait récupérées. Il avait un casier judiciaire.

Deux policiers prirent ma déposition. Ils me posèrent des questions à propos des coups de feu. De Drake. De Libby. Finalement, ils me raccompagnèrent à la maison Hawthorne.

La porte d'entrée s'ouvrit à la volée avant même qu'Alisa et moi eussions atteint le porche.

Nash sortit en trombe de la maison, puis ralentit en nous voyant.

— Tu veux bien m'expliquer pourquoi j'apprends à l'instant que les flics ont embarqué Libby ? demanda-t-il à Alisa.

Je n'avais encore jamais entendu un accent du Sud à ce point prononcé.

Alisa leva le menton.

— Si elle n'est pas en état d'arrestation, rien ne l'obligeait à les suivre.

— Sauf qu'elle n'en savait rien ! explosa Nash. (Il baissa la voix et la regarda droit dans les yeux.) Si tu avais voulu la protéger, tu aurais pu.

Il y avait tellement de sous-entendus dans cette seule phrase que je ne me sentais pas capable de les démêler, pas avec tout ce qui se bousculait dans ma tête. *Libby. La police a emmené Libby.*

— Je ne suis pas là pour protéger toutes les âmes en peine qui se présentent, répliqua Alisa.

Je savais qu'elle ne parlait pas uniquement de Libby, mais cela n'avait pas d'importance.

— Ce n'est pas une âme en peine, dis-je en grinçant des dents. C'est ma sœur !

— Et vraisemblablement une complice dans une tentative de meurtre.

Alisa voulut me toucher l'épaule, mais je m'écartai.

*Libby ne me ferait jamais de mal. Elle ne laisserait jamais personne me faire du mal.* J'en étais convaincue, et pourtant je ne parvenais pas à le formuler à voix haute. Pourquoi ?

— Ce salopard n'arrête pas de lui envoyer des textos, grogna Nash. J'ai essayé de la convaincre de le bloquer, mais elle se sent tellement coupable…

— Pour quelle raison ? riposta Alisa. Pourquoi se sent-elle tellement coupable ? Si elle n'a rien à se reprocher, pourquoi es-tu tellement inquiet à l'idée que la police veuille l'interroger ?

Les yeux de Nash flamboyèrent.

— Tu vas vraiment la jouer comme ça ? Faire comme si on ne nous avait pas appris depuis l'enfance à ne jamais parler aux autorités sans la présence d'un avocat ?

Je pensai à Libby seule dans une cellule. Cela dit, elle ne se trouvait sans doute pas en cellule, mais je n'arrivais pas à me défaire de cette image.

— Envoyez quelqu'un, ordonnai-je à Alisa d'une voix tremblante. Du cabinet. (Elle ouvrit la bouche pour protester, mais je lui coupai la parole.) *Faites-le.*

Je ne tenais peut-être pas encore les cordons de la bourse, mais ce serait le cas un jour prochain. Elle travaillait pour moi.

— Considérez que c'est fait, dit-elle.

— Et fichez-moi la paix, ajoutai-je hargneusement. Tous, précisai-je en m'adressant à Oren.

Oren et Alisa m'avaient tenue dans l'ignorance. Ils m'avaient manipulée comme une pièce dans un jeu d'échecs. J'avais besoin d'être seule. J'avais besoin de faire le maximum pour les empêcher de semer la moindre graine de doute, parce que si je ne pouvais pas faire confiance à Libby… je n'avais plus personne.

Nash se racla la gorge.

— Tu veux lui dire pour la consultante médias qui patiente dans la salle d'attente, Lee-Lee, ou tu préfères que je le fasse ?

# 70

J'acceptai finalement d'écouter la consultante médias hors de prix qu'Alisa avait engagée. Je n'avais pas la moindre intention d'assister au gala de charité du soir, mais c'était la seule manière de m'assurer que les autres me laisseraient tranquille.

La consultante, une femme noire élégante à l'accent britannique très chic, s'était présentée sous le nom de Landon, sans que je sache s'il s'agissait de son prénom ou de son nom de famille.

— Aujourd'hui nous allons travailler sur trois points, Avery. Après l'attentat de ce matin, votre histoire – et celle de votre sœur – va susciter plus de curiosité que jamais.

*Libby ne me ferait jamais de mal*, pensai-je désespérément. *Elle ne laisserait pas Drake me faire du mal.* Puis : *Elle n'a pas bloqué son numéro.*

— Les trois points que nous allons aborder aujourd'hui sont : quoi dire, comment le dire, et comment identifier à quel moment il vaut mieux se taire et changer de sujet. Naturellement, tout le monde va s'intéresser à l'incident de ce matin, mais votre équipe juridique préférerait que vous restiez le plus évasive possible sur la question.

La *question* étant la deuxième tentative de meurtre contre moi en l'espace de trois jours. *Libby n'a rien à voir là-dedans. Impossible.*

— Répétez après moi, m'ordonna Landon. *Je suis heureuse d'être encore en vie, et heureuse d'être là ce soir.*

J'écartai dans la mesure du possible les pensées parasites qui m'empêchaient de me concentrer.

— Je suis heureuse d'être encore en vie, répétai-je d'un ton morne, et heureuse d'être là ce soir.

Landon me dévisagea d'un œil critique.

— À votre avis, de quoi avez-vous l'air ?

— De quelqu'un qui serait en rogne ? grommelai-je.

— Essayez d'avoir l'air un peu moins féroce, me suggéra gentiment Landon. (Elle attendit un moment, puis examina la manière dont je me tenais.) Redressez-vous un peu. Détendez les épaules. Votre posture est la première chose que le public remarquera chez vous. Si vous donnez l'impression de vous recroqueviller sur vous-même, de vous faire toute petite, vous enverrez le mauvais message.

Levant les yeux au plafond, je me tins plus droite et laissai mes mains retomber de chaque côté.

— Je suis heureuse d'être encore en vie, et heureuse d'être là ce soir.

— Non, fit Landon en secouant la tête. Vous voulez passer pour quelqu'un d'authentique.

— Je suis quelqu'un d'authentique.

— Pas pour le reste du monde. Pas dans l'immédiat. Pour l'instant, vous êtes un spectacle. (Il n'y avait aucune méchanceté dans la voix de Landon.) Faites comme si vous étiez chez vous. Dans votre zone de confort.

Quelle était ma zone de confort ? Discuter avec Max, portée disparue pour une période indéfinie ? Me pelotonner sous la couette auprès de Libby ?

— Pensez à quelqu'un en qui vous avez confiance.

Cela me fit plus mal que je ne m'y attendais, et me donna envie de vomir. Je déglutis péniblement.

— Je suis heureuse d'être encore en vie, et heureuse d'être là ce soir.

— Cela sonne faux, Avery.

Je grinçai des dents.

— Parce que c'est faux.

— Faut-il obligatoirement que ça le soit ? (Landon me laissa réfléchir un moment à cette question.) N'y a-t-il pas une part de vous qui se réjouit de la chance que vous avez ? De vivre dans cette maison ; de savoir que, quoi qu'il arrive, vous et les personnes que vous aimez ne manquerez jamais de rien ?

L'argent représentait la sécurité. La stabilité. L'assurance que vous pouviez vous planter en beauté sans compromettre toute votre vie.

*Même si Libby a fait entrer Drake dans la propriété, à supposer que ce soit bien lui qui m'ait tiré dessus, elle n'avait aucun moyen de prévoir ce qui allait se passer.*

— N'êtes-vous pas heureuse d'être en vie, après tout ce qui vous est arrivé ? Auriez-vous préféré mourir aujourd'hui ?

*Non.* Je voulais vivre. Pour de bon.

— Je suis heureuse d'être ici, dis-je, avec plus de sincérité cette fois, et je suis heureuse d'être encore en vie.

— C'est mieux, mais tâchez d'y mettre un accent plus… douloureux.

— Je vous demande pardon ?

— Laissez entrevoir votre vulnérabilité.

Je fronçai le nez.

— Montrez au public que vous êtes ordinaire. Comme lui. Toute la difficulté est là : vous devez apparaître authentique, vulnérable, sans trahir pour autant la moindre faiblesse.

La vulnérabilité n'était pas ce qu'on m'avait conseillé de mettre en avant quand j'avais choisi ma garde-robe. On m'avait demandé d'afficher ma force. Mais cela n'interdisait pas d'avoir des sentiments.

— Je suis heureuse d'être encore en vie, dis-je. Je suis heureuse d'être là ce soir.

— Bien, approuva Landon avec un hochement de tête. À présent nous allons jouer à un petit jeu. Je vais vous poser des questions, et vous allez faire une chose que vous devez absolument maîtriser avant que je vous libère en prévision du gala de charité ce soir.

— À savoir ? demandai-je.

— Ne pas répondre. (Landon était parfaitement sérieuse.) Ni avec des mots, ni avec l'expression de votre visage. Ne réagissez pas, sauf à une question à laquelle vous pouvez, d'une manière ou d'une autre, répondre par le message clé que nous avons répété ensemble.

— Heureuse d'être là et tout ça, résumai-je. Compris. (Je haussai les épaules.) Ça ne devrait pas être trop difficile.

— Avery, est-il vrai que votre mère a entretenu une liaison durable avec Tobias Hawthorne ?

Elle faillit m'avoir. Je faillis cracher le mot « non ». Mais je parvins à me retenir.

— Avez-vous monté de toutes pièces l'attentat d'aujourd'hui ?

*Quoi ?*

— Attention à votre expression, me prévint Landon, avant d'enchaîner du tac au tac : Comment décririez-vous vos relations avec la famille Hawthorne ?

Je restai assise en silence, imperturbable.

— Qu'allez-vous faire de tout cet argent ? Que répondez-vous à ceux qui vous traitent de voleuse et de croqueuse de diamants ? Avez-vous été blessée aujourd'hui ?

Cette dernière question m'offrait une ouverture.

— Je vais bien, dis-je. Je suis heureuse d'être encore en vie, et je suis heureuse d'être là ce soir.

Je m'attendais à des félicitations, mais n'en reçus aucune.

— Est-il exact que votre sœur a une relation avec l'homme qui a essayé de vous tuer ? Est-elle impliquée dans la tentative de meurtre ?

Je n'aurais pas su dire si c'était sa manière de glisser cette question juste après ma réponse précédente, ou le fait qu'elle touchait un point sensible, mais je craquai.

— *Non*, grondai-je malgré moi. Ma sœur n'a rien à voir avec tout ça.

Landon me dévisagea d'un œil critique.

— On recommence, annonça-t-elle calmement. Depuis le début.

## 71

Après notre séance, Landon me raccompagna jusqu'à ma chambre, où elle me laissa entre les mains de mes stylistes. J'aurais pu leur dire que je ne voulais plus me rendre à ce gala, mais notre discussion m'avait fait réfléchir. Quel genre de message risquais-je d'envoyer en faisant cela ?

Que j'avais peur ? Que je me cachais, ou que je cachais quelque chose ? Que Libby était coupable ?

*C'est faux.* Je n'arrêtais pas de me le répéter, encore et encore.

J'étais en train de me faire coiffer et maquiller quand Libby en personne débarqua dans ma chambre. Ma gorge se noua lorsque je l'aperçus. Son maquillage avait coulé. Elle avait pleuré.

*Elle n'a rien fait de mal. Sûrement pas.*

Libby hésita pendant deux ou trois secondes, puis se jeta dans mes bras et me serra à m'étouffer.

— Pardon. Pardon, pardon, pardon.

Pendant un instant – très bref –, mon sang se figea dans mes veines.

— J'aurais dû le bloquer, continua Libby. Pour ce que ça vaut, j'ai mis mon téléphone dans le blender et j'en ai fait de la charpie.

Elle ne s'excusait pas pour avoir aidé Drake. Elle s'excusait de ne pas avoir bloqué son numéro. De ne pas m'avoir écoutée quand je lui avais demandé de le faire.

Je baissai la tête, et aussitôt mes stylistes me relevèrent le menton afin de pouvoir continuer leur travail.

— Dis quelque chose, supplia Libby.

J'aurais voulu lui répondre que je la croyais, mais cela m'apparaissait comme une forme de déloyauté, une manière de reconnaître que j'avais douté d'elle.

— Il va te falloir un nouveau téléphone, dis-je.

Libby lâcha un petit rire étranglé.

— Et aussi un nouveau blender.

Elle s'essuya les yeux avec le dos de la main.

— Pas de larmes ! s'écria l'homme occupé à me maquiller. (C'était à moi qu'il s'adressait, non à Libby, mais elle se redressa néanmoins.) Vous voulez ressembler à la photo qu'on nous a remise, exact ? me demanda-t-il en appliquant une sorte de mousse sur mes cheveux.

— Oui, bien sûr, répondis-je. Si vous le dites.

Si Alisa leur avait donné une photo, cela faisait au moins une décision que je n'avais pas à prendre, une chose dont je n'avais pas à me soucier.

Ce qui me laissait la question à un milliard de dollars : à supposer que ce soit bien Drake qui m'avait tiré dessus, si ce n'était pas Libby qui l'avait fait entrer dans la propriété, alors qui ?

***

Une heure plus tard, je me plantai devant le miroir. Les stylistes m'avaient tressé les cheveux, mais pas en simple natte. Ils avaient commencé par les diviser en deux parties, avant de séparer chaque partie en trois. Ils avaient ensuite scindé ces tiers en deux moitiés entortillées l'une autour de l'autre, pour donner à mes cheveux l'aspect d'un tortillon en spirale. Ils avaient fait tenir le tout avec de minuscules épingles transparentes ainsi qu'une quantité invraisemblable de gel, le temps de me faire une tresse française de chaque côté du visage. Je n'avais pas bien vu ce qui s'était passé après, je savais seulement que ça m'avait fait un mal de chien et qu'il avait fallu les quatre mains de mes stylistes plus une de Libby, mais au final j'avais une longue tresse qui s'enroulait autour de ma tête avant de retomber sur le côté. Ce tressage accentuait ma couleur naturelle en faisant ressortir quelques reflets blonds. Le résultat était magnifique ; je n'avais jamais rien vu de pareil.

Mon maquillage était moins spectaculaire : naturel, discret, quasiment imperceptible partout sauf autour des yeux. J'ignorais par quel tour de passe-passe mes yeux donnaient l'impression d'être deux fois plus grands que d'habitude, et *verts*, d'un vert splendide, semé de paillettes dorées.

— Et le plat de résistance… m'annonça l'un des stylistes en me passant un collier autour du cou. De l'or blanc et trois émeraudes.

Les pierres en question avaient la taille de l'ongle de mon pouce.

— Qu'est-ce que tu es belle ! me complimenta Libby.

Je ne me reconnaissais pas. J'avais l'air d'une princesse. Malgré tout je faillis renoncer au gala. La seule chose qui me retint de jeter l'éponge était la présence de Libby.

Si je voulais contrôler le message que j'envoyais au monde, c'était le moment ou jamais.

# 72

Oren me retrouva au sommet de l'escalier.

— La police a-t-elle du nouveau à propos de Drake ? lui demandai-je. A-t-il reconnu être le tireur ? Avait-il des complices ?

— Respirez un grand coup, me conseilla Oren. Drake a reconnu suffisamment de choses pour être inculpé, mais il essaie de présenter votre sœur comme le cerveau de l'affaire. Ça ne tient pas. Il n'apparaît pas sur nos bandes de surveillance, comme ce serait le cas si Libby l'avait fait entrer par le portail comme il le prétend. Je crois plutôt qu'il est passé par les tunnels.

— Les tunnels ? répétai-je.

— Comme les passages secrets qu'il y a dans la maison, mais sous la propriété. J'en connais deux accès, et aucun n'a été forcé.

J'entendis ce qu'il ne disait pas.

— Vous en connaissez deux, mais il s'agit de la maison Hawthorne. Donc il pourrait y en avoir d'autres.

***

J'aurais dû me sentir dans la peau d'une héroïne de conte de fées en route pour le bal, sauf que ma calèche tirée par des chevaux était en réalité un SUV parfaitement identique à celui dans lequel je m'étais fait attaquer le matin même. Et cela brisait un peu le charme.

*Qui est au courant pour ces tunnels ?* C'était la question du jour. S'il y avait des tunnels sous la maison Hawthorne dont mon propre chef de la sécurité ne connaissait pas tous les accès, je doutais fort que Drake ait pu les découvrir tout seul.

*Alors qui ?* Forcément un familier de la maison Hawthorne, une personne qui la connaissait sur le bout des doigts. *Et cette personne aurait contacté Drake ? Pourquoi ?* Cette dernière question était moins mystérieuse. Après tout, pourquoi commettre un meurtre quand quelqu'un était prêt à se salir les mains à votre place ? Il suffisait de connaître l'existence de Drake, de savoir qu'il s'était déjà montré violent par le passé et qu'il avait toutes les raisons de me détester.

Entre les murs de la maison Hawthorne, rien de tout cela n'était un secret.

Peut-être que son complice avait achevé de le convaincre en lui racontant que s'il m'arrivait quoi que ce soit, Libby hériterait de tout.

*Ils ont laissé une brute faire le sale boulot... et tomber à leur place.*

Assise dans mon SUV à l'épreuve des balles, dans ma robe à cinq mille dollars et avec un collier qui aurait sans doute pu me payer plus d'un an d'université, je me demandai si l'arrestation de Drake signifiait que tout danger était momentanément écarté, ou bien si la personne qui lui avait donné accès aux tunnels avait d'autres projets pour moi.

— La fondation a retenu deux tables pour l'événement de ce soir, me dit Alisa depuis le siège avant. Zara aurait préféré garder tous ses sièges, mais puisque techniquement la fondation vous appartient, elle n'a pas vraiment eu le choix.

Alisa se comportait comme s'il ne s'était rien passé, comme si j'avais encore toutes les raisons de lui faire confiance, alors que j'avais de plus en plus la sensation du contraire.

— Donc je serai assise avec eux, dis-je sur un ton neutre. Avec les Hawthorne.

*Dont l'un d'eux – au moins – voulait ma mort.*

— Il est dans votre intérêt d'apparaître en bons termes avec eux. Si la famille Hawthorne donne l'impression de vous accepter, cela nous aidera à tordre le cou aux théories les plus déplaisantes concernant votre désignation comme héritière.

— Et qu'en est-il des théories déplaisantes selon lesquelles l'un d'entre eux – au moins – souhaiterait me voir morte ? répliquai-je.

Il pouvait s'agir de Zara, de son mari, de Skye, ou même de Mamie, qui m'avait plus ou moins avoué avoir éliminé son mari.

— Nous sommes toujours sur le qui-vive, m'assura Oren. Mais il est préférable que les Hawthorne ne le sachent pas. Si le conspirateur pense avoir détourné tous les soupçons sur Drake et sur Libby, mieux vaut lui laisser croire qu'il a réussi.

La dernière fois, j'avais ruiné l'effet de surprise. Mais cette fois-ci, les choses seraient différentes.

# 73

— Avery, par ici, s'il vous plaît !

— Des commentaires sur l'arrestation de Drake Sanders ?

— Que pouvez-vous nous dire concernant l'avenir de la Fondation Hawthorne ?

— Est-il exact que votre mère a fait l'objet d'une arrestation pour racolage ?

Sans les *sept* séries de questions auxquelles Landon m'avait soumise, cette dernière aurait pu me faire réagir. J'aurais dû répondre avec virulence et par un chapelet d'injures. Au lieu de quoi je restai impassible près de la voiture.

Puis arriva enfin la question que j'attendais.

— Avec tout ce qui s'est passé, comment vous sentez-vous ?

Je me tournai droit vers le journaliste qui m'avait demandé cela.

— Je suis heureuse d'être encore en vie, dis-je, et je suis heureuse d'être là ce soir.

***

L'événement se déroulait dans un musée d'art contemporain. Nous entrâmes par le premier étage avant de descendre un grand escalier de marbre vers la salle d'exposition. Tout le monde avait les yeux rivés sur moi, ou m'observait à la dérobée, ce qui était encore pire.

Au bas des marches, je vis Grayson. Il portait le smoking avec autant de naturel que n'importe quel costume. Il tenait un verre à la main, rempli d'un liquide clair. À la seconde où il m'aperçut, il se figea, aussi brusquement que si le temps s'était arrêté. Je repensai au moment où je m'étais trouvée avec lui au bas de l'escalier secret, au regard qu'il m'avait lancé, et je me dis qu'en un sens il me fixait de la même manière en cet instant.

Comme s'il avait le souffle coupé.

Puis il lâcha son verre. Celui-ci explosa en mille morceaux à ses pieds.

*Qu'y a-t-il ? Qu'est-ce que j'ai fait ?*

Alisa me poussa discrètement du coude. Je descendis les dernières marches pendant que le personnel se précipitait pour balayer les morceaux de verre.

Grayson me foudroya du regard.

— À quoi joues-tu ? me demanda-t-il d'une voix gutturale.

— Je ne comprends pas, me fallut-il admettre.

— Tes cheveux… murmura-t-il. (Il leva sa main vers ma natte, faillit la toucher, puis serra le poing.) Ce collier. Cette robe…

— Eh bien quoi ? dis-je.

Pour seule réponse, il me souffla un nom.

***

*Emily.* On en revenait toujours à elle. Je parvins, Dieu sait comment, à me réfugier aux toilettes sans trop donner l'impression de m'enfuir. Je sortis mon téléphone de la pochette en satin noir qu'on m'avait donnée, puis le regardai stupidement sans savoir quoi en faire. Quelqu'un se profila derrière moi dans le miroir.

— Tu es ravissante, me complimenta Théa avec un regard narquois. Je dirais même que tu es *parfaite*.

Je la dévisageai un moment, avant de comprendre.

— Qu'as-tu fait, Théa ?

Elle baissa les yeux sur son propre téléphone, effleura quelques touches, et un instant plus tard je reçus un texto. Je ne savais pas qu'elle avait mon numéro.

J'ouvris l'image qu'elle venait de m'envoyer et blêmis d'un seul coup. Emily Laughlin souriait à l'objectif – un petit sourire malicieux, comme si elle était sur le point de faire un clin d'œil. Son maquillage était discret, mais ses yeux paraissaient exceptionnellement grands, et sa coiffure…

Était exactement comme la mienne.

— Qu'as-tu fait ? répétai-je, sur un ton accusateur, cette fois.

Elle s'était imposée lors de ma séance de shopping. C'était elle qui avait suggéré que je porte du vert, comme Emily sur cette photo.

Même mon collier ressemblait étrangement au sien.

Quand le styliste m'avait demandé si je voulais ressembler à la photo, j'avais supposé que c'était Alisa qui la leur avait remise. Qu'il s'agissait de la photo d'un mannequin. *Pas d'une fille morte.*

— Pourquoi as-tu fait ça ? demandai-je à Théa en modifiant ma question.

— C'est ce qu'Emily aurait voulu, répliqua-t-elle avant de sortir un petit tube de sa pochette. Si ça peut te consoler, dit-elle lorsqu'elle eut terminé de se repeindre les lèvres en rouge rubis, ce n'est pas contre *toi* que je l'ai fait.

C'était contre *eux*.

— Les Hawthorne n'ont pas tué Emily, crachai-je. Rebecca m'a dit que c'était son cœur qui avait lâché.

Plus précisément, elle m'avait confié que *Grayson* lui avait dit ça.

— Comment peux-tu être sûre qu'ils ne sont pas en train d'essayer de te tuer ?

Théa sourit. Elle se trouvait pourtant avec moi ce matin. Elle avait paru très choquée. Et voilà qu'elle se comportait comme si tout cela n'était qu'un jeu.

— Il y a quelque chose qui ne tourne pas rond chez toi, lançai-je.

Ma colère parut la laisser de marbre.

— Je t'ai prévenue dès le premier jour que les Hawthorne étaient salement perturbés. (Elle s'examina une dernière fois dans le miroir.) Je n'ai jamais prétendu que je ne l'étais pas, moi aussi.

# 74

J'ôtai mon collier et contemplai mon reflet. La principale difficulté, c'étaient mes cheveux. Il avait fallu deux personnes pour les tresser. Il faudrait une intervention divine pour les détacher.

— Avery ? s'inquiéta Alisa en passant la tête dans les toilettes.

— Aidez-moi, lui dis-je.

— Avec quoi ?

— Mes cheveux.

Je levai les deux bras et commençai à tirer sur ma natte. Alisa me retint, transféra mes poignets dans sa main droite et verrouilla de la main gauche la porte des toilettes.

— Je n'aurais pas dû insister, reconnut-elle à voix basse. Tout cela fait un peu trop pour vous, n'est-ce pas ? C'était trop tôt.

— Savez-vous à qui je ressemble ? lui demandai-je.

Je lui mis le collier sous le nez. Elle me le prit des mains en fronçant les sourcils.

— À qui vous ressemblez ?

Cela ressemblait à l'étonnement sincère d'une personne qui n'aime pas poser des questions dont elle n'a pas déjà les réponses.

— À Emily Laughlin, déclarai-je, ne pouvant m'empêcher de jeter un coup d'œil en direction du miroir. Théa m'a habillée exactement comme elle.

Alisa mit un moment à réaliser.

— Je n'en savais rien. (Elle réfléchit.) Et les médias n'en sauront rien non plus. Emily n'était qu'une fille ordinaire.

*Il n'y avait rien d'ordinaire chez Emily Laughlin.*

J'ignorais à quel moment j'en étais venue à comprendre cela. Quand j'avais vu sa photo ? Après ma discussion avec Rebecca ? La première fois que Jameson avait prononcé son nom, ou la première fois que je l'avais prononcé devant Grayson ?

— Si vous restez là trop longtemps, les gens vont finir par se poser des questions, m'avertit Alisa. Ils ont déjà commencé. Pour le meilleur ou pour le pire, il faut que vous sortiez.

J'avais accepté de venir ce soir parce que je m'étais convaincue qu'apparaître en public pourrait aider Libby.

— D'accord, dis-je entre mes dents serrées. Mais je veux votre parole que vous ferez tout ce qui est en votre pouvoir pour protéger ma sœur. Je me fiche de savoir ce qu'il y a entre Nash et vous, ou entre Nash et ma sœur. À partir de maintenant, vous ne travaillez plus seulement pour moi, mais aussi pour elle.

Je vis Alisa ravaler ce qu'elle avait l'intention de répliquer. Tout ce qui sortit de sa bouche fut :

— Vous avez ma parole.

***

Il me suffisait de tenir le temps du dîner. D'une danse ou deux. Et de la vente aux enchères. Plus facile à dire qu'à faire… Alisa me conduisit aux tables réservées par la Fondation Hawthorne. À celle de gauche, Mamie trônait parmi d'autres personnes de son âge. Celle de droite était occupée par la famille : Zara et Constantine, Nash, Grayson et Xander.

Je voulus me diriger vers la table de Mamie, mais Alisa s'interposa pour me pousser gentiment jusqu'à la chaise voisine de Grayson. Elle-même s'assit près de moi, ce qui ne laissait que trois chaises libres, dont je supposai qu'une au moins était destinée à Jameson.

À côté de moi, Grayson ne disait rien. Je jetai un coup d'œil dans sa direction et vis qu'il regardait droit devant lui, sans daigner s'apercevoir de ma présence, ou de celle des autres convives.

— Je n'ai pas fait exprès, lui dis-je à voix basse, tout en tâchant de faire bonne figure au profit du public et des photographes.

— Bien sûr que non, répondit-il avec raideur.

— Je déferais bien cette natte si je le pouvais, murmurai-je. Mais je ne peux pas toute seule.

Il pencha légèrement la tête, les yeux clos pendant un instant.

— Je sais.

J'eus soudain la vision de Grayson aidant Emily à détacher ses cheveux, délicatement, mèche après mèche.

Mon coude heurta le verre d'Alisa. Elle tenta de le rattraper mais ne fut pas assez rapide. Pendant que le vin se répandait sur la nappe blanche, je réalisai une chose qui aurait dû m'apparaître clairement depuis le début, depuis l'instant où j'avais assisté à la lecture du testament.

Je n'avais pas ma place dans ce monde, dans ce genre de soirées, assise à côté de Grayson Hawthorne. Et je ne l'aurais jamais.

# 75

Le dîner passa sans que personne tente de m'assassiner. Jameson ne vint pas. Je dis à Alisa que j'avais besoin d'air frais, mais je ne sortis pas à l'extérieur ; je ne me sentais pas encore prête à affronter la presse. Alors je m'éclipsai plutôt dans une autre aile du musée. Oren me suivit comme mon ombre.

L'éclairage était réduit au minimum et les salles d'exposition interdites au public, mais on pouvait au moins déambuler dans les couloirs. J'en suivis un au hasard. J'aperçus une salle tout éclairée devant moi. On avait repoussé sur le côté le cordon qui barrait l'entrée. Je franchis le seuil avec la sensation de sortir d'un théâtre plongé dans la pénombre pour déboucher en plein soleil. La salle était très claire, même les cadres des tableaux étaient blancs. Je ne vis qu'une seule personne à l'intérieur, vêtue d'un smoking, sans veste.

— Jameson ? l'appelai-je.

Il ne se retourna pas. Il se tenait devant un petit tableau qu'il fixait intensément. Il me jeta un coup d'œil en m'entendant arriver puis ramena son attention sur la toile.

*Tu m'as vue*, pensai-je. *Tu as vu ce qu'ils ont fait avec mes cheveux.* Il régnait un tel silence dans la salle que je pouvais entendre battre mon cœur. *Dis quelque chose.*

D'un coup de menton, il m'indiqua le tableau.

— Les *Quatre frères* de Cézanne, dit-il quand je le rejoignis. Une des toiles préférées de la famille Hawthorne, pour des raisons évidentes.

Je m'obligeai à regarder le tableau plutôt que lui. On y voyait quatre personnages aux traits indistincts, aux muscles apparents. Je pouvais presque les voir bouger, mais le peintre n'avait pas cherché le réalisme. Mon regard se posa sur la plaque dorée sous le tableau.

*Quatre frères. Paul Cézanne. 1898. Prêt de la collection personnelle de Tobias Hawthorne.*

Jameson se tourna enfin vers moi.

— J'ai appris que tu avais trouvé le Davenport, dit-il. Tu m'as battu sur ce coup-là.

— Grayson aussi, observai-je.

Son expression s'assombrit.

— Tu avais raison. L'arbre dans le Bois-Noir n'avait aucune signification particulière. Ce sont des chiffres que nous devons chercher. Huit, un et un. Il n'en reste plus qu'un.

— Il n'y a pas de *nous*, répliquai-je. Est-ce que tu me vois au moins comme une personne, Jameson ? Ou simplement comme un instrument ?

— D'accord, je ne l'ai pas volé, admit-il. (Il soutint mon regard encore un instant avant d'en revenir au tableau.) Le vieux disait toujours que j'avais une concentration hors du commun. Je ne suis pas fait pour m'intéresser à plus d'une chose à la fois.

Je me demandai si la chose en question était le jeu… ou *elle*.

— J'en ai assez, Jameson. (Mes paroles résonnèrent dans la salle blanche.) De toi. Nous deux, c'est fini.

Je tournai les talons et commençai à m'éloigner.

— Je me fiche pas mal que tu sois coiffée comme Emily, déclara Jameson, qui avait trouvé exactement ce qu'il fallait dire pour me retenir. Je m'en fiche pas mal, répéta-t-il, parce que *je me fiche complètement d'Emily.* (Il poussa un long soupir.) J'avais rompu avec elle ce soir-là. J'en avais marre de ses petits jeux. Je lui ai dit que c'était terminé et, quelques heures plus tard, elle est morte.

Je fis volte-face et ses yeux verts, légèrement injectés de sang, croisèrent mon regard.

— Je suis désolée, soufflai-je, en me demandant combien de fois il avait dû repenser à leur dernière discussion.

— Viens avec moi dans le Bois-Noir, m'implora-t-il. (Il n'avait pas tort, il n'était effectivement pas fait pour s'intéresser à plus d'une chose à la fois.) Tu n'es pas obligée de m'embrasser. Tu n'es même pas obligée de m'apprécier, Héritière, mais s'il te plaît, ne me laisse pas faire ça tout seul.

Il prononça ces mots d'une voix âpre, intense. Je ne l'avais encore jamais vu comme ça.

« Tu n'es pas obligée de m'embrasser. »

À l'entendre, on aurait dit qu'il avait très envie que je le fasse.

— J'espère que je ne vous dérange pas ?

Nous pivotâmes vers l'entrée comme un seul homme. Grayson se tenait sur le seuil. Pendant un moment, Jameson et moi nous dévisageâmes en silence.

— Tu sais où me trouver, Héritière, me dit-il enfin. Au cas où tu changerais d'avis.

Il sortit en frôlant son frère au passage. Grayson le regarda s'éloigner, puis se tourna vers moi.

— Comment a-t-il réagi en vous voyant ?

*En voyant ma coiffure.*

Je m'éclaircis la voix.

— Il m'a dit qu'il avait rompu avec Emily le soir où elle est morte.

Silence.

J'examinai Grayson avec attention. Il avait les yeux clos, tous les muscles bandés.

— Vous a-t-il dit que c'est moi qui l'ai tuée ?

# 76

Après le départ de Grayson, je passai encore quinze minutes dans la galerie, seule, à contempler les *Quatre frères* de Cézanne jusqu'à ce qu'Alisa envoie quelqu'un me chercher.

— Je suis d'accord, déclara Xander sans préambule. Cette soirée est nulle. Le ratio de scones par invité est tout à fait inadmissible.

Je n'étais pas d'humeur pour ses plaisanteries sur les scones.

*Jameson m'a dit qu'il avait rompu avec Emily. Grayson prétend l'avoir tuée. Théa se sert de moi pour les punir tous les deux.*

— Je me tire, lui annonçai-je.

— Tu ne peux pas t'en aller maintenant !

Je lui jetai un regard noir.

— Et pourquoi pas ?

— Parce que… articula-t-il, haussant le seul sourcil intact qui lui restait. On vient d'ouvrir la piste de danse. Tu ne veux pas donner un peu de grain à moudre à la presse ?

***

Une seule danse. C'était tout ce que je voulais bien accorder à Alisa – et aux photographes – avant de filer d'ici.

— Fais comme si j'étais la personne la plus fascinante que tu aies jamais rencontrée, me conseilla Xander en m'escortant sur la piste pour une valse.

Il me tendit la main, avant de passer son autre bras autour de ma taille.

— Tiens, je vais t'aider : chaque année pour mon anniversaire, entre mes sept ans et mes douze ans, mon grand-père me donnait un peu d'argent à investir, et j'ai tout misé sur la cryptomonnaie – parce que je suis un génie, pas du tout parce que je trouvais que le mot sonnait bien. (Il me fit tournoyer adroitement.) J'ai tout revendu avant la mort de mon grand-père pour la modique somme de presque cent millions de dollars.

Je le dévisageai avec des yeux ronds.

— Combien ?

— Tu vois ? triompha-t-il. Fascinant, je te l'avais dit ! (Il continua à danser, mais baissa les yeux.) Même mes frères ne sont pas au courant.

— Et eux, dans quoi ont-ils investi ?

Pendant tout ce temps, j'avais cru que leur grand-père les avait laissés sans le sou. Nash m'avait pourtant parlé de cette tradition lors de leurs anniversaires, mais je n'avais pas réfléchi aux répercussions de leurs « investissements ».

— Aucune idée, répondit Xander avec désinvolture. Nous n'étions pas censés en discuter entre nous.

Nous continuâmes à danser, mitraillés par les photographes. Xander approcha son visage tout près du mien.

— Les médias vont s'imaginer qu'on sort ensemble, lui murmurai-je, encore sous le coup de sa révélation.

— Il se trouve, répliqua-t-il, que je suis très doué pour faire semblant de sortir avec quelqu'un.

— Ah bon ? Tu as déjà fait ça avec qui ?

Xander regarda par-dessus mon épaule en direction de Théa.

— Je suis une machine de Rube Goldberg, me confia-t-il. Je fais des choses très simples d'une manière très compliquée. (Il marqua une pause.) C'était l'idée d'Emily qu'on sorte ensemble, Théa et moi. Elle avait beaucoup insisté. Elle ne savait pas que Théa était déjà en couple.

— Et tu as accepté de faire semblant ? dis-je avec incrédulité.

— Je te le répète, je suis une machine de Rube Goldberg. (Sa voix s'adoucit.) Et je n'ai pas fait ça pour Théa.

*Alors pour qui ?*

Il me fallut un moment pour assembler les morceaux. Xander avait parlé de faux rendez-vous à deux reprises, une fois en rapport avec Théa et une autre fois quand je l'avais interrogé à propos de Rebecca.

— Théa et Rebecca… ? déclarai-je enfin.

« Rebecca est d'une beauté insupportable », m'avait dit Théa.

— Elles étaient très amoureuses, confirma Xander. La meilleure amie et la petite sœur. Que voulais-tu que je fasse ? Elles étaient certaines qu'Emily ne comprendrait pas. Elle pouvait se montrer très possessive avec les personnes qu'elle aimait, et je savais que Rebecca avait beaucoup de mal à s'opposer à sa sœur. Pour une fois, Bex avait envie de penser à elle d'abord.

Je me demandai si Xander avait des sentiments pour Rebecca et si, en bonne machine de Rube Goldberg, il n'avait pas accepté de faire semblant d'être avec Théa dans le seul but de le lui faire entrevoir.

— Elles avaient raison, tu crois ? demandai-je. À propos d'Emily qui n'aurait pas compris ?

— Oh, que oui ! (Xander marqua une pause.) Em a découvert leur liaison ce soir-là. Elle a vécu ça comme une trahison.

*Ce soir-là… donc le soir où elle est morte.*

La musique s'arrêta, et Xander lâcha ma main, mais il garda son bras autour de ma taille.

— Souris pour les journalistes, murmura-t-il. Donne-leur une histoire à raconter. Regarde-moi dans les yeux. Laisse-toi envoûter par mon charme. Pense à ta pâtisserie préférée.

Je sentis les coins de ma bouche se relever, et Xander Hawthorne me raccompagna auprès d'Alisa.

— Vous pouvez y aller maintenant, me dit-elle, ravie. Si vous en avez envie.

*Un peu que j'en ai envie.*

— Tu viens ? proposai-je à Xander.

L'invitation le prit au dépourvu.

— Je ne peux pas, s'excusa-t-il.

Il hésita.

— J'ai trouvé l'indice du Bois-Noir, tu sais ? dit-il, captant soudain toute mon attention. Je pourrais gagner ce jeu. (Il baissa les yeux sur ses belles chaussures.) Mais Jameson et Grayson en ont plus besoin que moi. Rentre à la maison Hawthorne. Il y aura un hélicoptère qui t'attendra sur place. Demande au pilote de te faire survoler le bois.

*Un hélicoptère ?*

— Où que tu ailles, me dit Xander, ils te suivront.

*Ils,* c'étaient ses frères.

— Je croyais que tu voulais gagner ? m'étonnai-je.

Il déglutit péniblement.

— C'est le cas.

# 77

Je ne l'avais cru qu'à moitié quand Xander m'avait promis un hélicoptère, et pourtant l'appareil était là, sur la pelouse devant la maison, le moteur à l'arrêt. Oren ne voulut pas me laisser monter à bord avant de l'avoir entièrement fouillé. Après quoi, il insista pour prendre les commandes lui-même. Je me glissai à l'arrière et découvris Jameson sur l'un des sièges.

— Vous avez commandé un hélicoptère, mademoiselle ? me demanda-t-il, comme si c'était une chose parfaitement naturelle.

Je m'assis à côté de lui et bouclai ma ceinture.

— Je suis surprise que tu m'aies attendue pour décoller.

— Je te l'ai dit, Héritière, répliqua-t-il avec un sourire narquois. Je n'ai pas envie de faire ça tout seul.

Pendant une fraction de seconde, ce fut comme si nous étions de nouveau sur le circuit, en train de foncer à tombeau ouvert jusqu'à la ligne d'arrivée. Puis un reflet noir capta mon attention à l'extérieur de l'hélicoptère.

*Un smoking.* Grayson embarqua à son tour, avec une expression indéchiffrable.

« Vous a-t-il dit que c'est moi qui l'ai tuée ? » L'écho de sa question résonna dans ma tête. Comme s'il pouvait l'entendre, Jameson se tourna vers son frère.

— Qu'est-ce que tu fais là ?

Xander m'avait prévenue qu'ils me suivraient tous les deux, où que j'aille.

*Jameson ne m'a pas suivie,* me rappelai-je avec des picotements dans tout le corps. *Il était là en premier.*

— Je peux ? me demanda Grayson en indiquant le siège vacant à côté de moi.

Je sentais le regard de Jameson sur moi, je sentais bien qu'il aurait voulu que je dise non.

Je fis oui de la tête.

Grayson s'assit. Oren s'assura que nous étions tous bien attachés, puis lança le moteur. En moins d'une minute, le bruit des pales devint assourdissant. Je sentis mon estomac me remonter dans la gorge quand nous nous envolâmes.

J'avais apprécié mon premier vol en avion, mais là, c'était différent, beaucoup plus intense. Le bruit, les vibrations, la sensation vertigineuse que rien ou presque ne me séparait du vide… ou du sol. Mon cœur battait fort, mais je ne pouvais pas l'entendre. Je ne pouvais même pas m'entendre penser.

Je pouvais juste regarder en bas.

En arrivant au-dessus du Bois-Noir, je vis la masse sombre des arbres en contrebas, trop denses pour laisser filtrer le soleil. Mais quand mon regard se porta plus loin devant, je vis les arbres s'éclaircir au centre de la forêt, dégageant une clairière. Jameson et moi étions en train d'approcher de cet endroit quand Drake avait commencé à tirer. Je l'avais remarqué entre les troncs, mais je ne l'avais pas vraiment *vu*, pas comme je le voyais en ce moment.

Depuis le ciel, la clairière, la rangée d'arbres clairsemés qui la bordait et la forêt plus épaisse tout autour formaient une sorte de O allongé.

*Ou un zéro.*

***

Quand l'hélicoptère se posa, je me sentais survoltée, au bord de l'explosion. Je n'attendis même pas que les pales soient arrêtées pour sauter dehors, grisée par l'adrénaline.

*Huit. Un. Un. Zéro.*

Jameson s'avança vers moi. Il s'arrêta et leva les mains en me présentant ses paumes. Prise de tournis après le vol en hélicoptère, je fis de même, et nos doigts s'entrelacèrent.

— On a réussi, Héritière ! Quatre deuxièmes prénoms, quatre chiffres.

Ç'avait été une erreur de l'embrasser. C'en était une autre de lui tenir les mains, mais je m'en fichais.

— Huit, un, un, zéro, dis-je. C'est l'ordre dans lequel on les a trouvés, et aussi l'ordre dans lequel ils sont présentés dans le testament : Westbrook, Davenport, Winchester, Blackwood. Une combinaison, peut-être ?

— Il y a au moins une douzaine de coffres-forts dans la maison, admit Jameson. Mais il y a d'autres possibilités. Une adresse… des coordonnées… et puis, rien ne dit que les chiffres nous sont donnés dans le bon ordre. Il faut peut-être les réagencer, au contraire.

*Une adresse. Des coordonnées. Une combinaison.* Je fermai les yeux, juste une seconde, le temps que mon cerveau parvienne à formuler une autre hypothèse.

— Une date ? suggérai-je.

Les quatre indices étaient des numéros à un chiffre. Pour la combinaison d'un coffre ou des coordonnées, il aurait plutôt fallu des numéros à deux chiffres. Mais pour une date...

*Le un ou le zéro passent forcément en premier*, pensai-je. *1-1-0-8 pourraient donner 11/08.*

— Le onze août, dis-je à voix haute, avant d'envisager d'autres permutations. *08/11.* Le huit novembre. *18/01.* Ou le dix-huit janvier.

Puis je parvins à la dernière possibilité : la dernière date.

— Ou encore 18/10, le dix-huit octobre. (Je retins mon souffle. Je frissonnai de la tête aux pieds.) Le jour de mon anniversaire.

« J'ai un secret... à propos du jour de ta naissance », m'avait confié ma mère deux ans plus tôt lors de mon quinzième anniversaire, quelques jours avant sa mort.

— Non, souffla Jameson en lâchant mes mains.

— Si, répliquai-je. Je suis née le dix-huit octobre. Et ma mère...

— Ça n'a rien à voir avec ta mère.

Jameson ferma les poings et recula.

— Jameson ?

Je ne comprenais pas sa réaction. Si Tobias Hawthorne m'avait choisie en raison du jour de ma naissance, c'était quelque chose d'énorme.

— Ça pourrait très bien être ça, ajoutai-je. Peut-être qu'il a connu ma mère pendant son accouchement ? Ou peut-être qu'elle lui avait rendu service pendant qu'elle était enceinte de moi ?

— Arrête.

Ce mot avait claqué tel un coup de fouet. Jameson me dévisageait avec horreur, comme un objet de répulsion, comme si ma vue le rendait malade.

— Qu'est-ce qui te prend ?

— Ces chiffres ne peuvent pas correspondre à une date.

*Mais si*, pensai-je. *Bien sûr que si.*

— Ça ne peut pas être ça, insista-t-il.

Je voulus m'approcher de lui, mais il s'écarta vivement. Je sentis une main se poser sur mon bras. *Grayson.* Malgré la douceur qu'il y mettait, j'avais la nette impression qu'il me retenait.

Pourquoi ? Qu'avais-je fait ?

— Emily est morte, m'apprit-il avec la gorge serrée, le dix-huit octobre, il y a un an.

— Le vieil *enfoiré de fils de pute* ! s'emporta Jameson. Tout ça – les indices, le testament, elle… – tout ça pour *ça* ? Il a choisi au hasard une fille née ce jour-là pour faire passer un message ? *Ce* message ?

— Jamie…

— Ne me parle pas ! (Jameson se détourna de son frère pour me jeter un regard noir.) J'en ai marre. J'arrête.

Alors qu'il s'éloignait dans le noir, je lui lançai :

— Où vas-tu ?

— Félicitations, Héritière, répondit-il d'une voix amère. Tu as eu la chance d'être née le bon jour. Le mystère est résolu !

# 78

Il devait y avoir autre chose derrière cette énigme. Il y avait *forcément* autre chose. Je ne pouvais pas croire qu'on m'ait choisie juste pour la date de mon anniversaire. *C'est impossible.* Et ma mère, alors ? Et son fameux secret, celui qu'elle avait mentionné le jour de mes quinze ans, soit un an avant la mort d'Emily ? Et la lettre que Tobias Hawthorne m'avait laissée ?

*Je suis désolé.*

De quoi Tobias Hawthorne avait-il voulu s'excuser ?

*Non, ce n'est pas uniquement une question de date de naissance*, tentai-je de me raisonner. *Il y a sûrement autre chose.*

Pourtant, j'entendais encore Nash me dire : « Tu es la ballerine de verre… ou le couteau. »

— Je suis désolé, dit Grayson. Ce n'est pas la faute de Jameson s'il est bouleversé. Ce n'est pas sa faute si… (L'invincible Grayson Hawthorne semblait avoir des difficultés à s'exprimer.)… le jeu se termine comme ça.

Je portais encore ma robe verte de gala. J'étais toujours coiffée comme Emily.

— J'aurais dû m'en douter, poursuivit Grayson, la voix chargée d'émotion. Je le savais, au fond. Dès la lecture du testament, j'ai su que tout ça, c'était à cause de moi.

Je repensai à la manière dont il avait débarqué dans ma chambre d'hôtel ce soir-là. Il était furieux, bien décidé à comprendre ce que j'avais fait.

— Qu'est-ce que tu racontes ? m'exclamai-je, sondant ses yeux à la recherche de réponses. Comment cela pourrait-il être à cause de toi ? Et ne commence pas à me dire que tu as tué Emily.

Personne – pas même Théa – ne m'avait jamais parlé de la mort d'Emily comme d'un meurtre.

— C'est le cas, pourtant, insista Grayson d'un ton âpre. Sans moi, elle n'aurait même pas été là. Elle n'aurait jamais sauté.

*Sauté.* Ma gorge se dessécha d'un coup.

— Elle n'aurait pas été où ? demandai-je à voix basse. Et quel rapport avec le testament de ton grand-père ?

Il frissonna.

— Peut-être que c'est à moi de vous le raconter, dit-il après un long moment. Peut-être que c'était le but. Peut-être que vous êtes à la fois une énigme… et ma pénitence.

Il baissa la tête.

*Je ne suis pas ta pénitence, Grayson Hawthorne.*

Avant que je puisse le formuler à voix haute, il se remit à parler… et cette fois, il aurait fallu une intervention divine pour le faire taire.

— Nous la connaissions depuis toujours. M. et Mme Laughlin travaillent à la maison Hawthorne depuis des dizaines d'années. Leur fille et leurs petites-filles vivaient en Californie, au départ. Emily et Rebecca venaient leur rendre visite deux fois par an : à Noël, avec leurs parents, et l'été, toutes seules, pour trois semaines. Nous ne les voyions pas beaucoup à Noël mais, pendant l'été, nous jouions toujours ensemble. C'était un peu comme en colonie, quand on se fait des amis qu'on voit une fois par an mais qui n'ont pas vraiment de place dans notre vie. C'était comme ça pour Emily et Rebecca. Elles étaient si différentes de nous quatre. Skye disait que c'était parce qu'elles étaient des filles, mais j'ai toujours pensé que c'était parce qu'elles n'étaient que deux, et qu'Emily passait toujours en premier. Elle débordait d'énergie et ses parents craignaient toujours qu'elle n'en fasse trop. Ils l'autorisaient à jouer aux cartes avec nous, ou à d'autres jeux de société, mais elle n'avait pas le droit de sortir ou d'aller courir.

« Elle nous demandait souvent de lui rapporter des choses. C'était devenu une sorte de tradition. Elle nous envoyait en mission, et le premier qui lui rapportait ce qu'elle avait demandé – plus c'était rare et difficile à trouver, mieux c'était – était déclaré vainqueur.

— Qu'est-ce que vous gagniez ? demandai-je.

Il haussa les épaules.

— Nous sommes frères. Nous n'avions pas besoin de gagner quoi que ce soit… juste de *gagner.*

Je pouvais comprendre ça.

— Et ensuite, elle a eu sa transplantation cardiaque, devinai-je.

Jameson me l'avait raconté. Il m'avait dit qu'après cela elle avait eu envie de *vivre.*

— Ses parents continuaient à la protéger, mais Emily en avait assez de vivre dans une prison de verre. Jameson et elle avaient treize ans. Moi, quatorze. Elle débarquait pour l'été et nous entraînait dans toutes sortes d'aventures. Rebecca avait beau nous rappeler de faire attention, Emily rétorquait que, d'après ses médecins, si elle se sentait capable de faire quelque chose, il n'y avait aucune raison qu'elle s'abstienne. Leur famille est venue s'installer ici quand Emily a eu seize ans. Rebecca et elle n'habitaient pas dans la propriété, comme elles le faisaient lors de leurs visites, mais mon grand-père leur offrit l'école privée.

Je vis où cela nous emmenait.

— Ce n'était plus simplement une copine de vacances.

— Elle était *tout*, déclara Grayson – et cela ne sonnait pas vraiment comme un compliment. Le lycée entier lui mangeait dans la main. C'était peut-être à cause de nous.

« Le seul fait de graviter dans leur entourage faisait qu'on vous regardait différemment », m'avait dit Théa.

— Ou peut-être, continua-t-il, que c'était parce qu'elle était si maligne, si jolie, si douée qu'elle obtenait tout ce qu'elle voulait. Elle n'avait peur de rien.

— Elle te voulait, toi, dis-je. Et Jameson. Et elle n'avait pas envie de choisir.

— Elle en a fait une sorte de jeu. (Grayson secoua la tête.) Et Dieu sait que nous avons joué ! Je voudrais pouvoir vous dire que c'était parce que nous étions amoureux, que c'était à cause d'elle, mais je n'en suis même pas sûr. Il n'y a rien de plus Hawthorne que le goût de la victoire.

Emily l'avait-elle su ? S'en était-elle servie à son avantage ? Cela lui avait-il fait du mal ?

— Le problème… (Il se racla la gorge.) C'était qu'elle ne s'intéressait pas uniquement à nous. Elle voulait aussi ce que nous pouvions lui offrir.

— L'argent ?

— Les expériences, corrigea Grayson. Le grand frisson. Les courses de voitures ou de motos, la manipulation des serpents exotiques, les soirées, les clubs, et toutes sortes d'endroits où nous n'aurions jamais dû aller. C'était très excitant… pour elle comme pour nous. (Il hésita.) Enfin, pour moi. Je ne sais pas exactement ce qu'en pensait Jamie.

*Jameson avait rompu avec elle la nuit où elle est morte.*

— Un soir, j'ai reçu un coup de fil d'Emily. Il était tard. Elle m'a raconté qu'elle en avait assez de Jameson, qu'elle voulait juste être avec moi désormais. (Grayson déglutit douloureusement.) Elle avait envie de faire la fête. Il y a un endroit qu'on appelle Devil's Gate – la Porte du Diable. C'est une falaise qui surplombe le golfe, l'un des endroits les plus célèbres au monde pour les plongeons.

Il baissa la tête.

— Je savais que c'était une mauvaise idée.

Je m'efforçai de dire quelque chose… n'importe quoi :

— Mauvaise à quel point ?

Il soupira.

— En arrivant sur place, je me suis dirigé vers le point le plus bas de la falaise. Mais Emily est montée tout en haut, en passant les barrières et les panneaux d'avertissement. C'était au beau milieu de la nuit. Nous n'aurions jamais dû être là. Je ne comprenais pas pourquoi elle ne voulait pas au moins attendre le matin. Ce n'est que plus tard que j'ai réalisé qu'elle m'avait menti en prétendant m'avoir choisi.

Jameson avait rompu avec elle. Elle s'était rabattue sur Grayson, et elle n'était pas d'humeur à *attendre*.

— C'est le plongeon du haut de la falaise qui l'a tuée ?

— Non, répondit Grayson. Elle allait bien. Nous allions bien tous les deux. Je suis allé chercher nos serviettes, mais à mon retour… elle n'était plus dans l'eau. Elle gisait sur le sable. Morte. (Il ferma les yeux.) Son cœur avait lâché.

— Ce n'est pas toi qui l'as tuée.

— C'est l'adrénaline. Ou l'altitude, le changement de pression, je ne sais pas. Ce que je sais, c'est que Jameson ne l'aurait jamais emmenée. Et je n'aurais pas dû le faire non plus.

*Elle avait décidé toute seule. C'était une grande fille. Ce n'était pas à toi de lui dire non.*

Je sus d'instinct qu'il ne servirait à rien de lui expliquer tout ça, même si c'était vrai.

— Savez-vous ce que m'a dit mon grand-père, après l'enterrement d'Emily ? Qu'Emily serait encore en vie si j'avais fait passer ma famille en premier. Si j'avais refusé d'entrer dans son jeu, si j'avais choisi mon frère plutôt que cette fille. (Je le vis hésiter, comme s'il souhaitait dire autre chose mais sans y parvenir. Cela finit par sortir malgré tout.) Voilà ce qu'il faut comprendre dans cette énigme. Un-huit-un-zéro. Le dix-huit octobre. Le jour de la mort d'Emily. Votre anniversaire. C'est le moyen qu'a choisi mon grand-père pour confirmer ce que je savais déjà, au fond de moi. Que tout ça, toute cette histoire, c'est uniquement à cause de moi.

# 79

Après le départ de Grayson, Oren me raccompagna à la maison.

— À quel point avez-vous entendu notre conversation ? lui demandai-je, plongée dans une confusion de pensées et d'émotions que je ne me sentais pas prête à démêler.

Il me lança un regard en coin.

— À quel point aimeriez-vous que je l'aie entendue ?

Je me mordillai l'intérieur de la lèvre.

— Vous connaissiez Tobias Hawthorne. Croyez-vous que il m'aurait choisie comme héritière uniquement parce que Emily Laughlin est morte le jour de mon anniversaire ? Aurait-il légué toute sa fortune à une inconnue née le dix-huit octobre ? Une inconnue sélectionnée au hasard ?

— Je n'en sais rien, Avery, répondit Oren en secouant la tête. La seule personne qui savait vraiment ce qui se passait dans la tête de Tobias Hawthorne, c'était M. Hawthorne lui-même.

***

Je m'enfonçai dans les couloirs de la maison Hawthorne, jusqu'à l'aile que je partageais avec ma sœur.

Je n'étais pas sûre que Grayson ou Jameson accepteraient de m'adresser de nouveau la parole. Je ne savais pas ce que me réservait l'avenir, ni pourquoi l'idée qu'on m'avait choisie pour une raison à la fois incongrue et sordide me faisait la même impression qu'un coup de poing dans le ventre.

Combien de personnes sur cette planète avaient la même date de naissance que moi ?

Je m'arrêtai dans l'escalier devant le portrait de Tobias Hawthorne que Xander m'avait montré il y avait une éternité. Je me creusai la cervelle, comme je l'avais fait alors, à la recherche d'un vieux souvenir, d'un moment où j'aurais pu croiser la route du milliardaire. Je regardai Tobias Hawthorne dans les yeux – il avait le même regard gris acier que Grayson – et lui demandai en silence : *Pourquoi ?*

*Pourquoi moi ?*

*Pourquoi dire que vous étiez désolé ?*

Je me représentai ma mère en train de jouer à « J'ai un secret ».

*S'est-il produit quelque chose le jour de ma naissance ?*

Je fixai le portrait, prenant le temps de détailler chaque ride, chaque indice de personnalité qui transparaissait dans sa posture, scrutant même les couleurs indistinctes à l'arrière-plan. *Rien.* Mon regard se posa sur la signature au bas du tableau.

*Tobias Hawthorne XVIII X.*

Je relevai la tête vers les yeux gris du vieil homme. « La seule personne qui savait vraiment ce qui se passait dans la tête de Tobias Hawthorne, c'était M. Hawthorne lui-même. » Il s'agissait d'un autoportrait. Et les lettres à la suite du nom ?

— Des chiffres romains, murmurai-je.

— Avery ? s'inquiéta Oren derrière moi. Tout va bien ?

En chiffres romains, X correspondait à dix, V à cinq, I à un.

— Dix-huit, dix, dis-je en suivant les lettres du doigt.

Me rappelant le miroir qui dissimulait l'entrée de l'armurerie, je passai les doigts sous le cadre du tableau. Je n'étais pas certaine de savoir ce que je cherchais jusqu'à ce que je le sente. *Un bouton.* J'appuyai dessus, et le portrait pivota vers moi.

Derrière, sur le mur, il y avait un digicode.

— Avery ? répéta Oren, mais j'avais déjà les doigts sur le digicode.

*Et si les chiffres n'étaient pas le fin mot de l'énigme ?* Cette possibilité m'avait happée et ne voulait plus me lâcher. *Et s'ils menaient simplement à l'indice suivant ?*

Je commençai par tester la combinaison la plus évidente.

— Un. Huit. Un. Zéro.

On entendit un « bip », puis une marche au-dessous de moi se souleva en dévoilant un compartiment. Je me baissai pour plonger la main à l'intérieur. La marche creuse ne contenait qu'une seule chose : un morceau de verre fumé. De couleur violette, en forme d'octogone, il comportait à une extrémité un trou minuscule par lequel on avait glissé un ruban scintillant. On aurait dit une décoration pour sapin de Noël.

Alors que je tenais le morceau de verre par le ruban, mon regard s'arrêta sur l'envers de la marche. Gravés dans le bois, on pouvait lire les vers suivants :

*Au sommet de l'horloge*
*En plein milieu*
*Quand vient la fin du jour*
*Et s'en va le matin*
*Une bascule, un demi-tour*
*Qu'avez-vous sous les yeux ?*
*Prenez-les deux par deux*
*Et venez jusqu'à moi.*

# 80

Je ne savais pas quoi faire de la décoration en verre fumé ni quoi penser des mots écrits sous la marche, mais tandis que Libby m'aidait à détacher mes cheveux, une chose m'apparut de manière parfaitement claire.

Le jeu n'était pas terminé.

***

Le lendemain matin, toujours suivie d'Oren, je partis à la recherche de Jameson et de Grayson. Je trouvai le premier dans le solarium, torse nu, en train de prendre le soleil.

— Foutez-le camp, dit-il en m'entendant ouvrir la porte, sans même se retourner pour voir qui c'était.

— J'ai trouvé quelque chose, lui annonçai-je. Je ne crois pas que la date soit la réponse. Pas entièrement, en tout cas.

Il ne répondit rien.

— Jameson, tu m'écoutes ? *J'ai trouvé quelque chose.*

Depuis le peu de temps que je le connaissais, il m'avait toujours paru survolté, obsédé. Ce que je tenais à la main aurait dû au moins éveiller une lueur de curiosité chez lui mais, quand il finit par se retourner, le regard éteint, il me dit simplement :

— Tu n'as qu'à le balancer avec les autres.

Je suivis son regard et vis, dans une corbeille à proximité, une bonne demi-douzaine d'autres octogones de verre identiques à celui que je tenais.

— Les nombres dix-huit et dix figurent partout dans cette baraque, grommela Jameson. Je les ai retrouvés gravés sur une planche du sol de mon armoire. Cette fichue babiole était cachée dessous.

Il ne prit pas la peine d'indiquer la corbeille ni de préciser auquel de ces morceaux de verre il faisait référence.

— Et les autres ? demandai-je.

— Après avoir commencé à chercher les chiffres, je ne pouvais plus m'arrêter, raconta Jameson à voix basse, et quand on commence à les voir, on en trouve partout. Le vieux se croyait tellement malin. Il a dû en cacher des centaines dans toute la maison. J'ai trouvé un lustre avec dix-huit cristaux sur le cercle extérieur et dix à l'intérieur, avec un compartiment secret juste en dessous. Il y a dix-huit feuilles en pierre sur la fontaine devant la maison, et dix roses sculptées dans la vasque. Et les tableaux dans la salle de musique… (Il baissa les yeux.) Il y en a absolument partout, dans tous les coins.

— Tu ne comprends pas ce que ça veut dire ? lui reprochai-je. Ton grand-père n'a pas pu faire ça après la mort d'Emily. Tu aurais remarqué…

— Des artisans dans la maison ? dit-il, terminant ma phrase à ma place. Le grand Tobias Hawthorne faisait construire une nouvelle pièce ou une nouvelle aile chaque année, et dans une maison de cette taille il y a toujours quelque chose à remplacer ou à réparer. Ma mère était systématiquement en train d'acheter de nouveaux tableaux, de nouvelles fontaines, de nouveaux lustres. Aucune chance que nous ayons pu remarquer quoi que ce soit.

— Dix-huit dix n'est pas la réponse, insistai-je en le regardant droit dans les yeux. Tu dois bien t'en rendre compte. C'est un indice : un indice qu'il ne voulait pas que nous rations.

*Nous.* J'avais dit *nous*, et je le pensais. Mais cela n'avait pas d'importance.

— C'est une réponse suffisante pour moi, rétorqua Jameson en me tournant le dos. Je te l'ai dit, Avery. Je ne joue plus.

***

Grayson fut plus difficile à trouver. En désespoir de cause, j'essayai la cuisine et tombai sur Nash à la place.

— Tu n'aurais pas vu Grayson ? lui demandai-je.

Il me dévisagea gravement.

— Je ne crois pas qu'il ait envie de te voir, petite.

La veille au soir, Grayson n'avait pas rejeté le blâme sur moi. Il ne s'était pas mis en colère contre moi. Mais après ce qu'il m'avait raconté au sujet d'Emily, il était parti.

En me laissant toute seule.

— J'ai besoin de lui parler, dis-je.

— Laisse-lui un peu de temps, me conseilla Nash. Il faut parfois gratter une plaie pour qu'elle puisse cicatriser.

***

Je regagnai l'escalier de l'aile est, au pied du portrait. Oren reçut un coup de fil, et il dut décider que la menace contre moi était suffisamment diffuse à présent pour ne pas être obligé de me regarder errer toute la journée comme une âme en peine dans la maison Hawthorne. Il s'excusa, et m'abandonna devant le portrait de Tobias Hawthorne.

En remarquant l'indice au bas du tableau, j'avais cru y voir un signe du destin, mais après avoir parlé à Jameson, je savais qu'il n'en était rien. Il ne s'agissait même pas d'une coïncidence. Juste un indice de plus parmi de nombreux autres.

*Vous ne teniez vraiment pas à ce qu'ils passent à côté, hein ?* pensai-je à l'intention du milliardaire. S'il avait réellement fait tout cela suite à la mort d'Emily, son insistance paraissait cruelle. *Vouliez-vous tellement être sûr qu'ils n'oublieraient jamais ce qui s'était passé ?*

*Ce petit jeu tordu, était-ce uniquement pour leur marteler qu'ils devaient toujours faire passer la famille en premier ?*

*Est-ce tout ce que je représentais pour vous ?*

Jameson m'avait dit, depuis le début, que j'étais spéciale. Je ne m'étais pas rendu compte jusqu'à maintenant à quel point j'avais envie de le croire, de croire que je n'étais pas invisible, que je ne faisais pas partie du décor. Je voulais croire que Tobias Hawthorne avait vu autre chose en moi, une chose qui l'avait convaincu que je pouvais relever ce défi ; que j'étais de taille à affronter les regards et les feux de la rampe, les responsabilités, les énigmes, les menaces… tout, quoi. Que je n'étais pas une fille sans importance.

Je ne voulais pas être la ballerine de verre ou le couteau. Je voulais prouver, ou au moins *me* prouver, que je ne comptais pas pour rien.

Jameson n'avait peut-être plus envie de jouer, mais moi je tenais à gagner.

# 81

*Au sommet de l'horloge*
*En plein milieu*
*Quand vient la fin du jour*
*Et s'en va le matin*
*Une bascule, un demi-tour*
*Qu'avez-vous sous les yeux ?*
*Prenez-les deux par deux*
*Et venez jusqu'à moi.*

Je m'assis sur les marches, à lire et relire ces vers en tournant machinalement le morceau de verre fumé dans ma main. Au sommet de l'horloge. Je me représentai mentalement une horloge. Qu'y a-t-il au sommet ?

— Douze.

*Le chiffre au sommet d'une horloge est le douze.* Cela déclencha dans ma tête une réaction en chaîne, comme une suite de dominos. *En plein milieu…*

*Le milieu de quoi ?*

— Midi, devinai-je.

Je ne pouvais pas en être sûre, mais les deux vers suivants semblaient le confirmer. Midi marquait bien le milieu de la journée, quand le matin cédait la place à ce qui venait après.

Je passai ensuite à la deuxième partie de l'énigme… mais là, aucune explication ne me vint.

*Une bascule, un demi-tour*
*Qu'avez-vous sous les yeux ?*
*Prenez-les deux par deux*
*Et venez jusqu'à moi*

Je me focalisai sur le morceau de verre fumé. Étais-je censée le tordre ? Le retourner ? L'assembler d'une manière ou d'une autre avec toutes les autres pièces retrouvées par Jameson ?

— Tu as l'air d'avoir avalé un écureuil, observa Xander en se laissant tomber à côté de moi sur la même marche.

Je n'avais pas *du tout* cet air-là, mais je me dis que ça devait être une façon pour lui de me demander si j'allais bien, alors je le laissai dire.

— Tes frères ne veulent plus m'adresser la parole, marmonnai-je.

— J'imagine que mon idée de vous envoyer tous ensemble dans le Bois-Noir a explosé en vol. (Xander fit la grimace.) Pour être honnête, il y a beaucoup de mes idées qui se terminent comme ça.

Je ne pus m'empêcher de sourire. Je lui montrai l'inscription sous la marche.

— Le jeu n'est pas fini, lui dis-je. J'ai aussi trouvé ça hier soir, après le Bois-Noir. (Je lui montrai le morceau de verre fumé.) Qu'en penses-tu ?

— J'en pense, répondit Xander d'un air songeur, que j'ai déjà vu un truc comme ça quelque part.

# 82

Je n'étais pas retournée dans le grand salon depuis la lecture du testament. Sa fenêtre était immense (presque deux mètres cinquante de haut pour moins d'un mètre de large) et son point le plus bas m'arrivait au sommet du crâne. Sa forme était simple et géométrique. Dans les deux coins supérieurs il y avait deux octogones, de la même taille et de la même couleur que celui que j'avais à la main.

Je me penchai en arrière pour mieux voir. *Une bascule, un demi-tour…*

— Alors, me demanda Xander, à ton avis ?

Je penchai la tête sur le côté.

— À mon avis, il va nous falloir une échelle.

***

Perchée au sommet de l'échelle, que Xander maintenait d'en bas, je posai la main contre l'un des octogones en verre fumé. Au début, il ne se passa rien, mais quand j'appuyai sur le côté gauche, l'octogone pivota sur soixante-dix degrés, avant de se bloquer.

*Est-ce qu'on peut appeler ça une bascule ?*

Je me penchai vers le deuxième octogone. Appuyer sur sa gauche ou sa droite ne donna rien, mais sur le bas, si.

Le verre pivota sur cent quatre-vingts degrés.

Je redescendis auprès de Xander, qui tenait toujours l'échelle, sans trop savoir ce que j'avais accompli.

— *Une bascule, un demi-tour,* récitai-je. *Qu'avez-vous sous les yeux ?*

Nous reculâmes pour avoir une vue d'ensemble. Le soleil qui filtrait par la fenêtre projetait des taches colorées sur le sol du grand salon. Les deux panneaux que j'avais tournés jetaient des rayons violets. Lesquels se croisaient.

*Qu'avez-vous sous les yeux ?*

Xander s'accroupit à l'endroit où les rayons se rencontraient.

— Je ne vois rien. (Il testa la résistance du plancher.) Je m'attendais à ce qu'une planche se soulève, ou s'enfonce…

Je repensai à l'énigme. *Qu'avez-vous sous les yeux ?* Je voyais le soleil. Les rayons qui se croisaient… Comme cela ne nous menait nulle part, j'en revins aux premiers vers, ceux du début.

— Midi, me rappelai-je. La première moitié de l'énigme est une allusion à midi. (Les rouages de mon cerveau s'enclenchaient.) L'angle des rayons doit varier un peu en fonction de la position du soleil. Peut-être que la bascule et le demi-tour font apparaître un point précis à midi pile ?

Xander réfléchit à cela une seconde.

— On pourrait attendre, proposa-t-il. Ou alors… tricher.

Nous testâmes les planches voisines de la première. Il ne restait pas si longtemps avant midi. L'angle des rayons ne changerait pas tant que cela. J'appuyai sur chaque planche avec le plat de ma main. *Solide. Solide. Solide.*

— Tu trouves quelque chose ? me demanda Xander.

*Solide. Solide. Là !* Je venais de sentir une planche s'enfoncer légèrement sous la pression.

— Xander, viens voir !

Il me rejoignit, plaça ses deux mains sur la planche et appuya fort. La planche se releva avec un déclic, dévoilant une petite manette. Je l'actionnai sans trop savoir à quoi m'attendre. La seconde suivante, Xander et moi nous sentîmes tomber. Le sol se dérobait sous nos pieds.

Quand il s'arrêta, Xander et moi n'étions plus dans le grand salon mais dessous. Un escalier s'enfonçait directement devant nous. Il s'agissait peut-être de l'un de ces accès aux tunnels qu'Oren ne connaissait pas.

— Il faut descendre les marches deux par deux, dis-je à Xander. C'est la prochaine étape.

*Prenez-les deux par deux et venez jusqu'à moi.*

# 83

Je n'avais aucune idée de ce qui se passerait si nous ne descendions pas les marches deux par deux, mais je préférais ne pas me risquer à le découvrir.

— Tu as déjà exploré ces tunnels ? demandai-je à Xander lorsque nous arrivâmes au bas de l'escalier.

Il mit un petit moment à répondre.

— Non.

Je me concentrai sur notre environnement. Les tunnels étaient en métal, comme les canalisations géantes d'un réseau d'égouts, mais étonnamment bien éclairés. *Des lampes à gaz ?* me demandai-je. Je n'aurais pas su estimer à quelle profondeur nous étions. Devant nous, un embranchement s'ouvrait dans trois directions.

— Par où ? demandai-je à Xander.

Il pointa solennellement le tunnel du milieu.

Je fronçai les sourcils.

— Comment le sais-tu ?

— C'est elle, répondit Xander avec désinvolture, qui nous indique le chemin.

Il désigna quelque chose à mes pieds. Je baissai les yeux et lâchai une exclamation de surprise.

Je n'avais pas réalisé qu'il y avait des gargouilles au bas de l'escalier, comme dans le grand salon, sauf que celle de gauche tendait la main – et le doigt – vers le tunnel du milieu.

*Venez jusqu'à moi.*

Je m'avançai la première. Xander me suivit. Je me demandai s'il savait vers quoi nous marchions.

*Venez jusqu'à moi.*

Je me souvins qu'il m'avait dit que, même si j'avais cru manipuler Tobias Hawthorne, c'était lui qui en réalité m'avait manipulée.

*Il est mort*, me dis-je. *Pas vrai ?* Cette idée me percuta de plein fouet. La presse était convaincue de la mort du milliardaire. Sa famille semblait y croire, elle aussi. Mais ses proches avaient-ils vraiment vu son corps ?

Qu'est-ce que cela pouvait bien vouloir dire d'autre ? *Venez jusqu'à moi.*

***

Cinq minutes plus tard, nous parvînmes à un cul-de-sac. Le chemin s'arrêtait brusquement. Nous n'avions pas vu d'autre embranchement depuis que nous nous étions engagés dans cette galerie.

— La gargouille nous a peut-être menti ? suggéra Xander, qui paraissait s'amuser comme un petit fou.

Je tentai de pousser le mur. Peine perdue. Je me retournai dans la direction d'où nous étions venus.

— On a peut-être raté quelque chose ?

— Ou alors, fit Xander d'un air pensif, la gargouille nous a menti.

Je revins lentement sur mes pas, en examinant les parois du tunnel. Centimètre par centimètre.

— Là ! dis-je à Xander. Regarde.

Il y avait une plaque en métal dans le sol. Je m'accroupis. Un nom figurait dessus, mais le temps avait effacé la plupart des lettres. Les seules qu'on parvenait encore à identifier étaient un M, un O…

Et un I.

— Venez jusqu'à *moi*, murmurai-je.

Je tentai de soulever la plaque. En vain. J'essayai de nouveau, et cette fois elle se souleva brusquement. Je faillis basculer en arrière, mais Xander me retint.

Nous nous penchâmes au-dessus du trou béant.

— Finalement, murmura Xander, la gargouille disait peut-être vrai.

Sans plus attendre, il mit les jambes dans le trou et se laissa glisser dedans en criant :

— Tu viens ?

*Si Oren me voyait, il me tuerait.*

Je me laissai tomber dans le trou à mon tour et rejoignis Xander dans une petite pièce.

*À quelle profondeur sommes-nous ?* La pièce comportait quatre murs, dont trois identiques. Le quatrième, en béton nu, affichait trois lettres gravées dans le ciment.

A. K. G.

Mes initiales.

Je m'avançai vers les lettres, fascinée, et vis un rayon laser rouge passer sur mon visage. Il y eut un « bip », et le mur de béton se fendit en deux comme l'ouverture d'un ascenseur. Derrière, il y avait une porte.

— Reconnaissance faciale, commenta Xander. Peu importe lequel d'entre nous aurait trouvé cet endroit. Le mur ne se serait jamais ouvert sans toi.

Pauvre Jameson ! Après tous les efforts qu'il avait faits pour me garder près de lui, il m'avait rejetée avant que je puisse jouer mon rôle. *La ballerine de verre. Le couteau. La fille dont le visage déverrouille le mur qui dévoile la porte qui...*

— Et maintenant ? dis-je en m'approchant de la porte.

Elle était dotée de quatre écrans tactiles, un à chaque coin. Xander en toucha un afin de l'activer, lequel afficha l'image d'une main fluorescente.

— Oh, oh ! dit-il.

— Quoi, *oh, oh* ? demandai-je.

— Celui-ci comporte les initiales de Jameson, déclara Xander avant d'examiner l'écran suivant. Celui-ci, celles de Grayson. Et celui-là celles de Nash. (Il s'arrêta devant le dernier écran.) Et là, ce sont les miennes.

Il plaqua sa main sur l'écran. On entendit un nouveau « bip », puis le déclic d'un verrou qui se débloquait.

J'essayai de tourner la poignée de la porte.

— Quatre verrous, dit Xander en grimaçant. Pour quatre frères.

Il avait fallu mon visage pour parvenir jusqu'ici. Pour aller plus loin, nous avions besoin de leurs mains.

# 84

Xander me confia la surveillance de la pièce. Et promit de revenir très vite avec ses frères.

C'était plus facile à dire qu'à faire. Jameson n'avait pas fait mystère de ses sentiments. Grayson s'était volatilisé. Nash ne s'était jamais intéressé au jeu de leur grand-père. *Et s'ils refusent de venir ?* Quoi qu'il puisse y avoir derrière cette porte, c'était ce que Tobias Hawthorne avait voulu que nous trouvions. Le dix-huit octobre n'était pas la réponse. Pas entièrement.

Parmi toutes les personnes au monde qui partageaient la même date de naissance, pourquoi m'avoir choisie, moi ? De quoi le milliardaire avait-il voulu s'excuser ?

*Il y a trop de pièces du puzzle qui ne s'emboîtent pas*, pensai-je. J'avais besoin d'aide.

Au-dessus de moi, j'entendis des pas. Qui s'arrêtèrent brusquement.

— Xander ? appelai-je. (Pas de réponse.) Xander, c'est toi ?

D'autres pas… qui se rapprochaient. *Qui d'autre est au courant de l'existence de ce tunnel ?* J'étais tellement occupée à chercher des réponses, à suivre cette piste jusqu'au bout, que j'en avais presque oublié un détail important. Quelqu'un dans la maison Hawthorne avait montré les tunnels à Drake.

*Ces* tunnels.

Je m'adossai au mur. J'entendais quelqu'un marcher juste au-dessus de moi. Les pas s'interrompirent. Une silhouette s'avança dans l'ouverture, éclairée à contre-jour, bloquant mon seul moyen de sortir de cet endroit. *Féminine. Pâle.*

— Rebecca ?

# 85

— Avery ? dit Rebecca en se penchant au bord du trou. Qu'est-ce que tu fais là-dessous ?

Elle avait une voix parfaitement normale, mais la seule chose à laquelle je pensais, c'était qu'elle se trouvait dans l'enceinte de la propriété le soir où Drake m'avait tiré dessus. Elle n'avait pas d'alibi, parce qu'à notre arrivée au Wayback Cottage, elle n'était pas là, et aucun de ses grands-parents ne savait où elle était. Elle avait parlé de me *prévenir* de quelque chose.

Le lendemain, à en croire Théa, elle avait eu l'air d'avoir pleuré. *Pourquoi ?*

— Où étais-tu, le soir où je me suis fait tirer dessus ? lui demandai-je.

Rebecca ferma les yeux.

— Tu ne sais pas ce que c'est, déclara-t-elle tout bas, de focaliser sa vie entière sur une seule personne et de se réveiller un beau jour pour découvrir que cette personne a disparu.

Cela ne répondait pas à ma question. Je repensai à Théa m'expliquant qu'elle faisait simplement ce qu'Emily aurait voulu.

*Et pour moi, qu'est-ce qu'Emily aurait voulu qu'on fasse ?*

Je me pris à espérer que Xander revienne. Et vite.

— C'est ma faute, tu sais ? continua Rebecca d'en haut, toujours avec les yeux clos. Emily prenait trop de risques. Je l'avais dit à nos parents. Ils lui avaient interdit de sortir, de revoir les Hawthorne. Mais Em savait se montrer convaincante. Elle a réussi à persuader papa et maman qu'elle serait sage. Ils n'ont pas levé l'interdiction pour les garçons, mais lui ont accordé le droit de fréquenter Théa.

— Théa, répétai-je, qui sortait avec toi en secret.

Rebecca ouvrit les yeux.

— Emily nous a surprises ensemble cet après-midi-là. Elle était... furieuse. Dès qu'on s'est retrouvées toutes les deux, elle m'a dit que ce qu'il y avait entre Théa et moi, ce n'était pas de l'amour, que si elle m'avait vraiment aimée, Théa n'aurait jamais fait semblant d'être avec Xander. Elle a dit... (Rebecca frissonna violemment à ce souvenir.) Elle m'a dit que Théa l'aimait plus que moi et qu'elle le prouverait. Elle lui a demandé de la couvrir pour le plongeon à la falaise. J'ai supplié Théa de ne pas le faire, mais elle estimait qu'après tout, nous devions bien ça à Em.

Ainsi donc, Théa avait menti pour couvrir Emily le soir où elle était morte.

— La plupart des bêtises dans lesquelles Emily entraînait les garçons étaient à sa portée, c'étaient des choses qu'elle *pouvait* faire, mais même les plongeurs professionnels hésitent à sauter depuis Devil's Gate. C'est dangereux pour n'importe. Sauf qu'une telle décharge d'adrénaline, de cortisol, un tel changement d'altitude et de pression, avec le cœur qu'elle avait... (Rebecca parlait si bas désormais que je me demandai si elle avait encore conscience de s'adresser à moi.) J'avais essayé de prévenir nos parents, mais ça n'avait pas fonctionné. J'avais supplié Théa, mais elle avait préféré écouter Emily. Alors j'ai décidé d'aller trouver Jameson. Au départ, c'était lui qui devait l'emmener à Devil's Gate.

Rebecca baissa la tête. Ses cheveux roux lui tombèrent devant le visage. Théa avait raison : Rebecca Laughlin était très jolie. Mais dans l'immédiat, elle n'avait vraiment pas l'air dans son assiette.

— J'avais une cassette enregistrée par Emily, raconta-t-elle. Elle avait l'habitude de me raconter tout ce que les garçons faisaient pour elle, et avec elle. Elle aimait bien en conserver une trace. (Rebecca marqua une pause et, lorsqu'elle reprit la parole, sa voix avait retrouvé plus de mordant.) J'ai fait entendre cet enregistrement à Jameson. Je me disais que c'était pour protéger ma sœur, pour empêcher Jameson de l'emmener à la falaise. Mais la vérité, c'était qu'elle m'avait pris Théa.

*Alors tu as voulu lui prendre quelque chose, toi aussi*, pensai-je.

— Et Jameson a rompu avec elle, formulai-je par déduction.

— S'il ne l'avait pas fait, reprit Rebecca, elle n'aurait peut-être pas poussé les choses aussi loin. Elle se serait peut-être contentée de plonger de plus bas. Cela se serait peut-être mieux terminé. (Sa voix se radoucit de nouveau.) Si Emily ne m'avait pas surprise avec Théa ce jour-là, si elle n'avait pas vécu notre relation comme une telle trahison… elle n'aurait peut-être même pas eu envie de sauter.

Rebecca se sentait coupable. Théa accusait les garçons. Grayson prenait toute la responsabilité sur ses épaules. *Et Jameson…*

— Je suis désolée, souffla Rebecca.

Voilà qui m'arracha à mes réflexions. Le ton de sa voix m'indiquait qu'elle ne parlait plus d'Emily. Elle ne parlait plus d'une chose qui s'était déroulée un an auparavant.

— Désolée pour quoi ? demandai-je.

*Que viens-tu faire ici, Rebecca ?*

— Je n'ai rien contre toi, tu sais ? Mais c'est ce qu'Emily aurait voulu.

*Elle est folle.*

Je devais trouver un moyen de sortir de là. De m'éloigner d'elle au plus vite.

— Emily t'en aurait voulu de leur avoir pris leur argent. Elle aurait détesté la manière dont ils te regardent.

— Alors tu as décidé de te débarrasser de moi, résumai-je. Pour Emily.

Rebecca me dévisagea avec des yeux ronds.

— Non.

— Tu étais au courant pour les tunnels, et tu l'as dit à Drake…

— Non ! insista Rebecca. Avery, je ne ferais jamais ça.

— Tu l'as dit toi-même. Emily aurait voulu m'effacer du paysage.

— Je ne suis *pas* Emily ! protesta Rebecca d'une voix gutturale.

— Alors de quoi es-tu désolée ?

Elle avala sa salive.

— M. Hawthorne m'avait parlé des tunnels un été, quand j'étais petite. Il m'en avait montré toutes les entrées. Il disait que je méritais d'avoir quelque chose à moi. Un secret. Je descends là de temps en temps, quand j'ai besoin de m'isoler, lorsque je viens rendre visite à mes grands-parents. Mais depuis la mort d'Emily, l'ambiance est plutôt lourde à la maison, alors il m'arrive d'entrer par l'extérieur.

J'attendis la suite.

— Et… ?

— Le soir où on t'a tiré dessus, j'ai aperçu quelqu'un dans les tunnels. Je n'ai rien dit sur le moment, parce que Emily aurait voulu que je me taise. Je lui devais ça, Avery. Après ce que j'ai fait, je lui devais au moins ça.

— Qui as-tu vu ? demandai-je. Drake ?

Rebecca me regarda dans les yeux.

— Il n'était pas tout seul.

— Qui était avec lui ? m'écriai-je avec impatience, en vain. Rebecca, qui était avec Drake ce soir-là ?

Qui Emily aurait-elle voulu protéger ?

— L'un des garçons ? demandai-je, avec la sensation que le sol se dérobait sous mes pieds.

— Non, répondit tout bas Rebecca. Leur mère.

# 86

— Skye ?

J'avais du mal à le croire. Elle ne m'avait jamais donné l'impression d'être une menace, pas au même point que Zara. Passive-agressive, oui, voire mesquine. Mais violente ?

« Nous sommes entre amis, non ? » l'entendais-je encore déclarer. « J'ai pour politique de nouer des liens d'amitié avec tous ceux qui me dépouillent de mon héritage. »

Je la revoyais me tendre sa coupe de champagne et me proposer de boire.

— Skye était dans les tunnels avec Drake ce soir-là, résumai-je à voix haute pour être bien sûre d'en saisir toutes les implications. C'est elle qui lui a donné accès à la propriété, et sans doute elle qui l'a dirigé vers le Bois-Noir.

*Vers moi.*

— J'aurais dû en parler à quelqu'un, reconnut Rebecca dans un souffle. Après les coups de feu, dès que j'ai compris ce que j'avais vu, j'aurais dû le dire.

— Oui, confirma une voix tranchante. Tu aurais dû.

Grayson apparut derrière elle au bord du trou. Rebecca se retourna.

— Il s'agissait de ta mère, Gray, lui souffla-t-elle. *Je ne pouvais pas…*

— Tu aurais dû me prévenir, insista Grayson à voix basse. Je m'en serais occupé, Bex.

Je doutais que la méthode de Grayson pour *s'en occuper* ait consisté à livrer sa mère à la police.

— Drake a de nouveau essayé de me tuer, dis-je à Rebecca en la fusillant du regard. Tu le sais, j'imagine ? Il a essayé de nous envoyer dans le fossé. Il aurait pu me tuer, ainsi qu'Alisa, Oren et *Théa.*

Rebecca lâcha une exclamation étranglée à la seconde où j'eus prononcé le nom de Théa.

— Rebecca... commença Grayson d'une voix sourde.

— Je sais, le coupa Rebecca. Mais Emily n'aurait pas voulu...

— *Emily est morte.* (Il avait dit cela sans méchanceté, mais cela suffit à la faire taire.) Bex, reprit-il en l'obligeant à le regarder. Je vais m'occuper de ça. Tout ira bien, je te le promets.

— Tu parles, que tout ira bien ! m'exclamai-je.

— Laisse-nous, murmura-t-il à Rebecca.

Elle partit, et nous restâmes tous les deux.

Grayson me rejoignit en souplesse dans la pièce secrète.

— Xander m'a dit que vous aviez besoin de moi.

Il était venu. Cela m'aurait peut-être touchée davantage sans la conversation que je venais d'avoir avec Rebecca.

— Ta mère a essayé de me tuer.

— Ma mère est une femme compliquée, reconnut Grayson. Mais c'est la famille.

Et il ferait toujours passer sa famille avant moi.

— Si je vous demandais de me laisser gérer ça, continua-t-il, cela vous conviendrait-il ? Je peux vous garantir qu'il ne vous arrivera plus rien, ni à vous ni à vos proches.

Je ne voyais pas très bien comment il pouvait me garantir une chose pareille, mais de toute évidence il pensait être en mesure de le faire. *Le monde se plie à la volonté de Grayson Hawthorne.* Je repensai à notre première rencontre, à cette impression d'assurance totale qu'il dégageait, comme s'il était invincible.

— Et si je vous proposais un petit jeu ? suggéra Grayson en me voyant hésiter. Je sais que vous aimez les défis. (Il s'approcha de moi.) S'il vous plaît, Avery. Donnez-moi une chance de tout arranger.

Il ne pourrait pas tout arranger… mais ce qu'il me demandait, c'était juste une chance.

*Rien ne m'oblige à lui dire oui. Je ne lui dois rien. Mais…*

Peut-être fut-ce à cause de l'expression de son visage. Ou parce que je lui avais déjà tout pris une fois. Ou peut-être avais-je simplement envie qu'il puisse me voir en pensant à autre chose qu'au dix-huit octobre.

— D'accord, concédai-je. En quoi consiste le jeu ?

Son regard gris acier croisa le mien.

— Pensez à un chiffre, me dit-il. De un à dix. Si je devine lequel, vous me laissez me charger de ma mère. Dans le cas contraire…

— Je la dénonce à la police.

Grayson s'avança tout près de moi.

— Pensez à un chiffre.

Les probabilités étaient en ma faveur. Il n'avait que dix pour cent de chances de tomber juste. J'avais quatre-vingt-dix pour cent de chances qu'il se trompe. Je pris mon temps pour réfléchir. Il y avait certains chiffres auxquels la plupart des gens pensaient spontanément. Comme sept, par exemple. Je pouvais choisir les extrêmes, un ou dix, mais cela me paraissait un peu trop évident également.

J'avais le huit dans la tête, depuis le jour où nous avions résolu la séquence numérique. Et quatre, bien sûr, était le nombre des frères Hawthorne.

Pour l'empêcher de deviner, je devais choisir un chiffre inattendu. Sans raison logique.

*Deux.*

— Tu veux que je l'écrive ? lui demandai-je.

— Sur quoi ? rétorqua Grayson.

Ma gorge se serra.

— Comment sauras-tu que je ne mens si je ne le fais pas ?

Grayson ne dit rien pendant quelques secondes, puis répondit :

— Je vous fais confiance.

J'avais pourtant la conviction que Grayson Hawthorne n'accordait pas facilement sa confiance, et surtout pas à la première venue. Je m'éclaircis la voix.

— Vas-y.

Il prit au moins autant de temps à deviner que j'en avais mis à choisir. Il me dévisagea, et je sentis qu'il essayait de reconstituer mon raisonnement, de me résoudre, comme n'importe quelle énigme.

*Que vois-tu quand tu me regardes, Grayson Hawthorne ?*

Il finit par se jeter à l'eau :

— Deux.

Je détournai légèrement la tête, afin de rompre le contact visuel. J'aurais pu mentir, lui dire qu'il s'était trompé. Mais je n'en fis rien.

— C'est ça.

Grayson relâcha son souffle, avant de me prendre doucement le menton pour faire pivoter mon visage vers lui.

— Avery… Je ne laisserai plus jamais personne te faire du mal. (C'était la première fois qu'il me tutoyait. Il suivit avec le doigt la ligne de ma mâchoire.) Tu as ma parole.

Il pensait pouvoir me protéger. Il en avait *envie*. Il était en train de me toucher, et j'avais envie de le laisser faire. De le laisser veiller sur moi. De le laisser…

*Des pas.* Le bruit qui résonnait au-dessus de nous me fit m'écarter de Grayson, et un instant plus tard Xander et Nash nous rejoignirent dans la pièce.

Je me tournai vers eux, plutôt que vers Grayson.

— Jameson n'est pas avec vous ?

Xander se racla la gorge.

— Il a employé un langage très fleuri pour me répondre quand je lui ai dit que nous avions besoin de lui.

Nash sourit.

— Il va venir.

Nous attendîmes… cinq minutes, puis dix.

— Autant commencer par vous, suggéra Xander à ses frères. Vos mains, s'il vous plaît.

Grayson s'exécuta le premier, puis Nash. Une fois que les écrans tactiles eurent scanné leurs mains, nous entendîmes deux cliquetis de verrous.

— Ça en fait trois de débloqués, murmura Xander. Plus qu'un.

Cinq minutes supplémentaires s'écoulèrent. Huit.

*Il ne vient toujours pas*, me dis-je.

— Toujours pas de Jameson, constata Grayson, comme s'il avait lu dans mes pensées aussi facilement que lorsqu'il avait deviné mon chiffre.

— Il va venir, répéta Nash.

— Je fais toujours ce qu'on me dit, non ?

Nous levâmes la tête et Jameson sauta dans le trou. Il se réceptionna entre ses frères et moi, fléchissant les genoux assez bas pour absorber le choc. Quand il se redressa, il les regarda bien en face, l'un après l'autre. *Nash. Grayson. Xander.*

Puis moi.

— Tu ne t'arrêtes jamais, hein, Héritière ?

Cela ne sonnait pas vraiment comme un reproche.

— Je suis plus coriace que j'en ai l'air, lui dis-je.

Il me dévisagea encore un moment, avant de se tourner vers la porte. Il plaqua sa main sur l'écran qui portait ses initiales. Le dernier verrou se débloqua, et la porte s'entrouvrit en crissant, sur quelques centimètres à peine. Je m'attendais à voir Jameson l'ouvrir en grand, mais au lieu de cela, il revint se placer sous le trou et bondit pour se cramponner au bord.

— Où vas-tu ? lui demandai-je.

Après tout ce que nous avions fait pour arriver jusque-là, il ne pouvait pas s'en aller comme ça.

— Je ne sais pas encore, répondit-il. Je crois que je vais commencer par la cave à vin.

*Non.* Je ne pouvais pas le laisser partir. C'était lui qui m'avait entraînée là-dedans, et il resterait jusqu'au bout. Je sautai pour attraper le bord du trou, moi aussi, mais sentis mes doigts glisser. Des mains vigoureuses me saisirent par la taille. *Grayson.* Il me souleva et me permit de me hisser à l'extérieur.

— Attends ! lançai-je à Jameson.

Il était déjà en train de s'éloigner. En entendant ma voix, il s'arrêta sans toutefois se retourner.

— Je ne sais pas ce qu'il y a derrière cette porte, Héritière, mais je peux déjà te dire que c'est un piège que le vieux avait tendu exprès pour moi.

— Uniquement pour toi ? dis-je avec une pointe d'agacement dans la voix. C'est pour ça que nous avions besoin de vos quatre mains et de mon visage pour arriver jusqu'ici ?

De toute évidence, Tobias Hawthorne avait eu l'intention de nous réunir *tous les cinq* à cet endroit.

— Il savait bien que, quel que soit le jeu qu'il nous laisserait, je mordrais à l'hameçon. Nash aurait pu tout envoyer promener, Grayson aurait pu se perdre dans des considérations légales, Xander aurait pu se laisser distraire par mille autres choses sans importance, mais on pouvait être sûr que *je jouerais le jeu.* (Je l'entendais respirer fort ; on voyait bien qu'il souffrait.) Alors oui, tout ça m'était clairement destiné. Quoi qu'il puisse y avoir de l'autre côté de cette porte…

Jameson inspira profondément.

— Il savait, conclut-il. Il savait ce que j'avais fait, et il voulait s'assurer que je ne l'oublierais jamais.

— Que savait-il exactement ? demandai-je.

Grayson apparut à côté de moi et répéta la question.

— Oui, Jamie, qu'est-ce que savait le vieux ?

Derrière moi, j'entendis Nash et Xander se hisser hors du trou, mais je fis à peine attention à eux. J'étais entièrement focalisée sur Jameson et Grayson.

— Qu'est-ce qu'il savait, Jamie ?

Jameson se retourna face à son frère.

— Ce qui s'est passé le dix-huit dix.

Grayson s'avança et saisit Jameson par les épaules.

— C'était ma faute. C'est moi qui ai emmené Emily là-haut. Je savais que c'était une mauvaise idée, mais je m'en fichais. Je voulais juste gagner. Je voulais que ce soit *moi* qu'elle aime.

— Je vous ai suivis cette nuit-là… Je vous ai regardé sauter tous les deux, Gray.

L'aveu de Jameson flotta dans le silence pendant plusieurs secondes.

Tout à coup, je me souvins de cet instant où nous étions en route pour le Ruisseau de l'ouest, Jameson et moi. Quand il m'avait dit deux mensonges et une vérité : « J'ai vu Emily Laughlin mourir sous mes yeux. »

— Tu nous avais suivis ? s'exclama Grayson, perplexe. Mais pourquoi ?

— Par masochisme ? répondit Jameson en haussant les épaules. J'en voulais à la terre entière. (Il marqua une pause.) Et puis, je t'ai vu partir tout seul, et je…

— Jamie, dit Grayson en laissant retomber ses mains le long de ses flancs. Qu'as-tu fait ?

Grayson m'avait raconté qu'il était parti chercher des serviettes et qu'à son retour Emily gisait sur le sable. *Morte.*

— *Qu'est-ce tu as fait ?*

— Elle m'a vu. (Jameson se détourna de son frère pour me regarder.) Elle m'a vu, et m'a souri. Elle pensait avoir gagné. Elle croyait qu'elle me tenait, sauf que j'ai tourné les talons et que je suis parti. Elle m'a appelé. J'ai continué à marcher. Je l'ai entendue lâcher un cri, puis des sortes de hoquets, comme si elle s'étranglait.

Horrifiée, je me couvris la bouche avec la main.

— Je croyais qu'elle jouait la comédie. J'ai entendu des bruits d'éclaboussures, mais je ne me suis pas retourné. J'ai continué sur une centaine de mètres. Elle ne m'appelait plus. Alors j'ai jeté un coup d'œil par-dessus mon épaule. (La voix de Jameson se fêla.) Elle était en train de se traîner hors de l'eau, à quatre pattes. J'ai cru qu'elle faisait semblant.

Il avait cru qu'elle cherchait à le manipuler.

— Je suis resté là sans rien faire, conclut-il d'une voix morne. Je n'ai pas levé le petit doigt pour l'aider.

« J'ai vu Emily Laughlin mourir sous mes yeux. »

J'étais au bord de la nausée. Je l'imaginais sur cette plage, debout, tâchant de montrer à Emily qu'il ne lui appartenait plus, tâchant de résister.

— Elle a fini par s'écrouler. Elle ne bougeait plus. C'est là que tu es revenu, Gray. Alors je suis parti. (Jameson frissonna.) Je t'en ai voulu pour l'avoir emmenée là-haut, mais je m'en veux surtout à moi de l'avoir laissée mourir. D'être resté là, à regarder, sans rien faire.

— Son cœur a lâché, protestai-je. Qu'est-ce que tu aurais voulu faire… ?

— J'aurais pu tenter un massage cardiaque, ou je ne sais pas, *quelque chose.* (Jameson déglutit.) Mais je n'ai rien fait. Et j'ignore comment le vieux l'a découvert, mais il m'a pris à part quelques jours plus tard. Il m'a dit qu'il savait quel rôle j'avais joué là-dedans et m'a demandé si je me sentais coupable. Il aurait voulu que je te le dise, Gray, seulement je n'étais pas d'accord. Je lui ai répondu que s'il tenait tellement à ce que tu sois au courant, il n'avait qu'à tout te raconter lui-même. Il n'a pas voulu. À la place, il a… fait tout ça.

*La lettre. La bibliothèque. Le testament. Leurs deuxièmes prénoms. Ma date de naissance, et celle de la mort d'Emily. Les chiffres disséminés partout dans la propriété. Le verre fumé, l'énigme. Le passage dans les tunnels. La plaque dans le sol, marquée MOI. La pièce secrète. Le mur coulissant. La porte.*

— Juste pour s'assurer que je n'oublierai jamais, conclut Jameson.

— Non, intervint Xander. (Les autres se tournèrent vers lui.) Ce n'est pas du tout ça, jura-t-il. Il ne cherchait pas à démontrer quoi que ce soit. Il voulait simplement nous réunir tous ensemble. Tous les quatre. Ici.

Nash posa la main sur l'épaule de Xander.

— Le vieux pouvait se montrer sacrément vachard, Xan.

— *Je vous dis que ce n'est pas ça,* insista Xander.

Je ne l'avais jamais entendu aussi catégorique, comme s'il ne s'agissait pas d'une spéculation, comme s'il *savait* quelque chose.

Grayson, qui n'avait pas prononcé un mot depuis la confession de Jameson, prit la parole :

— Qu'essaies-tu de nous dire exactement, Alexander ?

— Vous erriez comme des âmes en peine tous les deux. Toi, Gray, on aurait dit un robot. (Xander parlait à toute vitesse à présent, presque trop vite pour que nous puissions suivre.) Jamie était une bombe à retardement. Vous vous détestiez l'un l'autre.

— On se détestait surtout nous-mêmes, répliqua Grayson, d'une voix râpeuse comme du papier de verre.

— Le vieux savait qu'il était malade, admit Xander. Il me l'avait dit, juste avant de mourir. Alors il m'a demandé de lui rendre un service.

Nash plissa les paupières.

— Quoi donc ?

Xander ne répondit pas. Grayson plissa les paupières à son tour.

— Tu devais t'assurer qu'on jouerait le jeu.

— Je devais faire en sorte que vous alliez jusqu'au bout, reconnut Xander en regardant Grayson et Jameson. Tous les deux. Si l'un d'entre vous arrêtait le jeu, je devais vous remettre sur les rails.

— Donc tu étais au courant ? m'exclamai-je. Pendant tout ce temps, tu savais où menaient les indices ?

C'était Xander qui m'avait aidée à trouver le tunnel. C'était lui qui avait résolu l'énigme du Bois-Noir. Et même au début…

*C'est lui qui m'a confié que son grand-père n'avait pas de deuxième prénom.*

— Tu m'as aidée, l'accusai-je.

Il m'avait *manipulée.* Comme une marionnette.

— Je t'avais dit que j'étais une machine de Rube Goldberg, répliqua Xander en baissant les yeux. Je t'ai prévenue. Enfin, j'ai essayé.

Je repensai à la fois où il m'avait emmenée voir la machine qu'il avait construite. Je lui avais demandé quel rapport cela avait avec Théa, et il m'avait répondu : « Qui a dit que ça avait le moindre rapport avec Théa ? »

Je le dévisageai fixement – le plus jeune, le plus grand et sans doute le plus brillant des frères Hawthorne. « Où que tu ailles, ils te suivront », m'avait-il dit lors de la soirée de gala. Pendant tout ce temps, j'avais cru que Jameson se servait de moi. Qu'il me gardait près de lui pour une raison précise.

Il ne m'était jamais venu à l'esprit que Xander puisse avoir ses raisons, lui aussi.

— Sais-tu pourquoi ton grand-père m'a choisie ? lui demandai-je. Est-ce que tu connaissais la réponse depuis le début ?

Xander leva les mains devant lui, en geste d'apaisement, comme s'il craignait de me voir lui sauter à la gorge.

— Je sais seulement ce qu'il voulait que je sache. J'ignore ce qu'il y a derrière cette porte. J'étais juste censé me débrouiller pour conduire Gray et Jamie ici. *Ensemble.*

— Pas uniquement eux, corrigea Nash. Nous quatre.

Je me souvins de ce qu'il m'avait dit dans la cuisine : « Il faut parfois gratter une plaie pour qu'elle puisse cicatriser. »

Était-ce donc ça, le plan du vieil homme ? La vraie raison de toute cette histoire ? Me parachuter parmi eux, les pousser à agir, dans l'espoir que le jeu finisse par faire surgir la vérité ?

— Pas uniquement nous quatre, dit Grayson, qui se tourna vers moi. C'était clairement un jeu pour cinq.

# 87

Nous redescendîmes dans la pièce l'un après l'autre. Jameson posa sa main contre la porte et la poussa. La cellule qui s'ouvrait derrière était presque entièrement vide, à l'exception d'un petit coffret en bois. Sur le dessus du coffret figuraient des lettres en or, gravées dans des briquettes dorées qui semblaient sortir tout droit du Scrabble le plus cher du monde.

Ces lettres formaient mon nom : AVERY KYLIE GRAMBS.

Il y avait aussi quatre briquettes sans aucune inscription, une avant mon prénom, une après mon nom de famille et deux pour séparer mon deuxième prénom des autres. Après ce qui venait de se passer – la confession de Jameson, puis celle de Xander –, je trouvais bizarre de revenir ainsi au centre de l'attention.

*Pourquoi moi ?* Le jeu avait peut-être été conçu afin de forcer le rapprochement de Jameson et de Grayson, faire remonter certains secrets à la surface, crever l'abcès entre les frères… mais, pour une raison que je ne m'expliquais pas, il se terminait avec moi.

— On dirait que c'est à toi de jouer, petite, observa Nash en me poussant gentiment en avant.

Ma gorge se serra tandis que je m'agenouillais devant le coffret. Je tentai de l'ouvrir, mais il était verrouillé. Je ne voyais pas de serrure, aucun mécanisme d'ouverture.

Au-dessus de moi, Jameson suggéra :

— Les lettres, Héritière.

C'était plus fort que lui. Il ne pouvait pas s'empêcher de continuer à jouer.

Je saisis délicatement le A de *Avery*. Il se détacha sans difficulté. Une à une, je récupérai toutes les lettres, ainsi que les briquettes vierges, et me rendis compte qu'elles constituaient la clé de déverrouillage du coffret. Je les contemplai un moment. Dix-neuf briquettes au total. De toute évidence, mon nom n'était pas la bonne combinaison. *Alors quoi ?*

Grayson s'accroupit à côté de moi, sépara les voyelles des consonnes et les classa par ordre alphabétique.

— C'est une anagramme, comprit Nash. Il faut réarranger les lettres.

Je faillis rétorquer que mon nom n'était qu'un nom, et pas l'anagramme de quoi que ce soit, mais mon cerveau s'employait déjà à trier les possibilités.

Avery fut facile à changer en mots : deux mots, rien qu'en déplaçant d'une briquette l'espace qui se trouvait devant. Je remis les briquettes en place sur le dessus du coffret, une à une, avec chaque fois un petit « clic ».

*A very...*

Je mis un autre espace après *very*. Il m'en restait encore deux, ainsi que toutes les lettres de mon deuxième prénom et de mon nom de famille.

Kylie Grambs, trié selon la méthode de Grayson, donnait : A, E, I, B, G, K, L, M, R, S, Y.

*Big. Balm. Bale...* Je commençai à former différents mots, en examinant les lettres que cela me laissait, puis la solution m'apparut.

D'un coup.

— C'est une blague, protestai-je à mi-voix.

— Quoi donc ? demanda Jameson.

Il était à fond dans le jeu désormais, que cela lui plaise ou non. Il s'accroupit à côté de Grayson et moi pendant que je plaçais les lettres les unes après les autres.

Avery Kylie Grambs – le nom que j'avais reçu le jour de ma naissance, le nom que Tobias Hawthorne avait programmé dans l'ordinateur de son bowling, dans son flipper et Dieu sait dans combien d'autres appareils de sa maison – devenait, une fois les lettres réorganisées : *A very risky gamble* – Un pari très risqué.

— Il n'arrêtait pas de dire ça, murmura Xander. Que son plan ne marcherait peut-être pas. Que c'était...

— Un pari très risqué, acheva Grayson en tournant son regard vers moi.

*Mon nom ?* Je n'en revenais pas. *D'abord ma date de naissance, et ensuite mon nom ?* Était-ce tout ? Était-ce l'explication de toute cette histoire, la seule raison pour laquelle Tobias Hawthorne m'avait choisie ?

Je posai la dernière briquette et le coffret s'ouvrit. À l'intérieur se trouvaient cinq enveloppes, à nos noms respectifs.

Je regardai les garçons ouvrir les leurs et lire les lettres qu'elles contenaient. Nash lâcha un juron étouffé. Grayson fixa la sienne sans un mot. Jameson pouffa. Xander fourra son enveloppe dans sa poche.

Je me penchai enfin sur ma propre enveloppe. La dernière lettre que Tobias Hawthorne m'avait laissée n'expliquait rien du tout. J'espérais que celle-ci m'apporterait un peu de clarté. *Comment m'avez-vous trouvée ? Pourquoi me dire que vous étiez désolé ? De quoi étiez-vous désolé ?*

Mais je ne trouvai pas d'explication à l'intérieur de mon enveloppe, aucune lettre.

Elle ne contenait qu'un sachet de sucre.

# 88

*Je pose deux sachets de sucre à la verticale sur la table, et je les fais se toucher au sommet pour former un triangle qui tient tout seul.*

*— Et voilà, dis-je.*

*Je fais pareil avec deux autres sachets juste à côté, et je pose par-dessus un cinquième sachet à l'horizontale pour réunir les deux triangles.*

*— Avery Kylie Grambs ! (Ma mère apparaît au bout de la table.) Qu'est-ce que je t'ai déjà dit à propos des châteaux de sucre ?*

*Je lui adresse un grand sourire.*

*— Ça ne vaut que pour ceux de cinq étages !*

Dans mon rêve, c'était là que le souvenir se terminait, mais maintenant, grâce au sachet de sucre que je tenais à la main, mon cerveau m'entraînait une étape plus loin :

*Un homme assis en train de manger dans le box dans mon dos se retourne vers moi.*

*— Quel âge as-tu ? me demande-t-il.*

*— Six ans, dis-je.*

*— J'ai un petit-fils qui a quasiment le même âge, me confie-t-il. Dis-moi, Avery, sais-tu épeler ton nom ? Ton nom complet, comme ta mère vient de t'appeler il y a une minute ?*

*Oui, je sais faire, et je le lui prouve.*

— Je l'avais rencontré, dis-je tout bas. Une fois, il y a des années. Comme ça, par hasard.

Tobias Hawthorne avait entendu ma mère prononcer mon nom en entier. Il m'avait demandé de l'épeler.

— Il aimait les anagrammes encore plus que le scotch, se souvint Nash. Et Dieu sait qu'il *adorait* un bon scotch.

Tobias Hawthorne avait-il réarrangé mentalement les lettres de mon nom ce jour-là ? Cela l'avait-il amusé ? Je pensai à Grayson, qui avait engagé quelqu'un pour fouiner dans mon passé. Et celui de ma mère. Tobias Hawthorne avait-il été curieux d'en savoir plus sur nous ? Avait-il fait la même chose ?

— Il a sûrement gardé un œil sur toi, dit Grayson d'une voix rauque. Une drôle de fille avec un drôle de nom. (Il jeta un coup d'œil à Jameson.) Il avait dû se renseigner sur sa date de naissance.

— Et après la mort d'Emily... (Jameson me regardait à présent, il ne regardait plus que moi.) Il a repensé à toi.

— Et décidé de me léguer toute sa fortune à cause de mon *nom* ? m'exclamai-je. C'est dingue !

— C'est toi qui l'as dit, Héritière. Il ne nous a pas déshérités pour toi. Il comptait ne rien nous laisser de toute manière.

— L'argent serait allé à des œuvres de charité, protestai-je. Vous êtes en train de me dire qu'il aurait décidé comme ça, sur un coup de tête, de déchirer le testament qu'il avait rédigé vingt ans plus tôt ? C'est...

— Il avait besoin de capter notre attention, expliqua Grayson. Par un geste tellement inattendu, tellement incroyable, que nous ne pourrions pas le voir autrement que comme...

— … une énigme, acheva Jameson. Quelque chose que nous ne pourrions pas ignorer. Qui nous donnerait un bon coup de pied aux fesses. Et nous réunirait ici, tous les quatre.

— Pour crever l'abcès, conclut Nash.

Ils avaient bien connu le vieil homme. Pas moi. Ce qu'ils disaient était cohérent pour eux. À leurs yeux, il ne s'agissait pas d'un coup de tête. Simplement d'un pari très risqué. Tobias Hawthorne avait parié que ma présence dans la maison secouerait un peu tout ce petit monde, mettrait à nu de vieux secrets, que d'une manière ou d'une autre, cette dernière énigme débloquerait la situation.

Et que les frères séparés par la mort d'Emily pourraient se réconcilier grâce à moi.

— Je te l'avais dit, petite, observa Nash à côté de moi. Tu n'es pas une joueuse. Tu es la ballerine de verre… ou le couteau.

# 89

Oren réapparut à l'instant où je posai le pied dans le grand salon. Cela me fit m'interroger sur les raisons qui l'avaient poussé à m'abandonner un moment. Avait-il vraiment reçu un coup de fil, ou bien Tobias Hawthorne lui avait-il donné pour instructions de nous laisser terminer le jeu tous les cinq ?

— Savez-vous ce qu'il y a là-dessous ? demandai-je à mon chef de la sécurité.

Il était plus dévoué à son ancien employeur qu'à moi.

*Que vous a-t-il demandé de faire d'autre ?*

— Au-delà des tunnels ? répliqua Oren. Non. (Il nous étudia attentivement, les garçons et moi.) Je devrais ?

Je repensai à ce qui s'était passé là-dessous en l'absence de Xander. À Rebecca, et à ce qu'elle m'avait dit. À propos de Skye. Je me tournai vers Grayson. Son regard croisa le mien. J'y lus une question, de l'espoir, et autre chose que je n'aurais pas su définir.

Tout ce que je trouvai à répondre à Oren, ce fut :

— Non.

***

Ce soir-là, je m'assis devant le bureau de Tobias Hawthorne, celui qui se trouvait dans mon aile. Je tenais entre mes mains la lettre qu'il m'avait laissée.

*Très chère Avery,*

*Je suis désolé.*

*— T. T. H.*

Je me demandai une fois de plus pourquoi il était désolé, puis je songeai que j'avais peut-être mal interprété la situation. Peut-être qu'il ne m'avait pas légué sa fortune pour s'excuser. Peut-être s'excusait-il au contraire de m'avoir légué sa fortune. De s'être *servi de moi.*

Il m'avait fait venir uniquement pour *eux*.

Je pliai la lettre en deux, puis de nouveau en deux. Tout ceci n'avait strictement rien à voir avec ma mère. Quels qu'aient pu être ses secrets, ils étaient antérieurs à la mort d'Emily. Au fond, cette succession d'événements invraisemblables qui avait bouleversé ma vie n'avait rien à voir avec *moi*. Je n'étais qu'une gamine avec un drôle de nom qui avait eu la bonne fortune de naître le bon jour.

« J'ai un petit-fils, m'avait-il dit, qui a quasiment le même âge. »

— Il a fait tout ça uniquement pour eux, dis-je à voix haute. Et moi, je suis censée faire quoi, maintenant ?

La partie était terminée. L'énigme était résolue. J'avais rempli mon office. Et je ne m'étais jamais sentie aussi insignifiante de toute ma vie.

Mon regard se posa sur la boussole intégrée au bureau. Comme le jour de mon arrivée, je la fis pivoter. La tablette du bureau se souleva alors, dévoilant le compartiment qui se trouvait dessous. Je suivis délicatement du doigt le T gravé dans le bois.

Puis je me penchai sur ma lettre… et sur la signature de Tobias Hawthorne. *T. T. H.*

Je relevai les yeux sur le bureau. Jameson m'avait dit un jour que son grand-père n'avait jamais acheté un bureau qui ne comporte pas de compartiment secret. À force de jouer ce jeu, de vivre dans cette maison, j'avais appris à voir les choses différemment. Je testai la résistance du panneau de bois sur lequel le T était gravé.

*Rien.*

Puis je posai le doigt à l'endroit du T, et appuyai franchement. Le bois s'enfonça. *Clic.* Avant de se remettre en place.

— T, dis-je à voix haute. (Puis je répétai le même processus. Nouveau « clic ».) T.

Je fixai le panneau un long moment avant de repérer un espace entre le bois et le haut du bureau, à la base du T. Je glissai mes doigts dessous, sentis une rainure, puis un crochet. Je détachai le crochet et le panneau pivota dans le sens inverse des aiguilles d'une montre.

Après cette rotation à quatre-vingt-dix degrés, ce n'était plus un T que j'avais sous les yeux, mais un H. Je pressai simultanément les trois barres du H. *Clic.* Un petit moteur se mit à ronronner et le panneau s'escamota dans le bureau, dévoilant un autre compartiment par-dessous.

*T. T. H.* Tobias Hawthorne avait eu l'intention de me loger dans cette aile. Il avait signé ma lettre avec ses initiales, et non son nom complet. Et ces initiales venaient d'ouvrir ce tiroir. Au fond, il y avait un dossier qui ressemblait beaucoup à celui que Grayson m'avait montré à la fondation. Mon nom – en toutes lettres – figurait sur la couverture.

*Avery Kylie Grambs.*

Maintenant que j'avais vu l'anagramme, je ne parvenais plus à l'oublier. Ne sachant pas ce que je trouverais à l'intérieur – ni même à quoi m'attendre –, je sortis le dossier et l'ouvris. La première chose qui me sauta aux yeux fut une copie de mon certificat de naissance. Tobias Hawthorne avait surligné ma date de naissance – ainsi que la signature de mon père. Pour la date, je pouvais comprendre. Mais la signature ?

« J'ai un secret... à propos du jour de ta naissance », m'avait confié ma mère.

Perplexe, je feuilletai le reste du dossier. Les pages étaient couvertes de photos, quatre ou cinq par année à compter de mes six ans.

« Il a sûrement gardé un œil sur toi, m'avait dit Grayson. Une drôle de fille avec un drôle de nom. »

Le nombre de photos augmentait de manière significative après mon seizième anniversaire. *Après la mort d'Emily.* À croire que Tobias Hawthorne avait chargé quelqu'un d'immortaliser mes moindres faits et gestes. *Il n'allait pas tout miser sur une parfaite inconnue*, pensai-je. Techniquement, c'était pourtant ce qu'il avait fait mais, en regardant ces photos, je ne pus m'empêcher de penser que Tobias Hawthorne s'était abondamment renseigné sur moi.

Je n'étais pas qu'un nom et une date pour lui.

Il y avait des photos de moi en train de jouer au poker sur le parking, ou les bras chargés de plateaux au restaurant. Une photo me montrait en train de rire avec Libby, une autre de m'interposer mine de rien entre elle et Drake. On me voyait aussi jouer aux échecs dans le parc, et une photo nous montrait, Harry et moi, de dos, en train de faire la queue pour nous acheter un petit déjeuner. Il y en avait même une de moi dans ma voiture, un paquet de cartes postales à la main.

Le photographe m'avait surprise en train de rêvasser.

Tobias Hawthorne ne m'avait peut-être pas connue, mais il avait appris un certain nombre de choses sur moi. Peut-être avais-je constitué un pari très risqué. Peut-être avais-je fait partie de l'énigme et non des joueurs. Mais le milliardaire me savait parfaitement capable de jouer. Il ne s'était pas jeté là-dedans à l'aveuglette en se fiant à sa chance. Il avait préparé son coup avec un soin méticuleux et m'avait intégrée dans ses calculs. Pas uniquement Avery Kylie Grambs, née le même jour que celui où Emily Laughlin était morte, mais la fille sur les photos.

Je repensai à ce que Jameson m'avait dit le premier soir, quand il s'était introduit dans ma chambre par la cheminée. Tobias Hawthorne m'avait laissé toute sa fortune, et tout ce qu'il leur avait laissé, à eux, c'était *moi*.

# 90

Le lendemain matin de bonne heure, Oren m'informa que Skye Hawthorne quittait la maison. Elle allait s'installer ailleurs et Grayson avait expressément ordonné au service de sécurité de lui interdire l'accès à la propriété.

— Vous ne sauriez pas pourquoi ? me demanda Oren d'un air soupçonneux.

Je lui adressai un grand regard innocent.

— Aucune idée.

***

Je retrouvai Grayson dans l'escalier dérobé, devant le Davenport.

— Tu as chassé ta mère de la maison ?

Ce n'était pas la réaction que j'attendais de lui lorsqu'il avait gagné notre pari. Pour le meilleur ou pour le pire, Skye était quand même sa mère. *La famille avant tout.*

— Elle est partie de sa propre initiative, répondit Grayson d'une voix neutre. Elle s'est dit que c'était probablement ce qu'elle avait de mieux à faire.

*C'est toujours mieux que d'être dénoncée à la police*, supposai-je.

— Tu avais remporté le pari, rappelai-je à Grayson. Tu n'étais pas obligé de…

Il se tourna vers moi et monta une marche pour se porter à ma hauteur.

— Si.

« Si je dois choisir entre vous et n'importe lequel de ses membres, m'avait-il dit, c'est toujours la famille que je choisirai, sans hésiter. »

Il avait pourtant fait l'inverse.

— Grayson…

Je me tenais tout près de lui. La dernière fois que nous nous étions trouvés sur ces marches tous les deux, j'avais baissé mon col pour lui montrer ma blessure. Cette fois-ci, je sentis ma main se lever vers *son* torse. Il était arrogant, insupportable et, après notre rencontre, il avait passé la première semaine à faire de ma vie un enfer. Il était toujours à moitié amoureux d'Emily Laughlin. Mais depuis l'instant où je l'avais vu pour la première fois, je n'avais jamais réussi à détourner mon regard de lui.

Et en fin de compte, c'était moi qu'il avait choisie. *Avant sa famille. Avant sa mère.*

Timidement, je levai la main de sa poitrine à sa joue. Pendant une seconde, il me laissa le toucher, puis il détourna la tête.

— Je te protégerai quoi qu'il arrive, me promit-il, la mâchoire crispée, les yeux plongés dans l'ombre. Tu mérites de te sentir en sécurité dans ta propre maison. Et je t'aiderai avec la fondation. Je t'apprendrai tout ce que tu as besoin de savoir pour la diriger. Mais ça… nous deux… (Il déglutit.) C'est impossible, Avery. J'ai bien vu la manière dont Jameson te regarde.

Il n'ajouta pas qu'il ne laisserait plus jamais une fille se mettre entre eux. Ce n'était pas nécessaire.

# 91

J'allai au lycée, et à mon retour j'appelai Max, tout en sachant qu'elle n'avait probablement pas récupéré son téléphone. Je tombai sur son répondeur.

— Vous êtes sur la boîte vocale de Maxine Liu. Je suis actuellement séquestrée dans l'équivalent technologique d'un couvent virtuel. Bonne journée à vous, bande de petits vauriens.

J'appelai le numéro de son frère et tombai encore une fois sur le répondeur.

— Vous êtes sur la boîte vocale d'Isaac Liu. (Elle avait manifestement enregistré son message d'accueil à lui aussi.) C'est un petit frère bien éduqué et, si vous lui laissez un message, il y a de bonnes chances qu'il vous rappelle. Avery, si c'est toi, arrête d'essayer de te faire tuer. Tu me dois toujours l'Australie !

Je ne laissai pas de message, mais je me promis de demander à Alisa combien cela coûterait de faire parvenir des billets de première classe pour l'Australie à la famille Liu au complet. Je ne pouvais pas voyager avant la fin de mon année de probation, mais Max le pouvait peut-être.

Je lui devais bien ça.

Déboussolée, contrariée par ce que m'avait dit Grayson et par le fait que Max ne soit pas joignable pour en discuter avec elle, je partis à la recherche de Libby. Il allait sérieusement falloir s'occuper de lui procurer un nouveau téléphone, parce qu'on avait vite fait de se perdre dans une maison pareille.

Et je n'avais plus envie de perdre qui que ce soit.

Je ne l'aurais peut-être jamais trouvée mais, en approchant de la salle de musique, j'entendis des notes du piano. Je suivis le son et découvris Libby sur le banc du piano avec Mamie. Assises côte à côte, elles écoutaient paisiblement la musique, les yeux clos.

L'œil au beurre noir de Libby avait fini par s'estomper. La voir ainsi me fit penser au travail qu'elle avait laissé derrière elle. Je ne pouvais pas lui demander de passer toutes ses journées dans la maison Hawthorne sans rien faire.

Je me demandai ce que Nash lui suggérerait. *Je pourrais lui proposer d'établir un business plan. Peut-être un food truck ?*

À moins qu'elle n'ait envie de voyager, elle aussi. Pour l'instant, j'étais encore limitée dans mes options, mais ces chers McNamara, Ortega et Jones avaient toutes les raisons de vouloir rester dans mes petits papiers. Parce que, tôt ou tard, l'argent serait à moi. Tôt ou tard, il échapperait à leur contrôle.

Et je deviendrais l'une des femmes les plus riches et les plus puissantes du monde.

La musique prit fin ; ma sœur et Mamie levèrent la tête et s'aperçurent de ma présence. Libby prit son expression de mère poule.

— Tu es sûre que ça va ? s'inquiéta-t-elle. Tu as une petite mine.

Je repensai à Grayson. À Jameson. À ce que j'étais venue faire là.

— Je vais bien, assurai-je à Libby d'une voix convaincante.

Elle ne se laissa pas leurrer.

— Je vais te préparer quelque chose, décida-t-elle. Que dirais-tu d'une quiche ? Je n'en ai encore jamais fait.

Je n'avais pas très envie de goûter, mais c'était comme ça que Libby témoignait son amour : en s'activant devant les fourneaux. Elle partit en direction de la cuisine. Je voulus la suivre, mais Mamie me retint.

— Reste là, m'ordonna-t-elle.

Je ne pus que m'exécuter.

— J'ai appris que ma petite-fille nous quittait, dit-elle d'un air sévère après m'avoir laissée transpirer un peu.

J'envisageai de jouer les innocentes, mais elle m'avait déjà prouvé qu'elle n'était pas du genre à finasser.

— Elle a voulu me faire tuer.

Mamie renifla.

— Skye n'a jamais aimé se salir les mains. À mon avis, quand on veut tuer quelqu'un, la moindre des choses est de s'en occuper soi-même. Et de faire ça bien.

C'était probablement la conversation la plus étrange à laquelle il m'ait été donné de participer – et ce n'était pas peu dire.

— Mais aujourd'hui, les gens n'ont plus aucun respect, continua Mamie. Plus de fierté. Plus de tripes. (Elle soupira.) Si ma pauvre Alice pouvait voir ses filles…

Je me demandais ce que ç'avait dû être pour Skye et Zara de grandir dans la maison Hawthorne. Ce que ç'avait été pour Toby.

*Qu'est-ce qui a bien pu les rendre comme ça ?*

— Votre gendre a modifié son testament après la mort de Toby, dis-je en étudiant la réaction de Mamie.

*Mamie était-elle au courant ?* me demandai-je.

— Toby était un bon garçon, déclara cette dernière d'une voix bourrue. Et puis un jour, ç'a été fini.

Je n'étais pas certaine de savoir comment interpréter cela.

Sa main se porta à un médaillon qu'elle portait autour du cou.

— C'était un enfant adorable, malin comme un singe. Tout le portrait de son père, comme on disait, sauf qu'il tenait aussi un peu de moi.

— Que s'est-il passé ? demandai-je.

L'expression de Mamie s'assombrit.

— Il a brisé le cœur de mon Alice. Il nous a brisé le cœur à tous, en fait. (Ses doigts se refermèrent en tremblant sur le médaillon. Elle serra les dents et ouvrit le bijou.) Regarde, me dit-elle. Regarde comme il était mignon. Il a seize ans sur cette photo.

Je me penchai pour mieux voir, en me demandant si Tobias Hawthorne deuxième du nom avait ressemblé à ses neveux. Le visage que je découvris me laissa bouche bée.

*Non.*

— C'est Toby ?

Je n'arrivais plus à respirer. Je n'arrivais même plus à penser.

— C'était un bon garçon, insista Mamie.

Je l'entendais à peine. Je ne parvenais à détacher mon regard de la photo. Je ne pouvais rien dire, parce que je connaissais cet homme. Il était plus jeune sur la photo – beaucoup plus jeune –, mais je le reconnaissais, sans erreur possible.

— Héritière ? m'appela une voix depuis l'entrée.

Je levai les yeux et vis Jameson sur le seuil. Il avait l'air différent du Jameson de ces derniers jours. Plus léger, d'une certaine manière. Un peu moins en colère. De nouveau capable de m'adresser son petit sourire en coin.

— Pourquoi fais-tu cette tête-là ?

Je baissai les yeux sur le médaillon et inspirai un bol d'air qui me brûla les poumons.

— Toby, balbutiai-je. Je le connais.

— Hein ?

Jameson s'avança dans la pièce. Sur son banc, Mamie se figea.

— Je jouais aux échecs avec lui dans le parc, expliquai-je. Tous les matins.

*Harry.*

— Impossible ! s'exclama Mamie d'une voix chevrotante. Il est mort depuis vingt ans.

Vingt ans plus tôt, Tobias Hawthorne avait déshérité sa famille. Qu'est-ce que ça veut dire ? Qu'est-ce que c'est que cette histoire ?

— En es-tu sûre, Héritière ?

Il se tenait juste à côté de moi maintenant. « J'ai bien vu la manière dont Jameson te regarde », m'avait dit Grayson.

— En es-tu absolument sûre ? insista-t-il.

Je me tournai vers lui. La situation me semblait irréelle. J'entendais encore ma mère me dire : « J'ai un secret… à propos du jour de ta naissance. »

Je pris la main de Jameson et la pressai doucement.

— Oui, j'en suis sûre.

# Épilogue

Xander Hawthorne contempla sa lettre comme il le faisait tous les jours depuis une semaine. En surface, elle ne disait pas grand-chose.

*Alexander,*

*Bien joué.*

*Tobias Hawthorne*

*Bien joué.* Il avait mené ses frères à la fin de la partie. Avery aussi. Il avait tenu sa promesse, mais le vieux lui en avait fait une en retour.

« Quand leur jeu sera terminé, le tien pourra commencer. »

Alexander n'avait jamais vraiment joué le jeu de la même manière que ses frères. Et pourtant, Dieu sait qu'il aurait bien voulu. Il n'avait pas menti en disant à Avery que, pour une fois, il avait envie de gagner. Lorsqu'ils étaient parvenus dans la dernière pièce, quand elle avait ouvert le coffret, au moment de déchirer son enveloppe, il s'était attendu à… *autre chose.*

Une devinette.

Une énigme.

Un indice.

Mais tout ce qu'il avait reçu, c'était cela. *Bien joué.*

— Xander ? fit Rebecca d'une voix douce. Qu'est-ce qu'on fait là ?

— On pousse des soupirs mélodramatiques, répliqua Théa. Tu le vois bien.

Avoir réussi à les réunir toutes les deux ici, dans la même pièce, tenait de l'exploit. Il ne savait pas exactement pourquoi il l'avait fait si ce n'est qu'il lui fallait un témoin. *Des témoins.* Pour être tout à fait honnête, il avait demandé à Rebecca de venir parce qu'il avait envie qu'elle soit là, et à Théa parce que s'il ne l'avait pas fait… il se serait retrouvé seul en compagnie de Rebecca.

— Il existe différentes sortes d'encre sympathique… leur expliqua-t-il.

Ces derniers jours, il avait approché une allumette de la feuille pour réchauffer sa surface. Il l'avait passée sous une lampe à UV. Il avait employé toutes les méthodes qu'il connaissait pour faire apparaître un message invisible sur une feuille de papier, sauf une.

— Mais il n'y en a qu'une seule, continua-t-il d'une voix égale, qui détruit le message après l'avoir révélé.

S'il se trompait, c'était fini. Il n'y aurait pas de jeu, pas de victoire. Alexander ne voulait pas faire cela tout seul.

— Que t'attends-tu à trouver exactement ? lui demanda Théa.

Xander examina la lettre une dernière fois.

*Alexander,*

*Bien joué.*

*Tobias Hawthorne*

La promesse du vieux était peut-être un mensonge. Peut-être que, pour Tobias Hawthorne, Alexander n'avait été qu'un second couteau. Mais il devait essayer. Il se tourna vers la baignoire à côté de lui et commença à la remplir.

— Xander ? répéta Rebecca, d'une voix qui faillit le convaincre de tout arrêter.

— *Alea jacta est.*

Xander ferma le robinet, posa délicatement sa lettre sur l'eau, puis l'enfonça sous la surface.

Au début, il crut avoir commis une terrible erreur. Puis, peu à peu, des lettres apparurent de part et d'autre de la signature de son grand-père. *Tobias Hawthorne,* avait-il signé, sans son deuxième prénom, et à présent la raison de cette omission devenait claire.

L'encre sympathique s'assombrit sur la page. À droite de la signature il n'y avait que deux lettres, deux I majuscules : un 2 en chiffres romains. Et à gauche, un simple mot : *Trouve.*

*Trouve Tobias Hawthorne II.*

# Remerciements

La rédaction de ce livre a été un défi et un bonheur, et je me sens tellement redevable envers les équipes (au pluriel !) incroyables qui m'ont soutenue à chaque étape du processus. J'ai travaillé avec deux éditeurs fantastiques sur ce projet. Je suis très reconnaissante envers Kieran Viola d'avoir compris que *ce* livre était celui que j'avais absolument besoin d'écrire, et pour m'avoir aidée à donner vie à Avery, aux frères Hawthorne et à leur univers. Lisa Yoskowitz a ensuite accompagné ce livre jusqu'à sa publication, et sa passion, sa compréhension, son expérience du milieu et son élégance m'ont grandement facilité les choses. N'importe quel auteur se réjouirait d'avoir affaire à l'un ou l'autre, et moi, j'ai eu la chance inouïe de travailler avec les deux !

Un grand merci à toute l'équipe de Little, Brown Books for Young Readers, en particulier à Janelle DeLuise, Jackie Engel, Marisa Finkelstein, Shawn Foster, Bill Grace, Savannah Kennelly, Hannah Koerner, Christie Michel, Hannah Milton, Emilie Polster, Victoria Stapleton, et Megan Tingley. Merci également à mon attaché de presse, Alex Kelleher-Nagorski, dont l'enthousiasme pour ce projet a souvent illuminé ma journée, à Michelle Campbell pour son travail auprès des bibliothécaires et des enseignants, ainsi qu'à Karina Granda pour son travail sur la plus belle couverture que j'aie jamais vue ! Je suis également très admirative du talent de l'artiste Katt Phatt, qui a créé l'illustration de couverture. Merci à Anthea Townsend, Phoebe Williams et toute l'équipe de Penguin Random House UK pour leur passion et leur travail sur ce projet, ainsi qu'à l'équipe de Disney Hyperion, qui a vu du potentiel dans ce livre dès 2018, alors que ce n'était encore qu'un synopsis de quatre pages.

Elizabeth Harding est mon agent depuis mes années d'université, et je n'aurais pas pu rêver d'une meilleure avocate ! À toute mon équipe chez Curtis Brown : merci, merci, merci. Holly Frederick s'est chargée de la négociation des droits télévisuels. Sarah Perillo a abattu un travail formidable concernant les droits d'exploitation à l'étranger (au beau milieu d'une pandémie, s'il vous plaît !). Merci aussi à Nicole Eisenbraum, Sarah Gerton, Maddie Tavis et Jazmia Young. Je vous adore toutes !

Je suis également très reconnaissante envers ma famille et mes amis qui m'ont soutenue tout au long de l'écriture de ce livre. Rachel Vincent venait s'asseoir en face de moi une fois par semaine à Panera, me répétait sans cesse que j'allais y arriver, se montrait toujours disponible pour échanger des idées et savait me rendre le sourire même quand le stress m'aurait plutôt donné envie de pleurer. Ally Carter est toujours là pour affronter avec moi les aléas de la publication. Mes collègues et mes élèves à l'université d'Oklahoma se sont montrés très encourageants aussi. Merci à tous !

Enfin, merci à mes parents, à mon mari pour son soutien de tous les instants, et à mes enfants, qui m'ont laissée dormir suffisamment pour avoir l'énergie d'écrire ce livre.

Découvrez une nouvelle inédite
Inheritance Games
de Jennifer Lynn Barnes

Jameson Winchester Hawthorne n'avait qu'une seule certitude : la partie n'était pas encore terminée. Sûrement pas. Les plans du vieux comportaient toujours plusieurs niveaux. « Pourquoi faire d'une pierre deux coups, aimait-il à dire, quand on peut en faire dix ? »

Jameson s'avança d'un pas vers Avery.

— Dis-moi tout, Héritière.

En fin de compte, « tout » se résumait à peu de chose, mais chaque mot qui sortit de la bouche d'Avery le captiva.

*Pourquoi elle ?* C'était la grande question depuis l'instant où Jameson avait aperçu Avery Kylie Grambs pour la première fois. Après la lecture du testament, quand il avait pris conscience de ce que le vieux avait fait, c'était devenu la question essentielle.

Jusqu'à ce qu'ils finissent par y répondre.

À présent, un autre mystère flottait autour d'Avery, et Jameson avait la nette impression qu'il y avait plusieurs niveaux dans cette énigme, chez cette Fille Mystère. Le regard de Jameson s'arrêta sur ses lèvres pendant qu'elle parlait. Le jeune homme tâcha d'absorber tout ce qu'elle racontait à propos de son « défunt » oncle et de la regarder avec les yeux de son grand-père.

« Pourquoi faire d'une pierre deux coups quand on peut en faire dix ? »

Quelques heures plus tard, le cerveau en ébullition, il tourna dans un couloir… et heurta de plein fouet son frère.

Grayson chancela, se redressa. Il plissa légèrement les paupières, et Jameson se prépara à la confrontation : verbale, physique. Pourtant, tout ce que Grayson dit, en lissant négligemment le revers de son veston, fut :

— Ça va ?

Jameson planta son regard dans le sien et répondit :

— On ne peut mieux.

Grayson ne détourna pas les yeux.

— Je te demande ça sérieusement, Jamie, insista-t-il sur un ton radouci. Est-ce que ça va ?

Cela faisait longtemps que Gray ne lui avait plus posé une question pareille ; et plus longtemps encore que Jameson n'avait pas eu *envie* d'y répondre.

— Disons que ça aide, répondit Jameson, la gorge nouée. Que tu sois au courant.

Il ne prononça pas le prénom d'Emily.

Il s'y refusa.

— Je sais, admit Grayson. Et je ne t'en veux pas, Jamie.

Jameson ne cherchait pas l'absolution ; de qui que ce soit. Il ricana.

— Tu m'étonnes, Joli Costard.

— Tu veux dire quoi exactement, là ?

— Ne va pas croire que je me moque de toi, répondit Jameson avec le plus grand sérieux. Je n'oserais jamais.

— Tu n'es qu'un gamin, cracha Grayson.

En d'autres circonstances, Jameson l'aurait insulté à son tour. Pas cette fois.

— Je suis ce que le vieux a fait de moi, répliqua-t-il à voix basse. Comme toi.

Grayson hocha la tête.

— À ton avis, que dirait-il s'il pouvait nous voir en ce moment ?

Jameson referma la porte derrière lui et tira le verrou.

— Eh oui, que dirait le vieux, murmura-t-il, s'il pouvait nous voir en ce moment ?

Sans même réaliser ce qu'il faisait, il s'avança vers son bureau. Il ouvrit le tiroir principal, débloqua le compartiment secret caché au fond et en sortit un couteau. Les doigts refermés sur le manche, il contempla pensivement la lame et se retrouva plongé dans un vieux souvenir.

Un hameçon. Une étiquette. Une ballerine de verre. Un couteau.

Tobias Hawthorne aligna ces objets un à un sur la table. Jameson lorgna le couteau. Il sentit Grayson, à côté de lui, attiré par le même objet.

— Quel âge avez-vous, les garçons ? demanda le vieux.

Une question rhétorique, à laquelle il répondit lui-même en dévisageant tour à tour chacun de ses petits-fils. Il commença par Xander.

— Douze ans.

Puis son regard se tourna vers Jameson.

— Quatorze ans. (Vers Grayson.) Quinze ans.

Nash ne cilla même pas quand le vieux se tourna enfin vers lui.

— Et vingt et un ans.

Jameson avança lentement la main vers le couteau. Grayson le retint par le poignet.

— Pas si vite, Jamie.

— Si j'avais voulu être *rapide*, riposta Jameson, j'aurais déjà ce couteau en main.

— Si tu voulais être *discret*, observa joyeusement Xander, tu t'es un peu loupé.

— Jameson ne fait jamais les choses à moitié, corrigea Nash sur un ton sentencieux qui cachait mal son amusement. Je dirais plutôt qu'il s'est planté dans les grandes largeurs.

— Ça suffit ! décréta Tobias Hawthorne. (Mais il souriait lui aussi.) Grayson, lâche ton frère. Jameson, garde les mains dans tes poches. Vous connaissez les règles. Tant que vous n'avez pas trouvé la finalité d'un objet… bas les pattes.

— On peut essayer de deviner, maintenant ? s'impatienta Nash.

Cela lui valut un regard sévère de leur grand-père. C'était toujours le vieux qui décidait à quel rythme se déroulaient ses petits jeux. Et personne d'autre.

— Rappelez-vous, leur dit Tobias Hawthorne, que parfois, pour voir les choses dans leur ensemble, il faut reculer de trois pas.

Jameson examina cette déclaration à la recherche d'un double sens. Chaque mot avait son importance dans les énigmes de leur grand-père. Toujours.

— Le défi de ce matin, continua le vieux, est le suivant : dites-moi ce qui est vrai.

Jameson attendit la suite. Comme ses frères. Mais le vieil homme n'avait plus rien à dire. Il tira une enveloppe de sa poche arrière, la laissa tomber sur le sol, et sortit de la pièce.

Jameson plongea sur l'enveloppe en même temps que ses frères. S'ensuivit une brève bousculade, avant que Nash ne sépare Jameson et Xander tout en lançant un regard d'avertissement à Grayson.

— Vas-y, Xan, ordonna-t-il de sa voix traînante. Ouvre-la.

Avec un sourire de triomphe, Xander se releva et sortit de l'enveloppe une feuille de papier. Jameson se pencha pour lire par-dessus son épaule et vit le mot « NOTEZ » griffonné au sommet de la page en lettres capitales. Une courte phrase était écrite dessous.

— *Faites bien attention*, lut Xander à haute voix, *car demain arrivera fissa.*

« Faites bien attention, car demain arrivera fissa. » Jameson se répétait cet avertissement en boucle dans sa tête. Nash s'était déjà éclipsé. Xander approchait la page d'une ampoule nue pour vérifier si un nouvel indice apparaîtrait à la chaleur. Grayson regardait fixement par la fenêtre.

— Faites bien attention, car demain arrivera fissa, énonça lentement Jameson.

— Tu es obligé de réfléchir à voix haute ? grommela Grayson avec agacement.

Jameson sourit.

— Oui.

Pourtant, il garda pour lui sa réflexion suivante. *Il y a forcément une raison pour laquelle le vieux a employé le mot « fissa »*. Les Hawthorne apprenaient à s'exprimer correctement. Les formulations familières ou argotiques étaient désapprouvées ; seul Nash prenait un malin plaisir à décevoir cette attente.

— Faites bien attention, car demain arrivera fissa…

Jameson ferma les yeux. Leur grand-père aurait pu recourir à une dizaine d'autres mots pour dire « vite ». Des mots plus longs, ou plus courts. Des mots qui commençaient par des lettres différentes.

C'est à ce moment-là que la solution lui sauta aux yeux : elle tenait à la première lettre de chaque mot. *F, B, A, C, D, A, F.* Il se dirigea lentement vers la porte du bureau. *F, B, A, C, D, A, F…*

Et le titre du message leur enjoignait de « noter ».

Jameson se faufila à travers les passages secrets, pour être bien certain que personne ne le suivait. Quand il parvint à la salle de musique, il s'arrêta net.

Nash se trouvait devant le piano.

*Trop lent,* se maudit Jameson. *Je n'aurais pas dû prendre la route panoramique.* Un instant plus tard, Grayson apparut à côté de lui. Il avait dû résoudre le premier indice, lui aussi. Emprunter les passages secrets avait décidément été une belle erreur.

— Pousse-toi, intima Grayson à son frère.

— Dans tes rêves.

Jameson ne bougea pas d'un pouce et, ensemble, Grayson et lui regardèrent Nash jouer une séquence de sept notes. *F, B, A, C, D, A, F* selon l'écriture dans les pays anglophones : soit *fa*, *si*, *la*, *do*, *ré*, *la*, *fa*.

Un compartiment secret s'ouvrit dans le piano. Nash tenta d'y plonger la main, mais il avait les doigts trop épais.

Jameson se tourna vers Grayson.

— Je vais chercher l'hameçon, lui souffla-t-il. Toi, tu feras diversion.

Et comme ça, d'un hochement de tête, le pacte fut scellé.

Nash était le plus âgé. Il jouait aux petits jeux de leur grand-père depuis plus longtemps qu'eux. Mais ils étaient deux contre lui désormais.

Quand Jameson revint à la salle de musique, avec l'hameçon au creux de la paume, ses frères ne se trouvaient plus dans les parages. Jameson savait que Grayson n'aurait rien tenté avant que Nash ne soit à bonne distance. C'est ce qu'il aurait fait s'il avait été à sa place.

Il s'avança jusqu'au piano et s'aperçut qu'on avait refermé le compartiment secret. Il rejoua la séquence de notes pour le rouvrir puis se servit de l'hameçon pour en extraire deux breloques en argent, chacune frappée d'une lettre.

— *Q*, lut Jameson en fixant tour à tour les deux breloques. Et *R*.

À cet instant précis, il reçut un texto de Grayson. *Nash va revenir. Rendez-vous tu sais où. Si tu me doubles, tu le regretteras.*

Jameson sourit. L'heure n'était pas encore venue de doubler son frère. Grayson le savait.

— Ces deux lettres pourraient correspondre à n'importe quoi, dit Grayson en examinant les breloques.

Les deux frères s'étaient retrouvés sur le toit, leur point de rendez-vous habituel. Il y avait un espace plat – un carré d'un mètre cinquante de côté – où l'on était masqué de tous côtés par les angles vertigineux de la maison Hawthorne. Grayson, Jameson et Xander étaient les seuls à venir là.

Nash ignorait l'existence même de cet endroit.

— *Q*, répéta Jameson à voix haute, bien décidé à percer le mystère de cet indice. Et *R*. Ou bien *R* et *Q*. Red Queen – Reine rouge ?

Grayson secoua la tête.

— Il a déjà utilisé ce truc. (Le vieux n'avait jamais recours deux fois au même indice.) *R* est la dix-huitième lettre de l'alphabet, continua-t-il. Et *Q* la dix-septième. Elles n'ont qu'un rang d'écart.

Jameson réfléchit à cela un moment, puis repensa à l'énoncé de l'énigme qu'on leur avait soumise.

— Dites-moi ce qui est vrai, déclara-t-il en reprenant la formulation de leur grand-père.

Grayson avait pour habitude de rester parfaitement immobile quand il réfléchissait, mais Jameson faisait plutôt les cent pas, même dans les espaces réduits.

— Quel était son conseil ? demanda-t-il.

Il connaissait la réponse à cette question. Grayson la lui fournit néanmoins.

— « Parfois, pour voir les choses dans leur ensemble, il faut reculer de trois pas. »

Jameson essaya, et fit littéralement trois pas en arrière. Il buta sur quelque chose… ou plutôt, sur *quelqu'un* qui venait de surgir de la trappe.

— Un scone ? lui proposa Xander en lui tendant une assiette.

Du coin de l'œil, Jameson vit Grayson fermer le poing pour y cacher les breloques.

— Comment peux-tu penser à ton ventre dans un moment pareil ? bougonna-t-il en réponse à son frère.

— Je n'ai pas besoin de penser à mon ventre pour manger des scones, expliqua Xander. Je suis pour ainsi dire un mangeur de scones-né. Je peux voir ce que tu caches dans ta main, Gray ?

Grayson croisa le regard de Jameson, et après un moment d'hésitation, ce dernier hocha la tête. Xander ne remportait presque jamais leurs défis du samedi. Jameson n'était même pas certain qu'il ait essayé. Mais leur petit frère était sans doute celui dont le cerveau se rapprochait le plus de celui du vieux.

— *R*, lut Xander en examinant une breloque, puis l'autre. Et *Q*. (Il sourit.) Malin.

Jameson plissa les paupières, et quand Xander s'en aperçut, son sourire s'élargit jusqu'aux oreilles.

— Attendez, vous voulez dire que vous n'avez pas encore compris ? Sérieusement ?

— Sérieusement, confirma Grayson sans la moindre trace d'humour. Maintenant, passe-moi un scone et crache le morceau.

Xander lui lança un scone puis dressa le poing.

— Regardez-nous ! s'exclama-t-il. Trois frères tranquillement installés sur le toit, qui mangeons des scones en saluant mon génie !

— On t'écoute, bougonna Jameson.

Xander ne se fit pas prier plus longtemps.

— *QR*, énonça-t-il en remuant les sourcils. Je vais vous donner un indice : pensez à l'étiquette.

Sans attendre leur réaction, Xander posa l'assiette de scones puis redescendit par la trappe, aussitôt imité par Jameson et Grayson.

Ils rattrapèrent Xander devant le bureau de leur grand-père. À l'intérieur, le plus jeune des frères Hawthorne s'avança jusqu'à la table pour se pencher sur les trois objets qui restaient.

Une étiquette. Une ballerine de verre. Un couteau.

— *QR*, dit Xander avec entrain. Comme dans « QR code ». Allez-y, vénérez-moi, simples mortels.

— QR code ? répéta Jameson.

Il jeta un coup d'œil à Grayson, qui haussa les épaules.

— À l'origine, c'était l'abréviation de *quick response code* : « code à réponse rapide », expliqua Xander, qui parlait de plus en plus vite. Une sorte de code-barres informatique…

— Un code-barres, l'interrompit Jameson en venant se placer dans son dos. Comme on en trouve sur les étiquettes ?

— Pas sur toutes. Mais sur celle-là… (Xander sourit de plus belle.) Gray, il nous faut quelque chose pour la scanner.

Le temps de télécharger une appli, Xander scanna triomphalement le QR code, qui les renvoya sur un site Internet manifestement créé par leur grand-père. La page était couverte de chiffres, que le site faisait défiler en continu de haut en bas.

Xander cligna des paupières.

— Je crois qu'il va nous falloir un plus grand écran, constata-t-il.

Une fois dans la chambre de Xander et après avoir ouvert le site sur l'ordinateur portable que Xander avait assemblé lui-même l'été dernier, les trois frères Hawthorne n'eurent plus qu'à faire trois pas en arrière.

Lorsqu'on cessait d'observer les chiffres un à un pour ne plus voir qu'une masse de points mouvants, une image en émergeait. Celle d'un couteau.

À mesure que la page défilait vers le bas, l'image se transformait, et on voyait le manche du couteau s'ouvrir.

À partir de là, ce fut chacun pour soi. Jameson n'était peut-être pas le plus rapide des Hawthorne, mais c'était le moins réticent à employer des coups en traître. Alors qu'ils se précipitaient dans le couloir, il fit un croche-patte à Grayson et bouscula Xander. L'un d'eux tenta de lui attraper la cheville, mais il se déroba et fut le premier de retour dans le bureau de leur grand-père.

Il rafla le couteau qu'ils avaient laissé sur le meuble, en palpa le manche et trouva bientôt le mécanisme d'ouverture. Le manche s'ouvrit à son extrémité. Roulée à l'intérieur, il y avait une petite bande de papier comme on en trouvait dans les biscuits chinois.

— Passe-moi ça, ordonna Grayson d'une voix cinglante.

Il le savait aussi bien que Jameson : le défi touchait à sa fin. Ils ne formaient plus une équipe.

La trahison faisait désormais partie du jeu.

Jameson lâcha le couteau sur le bureau. Repoussant Grayson et Xander à bout de bras, il tenta de dérouler le papier avec sa main libre. Xander le lui arracha des doigts, puis Grayson le prit à Xander, avant que Jameson ne parvienne à le récupérer. Et cette fois, il eut le temps de le lire.

Il n'affichait que deux mots, écrits en lettres capitales : « BRISEZ-MOI ».

Jameson n'hésita pas. Ils avaient déjà employé trois des indices de cette énigme : l'hameçon, l'étiquette, le couteau. Il ne restait plus que la ballerine de verre. Jameson l'empoigna. Elle était suffisamment petite pour tenir au creux de sa main. Délicate. Magnifique.

Il la projeta de toutes ses forces contre le mur.

Elle vola en éclats.

Il y avait des morceaux de verre partout. Le temps parut ralentir, et Jameson repensa au moment où le jeu avait commencé. « Dites-moi ce qui est vrai. »

Sur le sol, au milieu des éclats de verre, il aperçut ce qui ressemblait à un diamant. Il s'accroupit aussitôt pour le ramasser, se coupa le doigt sans même le remarquer.

À côté de lui, Grayson s'accroupit plus lentement et saisit délicatement un deuxième diamant parmi les morceaux de la ballerine. Xander en trouva un troisième. Ils fouillèrent soigneusement les débris de verre à la recherche d'un quatrième diamant, sans succès.

— Trois diamants, conclut Jameson à haute voix. (Il dévisagea tour à tour chacun de ses frères.) Lequel est vrai ?

Jameson et Grayson passèrent l'après-midi à consulter des sites Internet pour découvrir par quel moyen distinguer un vrai diamant d'un faux. Xander, pour sa part, passa à autre chose. Il avait faim. Et il avait toujours préféré l'excitation de la chasse au gain de la victoire.

C'est pourquoi, quand le vieux les rappela dans son bureau alors que le soir tombait, Jameson avait deux des diamants en sa possession. Il avait déterminé avec une quasi-certitude qu'ils étaient faux tous les deux.

— Eh bien, leur dit Tobias Hawthorne, une lueur de malice dans le regard, dites-moi ce qui est vrai, les garçons.

Jameson ravala son envie de lancer un regard assassin à Grayson. Il avait horreur de perdre, surtout quand la chance s'en mêlait.

— Ces deux-là sont faux, affirma-t-il à son grand-père en posant les diamants devant lui.

Puis il attendit que Grayson triomphe.

Au lieu de quoi, son frère posa lui aussi son diamant sur le bureau.

— Celui-là aussi.

Les yeux du vieux pétillaient.

— Alors dites-moi, tous les deux : qu'est-ce qui est vrai ?

Pour une fois, Jameson n'avait pas de réponse à proposer. Il demeura muet. Grayson aussi. Dans son coin, Xander semblait absorbé par le démontage d'un réveil.

Puis Nash jeta une petite bourse en cuir sur la table.

— Ceci, dit-il de sa voix traînante, est un sac de morceaux de verre.

Jameson fixa la bourse, puis se tourna vers le coin de la pièce où il avait fracassé la ballerine.

Il ne restait plus un éclat sur le sol.

— Si on va par là, protesta Grayson, mon faux diamant est vrai lui aussi.

Le vieux ricana.

— Trop peu, trop tard, dit-il à Grayson. Et c'est aussi valable pour toi, ajouta-t-il à l'intention de Jameson, qui détestait encore plus décevoir leur grand-père que perdre.

— Dans cette vie, déclara Tobias Hawthorne sans quitter Jameson du regard, pour devenir ce que je suis devenu, accomplir tout ce que j'ai accompli, posséder tout ce que je possède… (Il ferma les yeux.) Il faut parfois faire des sacrifices. Briser des choses.

— Quel genre de choses ? demanda Xander, signe qu'il était plus attentif qu'il n'y paraissait.

— Toutes sortes de choses, répondit le vieux d'une voix douce. (Puis il rouvrit les yeux.) Bravo, Nash. Quant aux autres, écoutez-moi bien : n'oubliez jamais les choses cassées que vous laissez derrière vous. Ramassez toujours les débris, car quand on ne le fait pas… (Un muscle palpita dans son cou.) Des gens risquent de se blesser.

De retour dans le présent, Jameson ouvrit le manche du couteau. Il ne savait pas pourquoi il l'avait conservé pendant tout ce temps. Ni ce qu'il s'attendait à trouver à l'intérieur. Le compartiment était vide depuis des années.

S'asseyant derrière le bureau, il prit une feuille de papier dans le tiroir. Il repensa au testament de son grand-père. À Avery Kylie Grambs. À Toby Hawthorne, censé être mort dans un incendie à l'âge de dix-neuf ans.

Tenant le stylo dans sa main gauche, Jameson écrivit les mots prononcés par leur grand-père à l'époque.

*N'oubliez jamais les choses cassées que vous laissez derrière vous.*

— Toujours ramasser les débris, murmura-t-il.

Son cerveau travaillait à plein régime, passant en revue tout ce qu'Avery lui avait dit.

*Eh bien, que la partie commence.*

# Guide de questions
# Book Club

1) Parmi les personnes qu'Avery rencontre à la maison Hawthorne ou à Heights Country Day, bon nombre ne sont pas ce qu'elles paraissaient de prime abord. Laquelle vous a le plus surpris ?

2) Lequel des quatre frères Hawthorne est votre préféré ? Avec lequel Avery s'entend-elle le mieux selon vous ?

3) Comment jugeriez-vous Heights Country Day par rapport au précédent lycée d'Avery ? Et par rapport au vôtre ?

4) Au fil du livre, Avery entend parler des jeux organisés par Tobias Hawthorne, et prend part à plusieurs d'entre eux. Avez-vous réussi à résoudre certaines énigmes avant elle ? Que vous apprennent ces jeux au sujet d'Avery et des frères Hawthorne ?

5) Être désignée héritière de l'empire Hawthorne propulse Avery dans un univers de richesse et de privilèges. Selon vous, quels personnages sont les plus conscients des privilèges dont ils jouissent ? De quelle manière en font-ils usage ? Quels autres privilèges, en dehors de la richesse, jouent un rôle dans leur vie ?

6) Le livre indique que Tobias Hawthorne agrandissait sa maison chaque année. Quelle pièce de sa demeure préférez-vous ? Pourquoi ? Si vous deviez rajouter une extension vous aussi, quelle pièce choisiriez-vous ?

7) Comment chaque frère interagit-il avec Avery ? En quoi la relation d'Avery avec chaque frère évolue-t-elle au fil du temps ?

8) Avery et Libby ont une relation proche mais également compliquée. Comment les deux sœurs se soutiennent-elles l'une l'autre ? Quels facteurs extérieurs viennent leur compliquer la tâche ?

9) Quel renversement de situation vous a paru le plus inattendu ? Pourquoi ?

10) Quels indices concernant le mystère de l'histoire avez-vous relevés sur la couverture du livre ?

11) Ce que nous savons de la situation actuelle d'Avery est largement influencé par ce que nous apprenons petit à petit concernant son passé et celui de la famille Hawthorne. Dans quelle mesure le passé peut-il influencer le présent ? Sommes-nous définis par nos erreurs passées ?

12) Laissez courir votre imagination ! À votre avis, que va-t-il se passer dans la suite ?

Découvrez un extrait

du tome 2

# 1

— Parle-moi encore de la première fois où vous avez joué aux échecs dans le parc.

Le visage de Jameson n'était éclairé que par une bougie, mais même dans cet éclairage tremblotant, on voyait pétiller ses yeux verts.

Rien, ni personne, ne l'excitait davantage que le mystère.

— C'était juste après l'enterrement de ma mère, dis-je. Quelques jours après, peut-être une semaine.

Nous flânions tous les deux dans les tunnels sous la maison Hawthorne, seuls, sans personne d'autre pour nous entendre. Cela faisait moins d'un mois que j'avais mis les pieds pour la première fois dans cette immense demeure texane, et une semaine à peine que nous avions résolu l'énigme de ma venue.

Pour autant qu'elle soit vraiment résolue.

— Ma mère et moi allions souvent nous promener dans le parc. (Je baissai les yeux de manière à me concentrer sur mon récit et non sur l'intensité avec laquelle Jameson recueillait chacun de mes mots.) Elle appelait ça « le jeu de la déambulation sans but ».

Je refoulai une bouffée de nostalgie et le contemplai.

— Donc, quelques jours après son enterrement, je me suis rendue dans le parc toute seule. En arrivant près du plan d'eau, j'ai remarqué un attroupement. Un homme était couché sur le sol, enveloppé dans une vieille couverture. Il avait les paupières closes.

— Un sans-abri.

Jameson avait déjà entendu cette histoire plusieurs fois, mais son intérêt ne faiblissait jamais.

— Les gens croyaient qu'il était mort… ou ivre mort. Mais ensuite, il s'est assis. Et j'ai vu un policier s'approcher en fendant la foule.

— Mais tu es arrivée la première, acheva Jameson, le regard fixé sur moi, un mince sourire au coin des lèvres. Et tu as proposé une partie au sans-abri.

Je ne m'étais pas attendue à ce qu'Harry accepte mon invitation. Et encore moins à ce qu'il gagne.

— Après, nous avons joué chaque semaine. Parfois deux fois par semaine, parfois trois. Il ne m'a jamais donné son nom de famille.

*Il ne s'appelait même pas vraiment Harry. Il m'a menti.*

Et voilà pourquoi je me retrouvais dans ces tunnels avec Jameson Hawthorne. Voilà pourquoi il avait recommencé à m'observer comme si j'étais de nouveau un mystère, une énigme qu'il était le seul à pouvoir résoudre.

Cela n'était sûrement pas une coïncidence, si le milliardaire Tobias Hawthorne avait laissé toute sa fortune à une inconnue qui côtoyait son « défunt » fils.

— Et tu es sûre qu'il s'agissait de Toby ? insista Jameson, perplexe.

Ces derniers jours, c'était l'une des ultimes certitudes qui me restaient. Trois semaines auparavant, j'étais encore une fille normale, qui avait du mal à boucler ses fins de mois et ne pensait qu'à terminer sa scolarité pour partir à l'université. Et puis, d'un coup, j'avais appris que l'un des hommes les plus riches du pays venait de mourir et m'avait couchée sur son testament. Tobias Hawthorne m'avait légué des milliards, quasiment la totalité de sa fortune, pour des raisons qui m'échappaient complètement. Jameson et moi avions passé deux semaines à démêler les énigmes et récolter tous les indices que le vieil homme avait semés derrière lui. Pourquoi moi ? À cause de mon nom. À cause de ma date de naissance. Parce que Tobias Hawthorne avait tout misé sur le fait que, d'une manière ou d'une autre, je pourrais resserrer les liens distendus de sa famille.

Du moins était-ce la conclusion à laquelle nous étions parvenus.

— Sûre et certaine, répondis-je. Toby est toujours en vie. Et si ton grand-père le savait – là, j'avoue que c'est plus douteux –, on peut considérer qu'il m'a choisie justement parce que je le connaissais. Ou alors, c'est lui qui a fait en sorte qu'on se rencontre.

S'il y avait bien une chose que j'avais apprise au sujet de feu le milliardaire Tobias Hawthorne, c'est qu'il était capable d'orchestrer à peu près n'importe quoi, de manipuler n'importe qui. Et qu'il adorait les énigmes, les devinettes, les petits jeux.

*Exactement comme Jameson*, pensai-je.

— Et si mon oncle et toi vous étiez déjà rencontrés avant ? (Jameson s'avança vers moi. Une énergie malsaine semblait émaner de lui.) Réfléchis un peu, Héritière. Tu m'as dit que tu avais six ans quand mon grand-père est tombé sur toi, dans ce petit resto où travaillait ta mère. Quand il a entendu ton nom entier.

Avery Kylie Grambs : en mélangeant toutes les lettres, on obtenait *A very risky gamble*, un pari très risqué. Le genre de nom qu'un homme tel que Tobias Hawthorne n'allait sûrement pas oublier.

— Exact.

Jameson était tout près de moi, à présent. Trop près. Chacun des petits-fils Hawthorne avait un je-ne-sais-quoi de magnétique. Une sorte de charisme irrésistible, dont Jameson savait très bien se servir pour obtenir ce qu'il voulait.

*Il attend quelque chose de moi.*

— Pourquoi mon grand-père, un milliardaire texan qui avait tous les plus grands cuisiniers à sa disposition, serait-il allé déjeuner dans un petit resto minable au fond d'un trou perdu dans le Connecticut ?

Je réfléchis à toute vitesse.

— Tu crois qu'il cherchait quelque chose ?

Jameson eut un sourire retors.

— Ou quelqu'un. Et si le vieux s'était rendu là-bas pour trouver Toby et qu'il t'avait trouvée *toi* ?

Sa façon de dire *toi* m'avait fait frissonner. Comme si je comptais vraiment pour lui. Mais Jameson et moi avions déjà fait le tour de la question.

— Et tout le reste n'aurait servi qu'à nous égarer ? demandai-je en détournant le regard. Mon nom, le fait qu'Emily soit morte le jour de mon anniversaire, l'énigme que ton grand-père nous a laissée, tout ça, c'était du flan ?

Jameson ne réagit pas à la mention d'Emily. Lorsqu'il se plongeait dans un mystère, rien ne pouvait l'en distraire ; pas même elle.

— Exactement, confirma-t-il. Une fausse piste.

Il tendit la main pour écarter une mèche de cheveux qui tombait devant mes yeux, et tous mes sens se mirent en alerte. Je reculai en sursaut.

— Arrête ça tout de suite.

— Quoi donc ?

Je croisai les bras et le dévisageai d'un air sévère.

— Ton numéro de charme. Tu ne fais ça que quand tu as une idée derrière la tête.

— Là, tu me fais de la peine, Héritière, protesta Jameson, avec un petit sourire suffisant et irrésistible. Je veux simplement que tu fouilles dans tes souvenirs. Mon grand-père ne laissait rien au hasard. Il avait peut-être plusieurs raisons de te choisir. Comme il le disait souvent : « Pourquoi faire d'une pierre deux coups, quand on peut en faire dix ? »

Sa voix, son regard intense auraient facilement pu balayer mes dernières réticences. Et me convaincre d'embarquer dans ce mystère, dans ce tourbillon de possibilités. Avec lui.

Mais je n'allais pas me faire avoir deux fois.

— Ou bien, peut-être que tu te trompes, dis-je en lui tournant le dos. Peut-être que ton grand-père ignorait que Toby était encore en vie. Peut-être même que c'est *Toby* qui a réalisé que le vieux s'intéressait à moi ; et qu'il envisageait de me léguer toute sa fortune.

Harry, ainsi qu'il s'était présenté à moi, avait été un sacré joueur d'échecs. Notre rencontre dans le parc n'avait peut-être rien d'une coïncidence. Peut-être avait-il tout manigancé.

— Un détail nous échappe, murmura Jameson en venant se placer juste derrière moi. Ou alors, suggéra-t-il en me soufflant dans la nuque, c'est que tu ne me dis pas tout.

Il n'avait pas tort. Je n'avais aucune intention d'abattre toutes mes cartes devant Jameson Winchester Hawthorne, lequel ne faisait même pas semblant d'être digne de confiance.

— Je vois ce que c'est, Héritière. (Je pouvais presque *entendre* son petit sourire narquois.) Si tu tiens à la jouer comme ça, pourquoi ne pas rendre les choses plus intéressantes ?

Je pivotai pour me retrouver face à lui. D'aussi près, il était difficile d'oublier que, lorsque Jameson embrassait une fille, cela n'avait rien de délicat. Ni d'attentionné. Surtout, je me rappelai que cela n'avait rien de *réel*. Dès le début, je n'avais représenté pour lui qu'un élément de l'énigme, un levier qu'il convenait d'actionner. Et c'était toujours le cas.

— Tout n'est pas un jeu, murmurai-je.

— Justement, répliqua Jameson, l'œil pétillant, c'est peut-être bien ça, le problème. C'est peut-être pour ça qu'on tourne en rond dans ces tunnels, jour après jour, sans avancer d'un pouce. Parce que ce n'est pas un jeu. Pas encore. Dans un jeu, il y a des règles, un gagnant. Peut-être que, ce qui nous manque à toi et moi pour résoudre le mystère Toby Hawthorne, c'est un peu de motivation.

— Quel genre de motivation ? demandai-je avec méfiance.

— Que dirais-tu d'un pari ? proposa Jameson en haussant un sourcil. Si je trouve la solution le premier, tu devras passer l'éponge sur ma petite erreur de jugement après l'épisode du Bois-Noir.

Il faisait allusion au moment où nous avions découvert que son ex-petite amie était morte le jour même de mon anniversaire. Nous avions compris alors que Tobias Hawthorne ne m'avait pas choisie parce que j'étais spéciale, mais à cause de l'impact que cela aurait sur ses petits-fils.

Aussitôt après, Jameson m'avait battu froid.

— Si c'est moi qui gagne, ripostai-je en plongeant mon regard dans ses fichus yeux verts, tu devras oublier qu'on s'est embrassés ; et promettre de ne plus jamais recourir à ton charme pour me convaincre de recommencer.

Je n'avais pas confiance en lui, mais j'avais encore moins confiance en moi.

— D'accord, Héritière.

Jameson s'avança et se pencha pour me souffler à l'oreille :

— Le match est lancé !

# 2

Nous nous séparâmes dans les tunnels. Jameson partit dans une direction, et moi dans une autre. La maison Hawthorne était immense, tentaculaire ; même au bout de trois semaines, je n'en connaissais pas la moitié. On aurait pu consacrer des années à l'explorer sans découvrir tous ses recoins, ses passages secrets et ses compartiments cachés… sans parler des souterrains !

Heureusement pour moi, j'apprenais vite. Je suivis un tunnel qui passait sous le gymnase, la salle de musique et le solarium. Ensuite, j'empruntai un escalier dérobé qui débouchait dans le grand salon, où je trouvai Nash Hawthorne nonchalamment accoudé à la cheminée. En train d'attendre je ne sais quoi.

— Salut, petite.

Nash ne parut pas troublé une seconde de me voir sortir de nulle part. En fait, l'aîné des frères Hawthorne donnait l'impression que la maison entière aurait pu s'écrouler autour de lui sans l'émouvoir. Et si la Mort en personne s'était présentée devant lui, il se serait probablement contenté d'incliner son chapeau de cow-boy avec désinvolture.

— Salut, Nash.

— J'imagine que tu n'as pas vu Grayson ? me demanda-t-il avec son accent traînant, presque paresseux.

Cela n'adoucit en rien l'effet qu'eut sur moi sa question.

— Non, répondis-je sèchement.

Grayson et moi nous évitions, ces derniers temps.

— Et je suppose que tu n'es pas au courant de la petite discussion qu'il a eue avec notre mère juste avant qu'elle ne déménage ?

Skye Hawthorne, fille cadette de Tobias Hawthorne et mère des quatre petits-fils Hawthorne, avait tenté de me faire assassiner. Celui qui avait pressé la détente croupissait désormais en prison, mais Skye avait été contrainte de quitter la maison familiale. Par Grayson. « Je te protégerai quoi qu'il arrive, m'avait-il promis. Mais ça... nous deux... C'est impossible, Avery. »

— Du tout.

— C'est bien ce que je pensais, répliqua-t-il en m'adressant un clin d'œil. Ta sœur et ton avocate te cherchent. Dans l'aile est.

C'était la façon la plus neutre qui soit de présenter les choses. Mon avocate était son ex-fiancée, et ma sœur...

Je n'aurais pas su dire ce que Libby et Nash Hawthorne représentaient l'un pour l'autre.

— Merci, lui dis-je.

Je pris la direction de l'aile est sans me mettre tout de suite en quête de Libby ou d'Alisa. J'avais fait un pari avec Jameson, et j'avais bien l'intention de gagner. Première étape : le bureau de Tobias Hawthorne.

La pièce contenait un splendide bureau en acajou derrière lequel se dressait un mur entier de coupes, de brevets et de livres avec le nom de Hawthorne imprimé sur la tranche : saisissant rappel visuel qu'il n'y avait rien de banal chez les quatre frères Hawthorne. On leur avait offert toutes les opportunités possibles, et leur grand-père avait attendu d'eux qu'ils soient extraordinaires. Mais je n'étais pas venue là pour admirer des trophées.

Au lieu de cela, je m'assis derrière le bureau et libérai le compartiment secret que j'avais découvert peu de temps auparavant. Il contenait un dossier. À l'intérieur de ce dossier, il y avait des photos de moi. De nombreuses photos, prises au fil des ans. Après cette rencontre inopinée dans le restaurant, Tobias Hawthorne avait gardé un œil sur moi.

*Uniquement à cause de mon nom ? Ou bien avait-il une autre raison ?*

Je feuilletai rapidement les clichés et en sortis deux. Jameson avait vu juste, dans les tunnels. Je ne lui avais pas tout dit. J'avais été photographiée deux fois en compagnie de Toby, mais sur les deux images, tout ce qu'on voyait de lui, c'était l'arrière de son crâne.

Cela avait-il suffi à Tobias Hawthorne pour le reconnaître ? « Harry » s'était-il rendu compte que nous étions épiés, s'était-il détourné exprès ?

En matière d'indices, cela ne m'aidait pas beaucoup. La seule chose que prouvait ce dossier, c'était que Tobias Hawthorne m'avait fait suivre pendant des années, bien avant ma rencontre avec Harry. Je fis défiler les pages du dossier jusqu'à ce que je tombe sur une copie de mon certificat de naissance. On y voyait la signature de ma mère, nette et précise, et celle de mon père, curieux mélange d'écriture cursive et de script. Tobias Hawthorne avait surligné cette dernière, ainsi que ma date de naissance.

*18/10.* Ça, j'en connaissais la signification. Grayson et Jameson avaient aimé tous les deux une fille du nom d'Emily Laughlin. Après sa mort, le 18 octobre, ils s'étaient déchirés. Et le vieil homme avait espéré que mon intervention parviendrait à les rapprocher. Mais pourquoi avoir surligné la signature de mon père ? Ricky Grambs n'était qu'un bon à rien. Il n'avait même pas pris la peine de décrocher son téléphone au décès de ma mère. Si cela n'avait tenu qu'à lui, on m'aurait confiée à l'Assistance publique. Je regardai fixement sa signature dans l'espoir que le cheminement de Tobias Hawthorne finisse par m'apparaître.

En vain.

Dans un coin de ma tête, j'entendis la voix de ma mère. « J'ai un secret, m'avait-elle confié longtemps avant que Tobias Hawthorne ne me couche sur son testament, à propos du jour de ta naissance. »

De quel secret s'agissait-il ? je ne risquais pas de l'apprendre maintenant qu'elle était morte. La seule certitude que j'avais, c'était de ne pas être une Hawthorne. Même si le nom de mon père sur mon certificat de naissance ne constituait pas une preuve suffisante, un test ADN l'avait confirmé de manière irréfutable.

*Pourquoi Toby aurait-il voulu me rencontrer ? D'ailleurs, l'avait-il vraiment souhaité ?* Je réfléchis à ce que Jameson m'avait dit à propos de son grand-père faisant d'une pierre dix coups. Je feuilletai les documents dans l'autre sens pour tenter d'en percer le sens. Quelque chose m'échappait, mais quoi ? Il devait y avoir une explication…

Un coup discret frappé à la porte me fit sursauter. J'eus tout juste le temps de refermer le dossier et de le replacer dans le compartiment secret.

— Ah, vous voilà !

Alisa Ortega, mon avocate, était un modèle de professionnalisme. Elle haussa les sourcils avec son air pointilleux que je lui connaissais désormais bien.

— Je me trompe, ou vous avez complètement oublié le match ?

— Le match… ne pus-je m'empêcher de répéter sur un ton hésitant.

Je n'étais pas certaine de savoir à quoi elle faisait référence.

— De football américain, précisa-t-elle. La deuxième étape de votre intégration dans la bonne société du Texas. Avec le départ de Skye de la maison Hawthorne, ces apparitions en public sont plus importantes que jamais. Ce n'est pas le moment de perdre le contrôle de votre image. Il s'agit d'une histoire à la Cendrillon, pas d'un scandale. Ce qui veut dire que vous *devez* jouer le rôle de Cendrillon. En public. Aussi souvent et de manière aussi convaincante que possible. À commencer par ce soir, dans votre loge privée.

*Ma loge privée.* Le déclic se fit.

— Le match ! répétai-je encore, comprenant enfin où elle voulait en venir. Le match de NFL. Parce que je possède une équipe de football américain.

Le plus surprenant dans tout cela était que j'avais presque totalement occulté l'autre partie de ce qu'Alisa venait de dire : à propos du départ de Skye. L'accord que j'avais passé avec Grayson m'interdisait de révéler à quiconque le rôle que sa mère avait joué dans la tentative de meurtre contre moi. En échange de quoi, il s'était chargé du problème.

Comme il m'avait promis de le faire.

— Il y a quarante-huit sièges dans votre loge, m'expliqua Alisa sur un ton professoral. Le placement des invités est décidé plusieurs mois à l'avance. Rien que des VIP. Il ne s'agit pas uniquement de football ; c'est aussi un moyen de vous inviter à une dizaine de tables différentes. Les places sont très demandées : aussi bien par des politiciens que par des célébrités, ou des chefs d'entreprise. Oren a vérifié tous ceux qui figurent sur la liste de ce soir, et nous aurons un photographe professionnel sur place pour prendre les bons clichés au bon moment. Landon a préparé un communiqué de presse que nous publierons une heure avant le coup d'envoi. La seule chose qui nous reste encore à voir maintenant, c'est…

Alisa laissa la fin de sa phrase en suspens.

Je ricanai.

— Moi, peut-être ?

— C'est une histoire à la Cendrillon, me rappela-t-elle. À votre avis, que porterait Cendrillon pour assister à son premier match de NFL ?

Ça sentait la question piège.

— Quelque chose dans ce goût-là ? suggéra Libby qui venait d'apparaître sur le seuil.

Ma sœur portait un blouson des Lone Stars avec une écharpe, des gants et des bottes assortis. Et elle avait noué ses cheveux bleus en couettes avec des chouchous bleu et or.

Alisa afficha un sourire forcé.

— Oui, admit-elle. Quelque chose dans ce goût-là. Moins le rouge à lèvres noir, les ongles noirs et le collier de chien.

Libby était sans doute la plus joyeuse des gothiques, mais Alisa n'était pas une grande fan de son style.

— Comme je le disais, reprit-elle avec emphase, cette soirée est très importante. Pendant qu'Avery jouera les Cendrillons devant les caméras, je circulerai au milieu des invités pour tâcher de cerner leur position dans cette affaire.

— Leur position ? Comment ça ? m'inquiétai-je.

On m'avait répété je ne sais combien de fois que le testament de Tobias Hawthorne était inattaquable. À ma connaissance, la famille Hawthorne avait renoncé à le contester.

— Ça ne peut pas faire de mal d'avoir quelques soutiens de poids, m'expliqua Alisa. Et ça permettrait à nos alliés d'avoir l'esprit plus tranquille.

— J'espère que je ne dérange pas ? demanda Nash, comme s'il tombait sur nous par hasard, alors que c'était lui qui m'avait prévenue qu'Alisa et Libby me cherchaient. Continue, Lee-Lee, encouragea-t-il mon avocate. Tu disais quelque chose à propos de la tranquillité d'esprit.

— Il faut que les gens sachent qu'Avery n'est pas là pour renverser la table, précisa Alisa en évitant le regard de Nash. Votre grand-père avait toutes sortes d'investissements, de partenaires financiers, de relations politiques… autant d'éléments qui reposent sur un équilibre fragile.

— Ce qu'elle veut dire par là, traduisit Nash à mon intention, c'est qu'il faut que les gens sachent que, avec le cabinet McNamara, Ortega et Jones, la situation est parfaitement sous contrôle.

*La situation ?* pensai-je. *Ou moi ?* Je n'appréciais pas beaucoup le fait de passer pour une marionnette. En théorie au moins, leur cabinet d'avocats était censé travailler pour moi.

Cela me donna une idée.

— Alisa ? Vous vous souvenez que je vous avais demandé de faire parvenir de l'argent à un de mes amis ?

— Un certain Harry, c'est ça ? répondit Alisa.

J'eus la nette sensation que son attention était dispersée, entre ma question, ses projets pour la soirée, et l'expression qu'eut Nash en découvrant la tenue de Libby.

La dernière chose dont j'avais besoin était que mon avocate se focalise sur la façon dont son ex contemplait ma sœur.

— C'est ça. Avez-vous eu le temps de vous en occuper ?

Le moyen le plus simple d'obtenir des réponses aurait été de m'adresser directement à Toby – *Harry* –, avant que Jameson ne remonte jusqu'à lui.

Alisa détacha son regard de Nash et de Libby.

— Malheureusement, répondit-elle fraîchement, nous n'avons pas été en mesure de retrouver sa trace.

Voilà qui donnait à réfléchir. Toby Hawthorne était apparu dans le parc quelques jours seulement après la mort de ma mère et, moins d'un mois après mon départ, il avait disparu ?

— À présent, dit Alisa en joignant les mains devant elle, penchons-nous un peu sur votre garde-robe…

Ouvrage composé par
PCA – 44400 Rezé

Imprimé en Italie par Rotolito S.p.A.

#lisez! engagé
www.lisez.com
Pour plus d'informations :
Imprimé sur du papier issu de forêts gérées durablement.

PKJ • www.pocketjeunesse.fr
• POCKET JEUNESSE

92, avenue de France – 75013 Paris